DIANA

Das Buch

John Franklin macht sich 1819 im Auftrag der Britischen Regierung auf, um nach der berühmten Nordwestpassage zu suchen. Begleitet wird er von einer kleinen Truppe ebenso mutiger wie entschlossener Getreuer. Auf ihrer abenteuerlichen Reise treffen sie auf kanadische Yellowknife-Indianer, die den schlecht ausgerüsteten Briten auf ihrem Terrain haushoch überlegen sind. Ihr kolonialer Hochmut hindert die Engländer allerdings daran, von der jahrhundertealten Erfahrung der Indianer zu lernen. Im festen Glauben, den Yellowknife in jeder Hinsicht überlegen zu sein, manövriert Expeditionsleiter Franklin sich und seine Mannschaft in eine lebensbedrohliche Situation. Vor den majestätischen Landschaften Kanadas und der Kulisse des kältestarrenden Winters entwickeln sich zarte Liebesbande zwischen der Schamanentochter Greenstockings und dem jungen englischen Offizier Robert Hood. Jedoch auch ein zweiter Engländer, der Offizier George Back, wird von der schönen jungen Frau verzaubert, ganz abgesehen von ihrem indianischen Gefährten und einem zu allem Überfluss aus der Truppe der Voyageure auftauchenden Halbblut …

Land jenseits der Stimmen wurde mit dem *Governor General's Award for Fiction* ausgezeichnet, dem wichtigsten kanadischen Literaturpreis.

Der Autor

Rudy Wiebe wurde 1934 in Saskatchewan, Kanada, geboren und wuchs in einem Blockhaus auf. Den täglichen Schulweg von fünf Kilometern legte er zu Fuß zurück. 1947 gaben die Wiebes ihre unergiebige Landwirtschaft auf und zogen nach Coaldale im Süden von Alberta, wo ein Lehrer die schriftstellerische Begabung des Jungen erkannte. Ein Stipendium ermöglichte ihm den Eintritt in die Universität von Alberta in Edmonton. Dort studierte er zunächst Medizin, wechselte dann jedoch zu englischer Literatur und Creative Writing. Es schloss sich eine Professur für Creative Writing an der Universität von Edmonton an. Heute arbeitet Rudy Wiebe als freier Schriftsteller.

Rudy Wiebe

Land jenseits der Stimmen

Roman

Aus dem Englischen
von Joachim Utz

DIANA VERLAG
München Zürich

Diana Taschenbuch
Nr. 62/0336

Die Originalausgabe
»Discovery of Strangers«
erschien bei Alfred A. Knopf, Canada

Taschenbucherstausgabe 04/2003

Der Diana Verlag ist ein Verlag der
Ullstein Heyne List GmbH & Co. KG.
Printed in Germany 2003

Umschlaggestaltung:
Hauptmann und Kampa Werbeagentur, München - Zürich,
nach einer Idee von Christina Hucke
unter Verwendung einer Illustration von Edward Finden
(nach einer Zeichnung von George Back,
Midmanship with Franklin 1819–1822):
»Preparing an Encampment on the Barren Grounds,
Gathering Tripe de Róche & Co., Sept. 16.«
Satz: Schaber Satz- und Datentechnik, Wels
Druck und Bindung: Elsnerdruck, Berlin
Gedruckt auf chlor- und säurefreiem Papier.

ISBN: 3-453-86390-9

http://www.heyne.de

Sie hörte fremd einen Fremden sagen:
Ichbinbeidir.

Rainer Maria Rilke

Inhaltsverzeichnis

Die Tiere in diesem Land 1

Dieses Land ist so weit, und es gibt so wenige Menschen darin, dass die neugierigen Tiere innerhalb einer Lebensspanne fast nichts von ihnen bemerken. Die menschlichen Wesen, die Tetsot'ine heißen, leben hier in großer, schonender Behutsamkeit, und Jahr um Jahr wandern ihre Füße auf denselben Pfaden, sodass die Tiere ihnen leicht ausweichen oder folgen oder, wenn sie dies wollen, sie in einem großen Bogen überholen und dann fast gefahrlos beobachten können.

Deshalb hätte ein einziges Tier, als die ersten Weißen in dieser Gegend auftauchten, vier Leben gebraucht, um sie in ihren Kanus zu beobachten oder auf ihren Märschen oder wie sie tief gebückt über das unerbittliche Land taumelten. Ungefähr zu jener Zeit hörten einige Tiere tatsächlich zum ersten Mal seltsame Geräuschfetzen, Schreie und Hammerschläge über dem wogenden Rauschen der Stromschnellen und den gleichmäßigen Geißelschlägen des Windes. Fremde waren es, so anders, so himmelschreiend laut, dass selbst die Karibu sie viel früher hörten, als sie sie witterten, und einige Tiere trabten näher, um herauszufinden, weshalb die Bäume an diesem besonderen Ort so schrieen und krachten, dass die Felsen davon dröhnten. Die Karibu erblickten dort Kreaturen die zuerst wie bewegungslos herumstehende Menschen aussahen, dann aber plötzlich irgendwohin deuteten und schrieen, und hämmerten! und hämmerten!, den ganzen Tag hin und her rannten, und manchmal sogar nachts, als das Gestrüpp, das am Flussufer wuchs, in Furcht erregenden Flammen aufging. Da beschlich die Tiere eine Ahnung, dass dieses schreckliche Lärmen und Brüllen einen Winter nach sich ziehen musste, der noch kälter sein würde als sonst.

Und wenig später, als die Hammerschläge des Windes den Schnee auch unter den dichtesten Bäumen so härteten wie die Falten der Felsen und als das wachsende Eis die Stromschnellen würgte, bis sie still waren, da wussten die Tiere, dass sie Recht gehabt hatten. Das Knallen eines platzenden Findlings oder das Bersten eines Baumes war jetzt so weithin hörbar, dass sie meinten, jedes irgendwo auf der Welt entstehende Geräusch wahrnehmen zu können – als habe der Lärm, den jene menschlichen Wesen an diesem Ort machten, mit ihnen überhaupt nichts zu tun. Die Tiere zogen einfach fort in die Stille, die sie brauchten, wanderten, wohin es ihnen beliebte und wie sie es immer getan hatten im Innern jener geballten Faust langwährender Dunkelheit, in der ihre kraftvollen, flinken Körper sich leicht wie Eisstückchen über den Schnee verstreuten, leicht und schnell wie Atem.

Doch selbst wenn die Last tiefsten Winters alles zu erdrücken schien und es immer schwerer wurde, unter der harten Schneekruste Moos und Flechten zu erschnuppern und freizuscharren, einte alle Karibu die Gewissheit, dass die Sonne wiederkehren würde. Was schließlich geschah. Langsam, jeden Tag etwas höher, stieg sie aus der Finsternis in rotes Licht empor, bis Kühe und Kälber im Angesicht der riesigen Kugel, die rund und jetzt wieder vollständig am fernen Rand des Himmels durch den Eisnebel leuchtete, sich sehen konnten und wussten, dass sie zusammen waren wie zuvor. Auf einem zugewehten See lagen die Kühe in ihren Schneekuhlen, und die Kälber vom vergangenen Frühling drückten sich in den Windschatten ihrer Rücken; sie reckten die stumpfen pelzigen Nasen zwischen den angewinkelten Beinen hervor, und ihre Nüstern öffneten sich in die brennende Luft: Scharf wie Eis war sie, doch von freundlichen, bekannten Düften erfüllt, arktisch und heil. In diesem Augenblick sicherer, doch wachsamer Ruhe waren sie zuversichtlich, auch dieses Jahr wieder in ihren Leibern das ruhelose Drängen ungeborenen, wachsenden Lebens zu spüren, wenn jene glühende Sonne dreimal höher als ihr Durchmesser über der glasierten Fläche des Sees steht. Dann werden sie wieder auf Wanderschaft gehen.

Zuerst sind es nur Einzelne, dann immer mehr, wie treibende Hölzer, die sich einer plötzlichen Strömung überlassen; in Wirbeln verweilen sie tagelang an moosigen Plätzen oder krustigen Findlingen; überlassen sich dann einer schon entschiedeneren Bewegung entlang dieser Flusswindung oder jenem Seeufer; um den geräuschvollen, verwüsteten Moränenwall zwischen Roundrock Lake und Winter Lake mit dem ganzen Netzwerk ihrer Zuflüsse machen sie wie selbstverständlich einen Bogen. Sie streben stetig nach Norden. Aus allen Richtungen strömen sie jetzt zusammen, immer mehr, Tausende und Zehntausende, vom steigenden Licht auf die ausgetretenen Pfade ihrer unaufschiebbaren Reise gelockt, ein unermesslicher Fluss des Lebens, der sich nach Norden zum Ozean ergießt in die Gründe, wo sie kalben werden, an den Ort ihrer eigenen Geburt.

Die Karibukuh mit den drei Sprossen auf jeder Geweihstange lag für einen Augenblick der Ruhe zusammengekauert auf ihrem Lager. Im Windschatten ihres Körpers ruhte ihr Kalb. Sie war einmal eine Frau gewesen. Tatsächlich war sie schon zweimal als Frau zur Welt gekommen. Aber sie hat das nie sehr gemocht, und jedes Mal, wenn sie in dieser Gestalt zur Welt kommt, lebt sie nur so lange nach Menschenart, bis ihre Träume übermächtig werden und sie nach ihrer großen Karibufamilie ruft, die daraufhin kommt und sie holt. Eines Morgens wachen dann die Leute auf und entdecken, dass ihr Kind fort ist. Überall suchen sie nach ihm, bis sie endlich die zwei von spitzen Hufen hinterlassenen Spuren entdecken, die über den schwer begehbaren Schnee auf ihr Lager zu-, und die drei Spuren, die davon weglaufen. Die Tetsot'ine – Jene, Die Ein Wenig Von Etwas Verstehen – wissen dann, was passiert ist.

»Wir haben wieder ein gutes Mädchen an die Karibu verloren«, beginnen sie ihr Klagegeheul. »Nie wird sie mit uns spielen und Feuer machen, oder tanzen, oder Kleider nähen und kräftige Kinder gebären, oder für uns sorgen, wenn wir hungrig und krank sind. Neinneinnein, ach nein! Wir werden dieses gute Kind nie wieder sehen.«

Und natürlich behalten sie Recht. Wenn die Dreienderkuh mit dem quicklebendigen Kalb an ihrer Seite einen Namen gehabt hätte, hätte sie ?Elyáske geheißen, das bedeutet »Mutter mit Säugling«. Alle Tiere wussten es, machten sich aber keine Gedanken darüber.

Der Silberwolf, der immer in der Nähe der Karibu lebte, war nie etwas anderes als ein Wolf gewesen, und jedes Tier, auch jedes der sieben Mitglieder seines Rudels, das ihn nach seinem Namen gefragt hätte, hätte er zum Kampf gefordert. Manchmal jedoch, wenn sich ihr Geheul im Dämmerlicht vereinte und über den langen abendlichen Hügelketten hing oder wenn seine Stimme in jenen langgezogenen Warnton fiel, der die anderen männlichen Tiere furchtsam zurückweichen ließ, sah sich der Silberwolf in seiner Erinnerung als einsam umherstreifenden Na?ácho, als unfassbares, geheimnisvolles Wesen zwischen den Moränenwällen und dem Ozean, eine Gestalt von solcher Riesenhaftigkeit, dass Menschen für sie wie Moskitos sind, Winzlinge, denen sie nach Belieben die schmackhaftesten Körperteile ausreißt, sie zerquetscht und verspeist. Na?ácho erlebt sich also am liebsten in der Erinnerung; denn er kann weder besonders gut sehen noch hören und jagt allein mit dem Geruchssinn, weshalb der Silberwolf sich so, wie er jetzt war, lieber mochte, auch wenn er einen Menschen, der schlief oder womöglich im Schnee zusammengebrochen war, nur geringfügig an Länge übertraf. Er schätzte die Kunst und den Kitzel, Genauigkeit mit Vorsicht verbinden zu müssen. Er konnte so schnell laufen, dass das Moor sich viel zu langsam öffnete, um ihn zu verschlingen; ihm entging kein Lidschlag, er hörte den ahnungslosen, gleichmäßigen Herzschlag des Karibukalbs, das die schützende Nähe der Mutter genoss, während er leise wie Atem in einer Felsspalte lauerte. Immer noch konnte er alles aufspüren, wovon er Witterung bekam und dann die winterliche Luft in seine prüfende Nase sog, als sei sie schon blutige Beute. Vor allem aber gefiel ihm die Wölfin, die an seiner Seite jagte.

Dieses Weibchen, weiß wie eine geheimnisvolle Schneewehe, lief jetzt nach links, um im Hinterhalt zu warten, während der silberne Wolf das Jagdrudel aus dem Gestrüpp oberhalb der Fälle auf Lastfire Lake führte. Den ganzen Nachmittag hatte sie mit ihm unterhalb der Fälle gespielt, rekelte sich träge neben ihm, urinierte, um ihm etwas zum Schnüffeln zu geben, das er mit Schnee zuscharren konnte, stakste steifbeinig um ihn herum, rannte in ihn hinein, tänzelte von ihm weg und stupste ihn wieder an, bis sie sich gegenseitig die lachenden Gesichter leckten und übereinander purzeln und die Zähne wie Eiszapfen blitzen ließen. Den ganzen Nachmittag lagen die anderen sechs Wölfe gelassen im Schnee und beobachteten sie beim Herumtollen, besonders der schwere braune Rüde, der sich hin und wieder eine Spur zu nahe heranwagte. Dann stürzte der Silberwolf wie ein Wirbelwind hin und zwang ihn, zurückzukriechen, sich zu ducken und zu wedeln, sogar sich auf den Rücken zu rollen mit hilflos in die Luft gestreckten Pfoten, offenem Maul, schutzloser Kehle und wie ein Welpe um Gnade zu flehen. Als die weiße Wölfin dem silbernen Rüden schließlich gestattete, sie zu bespringen, ließ sich der braune Wolf nieder, streckte den spitzen Kopf zwischen die Pfoten und beobachtete sie angespannt.

Und eine Zeit lang blieben die beiden Alphatiere vereint, bildeten ein großes Doppeltier, dessen Haare sich rot ins waagrecht gleißende Licht sträubten, dessen Zwillingsköpfe in entgegengesetzte Richtungen schauten, still aber wachsam für alles, was aus der Tiefe des ganzen Erdenrunds vor ihren Augen hätte auftauchen und bedrohlich werden können.

Im sinkenden Licht scharrte die Karibukuh zwischen Findlingen und dem letzten Krüppelholz der Baumgrenze am Hang des Moränenwalls ihre Nachmittagsmahlzeit frei. Ihr Jährlingskalb drückte sich in die Krater, die sie grub, presste sich an sie und riss ihr manchmal die krustigen Flechten weg, die sie mit unfehlbarer Sicherheit unter dem Schnee erschnuppert hatte und schon zwischen Zähnen und Lippen hielt. So war es schon den ganzen Winter gegangen, und sein Körper hatte bis in die Hufspitzen Kraft entwickelt und muskulöse Ausdauer. Ein starkes, geballtes Bündel Wärme war es, das sich eng an die Mutter hielt, der es gelegentlich den Kopf zwischen die Hinterläufe schob und nach den süßen Zitzen schnupperte, aber weggestoßen wurde. Manchmal hing ein Hauch von Wärme im Sonnenlicht auf den Hängen, und wenn das Licht hinter den Hügelkuppen im Süden versank und erlosch, glitten die beiden mit dem Strom der Kühe und Kälber in die tiefen Spuren, die durch den Schnee hinunter aufs Eis von Lastfire Lake führten. In ihren Körpern spürten sie das hohle Dröhnen und Reißen des dicken Eises, das sich vor ihnen in schwarze Äste spaltete, als die Luft kälter wurde. Sie waren umgeben von der Wellenlinie des Horizonts, den Buckeln und Mulden aus Inseln und Bergen und Seen, den lang gestreckten Moränenwällen und einem südlichen Himmel, der von

Karmesin zu flammendem Rot und schließlich schwachem, schützendem Zwielicht wurde.

Dann hörten sie, wie die Wölfe ihr Abendgeheul anstimmten mit Ruf und Antwort – dort, wo das Wasser noch unterm Eise floss und in die dampfenden Fälle stürzte, Weiden und Birken und Fichten und zertrümmerte Felsen und Steine dick in ewiges Eis packte. Wo immer sie die Läufe unter ihre Leiber winkelten und sich für einen Augenblick der Ruhe niederließen, die Wölfe waren ihre ständigen Begleiter und allgegenwärtig wie die Luft; jener Wolfsgesang verfolgte sie schon, seit sie zusammengerollt in den Bäuchen ihrer Mütter geschlafen hatten; und als sie an die Luft glitten und erwachten, wurden sie empfangen von diesem Gesang, der ihr ewig wiederkehrendes Schlaflied blieb.

Die Kuh hatte ihr Ruhelager am Rand der Herde, die sich auf labyrinthischen Spuren über den See ergoss. Rhythmisch zermalmten die Tiere die geschluckten Flechten zu Wiedergekäutem. Der Tag ging zur Neige, war aber noch nicht zu Ende. Ihr blieb nichts als zu warten, solange dieser verschlungene Gesang aus Heultönen andauerte, der ihren Körper durchschauerte, wenn er im schwindenden Licht verklang und wieder anhob. Jeden Lagenwechsel konnte sie deuten, jedes Flüstern, das hohe Heulen der jüngeren Wölfe ebenso wie den tieferen Ruf jener aufgesperrten riesigen Mäuler, die sich irgendwo unterhalb des Horizonts in die Höhe reckten, in einen Himmel aus blitzenden Zähnen öffneten und wieder schlossen. In satter Ruhe lag die Kuh mit gurgelndem Maul und Magen; heiß pochte ihr Blut im Takt mit dem ihres ungeborenen Kalbs, das sie weich und sicher in sich trug, pochte bis in die äußersten Fasern ihres Körpers, bis in die Hufspitzen, bis in die Kälte hinaus, die sie umfing. Sie sah, wie die helle Schale des Himmels sich über ihr zusammenzog und aus ihrem tödlichen Rand die Dunkelheit nach oben sickerte. Ihre dicke, kräftige, süße Zunge streckte sie zum Lecken zuerst in die eine, dann in die andere geblähte Nüster. Noch witterten die Tiere nur ihren eigenen Geruch, der sie stark wie die Vision der riesigen, verjüngten Herde umschwebte, die sie bald sein würden, wenn sie sich im gleichmäßigen Licht des kommenden Sommers wie graues Moos über die Tundra streuten. Sie wartete.

Und sah in einer Nebelschwade, die ins tosende Wasser glitt, eine Bewegung flackern. Sofort hörte sie auf zu kauen, sprang auf, äugte angespannt, um sich zu vergewissern, denn die Luft in ihren geblähten Nüstern war noch rein und trug ihr keine Warnung zu. Auch ihr Jährling und die anderen Tiere in der Nähe rappelten sich auf und erkannten im selben Augenblick die lautlosen Wölfe: Deren sieben schwärmten aus, liefen auf sie zu; der riesige Silberwolf, den sie so gut kannten, in der Mitte, fast unsichtbar zwischen den grauen Hügeln und dem See kurz vor Mondaufgang.

Mit aufgerichteten Köpfen, mit hellwachen Augen verhofften die Kühe, die jetzt neben ihren Jährlingskälbern standen; alle kannten genau den Abstand, den sie brauchen würden. Einige urinierten nervös, in der Geste der Wachsamkeit stellten einige ein Hinterbein aus, und eine sich schnell erhebende kleine Welle anderer umfloss den Halbkreis, in dem sie sich niedergelassen hatten. Schnauben hier und dort, doch immer noch war die kalte, starre Luft, die ihre kraftvollen Brustkörbe mit solcher Zuversicht füllte, trügerisch rein. Aber die sieben Wölfe bewegten sich jetzt schneller, öffneten den Fächer ihrer Formation, als sie in leichten Sprüngen über die harten Verwehungen setzten und plötzlich gleichzeitig zum Angriff übergingen.

Gedankenschnell, in einer Wolke stiebenden Schnees, ergriffen die Karibu am Herdenrand, der dem Angriff am nächsten war, die Flucht. Diese schwoll zu einem reißenden Fluss, der tief und wuchtig in die Herde brach; jetzt war die Gefahr nur noch so groß, wie sie in der beständigen Gemeinschaft der Furcht, von der ihr ganzes Leben abhing, wahrgenommen wurde; sie wussten, dass sie jedem Wolf entkommen konnten, wenn sie im hitzigen Nebeneinander ihrer drahtigen Körper auch noch die feinsten Muskelfasern für die Umsetzung von Kraft in Geschwindigkeit benützten, wenn sie ihre vollkommenen Hufe ausgreifen und Halt finden ließen, ihre Körper über Schnee und blankgefegtes Eis katapultierten, fast ohne den Boden zu berühren, getragen von einer überwältigenden gemeinschaftlichen Vision jener Sicherheit, die bis in alle Zukunft über den tiefsten Stellen der Seen auf sie wartete und ihnen aus den ausgekehlten Spitzen ihrer vereinten, unfehlbaren Hufe zuwuchs.

In diesem Ausbruch dunkler Tiere, die sich wie ein Erdrutsch über den zugefrorenen See ergossen, lief der Silberwolf ganz dicht zu der Sechsenderkuh auf. Ihr Kalb hatte einen guten Vorsprung vor ihr und rannte nicht weniger kraftvoll als sie, und wieder einmal rannten sie gemeinsam, wie sie so oft schon in ihrem Leben gerannt waren, dem einzigen Leben das sie hatten, und keines empfand eine besondere Gefahr. Bis zu dem Augenblick, als hinter einer tückischen quer laufenden Verwehung hervor, wo sie auf Lauer lag, die weiße Wölfin angriff.

Wenn sie auf diese Weise den Weg abschneiden konnte, war sie schneller als jedes Karibu, auch als alle in einem Wirbel ausschwenkten, als hätte sich der See unter ihnen geöffnet und ihren Wald aus fließenden Körpern auseinander gerissen, und es noch immer scheinen wollte, als hätten sie diesen einen entscheidenden Schritt Vorsprung vor der Gefahr. Das Kalb drehte ein wenig zu langsam ab, ließ sich einen Wimpernschlag zu weit hinaustragen und lenkte die Konzentration der Kuh für einen Taktschlag herzzerreißender Ahnung ab. Sofort war der Silberwolf dicht auf. Mit riesigen Sätzen jagte die Kuh im Bogen auf den offenen See zu. Der Wolf hatte es auf die Sehne ihres mächtigen, fliegenden Hinterlaufs abgesehen. Doch als er sprang, fuhr die granitharte Kante ihrer großen Hufschaufel blitzartig in den Rhythmus seiner Bewegung und schien ihn kaum zu berühren, erwischte ihn aber gerade noch wie ein letzter flackernder Blitz aus einem schon abgezogenen Gewitter; der Fangbiss, auf den er sein Leben lang angewiesen und der noch nie danebengegangen war, misslang. Sein Unterkiefer war zerschmettert.

Für die weiße Wölfin gab es jetzt nur noch den schmalen Keil zwischen Kalb und Herde. Sie veränderte leicht die Richtung ihres Angriffs, schnitt den Bogen, den das atemlose Kalb in seinem Lauf zur fliehenden Herde beschrieb, rannte ein paar Augenblicke auf dieser Linie einfach neben ihm her, Satz um Satz, mit weit aufgesperrtem Maul neben dem des Kalbes, als wollte sie mit ihm spielen. Dann, in der letzten Sekunde ihres schnellen Laufs, schnappten die Kiefer zu und in die Nase, und in einem schlitternden Gestöber schlugen Wolf und Karibu auf den Schnee. Verzweifelt sprang das Kalb auf, Blut aus seiner Nase bespritzte die Wölfin; es schüttelte sie hin und her mit vor Entsetzen zuckendem Körper, schüttelte und schüttelte, um sich loszureißen; doch die Wölfin hielt es fest wie in einer Zange, bis der braune Rüde kam und hochsprang. Mit einem gewaltigen Biss zermalmte er den Nacken des Kalbs.

Schnell kamen die anderen Wölfe herbei und umringten die Beute, ließen zwischen den Dolchen ihrer Zähne die Zungen baumeln, atmeten Wolken, aus denen es silbern tropfte, in die Luft unter dem bleiernen Mond. Die Karibu rannten weiter, wurden allmählich langsamer und verteilten sich endlich keuchend zu großen dünnen Inseln über der tiefsten Stelle in einem nördlichen Arm des Sees. Sie waren jetzt sehr müde. Ihnen war, als hätten sich Länge und Breite des Sees, den sie überquert hatten, in Erschöpfung und Angst verwandelt, als gerade das Mondlicht den großen Höcker von Dogrib Rock über die letzte Reihe der Bäume hob und am Horizont die einsamen Findlinge wie erbarmungslose Totems warteten, um ihnen auf ihrem Zug nach Norden den Weg in die offene Tundra zu weisen; dann würden sie fünfzig oder sechzig oder siebzig Tage ohne Unterbrechung wandern und wandern und wandern, bis sie ins gleich bleibende Licht ihrer Kalbgründe gelangten …

Die weiße Wölfin brach den Hals des Kalbes auf und bohrte sich bis über die Augen durchs spritzende Blut zur köstlichen Zunge durch. Der silberne Wolf stürmte herbei, knurrte, und wie immer zogen sich die anderen zurück; mit einem Satz war er am Bauch des Kalbes. Die sechs Wölfe umkreisten ihn und warteten, dass er die Beute aufriss, um sich die Leber zu holen, wie es sein Recht war. Aber er knurrte nur noch kräftiger. Dann, als sie ihn mit einiger Überraschung betrachteten, entdeckten sie an seinem langen Kiefer einen roten Riss, aus dem Blut sickerte. Sein Maul war schon voller Blut, obwohl er den blutigen Kopf der Beute noch nicht berührt hatte.

Die Dreienderkuh suchte nicht mehr nach dem Kalb, für das sie sich einst auf die Paarung mit einem vorbeilaufenden Bullen eingelassen hatte, das sie zur Welt gebracht, gesäugt und beschützt hatte, zehn Monate lang, ohne Unterbrechung. Wie oft hatte es im Windschutz ihres Körpers gelegen und wie oft waren sie zusammen geflüchtet, getrieben allein von der Energie, die der Angst der Gejagten entspringt. In diesen zehn Monaten war es bis ins Mark und bis zum letzten Blutstropfen mit ihr verbunden gewesen; würde es nicht bald wieder an ihrer Seite sein, dies wusste sie jetzt, käme es nie mehr zurück.

Jetzt knickte sie zuerst die Vorderläufe, dann die Hinterläufe ein und ließ sich in einer Kuhle weichen Schnees nieder. Von Sekunde zu Sekunde fühlte sie, dass sich ihr Name, wenn sie einen hatte, veränderte zu Dámbé ?Elchánile; doch wenn ihre Wanderung sie ans Ziel brachte, könnte er sehr wohl wieder ?Elyáske sein. Wenigstens eine Zeit lang. Wenn sie irgendwann in der Zukunft mit ihrem neugeborenen Kalb all die Blizzards und all die Moskitos und Bremsenschwärme, alle Überquerungen reißender Flüsse und sommerlich weiter Seen, alle Stürme und heimtückischen, hufspaltenden Steine überlebt hätte – wie sie gerade die Wölfe überlebt hat –, dann, weiß sie, würde eines von ihnen wiedergeboren werden als Kind, um in jener weniger flüchtigen Inkarnation Stufe um Stufe in den Traum des Zustands hineinzuwachsen, in dem sie sich jetzt befindet, den ebenso tiefen wie flüchtigen Schlaf im Gefühl jener Sicherheit, das nur Tiere kennen, die zur Beute bestimmt sind. Lebendig auf dem bergenden Eis.

Der Silberwolf mag bis weit ins ununterbrochene Licht des Sommers hinein überleben und vielleicht sogar länger; wenn dann das Licht in der Tundra zur Winternacht hin wieder kürzer wird, könnte es sein, dass er die hilflosen Spuren der wenigen Weißen entdeckt, die er bis dahin nicht zur Kenntnis genommen hat. Vielleicht folgt er ihren Spuren und findet sie dort, wo sie, einer nach dem andern, niedersinken, und kriecht vorsichtig zu ihnen; und drückt und saugt und zieht aus jedem so viel wie er kann, ehe ihre Leichen zu hart werden für die verwesende Hälfte seines Unterkiefers, die ihm der braune Rüde nicht abriss, als er seinen Platz übernahm.

Von seinem prächtigen Körper ist nur ein schäbiges Gerippe übrig geblieben; so wird der Silberwolf in jener Zickzackspur aus gefrorenem Fleisch, das für eine kleine Weile ein Zeichen in der Tundra hinterlässt, seinen eigenen Tod erkennen, in dem ausgezehrten Fleisch, das seine kräftigen Nachkommen verschmähen. Die Wölfe begleiten jetzt die Karibu auf ihren Wanderungen, weit von ihm entfernt, und er wird nicht mehr an sie denken. So wenig wie die anderen Tiere, die jetzt sein Gefolge sind und rings um ihn herum fast ohne sich zu fürchten nach Nahrung suchen: der weiße, der silberne, der rote arktische Fuchs, durchziehende Möwen, aber auch Mäuse, oder der Goldadler, oder Lemminge und Backenhörnchen, oder gar der Grizzly und der tückische Vielfraß, vor denen er sich hüten muss, so gut er kann. Oder die großen Raben, welche die nackte schwarze Botschaft ihrer vollkommenen Körper über das gnadenlose Land fliegen lassen.

Unteroffizier zur See Robert Hood

Dienstag, der 18. Juli 1820 Fort Chipewyan

Trotz unserer entmutigenden Situation hatten wir die Hoffnung nicht aufgegeben, sondern waren entschlossen, weiter vorzustoßen. Bis heute waren wir ausschließlich damit beschäftigt, Vorräte anzulegen. Die Herren vom Handelsposten steuerten so viel bei, wie sie vermochten, womit unsere Voyageure zwar nicht zufrieden waren, was sie jedoch schweigend hinnahmen in der Einsicht, dass Reden unseren Vorräten nichts hinzufügen würde; für Kanadier eine ungewöhnliche gedankliche Leistung.

Mister Franklin setzte uns von seiner Absicht in Kenntnis, die Expedition mit aller Geschwindigkeit in nördlicher Richtung nach Fort Providence im Gebiet der Yellowknife-Indianer vorrücken zu lassen und dass sie neben den vier englischen Offizieren aus drei Kanus und zwanzig Kanadiern bestehen solle, einschließlich zweier Mischlinge als Dolmetscher. Drei unserer vier englischen Seeleute erklärten, die Expedition nicht begleiten zu wollen, weil sie sich vor Hunger und Erschöpfung fürchteten, die uns, nach ihrer festen Überzeugung, bevorstanden. Einzig John Hepburn blieb uns als Diener erhalten und wurde allein einer Gruppe von Fremden zugewiesen, deren Sprache er nicht sprechen konnte; seine Zuverlässigkeit machte die Schande wieder gut, die andere seinem Land angetan hatten.

In eine nördliche Blindheit von Namen 2

Der See, den sie später nach ihr benannten, war im Rahmen des grandiosen Versuchs, das gesamte Land mit neuen Namen zu versehen, nichts als ein winziges Detail. Ungewiss bleibt jedoch, ob die englischen Marineoffiziere Greenstockings Lake jemals wirklich gesehen haben. Als sie auf ihrem Weg nach Norden zum ersten Mal dort vorbei kamen, umgingen ihn die kanadischen Voyageure, die sie in den mühseligen Monaten seit der Abfahrt von Hudson Bay bis hierher gebracht hatten, und als jene, die dann noch am Leben waren, fünfzehn Monate später wieder aus dem Norden zurückkamen, waren sie außerstande, überhaupt noch etwas wahrzunehmen. Außer vielleicht ihre eigenen erfrorenen, unsicheren Füße in der Spur, welche die Jäger der Tetsot'ine vor ihnen getreten hatten.

»Ich hab in mich hineingelacht, als ich zum ersten Mal Dickes Englisch sah, ihren Anführer«, sagte viel später Keskarrah, Greenstockings Vater, als sein unfehlbares Gedächtnis wieder einmal um die erste, etwas zurückliegende, und diese zweite ebenso unvergessliche Ankunft von Engländern kreiste. »Als er uns erklärte, sie seien nur gekommen, um zu unserem Vorteil herauszufinden, was es alles in unserem Lande gebe, hätte ich noch mal lachen sollen. Und zwar lauter.«

Mag sein, dass den Marineoffizieren auf der Rückkehr von ihrer »Entdeckungsreise« zum nördlichen Eis und ihrem verzweifelten Versuch, diesem ein zweites Mal zu entkommen, die Schneeschuhe auffielen, die man ihnen jetzt an die Füße gebunden hatte, damit sie sicher über die Schneeverwehungen kamen. Sie müssen einfach manchmal gemerkt haben, dass es muskulöse Arme von Yellowknife-Indianern (so nannten sie die Tetsot'ine) waren, die sie stützten, damit sie auf dem vom Winde zerfurchten und für sie namenlosen See nicht einfach zusammenbrachen.

Greenstockings ... Greenstockings. Welch bittere Ironie, dass es Robert Hood nicht mehr gibt. Der sie am besten kannte. Der seinen gekrümmten Körper nicht mehr wie ein Fragezeichen ihnen hinterherschleppt über Eis und Tundra.

Zu diesem Zeitpunkt gab es allerdings keine Voyageure mehr, von denen sich die Engländer noch irgendwohin hätten tragen lassen können. Ein See unter ihren Füßen wäre ein mehr oder weniger ebenes Zwischenstück auf jener endlosen Schneefläche gewesen, die sich zwischen ihnen und den Fleischtöpfen der Yellowknife in einem Land erstreckte, das sechsundzwanzigmal größer war als England und dessen Dimensionen die Zahlenreihen auf ihren karierten Papierbögen überhaupt noch nicht erfasst hatten, obwohl ihnen etwas derart Schreckliches dämmerte. Der Ghost River, der Geisterfluss, den im Winter Eis, im Sommer das wilde Wasser der Stromschnellen weiß färbten, war nun ein nahezu massiver Eisblock, führte aber in die falsche Richtung, nämlich nach Westen. Der Yellowknife jedoch, den sie als ersten befahren und benannt hatten, lag irgendwo im Süden, und sie wussten, dass er sie, an den Indianern vorbei, zurück in die enge, aber verlässliche Geborgenheit von Fort Providence und seiner weißen Besatzung führen würde; sie wussten aber auch, dass sie ihre Körper oder was von ihnen noch übrig war, irgendwie um seine tödlichen Stromschnellen oder über sie hinweg treiben mussten. Einst, o wie lange ist das her!, vor einer Ewigkeit von fünfzehn Monaten, erlebten sie jeden Wasserwirbel und jedes Felsmassiv aus der pittoresken, weiß umschäumten Unmittelbarkeit eines kanadischen Kanus; jetzt aber, im Mittagslicht des Novembers, waren ihre Augen so erschöpft, dass sie hinter dem heimtückischen Gegurgel, dem Glucksen sulzigen, schlittrigen Schneebreis und den Eisgebilden, die an bizarre Gebisse mit eingeschlagenen Zähnen erinnerten, selbst die lockendsten und schönsten Katarakte nicht wiedererkannten.

»Schon in dem Jahr, in dem man sie zu uns brachte, haben sie auf Seen und Flüssen den kalten Donner des Eises gehört.« Keskarrah zeigte in den Wind. »Und wie oft! Hätte man Diesen Englischen noch mehr sagen müssen?«

Anscheinend hatten sie nur Ohren gehabt für das, was sie selbst zueinander sagten. Und die Namen, die sie in jenem von Moskitos sirrenden Sommer in einem Wetteifer kultivierter Kameraderie diesen untereinander verbundenen Seen und Strömen zudachten, hatten sich in ihrer zerbrechenden Erinnerung verflüchtigt, waren zusammen mit den immer spärlicher gewordenen Eintragungen in ihre Notizbücher fast alle verloren gegangen. Boudelkell Lake und The Rat Lake und Crookedfoot Lake flossen irgendwo in den Greenstockings Lake, der selbst ein so schmaler Streifen Wassers war, dass man ihn mit der hohlen Hand auf die Felsen hätte schöpfen können. Auch jene drei Seen wurden erst viel später nach den drei Jägern der Yellowknife benannt, auf die sie sich jetzt stützten, die, vor zwei Schlitten mit Trockenfleisch und Fett und einen voller Pelze gespannt, vier Tage lang nach Norden marschierten, als alle Diese Englischen schon mehr oder weniger tot waren. In ihren halb verfallenen Unterkünften aus Baumstämmen und Lehm brauchten nur noch drei etwas von dem Fleisch – jene drei, die nicht versucht hatten, einander wegen Greenstockings umzubringen.

Natürlich heißt sie nicht wirklich Greenstockings im Sommer jener ersten Ankunft. Seit Jahren erzählte der älteste Tetsot'ine Kindheitserinnerungen an Weiße, und immer wieder wurden ja im nördlichsten Arm ihres großen Sees Tucho ausgebleichte Körper auf den schwarzen Ufersand gespült. Und aus einer Zeit weit vor den Geschichten, in welche die Erinnerung ihrer Großmütter noch zurückreicht, wird von Kindern berichtet, die auf dem Desnede-Fluss seltsame Holzstückchen haben tanzen sehen, dünne, gedrehte Stäbchen, die man mit keiner Stein- oder Kupferaxt so hätte herstellen können. Im tiefen Winter am warmen Feuer erzählen deshalb die Älteren die Geschichte von Jumping Marten, einer Frau, die so begehrenswert war, dass sie von Feinden aus dem Osten gestohlen wurde. Sie war jedoch so klug, dass es keinem Mann gelang, sie festzuhalten. Sie entkam und wanderte, wie nur eine Frau es kann, so lange allein, bis sie in weiter Ferne auf Weiße traf, die in Steinhäusern lebten und von denen sie den Tetsot'ine ihre erste Eisenaxt und Nadel sowie einen kleinen Kessel mitbrachte. Wenige Dinge, die jedoch fürs tägliche Leben sehr nützlich waren.

Und alle werden immer ganz leise, wenn die Rede auf jenen Weißen aus dem Osten kommt, der eines Sommers allein, von Matonabee geführt (der genügend Frauen für beide dabeihatte) zu ihnen kam und dann das Land durchwanderte und ebenfalls jene kleinen Zeichen auf Papier malte, dann jedoch, immer noch allein, seltsamerweise wieder zurück in den Osten ging.

Und im allertiefsten Winter ruft Keskarrah manchmal mit lauter Stimme die Geschichte ins Gedächtnis, die alle Völker der Dene im weiten Umkreis kennen, über die sie aber selten sprechen, wie nämlich Ageenah den zweiten Weißen, der allein zu ihnen kam, den großen Fluss Deh-cho hinab begleitete. Viele Menschen von den Völkern der Dene haben ihn gesehen mit seinen O-Beinen und lächerlichen Kleidern; Langhals nannten sie ihn, der viermal am Tag dicke Fleischstücke aß, seinen Paddelsklaven jedoch nur Fische zum Essen gab, nicht größer als eine Hand. Er spornte sie an, ihn so schnell es ging nach Norden zu paddeln, ließ dort sofort wenden und trieb sie noch unerbittlicher wieder zurück in den Süden, den Dehcho hinauf – als sei ihm am Rande des Ewigen Eises etwas wahrhaft Schreckliches begegnet und als wisse er, dass es ihn bis an sein Lebensende verfolgen werde.

Jetzt aber sind mitten im gewöhnlichen Ablauf der Jahreszeiten Diese Englischen bei den Tetsot'ine eingetroffen, und sogar dem jüngsten unter ihnen geht auf, dass man weder sie noch ihre Paddelsklaven, die so behände aus den drei riesigen Birkenrindenkanus steigen, jemals wieder vergisst. Später einmal wird es ihnen vorkommen, als hätten sie bis dahin nie an etwas anderes denken müssen als an Stammesgenossen, Tiere, Wetter, Essen und die Vorbeugung und Heilung von Krankheiten: Das war die Welt ihres Landes, und sie war ihr Leben. Und plötzlich krachte eine Feuerkugel vom Himmel: Wumm! – jetzt sind die Weißen hier! Und von dem Augenblick brechen überall in dieser Welt immer wieder Feuer aus wegen Dingen, über die sie sich noch nie Gedanken gemacht haben oder machen mussten; und immer scheinen diese Feuer sich von der Mitte auszubreiten und in alle Himmelsrichtungen davonzustürzen, bis es nicht mehr weiter geht und sie schließlich erlöschen. Seltsam, aber nichts ist mehr so wie es war.

Viel später hat Birdseye hierüber gesagt: »Ich glaube, dies könnte wieder die Geschichte vom Schmelzenden Berg sein, als der Berg platzte und die Menschen um ihr Leben rennen mussten, um dem kochenden Boden unter ihren Füßen zu entkommen oder den Felsen, die vom Himmel stürzten. Und alle redeten ja danach in verschiedenen Zungen.«

Vielleicht hat sie deshalb nichts gesagt, als Diese Englischen ihre Tochter zum ersten Mal »Greenstockings« nannten und sie nach einer Weile verstand, was das Wort bedeutete. Bald konnte sich niemand mehr an Greenstockings richtigen Namen erinnern, nicht einmal Birdseye, wie es schien, die ihr doch das Leben geschenkt und sie zum ersten Mal mit ihrem richtigen Namen angeredet hatte.

Birdseye steht neben ihr, als damals die Paddelsklaven das erste der Kanus mit einem lang gezogenen Schrei ans Ufer steuerten. Nebeneinander stehen sie an einem Ort, an dem sie noch nie zuvor waren, stehen auf dem schwarzen Ufersand des Tucho und schauen hinaus ins ewige Wellenspiel des Sees. Unterhalb des Bogens der Palisade um den neuen Handelsposten läuft das Kanu auf den Strand. Der See zieht es noch einmal zurück und schiebt es dann wieder hoch. Jetzt liegt es still. Und alle Tetsot'ine können sehen, wie Dickes Englisch in seinem blauen Mantel mit den goldenen Streifen zum ersten Mal seinen großen Stiefel auf den schwarzen Sand setzt.

»Da, schau«, sagt Birdseye, furchtsam. »Sieh nur, sieh!«

Greenstockings schaut. Außerstande ihre Mutter zu fragen, was sie eigentlich sieht. Ihr Vater aber fürchtet sich vor nichts. Keskarrah grinst, reibt sich mit dem Finger die Zähne und sagt so laut, dass es jeder hören kann, er sei zwar so alt, dass in seinem Zahnfleisch nur noch abgeschliffene Stumpen steckten, er habe aber trotzdem noch nie das Allerhöchste Wesen gesehen, an dessen Allgegenwart doch alle glaubten. »Es ist merkwürdig«, hat er manchmal zu ihr gesagt und dabei in die Sterne oder zu den Nebensonnen geschaut, »dass ich so alt werden konnte und dennoch niemandem begegnet bin, der das so klar sieht wie ich. Ich hab alle Tiere kennen gelernt, glaub ich, und kenne viele Geschichten aus längst vergangener Zeit, als die Tiere noch in der Sprache der Menschen redeten. Einige dieser Geschichten gehören mir, und deshalb kann ich sie auch erzählen. Sogar jenem ersten einsamen Weißen Wanderer bin ich begegnet, der auf seinen wunden Füßen gehen musste und den ich sah, als ich ein kleiner Junge war. Aber die Allseele hab ich nie gesehen. Alle reden sie davon, aber niemand kann sagen, dass er sie je gesehen hat.«

Auf dem von Felsen durchzogenen Sand des Seeufers, wo sie mit ihrer Mutter und ihrem Vater und den vielen Menschen zusammen steht und zuschaut, bekommt Greenstockings plötzlich Angst und wartet darauf, dass ihr Vater etwas zu ihrer Mutter sagt. Den Tucho hat sie in ihrem Leben nur einmal gesehen, wenn auch nicht an dieser Stelle, und noch nie ist sie über eine seiner großen Buchten gefahren. Die drei großen Kanus tauchten aus dem Dunst am Horizont auf, und sie hat ein Gefühl, als würde dieser sich auf sie stützen und dabei tief Atem holen und als würde dieser Atem in den wütenden Stürmen des Sommers ganz weiß werden und endlich unter dem Gewicht des Winters in bewegungsloses, zackiges Eis zerbrechen, das so bleich ist wie eine alte Frau. Keskarrah ist ein kundiger Mann; er hat die Gabe, von vielem ein wenig zu verstehen, und Birdseye besitzt auch etwas davon – aber beide sprechen nie über solche Dinge, es sei denn, es fallen ihnen die richtigen Wörter ein.

Sie wartet deshalb ab, ob ihr Vater etwas sagt oder ob er eine Frage stellt, und beobachtet jene fünf bleichen Fremden, die sich von den Riesenkanus an Land tragen lassen, in der Mitte der Boote, aufrecht, regungslos, ohne dass ein Einziger ein Paddel in den Händen hielte. Auf ihrem Kopf sitzen hohe, schwarze, runde Schachteln, deren Ränder aufgebogen sind. Ganz vorsichtig steigt einer nach dem andern über die schwappende Wasserlinie auf den Ufersand.

Doch Keskarrah sagt nichts. Auch später nicht, als er

sich bereit zeigt, an der Beratung teilzunehmen, die plötzlich von Diesen Englischen, die keiner je zuvor gesehen hat, gefordert wird. Er wird Bigfoot reden lassen, den sie für dieses Mal zu ihrem Sprecher gewählt haben, nachdem sie beschlossen haben, wie er sich verhalten solle, und weil er schon etwas Erfahrung im Umgang mit Händlern aus dem Süden hat und weiß, wie er reden muss und weil er sehr vorsichtig ist. Auch in der Ratsrunde selbst sagt Keskarrah kein einziges Wort. Nachdem er lange Zeit mit geschlossenen Augen dagesessen hat und hörte, wie Twospeaker, der mit den anderen in den Kanus angekommen ist, versucht, das Gezirpe der Weißen in Worte umzuwandeln, welche die Menschen des Stammes verstehen können, und immer tiefer in seinem Inneren nach ihnen suchen muss, beugt er sich ganz ganz langsam nach vorne.

Er wird es wagen, auf den Boden vor ihnen mit dem Finger ein ganz kleines Bild des Landes zu zeichnen. Und während er zeichnet, wird er zu Bigfoot sagen:

»Wenn Diese Englischen überhaupt etwas verstehen sollen, dann musst du, glaube ich, Namen nennen. Sag ihnen: dass wir hier am Tucho sind und dass hier, unterhalb der großen Bucht des Tucho, die wir Brüste Wie Von Einer Frau nennen, unser größter Fluss beginnt, der zuerst nach Westen, dann nach Norden fließt. Und hier ist der andere Fluss, der Anatessy, der zuerst nach Osten, dann nach Norden fließt. Und hier, schau her, ist der Fluss der Kupferfrau. Der fließt nur nach Norden, so. Sehen die das? Er führt nach Norden bis an die Grenzen unserer Jagdgründe, weit darüber hinaus, bis zu den letzten Bäumen der Welt. Die Karibu und die Wölfe, die sie begleiten, ziehen jeden Frühling und Sommer sogar noch weiter nach Norden, schau her!, aber wir nie. Hier verlässt der Fluss unser Gebiet, macht bei den Bergen der Kupferfrau eine Biegung und wird einige Tage später zu stinkendem Wasser, das ist hier; hier stand ich einmal; ich war damals noch sehr jung; das war mit dem Weißen Wanderer, der auch nichts wusste, aber viele Fragen stellte. Wenn sie nicht zu Fuß gehen wollen, musst du ihnen sagen, dass dies der Fluss ist, der sie am schnellsten zu unseren Feinden bringt, den Rohfleischessern. Und zum Ewigen Eis.«

Dies alles hat Bigfoot für Twospeaker wiederholt, der es danach Diesen Englischen pfeift. Keskarrah wird nicht direkt mit ihnen sprechen, denn er hat Macht und ist so alt, dass es reicht, wenn er sein Bild der Welt in den Sand zeichnet und die Namen einiger besonderer Orte nennt.

Aber diese Ratsversammlung hat noch gar nicht stattgefunden. Jetzt plötzlich, als der letzte Weiße Fremde an Land geht, spricht Keskarrah. Er fragt Birdseye: »Was siehst du?«

So kalt wie Wasser im Winter durchfährt es Greenstockings. Kann er nicht verstehen, was Birdseye meint? Hat die Ankunft ihn nicht nur alt, sondern auch plötzlich blind werden lassen?

»Den Jüngeren dort«, sagt Birdseye.

Es gibt aber zwei Jüngere, von denen einer so klein ist wie ein Knabe, und als Greenstockings sich getraut, hinzuschauen, fügt ihre Mutter hinzu: »Den Letzten, den Dünnen.«

Vor dem Hintergrund des großen Sees erscheint jener junge Weiße Greenstockings wie ein schlanker, vom Wind geknickter Baum, der gehen kann. Keskarrah kaut das Rauchfleisch, das er sich in den Mund geschoben hat. Schließlich sagt Birdseye: »Er ist … nichts … außer Knochen …«

»Macht das nicht ihre Haut?«, bemerkt Keskarrah und kaut nachdenklich weiter. Zu diesem Zeitpunkt kann er noch ganz ruhig sprechen. »Ich hab vor langer Zeit die Haut des Weißen Wanderers gesehen und mir viele Gedanken darüber gemacht. Die Haut von dem hier sieht so aufgeweicht aus wie die des anderen von damals, wie ein Körper, der nach zwölf Tagen unter Wasser völlig blutleer wieder auftaucht und von den Fischen nicht angerührt wird. Aber aus der Nähe sieht man, dass sie hart ist, fast wie unsere. Ziemlich gute Haut.«

»Ja, es ist Haut ...«, bestätigt Birdseye, wenn auch zögerlich. »Trotzdem ist seine Haut ... nicht einfach Haut, sie ist ... wie ... Knochen. Oder wie der Schnee Mann.«

Das letzte Wort hat sie ganz schnell hingesagt, und Keskarrah wirft ihr einen ebenso schnellen Blick zu. Nach einem langen Augenblick fragt er:

»Wenn ... wenn das der Schnee Mann ist, bringt er schlechtes Wetter mit?«

Sie aber sieht nur den großen See, der sich hebt und senkt. Schnee Mann? – die Geschichte eines Fremden, einer Gefahr, die kommt und geht – oder die von Knochen und der harten Notwendigkeit zu essen? Aber Greenstockings ist so gefangen vom Anblick des dünnen Weißen, dass sie für den Augenblick an nichts anderes denkt als an Haut – sie glaubt nämlich, dass sie auch etwas von Haut versteht. Bald wird sie feststellen, dass seine Haut überhaupt nicht hart ist und dass sein Haar, wenn er den hohen Hut lüftet, mit dem er aus der Entfernung aussieht wie an dieser Stelle abgebrochen, dass sein Haar gekräuselt ist und hellbraun, nicht schwarz und hart und glatt. Als er ein paar Wochen später in seiner ganzen Länge vor Greenstockings steht, wird er ihre eine Hand über sein ausgebleichtes Haar reiben, das drahtig ist wie Rentiermoos in der Sonne, und die andere wird er so festhalten, dass sie auf ihn deutet. Leise wird er hauchen: »Hood ... Hood.«

Um seinen ganzen Kopf herum wird er ihre Hand führen, als könne er mit ihren Fingern sein Gesicht in einen Kreis zeichnen, »Robert Hood«, und er wird ihre

Finger so bewegen, als sollten ihre Hände unter seinem schönen Kinn eine Kordel binden. »Ja«, wird er flüstern, »Ho-o-o-o-od.«

Von seinen gespannten, blassen Augen wird sie plötzlich ablesen, dass er mit ihrer Hand um sein Gesicht herum das Bild seines Namens zeichnet, *hood, Haube*. Seine Haut ist zart wie die eines Säuglings und gleichzeitig ein bisschen stachelig – also wirklich sehr merkwürdig ist diese Haut, die so bleich ist wie die eines Karibus, wenn es im Wasser gelegen hat, und mit Haaren, die nicht glatt, sondern spitz sind. Knochig aber fühlt sie sich auch nicht an. Gerne würde sie erfahren, was ihre Mutter erlebt, was ihr Vater in seinem langen, neugierigen Leben alles berührt hat. Ob er auch einmal solche Haut unter die Finger bekommen und befühlt hat, von einem ganz anderen Geschöpf, bei dem es sich freilich vielleicht doch um ein menschliches Wesen handelt – um einen Mann? Kann sie durch seine Haut hindurch fühlen, ob er ein Mann ist?

»Hood«, wird der geschürzte rote Mund wieder hauchen, und sie wird versuchen, mit ihren Lippen ein gefälteltes, vorstehendes »O« zu formen, wie seine Lippen, und ihm Luft zuzupaffen, »ooo … ooo …« kann aber die Zunge nicht in ein »dd« zurückschnalzen lassen, probiert es so lange, bis er lachen muss und ganz fröhlich wird und die Haut seines Gesichts ihr Gesicht beinahe berührt, und es wird ihm nie gelingen, ihren Namen auszusprechen, nicht einmal dessen mittleren Teil, wie es ihr bei seinem Namen ja gelingt. Doch dies alles wird viel später sein, wenn die Tetsot'ine Diese Englischen bereits in ihr Land geführt haben und die Paddelsklaven fleißig damit beschäftigt sind, jenes rissige Rechteck aus Stämmen und Lehm für den Winter zu errichten und sie ihr schließlich einen Namen gegeben haben, der ihnen mühelos über die Lippen geht. Keiner außer ihm wird je versuchen, sie mit dem Namen zu nennen, den sie bei den Tetsot'ine hat. Für die anderen heißt sie nur »Greenstockings«.

Diese Englischen. Die versuchten, auch jeden See und jeden Fluss mit jedem beliebigen Laut zu benennen, der ihrem Mund entweicht: Singender See und Aurora See und Grizzly Bear See und Fallensee und Hungerfluss, oder sie vergeben die Namen von Jägern wie Longleg, Baldhead, Humpy, Flachstirn und hundert, wenn nicht tausend, anderen Dingen – es ist wirklich schwierig für ein paar Männer, die gerade einmal einen Blick auf dieses Land geworfen haben und dann allem gleich einen Namen geben müssen. Vielleicht wollten sie sich sogar einigen Frauen erkenntlich zeigen, deren Namen sie nie gelernt haben, den Frauen, die Fleisch in Streifen schnitten und Häute gerbten, um unzählige Kleider für sie zu nähen in jenem ersten Herbst, als die Hirsche sich in solchen Scharen an den Flussübergängen drängten, dass die Jäger sie viel leichter mit dem Speer hätten erlegen können, als immerzu mit den lauten Gewehren um sich zu schießen. Aber da man den Männern nun einmal Gewehre und Schießpulver und Blei gegeben und ihnen befohlen hatte, damit zu jagen, liefen sie an den Ufern entlang und über die tiefen Hufspuren, die zum Wasser führten, schossen mal hier und mal dort, statt in winzigen Kanus über die stillen Gewässer zu gleiten und ihre schnellen Speere zu schleudern. Es kann auch sein, dass Diese Englischen am Anfang nur Tiere zu essen wagten, die mit den plumpen Instrumenten erlegt worden waren, die sie mitgebracht hatten – obwohl sie später, kurz bevor sie das Land wieder verließen, sogar Fleisch essen würden, das Tiere erbeutet oder schon vor langer Zeit zurückgelassen hatten – O ja!, sie würden alles essen und dankbar sein für jedes Stückchen Fleisch, das sie noch bis zu den lockeren, blutenden Zähnen heben konnten.

Noch bevor Keskarrah je Weißen begegnete, hasste er

bereits ihre Gewehre. Die Gewehre, die die Händler verkauften, bedurften endloser, langwieriger Pflege und waren doch nie so genau wie ein schneller Pfeil. Und über unglaubliche Entfernungen hinweg und in alle Himmelsrichtungen schrieen sie hinaus »Hört: ICH BIN HIER!« Schlimmer noch war, dass ein Schuss manchmal schon im Gewehrlauf losging statt erst draußen und einem die Hand, wenn nicht gar die Nase oder Schulter oder den ganzen Arm zerfetzte – und wuchs es überhaupt wieder zusammen, egal wie schief und krumm, hatte man Glück. Als die Jäger oberhalb der Stromschnellen, wo der Fluss donnernd in den See stürzt, die ersten achtzehn Karibu schossen, nannten Diese Englischen ihn »Jäger See«, obwohl sie mit Speeren mit Leichtigkeit hundert hätten erlegen können. Aber damals waren die Paddelsklaven noch zufrieden, weil ihre Wänste so voll und stramm waren, dass sie die langen Portagen singend bewältigten. Und später, als nur noch wenige Engländer zurückkamen, haben sie den Seen und Flüssen in der ganzen Umgebung, auch weiter nördlich, die Namen jener Sklaven gegeben, für die ein Tagewerk gleichbedeutend mit dem Singen von fünfzig Liedern war: Beauparlant, Crédit, Vaillant, Bélanger, Perrault, Fontano, Samandré, Peltier. Als ob dies etwas daran ändern würde, dass sich die Menschen an die Kraft und die Tänze und die Fröhlichkeit, aber auch den elenden Tod dieser Männer erinnern.

Und noch später und dazu weit entfernt im Osten, wurde einem See, wo Michel Terohaute, jener Paddler aus dem Land hinter den vielen Flüssen, nie gewesen sein konnte, der Name »Mohawk« verliehen.

Natürlich hatten alle Orte längst ihre richtigen und genauen Namen. Birdseye und Keskarrah kannten das Land, und in ihrem Gedächtnis stand jeder Name für eine ganze Geschichte. An Form und Drehung eines Luftwirbels konnte Keskarrah erkennen, wo die letzten Bäume standen, sah das abgebrochene Gestrüpp und die Felsen, die zu jenen Orten gehörten, wo er auf die Karibu wartete oder wo er einfach wusste, dass sie kommen würden oder wo er sie träumte; und überall war Birdseye dabei – ob sie Lasten schleppte oder im Kanu fuhr, ob sie in seiner Spur ging oder ihn führte, Birdseye prägte sich jeden Ort ein, wo unter ihren Händen das Fell weicher Karibu und dicker Marder oder Füchse zu Kleidung für die Menschen ihres Volkes wurde: Aus unaufhörlicher Wanderschaft und aufmerksamer Einfühlung bestand ihr Leben, wie das aller Tetsot'ine, die im Einklang mit diesem Land lebten.

Die Geschichten, die das Land und der Himmel darüber erzählten, sagte Keskarrah, waren die Geschichten aller Menschen, die je dort gelebt hatten, und überstiegen weit, was ein einzelner Mensch oder auch zwei Menschen erfassen konnten, selbst wenn sie eine ganze Jahreszeit lang bewegungslos an einem einzigen Ort verharrt hätten, egal ob in der Zeit des Schnees oder der Moskitos. Keskarrah aber konnte sich die Orte, die er kannte, von ihrem Platz hinter seinen Augen in die Finger übertragen und mit großer Genauigkeit auf den Boden zeichnen, wo ja alles Land sich, wenngleich verborgen, bereits vollständig und in seiner ganzen Ausdehnung befindet. Oder er schaute Birdseye an und zeichnete zärtlich mit einem Stück Holzkohle von ihrem Feuer seine Linien auf Birkenrinde, weil es die Samen und Wurzeln der Bäume immer im Boden dieses Landes gab und weil Samen und Wurzeln des Feuers bis in alle Ewigkeit ihren Wohnsitz in den Bäumen hatten. Und alle Namen warteten darauf, mit unserem Atem wieder ruhig der Luft übergeben zu werden.

»Einfach einen Ton zu erzeugen braucht nichts zu bedeuten …«, sagte er laut denkend ins Feuer ihres Winterzeltes, das nie ausging und ein Feuer war, das die Mütter seit Menschengedenken in Gestalt von Feuerstein und Zunder in ihren Beuteln mit sich trugen. »Es liegt an uns, mit offenen Augen zu leben. Vielleicht erkennen wir, wie alles Lebendige in allem anderen einbeschlossen ist. Als hielte man Wasser … in der hohlen Hand; und die Natur des Wassers ist es, dass es bald deine Hände genau so hält.«

Also wird er in der Ratsversammlung für die Fremden das kleine Bild auf den Boden zeichnen. Und der Jäger Bigfoot, den Diese Englischen sofort den »Häuptling« nannten, obwohl er über nicht mehr Autorität verfügte als irgendein anderer, blickte hinunter auf das ungeheure Land, das gerade zwischen ihren Füßen auf den Boden gekratzt war, und wurde sehr bekümmert. Traurig, und nur zu Keskarrah, sagte er:

»Du weißt, dass sie nie mehr zurückkommen werden, wenn wir ihnen den Weg nach Norden zum Ewigen Eis beschreiben.«

»Ja. Aber können wir sie daran hindern, wenn sie gehen wollen? Du hast ihnen doch erklärt, von welchen Flüssen sie sich zurücktragen lassen könnten, sowohl in westlicher wie östlicher Richtung.«

»Aber sie wollen nicht auf uns hören, und wir werden sie nie mehr sehen.«

Keskarrah wurde ungeduldig: »Natürlich wissen wir das! Aber es spielt keine Rolle – vor dem heutigen Tag haben wir sie ja auch noch nie gesehen.«

»Du hast Recht«, stimmte Bigfoot ihm zu. »Aber heute haben wir sie gesehen, und das ist der Unterschied.«

Keskarrah sagte: »Nein, so kann es einfach nicht sein.«

»Ich glaube … es gibt doch einen Unterschied«, beharrte Bigfoot überraschenderweise, als habe er bei seinen Verhandlungen mit Diesen Englischen zu debattieren gelernt. »Wir sehen sie doch mit unseren eigenen Augen.

Und sehen sie nicht genauso aus, wie kräftige Menschen nun einmal aussehen, trotz ihrer komischen Kleider? Und haben sie etwa keine Augen, die genauso scharf sind wie unsre, und keine Fahne?«

»Ja, das sehen wir.«

»Gestern hatten wir von alldem noch keine Ahnung. Ich wäre genauso glücklich wie du, wenn alles so wäre wie zuvor, aber leider wird es das nie mehr sein. Wenn morgen jemand nach ihnen fragt, müssen wir ihm antworten. Und dann werden wir sagen müssen: ›Sie sind tot.‹«

Deshalb sagte Keskarrah noch einmal, »Ich hab Augen im Kopf. Aber wer soll denn kommen und nach ihnen fragen?«

Darauf fiel Bigfoot nichts mehr ein. Nur der große Tucho hinter den gespaltenen Palisadenpfosten schien überhaupt noch zu sprechen.

Ganz ruhig fuhr Keskarrah fort: »Na also! Du merkst doch selbst, dass die nur etwas von den Seen und Flüssen hören wollen, über die sie zum Eis kommen. Nach Norden, immer nach Norden. Wir haben ihnen schon viel zu viel Vorschläge gemacht.«

Dickes Englisch, der ihr richtiger Boss war, weil er redete, ohne jemanden vorher um Rat oder Erlaubnis zu fragen, beugte sich zu Twospeaker und flüsterte ihm etwas ins Ohr, worauf dieser sich an Bigfoot wandte.

»Dieser Englische John Franklin will wissen, was ihr miteinander redet, und erwartet, dass ich es ihm sage.«

»Natürlich.« Bigfoot schaut Keskarrah an, doch der weigerte sich, den Mund aufzumachen. »Also-o-o«, entschied sich Bigfoot vorsichtig, »sag ihm, dass es mehrere Möglichkeiten gibt, auf dem Wasser in den Norden zu reisen, falls sie nicht zu Fuß gehen wollen. Wir überlegen uns, welches der beste Weg sei.«

Und Keskarrah fügte unaufgefordert hinzu: »Sag

ihnen, dass wir ihnen bereits erklärt haben, wie sie am besten hin-, aber auch wieder zurückkommen.«

»Ja«, stimmte Bigfoot zu.

»Gut.« Keskarrah schaute Dickes Englisch ins Gesicht. »Jetzt ist er an der Reihe, uns etwas zu erklären. Wir haben gehört, dass die Menschen manchmal seltsame Krankheiten bekommen, wenn Weiße bei ihnen auftauchen – Husten, Blasen, dass manche sogar von innen her brennen oder erfrieren. Wir wissen nicht, was wir gegen die Krankheit der Weißen tun müssen, und fragen ihn deshalb: Wer von euch kann einen Menschen davor bewahren, dass er stirbt?«

Twospeaker starrte ihn an. »Das soll ich fragen?«, meinte er schließlich.

Bigfoot musterte die stocksteifen Weißen der Reihe nach und sagte: »Keiner von denen sieht aus, als könne er das für sich in Anspruch nehmen.«

Keskarrah aber hatte sich entschieden. »Auch ich hab noch nie jemanden getroffen, der das von sich behauptet hat, aber als ich diese Weißen hier ankommen sah, hatte ich einen Traum von einer Krankheit, und es war, als würden überall Läuse krabbeln; und diese Krankheit kam mit ihnen zusammen hierher; aber ich träumte auch von einem, der einen Menschen vor dem Sterben bewahren konnte, so lange er bei ihm war. Wird also einer von ihnen den Mut haben, uns zu sagen, dass er es kann?«

»Also gut«, sagte Bigfoot. »Dann frag sie doch!«

Später, als sie Keskarrahs Frage schon fast vergessen hatten, wird es Twospeaker sein, der Greenstockings erklärt, was der Name des anderen jungen Mannes bedeutet, des sehr kleinen, hübschen, der mit den Haaren rechts und links auf dem Gesicht. Knabe Englisch scheint anfangs nicht zu wissen, wie er seinen Namen in die Luft zeichnen soll, und als er endlich ihre Hand zu fassen bekommt, wird er alles andere damit tun als dies. Sein Name ist leichter auszusprechen als der von Hood, und sie muss laut lachen, weil »Back«, was Rücken bedeutet, so gut zu ihm passt: Sein kurzer Rücken ist viel kräftiger als der des schlanken Hood. Und obwohl sie ihm glatt über den Kopf schauen kann, wenn sie neben ihm steht, ist er von einer solchen Dreistigkeit und Unverfrorenheit, dass er sie einfach packt und hochhebt (nie jedoch sieht jemand, dass er einen der riesigen Packsäcke anfasst oder sich unter eines der schweren Kanus stellt, unter deren Last die Paddelsklaven sich Tag für Tag plagen müssen, um Diese Englischen gut über die Felsen und durch die Sümpfe der Portagen bis auf die Anhöhe über Winter Lake zu bringen, wo sie sogleich anfangen, Bäume umzuhauen) – Back hebt sie mit solcher Leichtigkeit hoch über seinen Lockenkopf, dass sie wie bei allen Begegnungen, die sie mit Männern hatte, auch diesmal gezwungen wird, die Kraft seines Namens zu erkennen: »George Back!«

Back selbst aber ermöglicht ihr dadurch, höher als seine kurzen muskulösen Arme zu reichen und blitzschnell zwei der aufeinander gestapelten Stämme zu greifen, von denen die Weißen törichterweise glauben, sie würden sie warm halten im Winter. Greenstockings kann sich mit einem Schwung aus seinem Griff befreien und ihm kräftig in die Rippen treten, bevor er richtig »…sse!« schreien kann. Inzwischen weiß sie, wo diese beiden jungen Englischen ihre Namen verwahren (was gefährlich ist) und wo ihre Mutter ihren Namen verwahrt (was nie gefährlich für sie war, aber noch werden kann), aber ihre in geschmeidige Mokassins gehüllten Füße sind viel zu weich, um jemanden so zu treten, dass er sich's merkt. Mit flinken Händen greift Back erneut nach ihr, lässt sie, lüsterner als zuvor, an sich heruntergleiten. Jetzt spürt sie, wie er sich hart zwischen ihre Schenkel schiebt, wie es alle anderen Männer auch gemacht haben, spürt seinen steifen Schwanz.

Vor langer Zeit hat Birdseye ihr beigebracht, wie man Leder so walkt, dass es hell und weich wie die Haut eines Säuglings wird, weicher noch als die von Robert Hood und bestimmt weicher als die von Back. Sie werden gerade Leder auswringen im Sonnenlicht vor ihrem Zelt zwischen den Seen, welche die Weißen Winter und Roundrock Lake nennen werden, während entlang des Eskers die großen Bäume unter dem Klirren von Stahläxten zu Boden krachen, als ihre Mutter zu ihr sagt:

»Ich glaube, wenn du mit beiden schäkerst, wird einer getötet werden.«

»Weiße kämpfen nie um Frauen.«

»Oho!«, prustet Birdseye. »Hängt bei denen nichts zwischen den Beinen?«

Greenstockings bricht in Gelächter aus: »Das hängt nicht nur!«

Birdseye schaut kurz vom tropfenden Leder auf. Sie tut dies immer seltener, weil sie jedem ersparen will, sehen zu müssen, wie es um sie steht. Weder Keskarrah noch jemand von denen, Die Ein Wenig Von Etwas Verstehen, haben einen Traum gehabt, in dem ihnen aufging, was ihrem schönen Gesicht widerfährt: um was für einen Fresser es sich handelt, der langsam und unmerklich ihr Gesicht verschlingt.

Als sich der Winter nähert, zieht der Schmerz ihr Gesicht noch fester in die leere Stelle hinein, wo am Anfang des Sommers noch ihre Wange und ein Teil der Nase waren. Bald wird dort weißer Knochen hervorschauen, und Greenstockings befürchtet, dass ihre Mutter sich ein weiches Stück Leder wird unter die Augen hängen müssen, und es graut ihr davor, nie mehr ihren Mund berühren zu können. Der Fresser ist dabei, sich zu den Lippen durchzufressen.

Birdseye gestattet Greenstockings einen kurzen Blick, beugt sich dann schnell wieder vor und spuckt zwischen den Fingern durch auf das Leder, in das sie gestoßenes Karibuhirn knetet. Diese Hände haben einmal Greenstockings liebkost, so lange, bis sie vor lauter Lust Schreie ausstieß, Laute von sich gab, von denen sich die vier Männer, die bereits um sie gekämpft und einander ihretwegen fast umgebracht haben, in den kurzen Augenblicken ihrer Männerphantasien keine Vorstellung machen können. Manchmal glaubt sie, Männerhände seien nur dazu gemacht, Messer zu halten, Keulen und Lanzen zu packen, Haut oder Fleisch von toten Knochen zu lösen, sich zu Fäusten zu ballen, und seit kurzem vielleicht, um nach Gewehrhähnen zu tasten und plötzlich abzudrücken. Die linke Hand von Broadface besteht nur noch aus zwei langen Klauen; der Rest wurde abgerissen, als bei einem Gewehr, mit dem zu schießen ihm ein Händler beibringen wollte, die Ladung im Lauf krepierte. Was kann ein Mann mit einem gespaltenen Knüppel als Hand noch liebkosen, auch wenn er stark genug ist, um einen Grizzly zu tragen? Außerdem wiegen Frauen nicht so viel wie ein Bär und haben kein Bedürfnis nach solchen Kraftanwendungen, wenn sie hochgehoben oder besprungen werden möchten. Männer tun so etwas, um eine Geschichte daraus zu machen, mit der man prahlt und die nachgenossen werden soll von anderen Männern.

»Ach, hat er es dir schon vorgeführt, was?«, sagt Birdseye, mit einem kaum wahrnehmbaren Anflug von Sarkasmus in der Stimme, und plötzlich müssen sie beide lachen. Und zwar so laut, dass die anderen Frauen von ihren Feuern herbeiströmen und lächeln und kichern und sich um sie drängen, um ja alles mitzubekommen.

»Zum Zeichnen hat er einen schwarzen Stock«, erzählt ihnen Greenstockings, »Knabe Englisch; ›Back‹ heißt er, was ›Rücken‹ bedeutet, und der kann mit einem einzigen Strich blitzschnell seinen kurzen Rücken zeichnen, dass du richtig vor dir siehst, wie er sich bückt. Dann macht er vom Ende seines Rückens aus, das grade noch nach unten zeigte, einen Strich nach oben und ist ganz stolz, wenn dann sein Schwanz wie ein Haken vor ihm steht und fast so lang wie sein Rücken ist!«

Die Frauen schreien fast vor Lachen, einige ungläubig und hinter vorgehaltener Hand, andere aber aus vollem Hals und wollen mehr davon hören. Wie will man denn wissen, wie sich Diese Englischen in sicherer Entfernung von dem Land, das sie verlassen haben, betragen werden? Die können doch tun und lassen, wozu sie aufgelegt sind, solange es nur kein anderer Engländer sieht; wer weiß schon, was sie unter ihren merkwürdigen Kleidern tragen, vielleicht umgeschlagen oder in Falten gelegt, und zweifellos wird Greenstockings die Erste sein, die das herausfinden könnte, wenn sie wollte. Knabe Englisch wird sich unter seinem schwarzen, turmhohen Offiziershut, der ihn fast so groß wie die anderen macht, großspurig gebärden und zwischen ihren Zelten umherstolzieren, wird gebieterisch in alle Himmelsrichtungen zeigen und Voyageuren befehlen, diesen oder jenen Baum umzuhacken, diesen Stamm für die Firststange zuzuschneiden, jenen an der vorgesehenen Stelle aufzurichten, und wird, solange sein Boss, Dickes Englisch, außer Sichtweite ist, ewig so tun, als gehöre ihm die ganze Welt; doch diese Frauen hier werden ihn nie mehr ansehen können, ohne dass ihnen der nackte Spott aus den Augen blitzt. Jede Menge Ratschläge haben sie für Greenstockings parat, die aber auch ein paar Gehässigkeiten abbekommt, weil viele genau wissen, dass ihre Männer, bevor Greenstockings mit Broadface ging, einmal gegeneinander die Messer wetzten, um die Ehrfurcht gebietende Zaubermacht der ganzen Schönheit ihrer sechzehn Jahre ins Zelt zu bekommen. In jenem Fall wären sie selbst dann nur zweite oder dritte Frau geworden, und manche hätte sich durchaus damit zufrieden gegeben, denn welche Frau will schließlich allein die ganze Last der Besitz ergreifenden Gewalttätigkeit eines Mannes tragen, der seine Bedürfnisse befriedigt haben will? Deshalb können in diesem Augenblick alle mit ihr lachen:

»Hübscher Knochen, dieser Knabe Englisch!«

»Bist noch zu jung für so viel hübsches Kerlchen!«

»Er träumt, er sei'n Bär!«

»Back, Rücken mit Schwanz!«

»Aber das ist doch sein Name, oder nicht?«, will Birdseye wissen.

Der Ausdruck ihrer Stimme und das Wissen um ihr verheertes Gesicht, das sie von ihnen abwendet, dämpfen ihre Fröhlichkeit.

»Ja, es stimmt«, bestätigt Angélique. Sie ist eine Frau aus dem Süden von Deninu, aber ihr Mann ist Twospeaker, der Mischling Pierre St. Germain, der Tetsot'ine, Französisch, Dogrib und Englisch spricht; es gibt nichts, was Angélique über die Weißen nicht wüsste. »Ja«, sagt sie noch mal, »so heißt er wirklich, der Länge nach und mitten durch, und vielleicht kann der Dünne, Jüngere ja auch was mit seinem Schwanz anfangen, wenn er seinen Namen zeichnet.«

Alle sind sie am Überlegen: »Wie soll er denn das anstellen?«, fragt eine.

»Sein Name bedeutet auf Englisch ›Haube‹.«

Dann sagt eine andere schnell: »Na, dann könnte er doch. Jeder Mann hat doch auf seinem Schwanz 'ne Haube!«

Und schon wieder lachen sie, und noch lauter, weil sie alle über dasselbe, baumelige, elende, harte Ding von den Männern lachen, ob's ihnen Spaß macht oder ob es sie piesackt.

»Nein.« Angélique sagt das so leise, dass ein paar Augenblicke vergehen, bis alle begreifen. »Nein, stimmt nicht. Einige Weiße haben das nicht.«

Alle starren sie an. Angélique fährt fort: »Mein Mann sagt, dass es Weiße gibt, die dort keine Haube haben … rein gar nichts. Keiner hat sich Diese Englischen mal angucken können, weil die sich immer hinter etwas stellen, wenn sie pissen, aber einige Weiße, sagt er, schneiden diese Haube ab, weil sie glauben, dass sie dann stärker werden.«

Über ein quietschendes, tropfendes Leder gebeugt, sagt Birdseye mit gesenktem Kopf in das verblüffte Schweigen hinein: »oder es wird vielleicht … abgefressen.«

Alle scheinen den Atem anzuhalten. In ihre Wortspielereien über die Weißen hat sich eine Ahnung geschlichen von der einfachen und nie ganz begreifbaren Bürde, die Frauen tragen müssen – die Männer. Denn um Männer handelt es sich zweifellos bei diesen Fremden; zumindest Greenstockings hat es am eigenen Leib gespürt und auch Angélique weiß Bescheid. Männer! Die Frauen können die Gefühle, die sie beim Gedanken an Männer empfinden und mit ihnen verbinden, einander von den Augen ablesen: die Kraft und die Furcht, manchmal auch Lust, oft Brutalität und sogar Schrecken, denen sie nicht entkommen und die die Männer immer genauso dabei haben wie ihren Schwanz, ob schlaff oder steif, ob harmlos baumelnd, ob in zärtlicher Erregung oder zu übergangslos tödlichem Angriff aufgelegt; und wenn sie den Frauen das Fleisch bringen, das sie erbeuten, haben sie stets auch ihn dabei, bieten ihn an oder stoßen einfach damit zu; von einem Augenblick auf den andern drohen die Männer, sich auf sie zu werfen, ob eine Frau gerade ruht, ob sie will oder nicht: Sie hämmern, stoßen, rammen sich in sie hinein. Wieder und wieder, unfehlbar, und lassen immer nur einen flüchtigen Krampf zurück, den man schnell vergessen sollte, der es den Frauen aber kalt über den Rücken laufen lässt, wenn sie sich daran erinnern. Sie nehmen ihr Leben hin wie den Wechsel von Sonnenschein und dunklem, peinigendem, bösem Wetter.

Zweifellos weiß Birdseye, dass die kleinen Wörter, die sie gesagt hat, groß geworden sind hinter ihren Augen und ihnen helfen, alles zu verstehen. Aber sie blickt nicht auf, sie schweigt und geht ihrer endlosen Arbeit nach. Allmählich kehren die Frauen wieder zu ihren eigenen lebensspendenden Feuerstellen zurück. Greenstockings nimmt wieder den Schaber in die Hand. Ihre jüngere Schwester Greywing hilft ihr, den Spannrahmen mit der blutigen Haut zum Trocknen ins flache, fahle Licht der Sonne zu stellen. In ein paar Tagen wird die Sonne nicht einmal mehr die Kraft haben, bis Mittag das Eis der Nacht vom See zu nehmen, obwohl das Fett auf den Häuten sich immer noch verfärbt und hart wird.

Greywing hat das abgelegene Zelt verlassen, wo sie einen ganzen Mondzyklus lang zur Frau initiiert wurde, und darf jetzt zum ersten Mal im Kreis der Frauen mitreden. »Spielt es denn eine Rolle«, fragt sie zögernd ihre Schwester, »wie sie heißen? Du bist doch mit Broadface zusammen! Wird denn der … nicht sowieso die beiden umbringen?«

Greenstockings gibt darauf keine Antwort, sodass sich Angélique angesprochen fühlt. »Die Englischen machen solche Messer, dass sie sich nicht fürchten müssen. Vielleicht noch nicht einmal vor Gewehren. Noch niemand hat erlebt, dass ein Weißer von einem Gewehr getötet worden ist.«

Greywing kichert etwas verlegen, um von ihrer verwegenen Überlegung abzulenken. »Broadface bräuchte kein Gewehr«, sagt sie. »Vielleicht einen Stein – oder die schwere Klaue, die ihm das blöde Gewehr gemacht hat.«

Birdseye murmelt: »Es soll auch noch nie jemand gesehen haben, dass ein Englischer an einer Krankheit stirbt, habe ich gehört. Vielleicht wenn ihr …«

Sie beugt sich jetzt so tief herunter, dass sie mit der Stirn fast die kräftigen Finger berührt; sagt aber nichts mehr. Grimmig entschlossen zieht Greenstockings mit beiden Händen den Schaber durch das Fett nach unten; man hört nur das Geräusch des gebogenen Knochens, der sich durch das Fett nagt, um ein Loch herum, das sich faustgroß eingerissen hat in das, was einmal der Bauch eines Hirsches war, ein so riesiges Loch, wie nur ein Gewehr es macht. Fast spürt sie noch auf ihrer Haut die langen Dinger unter den steifen Kleidern jener beiden Englischen und das weiche Leder ihrer eigenen Kleider, das sich auf ihre Schenkel und ihren Bauch drückte: wie verschieden die beiden sind und wie anders ihre Gefühle als jene, die sie empfindet, wenn Broadfaces schwarze, mandelförmige Augen und seine kupferne Haut über ihr schimmern, wenn er sie flach auf die Erde streckt, bis sie nachgibt und mit Wonne die Knie öffnet. Doch merkwürdigerweise hängt selbst dann immer insgeheim die Drohung eines gewalttätigen Ausbruchs in der Luft, und ohne Warnung, noch in der Sekunde bevor du merkst, dass er kommt, schlägt es, Wumm! bei dir ein! Es krampft ihr den Bauch zusammen.

Angélique fährt fort: »Aber Weiße sind immer ohne Frauen gekommen und kämpfen nie um eine. Sie nehmen sich einfach die, auf die sie Lust haben.«

Als Greenstockings aufblickt, ist auch Angélique gegangen. Birdseye sagt zu Greywing:

»Vielleicht ist im Fluss noch etwas Wasser für uns übrig geblieben.«

Greenstockings sieht zu, wie ihre Schwester den Ledereimer aufhebt. Die kleine gebückte Gestalt, die sich in weichen Bewegungen um die Felsen herum in einem Bogen hinab zum pfeifenden Fluss hinter den Bäumen entfernt, ist wie die regenbogenfarbene Flosse der Äsche, schnell wie zuckendes Licht im hellen, klaren Wasser.

»Dickes Englisch«, sagt Birdseye, »braucht unsere besten Jäger, um Tiere für ihn zu töten. Er sagt, dass er mehr tote Tiere braucht als irgendjemand je gezählt hat.«

»Und was sagen die Jäger dazu?«

»Bigfoot sagt, sie werden jagen.«

»Bigfoot?« Greenstockings versteht nicht. »Was? Er sagt doch nur, was wir alle sagen.«

In den wechselnden Gruppen der Tetsot'ine, die übereinkommen, für eine gewisse Zeit zusammenzubleiben, wie es die Umstände so ergeben, entscheidet am Schluss immer ein Einziger, wohin die Wanderung gehen und wo Halt gemacht werden soll, ohne dadurch schon zum Anführer zu werden. Sie kennen kein Wort für »Häuptling«, und Greenstockings versucht sich vorzustellen, wie ein Einzelner andere dazu bringen könnte, etwas zu tun, was sie vielleicht gar nicht wollen oder von etwas abzulassen, wie er etwa einer Frau einfach Befehle erteilt oder sie durch Drohungen oder Schläge zum Gehorsam zwingt. Warum nur lassen sich die Männer darauf ein? Genauso gut könnten sie doch mit ihren Familien durch das sie freundlich aufnehmende Land an einen Ort ziehen, wo schon andere sind, die einverstanden wären, mit ihnen zusammenzuleben. Ob ihre Männer jetzt nichts anderes mehr im Sinn haben, als Tiere für die Weißen zu töten?

Als Frau empfindet sie Verachtung für solche Duckmäuserei wider alle Vernunft, die lasche Art, wie sie den Wünschen eines Fremden willfahren. »Bald«, macht sie sich lustig, »wird Bigfoot so großspurig werden, dass nicht mal mehr seine jüngste Frau auf ihn hört!«

Aber Birdseye findet das nicht zum Lachen. »Weiße besitzen so viele Dinge. Und du kennst doch die Männer – wenn sie könnten, würden sie nichts anderes mehr tun als jagen.«

»Ja«, sagt Greenstockings und klingt auf einmal sehr

bitter. »So viele, schwere Dinge haben Diese Englischen, dass sie schon jetzt zwanzig riesige Paddelsklaven brauchen, um alles zu tragen, neben all dem Zeug, das wir Frauen und Kinder für sie schleppen müssen. Was nützen uns diese ganze zusätzliche Plackerei und die unzähligen Tiere, die unsere großen Jäger unermüdlich und weit weg von hier töten? Was immer sie erlegen, jemand muss es hierher bringen und zubereiten, damit zuallererst Diese Englischen und ihre Sklaven etwas zu essen bekommen. Und wann sollen wir selbst essen?«

Immer noch leise erwidert Birdseye: »Ich glaube, dass Dickes Englisch noch eine glänzende Medaille um Bigfoots Hals hängen wird, auf die erste drauf, und danach wird er an die Jäger mehr Tee und obendrein noch Whisky ausgeben, und wenn sie am Morgen danach aufwachen, werden sich vor jedem Zelt noch mehr Fischnetze und Gewehre und Kugeln und Pulver türmen, und jeder Mann, der aus seinem Zelt ins Freie tritt, wird sich freuen, dass er jetzt noch mehr Tiere töten kann, die so weit weg sind, dass er sie kaum mehr sieht, und er wird damit einverstanden sein ...«

Aber da wird ihre Stimme ganz leise, und Greenstockings schreit heraus: »Nichts wird sich türmen! Glauben denn unsere Männer wirklich, dass es so weitergehen kann? Etwa auch mein Vater?«

Birdseye hebt den Blick nicht von dem Stück Leder, aus dem zwischen ihren kraftvollen Händen rauchfarbenes Wasser quillt. Sie sagt: »Jetzt sind fünfundzwanzig Männer hier, die wir nie zuvor gesehen haben. Sie sind sehr groß und essen, so viel sie kriegen können – und alle brauchen Kleidung für die lange Dunkelheit.«

»Genau ... und wo bleiben ihre Frauen?«, will Greenstockings wissen.

»Sie haben nur drei mitgebracht, und die gehören ihren Sklaven.«

»Vielleicht ...« Birdseye zögert, es auszusprechen. »Es kann doch sein, dass sie auch noch die Sklavinnen von Diesen Englischen sind.«,

»Drei Frauen für fünfundzwanzig Männer!«

Worauf Birdseye meint: »Ich glaube, die Englischen haben so viele Dinge, dass sie jeden Menschen für ihren Sklaven halten.«

Bewegungslos hält Greenstockings den Schaber in der Hand und schaut ihre Mutter an.

»Sind du und ich ihre Sklavinnen?«

»Davon hat Keskarrah nichts gesagt.«

»Und was wird er sagen?«

»Wie kann er nur, wenn alle Männer einverstanden sind ...«

»Er ist mein Vater ..., und von manchen Dingen versteht er ein wenig ...«

Aber Birdseye weigert sich, aufzublicken.

»O ja.« Greenstockings kann nur flüsternd ihrer Wut Luft machen, als ihr klar wird, dass sie von dem Augenblick an, als sie sah, wie Dickes Englisch an Land stieg, als müsste sich die ganze Welt vor ihm in den Sand zu seinen Füßen werfen, schon alles gewusst, aber versucht hat, nicht weiter darüber nachzudenken. »Jawohl! Alle unsere starken Männer sind einverstanden, gehorchen Dickes Englisch, packen uns ihre Sachen auf, die wir für sie tragen dürfen. Und sie werden so viele Tiere töten, dass die anderen davonlaufen, um nicht auch getötet zu werden, und wir können das, was sie umbringen, hierher an unsere Feuer schleifen und für Diese Englischen häuten, dann das Fleisch in Streifen schneiden und es räuchern und kochen, und wenn wir die Häute geschabt und gegerbt haben, dürfen wir Winterkleider nähen für diese mächtigen Englischen, damit sie ja nicht erfrieren! Meinetwegen sollen sie doch steif frieren wie die Schwänze in ihren Hosen!«

Birdseye sagt dazu nichts. Sie weigert sich; als ob das, was Greenstockings auszusprechen gewagt hat, nie gesagt worden wäre – diese in die Luft des nahenden Winters gezischten so scharfen Worte, die Mund und Ohr einer Frau genauso fremd sind wie alles, was Diese Englischen in ihr Land gebracht haben.

Ganz leise fügt Greenstockings hinzu: »Wir können doch fortgehen von hier.« Und fügt einen Augenblick später hinzu: »Broadface würde mitkommen – wenn ich wegginge …«

Birdseye aber ist immer noch tief über ihre Arbeit gebeugt, glättet eine Haut über den Knien und murmelt leise in das durchscheinende Leder hinein: »Zorn ist immer gefährlich.« Sie dreht den Kopf, und ihre Stimme klingt anders, als sie mit der gewissen Einfühlungsgabe des Alters fragt: »Worum geht es? Was hast du empfunden?«

Greenstockings erschrickt und versucht, das Gesicht ihrer Mutter zu sehen. Noch im letzten Winter war ihre Nase so schön wie der Gang von Greywing, und von Weißen hatte auch sie nicht die geringste Ahnung, sodass es keine Notwendigkeit gab, von ihren Belästigungen und Übergriffen zu träumen. Jetzt aber lässt Birdseye nicht zu, dass sie ihr ausweicht.

»Was hast du empfunden?«, will ihre Mutter wissen und ist noch sanfter geworden. »Wenn du am ganzen Körper spürst, wie der Schnee Mann mit Kopf und Armen und Händen nach dir tastet?«

Jetzt weiß Greenstockings, dass ihre Mutter auch die Wörter gehört haben muss, die sie nur gedacht und schnell hinuntergeschluckt hat, Schnee Mann hin oder her; deshalb wartet sie ab, verbirgt wieder ihren Zorn, schabt gleichmäßig die Haut um die gezackte Leere des Einschusslochs herum, bis ihre Mutter ihr wieder entgegenkommen und etwas zu ihr sagen kann.

Tagelang können sie auf diese Weise aufeinander warten, ganze Jahreszeiten und Zeitalter hindurch, denn mit der Arbeit, die sie gemeinsam ausführen, werden sie nicht fertig, so lange sie leben. Schließlich traut sich Greenstockings wieder etwas vor: »Könnte doch sein …, dass die Krankheit, die sie immer dabei haben, sich versteckt …, weil sie Angst vor unserer plötzlichen Kälte hat …«

»Diese Englischen«, sagt Birdseye dazu, »werden nicht zugeben, dass sie einen Menschen vor dem Sterben bewahren können, aber es könnte stimmen. Wenn sie eine Krankheit mitgebracht haben, versteckt sie sich.« Und fügt fast unhörbar hinzu: »Vielleicht stirbt niemand, wo ihr Medizinmann ist.«

Ein Baum fällt. Irgendwo hinter ihrem Rücken, jenseits der mit Fichtenzweigen bedeckten Stammeszelte, am runden Abhang aus Felsen und Sand, der sie vor dem Nordwind schützt, fällt ein Baum. Sein Aufschrei, sein leises Wimmern vor dem Aufprall, berührt Greenstockings wie eine Bewegung der Luft, wie ein Flüstern inmitten des scharfen, harten Klirrens von Stahl, das sie seit Tagen haben ertragen müssen, ein ganz neues Geräusch, das so hart und schallend ist, dass es ihnen, wenn der Wind dreht, wie der ferne Schrei eines Kindes fast die Ohren zerfetzt. Sogar von der ewigen, sanften Stimme der Stromschnellen unterhalb von Winter Lake geht keine Beruhigung mehr aus. Greenstockings muss Birdseye noch etwas sagen.

»Beide wollen ein Bild von mir machen«, flüstert sie. »Mit ihren Stöcken auf Rinde zeichnen. Beide …«

Das Leder in Birdseyes Händen hört auf zu fließen.

Verzweifelt und schnell versucht Greenstockings zu erklären, bevor die Mutter etwas sagen kann. »Es ist eigentlich … nicht anders, als wenn man ins Wasser guckt; Wasser macht immer Bilder von uns, das weißt du.«

Aus dem Leder fallen wieder Tropfen. Dann sagt Birdseye:

»Wenn du wegschaust, ist auch das Wasserbild weg.«

Flink, in das zögernde Schweigen der Mutter hinein, sagt Greenstockings: »Vielleicht gibt es die Bilder, die sie machen, nicht, wenn niemand sie anschaut.«

»Nein, das … das glaub ich nicht. Bei Wasser musst du oft tiefer schauen als du willst. Aber die Art, wie Diese Englischen Bilder machen, macht mehr … und auch weniger …« Birdseye hält inne, holt Atem. »Manchmal glaub ich, dass alles anders geworden ist. Sogar Geräusche und Geschmack haben sich verändert.«

Zwischen ihnen dreht sich der Wind zu einem Wirbel auf, von den letzten großen Bäumen her rollt das schwere Schmettern englischer Äxte über sie hinweg. Vielleicht sind bald auch die Bäume tot, die hier am Tor zur Tundra die Menschen stets willkommen geheißen haben. Umgebracht von Diesen Englischen. Nebeneinander ausgelegt und geschält, dann nackt im rechten Winkel aufeinander geschichtet und mit ihrem braunen, getrockneten Blut, wo sie einander berühren, zu Wänden zusammengeklebt, damit der Winter nicht dazwischenfahren kann.

Greenstockings flüstert ihrer Mutter zu: »Wenn einer von ihnen zeichnen kann, was er will, dann kann vielleicht auch ihr Medizinmann tun, was er will.«

Dann kommt Keskarrah, nähert sich dem Feuer vor ihrem Zelt. Alt ist er, doch sie sieht, wie aufrecht er noch geht, aufrechter als sonst jemand, außer Hood. Was für merkwürdige Namen die haben – Hood – Back, nicht etwa Shortback oder Redhood, Kurzrücken oder Rothaube, nein! Ein einziges, kurzes Wort als Name. Keine Geschichten.

»…ooo…d«, probiert sie wieder. Sobald sie es richtig sagen kann, wird er's tun. Ohne dass es gefährlich für sie wird. »o-o-o-o-d.«

Keskarrah steht neben ihr und sagt: »Ich habe herausgefunden, welcher Englische es ist. Der mit der gelben

Tasche, die er immer selbst trägt und der seinen Namen von der Sonne hat. Michel, der Paddler, der auch einer von uns Menschen ist, hat's mir gesagt.«

Greenstockings hat gewusst, dass es weder Hood noch Back sein konnte. Der dunkelhäutige Paddler steht hinter ihrem Vater, der Mohawk vom Land hinter den vielen Flüssen. Michel. Größer als Hood ist er und fast doppelt so breit wie Keskarrah. Er steht im waagrechten Licht der Sonne. Eine Hälfte seines Gesichts blitzt auf wie eine scharfe Messerklinge aus Stahl. Er starrt sie an.

»Michel sagt, jenes Mannes mächtiger Name ist Richard Sonn«, teilt Keskarrah ihr mit.

Montag, der 31. Juli 1820 Fort Providence

Am Abend gaben wir an die Kanadier und Yellowknife ein paar Gallonen Rum aus, die dafür sorgten, dass man die Nacht in Heiterkeit und Ausgelassenheit verbrachte. Die Kanadier amüsierten sich bei Tanz und Gesang, wobei sie, die Bewegungen einer bestimmten Person nachahmend, die lächerlichsten Stellungen einnahmen und die tollsten Bravourstückchen vollführten. Der Ernst ihres Häuptlings wich heftigen Ausbrüchen von Gelächter, und tatsächlich geriet das Gewirr von Sprachen, Trachten und ungekünsteltem Betragen unterhaltsamer als eine gewöhnliche Maskerade. Als Gegenleistung begehrte er von seinen jungen Männern die Aufführung des Dogrib-Tanzes, worauf diese mit breit auseinander gestellten Beinen sich in einem Kreise aufstellten und anhoben, im gleichen Takt seitwärts zu hüpfen. Einige, welche die starke Wirkung des Rums bereits zu Boden gestreckt hatte, erhoben sich von ihrem trunkenen Schlaf und reihten sich in den Kreis ein, wo sie zur nicht geringen Verwirrung ihrer nüchternen Genossen mit unbeholfenem Eifer und völlig aus dem Takt umherhüpften.

Donnerstag, der 3. August 1820 Am Großen Sklavensee

Um vier Uhr morgens drangen wir bis zum Ende des sich kanalartig verengenden Seearmes vor, wo wir auf Bigfoot und seine Gruppe trafen, die sich bereit hielten, uns als Reiseführer zu dienen. Bald waren wir von einer kleinen Flotte von Kanus umgeben, in denen die Yellowknife mit ihren Weibern und Kindern fuhren und in deren Gesellschaft wir in einen Fluss vorstießen, der wohl hundertfünfzig Yard breit ist und dessen Ufer dicht bestanden sind mit Kiefern und Pappeln, hinter denen jedoch nackte Hügel die Ödnis des Landes verrieten. Wir gaben dem Fluss den Namen Yellowknife River.

Unteroffizier zur See George Back 3

Als die jungen Indianer mit dem Tanz begannen, den ihr Häuptling als den Tanz der Dogrib bezeichnete, ging im denkbar ungünstigsten Augenblick Leutnant Franklins Zelt in Flammen auf und drohte die Vereinbarungen zu gefährden, die mit diesem Tanz gefeiert werden sollten; die Indianer sind nämlich von abergläubischem Gemüt. Ich empfinde keinerlei Abneigung gegen braune, glänzende Muskeln, besonders nicht, wenn sie von Leder und Pelzen umhüllt sind. Was die Indianer jedoch offenbar als das Schlimmste und ihnen besonders Unheimliche empfanden, war die brennende Fahne, die fast wie ein Leuchtturm, dessen Signale sie nicht verstehen konnten, in die Luft über dem schwarzen Sand des Sees ragte. Ich muss zugeben, dass ich ohne weitere Zurückhaltung losrannte, weil ich irgendeine heimtückische Schurkerei dahinter vermutete, doch ganz in Flammen stand lediglich die Fahne, von der brennende Fetzen gefährlich aufs Zeltdach fielen. Ich ergriff die Fahnenstange und kletterte mühsam die Felsen hinunter – wobei ich mir fast das Bein gebrochen hätte –, um das lichterloh brennende Banner ins Wasser zu stoßen.

Welch großartiges, von Rauch und Zischen begleitetes Feuerwerk dies verursachte! Sogar die wie aus braunem Leder gemachten Frauen, die sich bis dahin damit zufrieden gegeben hatten, jenseits des Kreises der Männer wie stumme Erdhügel zu verharren und dem Feuer dadurch um einiges näher waren, stießen vor Bewunderung die herrlichsten Seufzer aus. Als der Häuptling gravitätisch herbeischritt, gab er in durchdringendem Singsang bereits so schmerzerfüllte Klagelaute von sich, dass unser Dolmetscher, ein Halbblut, noch länger als sonst zögerte, ein Wort davon auf Englisch wiederzugeben. Man konnte den Eindruck haben, dass ihnen die Vernichtung der Flagge mehr oder weniger gleichbedeutend mit der Vernichtung Englands war – dies jedenfalls beinhaltete der Gesang des Häuptlings –, denn außer unseren Uniformen war die Flagge das Einzige, was er bisher von Englands besonderer Majestät zu sehen bekommen hatte.

Vielleicht hatten wir etwas zu dick aufgetragen, als wir uns diesen primitiven Wesen vorstellten. Um keine Missverständnisse entstehen zu lassen, hatte ich unserem Übersetzer die Proklamation Satz für Satz vorgelesen:

»Dies, unsere ruhmreiche Flagge, ist das Wahrzeichen der Macht des Königs von England, der auch euer König ist! Der König von England ist euer Großer Vater! Wir sind keine Händler, sondern Krieger des Königs, wie ihr an unseren Uniformen sehen könnt. Wir sind nicht hierher gekommen, um Handel zu treiben, sondern um gute Beziehungen zwischen uns und euch herzustellen und die Reichtümer eures Landes zu entdecken. Einen großen Fluss, der nach Norden führt, kennen wir bereits, doch wenn ihr uns zeigt, wo der andere große Fluss zum Nordmeer fließt *und* wenn ihr für uns jagt, während wir seinem Lauf folgen, wird der König sich als sehr dankbar erweisen. Um mit euch Handel zu treiben wird er Schiffe aussenden, die hundertmal größer sind als ein Kanu der Voyageure. Aus Neid auf euren Reichtum und eure Macht werden eure Feinde vergehen, und ihr werdet reicher sein als alle eure Vorfahren zusammen.«

Ungläubig starrten sie uns an, besonders der alte Mann, der später – nach langem Zögern – die Karte des Landes in die Erde kratzte. Er schien den Häuptling zu beraten, wenn er auch viel zu klug war, um uns direkt anzusprechen. (Unser Übersetzer von Fort Chipewyan sprach ein ganz verständliches Englisch – sein kanadisch-französischer Wortschatz war zwar um einiges umfangreicher, jedoch aufs abstoßendste mit Ausdrücken aus der Cree-Sprache vermischt –, tat sich jedoch offensichtlich in beiden Sprachen schwer, genau das zu vermitteln, was gesagt wurde, was nach meinem Eindruck aber zumindest teilweise der Kargheit der indianischen Sprache zuzuschreiben ist.) Als Leutnant Franklin ihnen zusätzlich zu den Informationen, die wir ihnen zu geben beabsichtigt hatten, weitere Einzelheiten mitteilte, bekam ich den Eindruck, dass der Begriff des Reichtums, mit dem wir sie bekannt machten, ihre Vorstellungskraft überstieg. Die Idee von »Eigentum« scheinen sie nicht einmal ansatzweise verstehen zu können. Tatsächlich, beteuerte unser Übersetzer, gebe es dafür kein Wort in ihrer Sprache! Ja, wahrhaftig, *primitiva gloriosa!*

Als jedoch Leutnant Franklin ihnen darzustellen versuchte, welche im Einzelnen gar nicht aufzuzählenden Waren unsere großen Schiffe direkt von England zu ihnen schaffen könnten, dabei jedoch die 2205 Meilen unseres langen, ungewissen Weges über Seen, Flüsse und Stromschnellen zwischen York Factory und Fort Providence mit keiner Silbe erwähnte, stellte sich heraus, dass ihre Unschlüssigkeit überhaupt nicht mit dem versprochenen Reichtum zusammenhing. Es war die Größe der Schiffe, die sie sprachlos gemacht hatte. Hundert unserer riesigen Voyageur-Kanus? Ihre eigenen Kanus konnten gerade einmal vier Personen tragen. Worauf Hood seine Skizze von der *Prince of Wales* hervorholte, die uns aus England hierher gebracht hatte und die jene Szene wiedergibt, wie wir im vergangenen Sommer in der Hudson Bay Handel trieben mit den Eskimos. Sie reagierten jedoch mit deutlichem Widerwillen und ließen nicht einen Augenblick lang Interesse an der gewaltigen Größe des Schiffes erkennen, sondern wandten ihre ganze Aufmerksamkeit den Kajaks der Eskimos zu, die auf dem Wasser trieben.

»Unsere Feinde«, stießen sie hervor. »Habt ihr mit den Rohfleischessern schon gesprochen? – und Waren getauscht? – und mit ihnen gegessen? – mit den Rohfleischessern?!«

Der Kartograph mit der Adlernase schien besonders durcheinander zu sein, und wir mussten mehr Zeit denn je darauf verwenden, alle von unseren friedlichen Absichten zu überzeugen. »Unser Großer Vater will, dass alle seine Kinder in Frieden leben!«, erklärten wir ihnen feierlich. »Wir alle sind seine Kinder, wir und alle Indianer und alle Eskimo gleichermaßen, und er will, dass ihr aufhört, euch gegenseitig umzubringen. Wir können euch nicht dabei helfen, reich zu werden, wenn ihr gegeneinander kämpft und euch tötet!«

Worauf sie – noch verstockter als zuvor – erwiderten: »Aber warum seid ihr dann als Krieger gekommen und nicht als Händler?«

Wie soll man diesen Leuten eine Vorstellung von europäischer Geschichte vermitteln! Wie wollen sich die Einwohner eines so abgelegenen Landes ein Bild von den politischen und nationalen Aspekten unserer imperialen Weltanschauung machen? Ihre urtümlichen Fehden mit Englands Krieg gegen Napoleon zu vergleichen, wie Hood es gelegentlich versucht, ist lächerlich, was er wissen würde, wenn er, wie ich, fünf Jahre in französischer Gefangenschaft gewesen wäre. Sei es, wie es mag: Unsere hochtrabende Proklamation mag taktisch ungeschickt gewesen sein, und wir wären wahrscheinlich besser beraten gewesen, es den Händlern gleichzutun und uns bei unseren Überzeugungsversuchen auf so einfache Dinge wie Stammesstolz und volle Bäuche zu konzentrieren. Diese Eingeborenen leben in einem weiß Gott schrecklichen Land, das ebenso weiträumig wie leer ist. Warum ziehen sie, die über keine erkennbare gesellschaftliche Organisation verfügen und planlos hin und her wandern, vierhundert Meilen weit mühselig über einsame Moore, um einen möglichen Feind zu stellen? Nicht einmal Samuel Hearne vor vierzig Jahren konnte in seinem ausführlichen Buch darüber Klarheit schaffen. Trotzdem entstand aus dieser nicht mehr auflösbaren Mixtur von Gedanken und ihrer unangemessenen Übersetzung – wie immer sie in ihrer Minimalsprache geklungen haben mag – plötzlich ihr ritueller Tanz. Was er darüber hinaus bedeutete, ob er in irgendeinem Bezug zu den benachbarten Dogrib-Indianern stand, die offenbar die Tanzmeister des Landes sind, oder warum sie tanzten und weshalb eine derartige Stampfzeremonie sie darauf einschwören konnte, für unsere Expedition zu jagen, was sie ja offensichtlich tat – unser Übersetzer hatte keine Erklärung dafür!

Wie immer man unsere Vorgehensweise beurteilen mag, fest steht, dass sie glückliche Ergebnisse zeitigte. Da der Tanz außerordentlich lebhaft war, erwartete ich, dass auch einige Frauen mitmachen würden. Und obwohl sie sitzen blieben und sich tief in ihre schweren Kleider drückten, fingen sie an, sich wie ein Feld dunklen Getreides im Winde hin und her zu wiegen, bis die brennende Flagge alle, einschließlich der Frauen, bewog, zu unserem Lager auf einer Anhöhe über dem See zu laufen. Nach meinen heldenhaften Bemühungen kam sehr schnell heraus, dass unser Diener John Hepburn vor dem Hauptzelt ein Feuer gemacht hatte, um die allgegenwärtigen Schwärme von Moskitos zu vertreiben, und da er mehr an Rauch als an frische Luft gewöhnt war – er rauchte Pfeife wie ein Schlot – und die Wolken der Plagegeister einigermaßen in Schach gehalten wurden, fiel er bald in wohligen Schlummer und merkte nicht, als die dünne Moosschicht Feuer fing und im Winde die Fahne immer wieder darüber strich – bis unsere Schreie ihn weckten.

Doch in der Vorstellungswelt der Indianer ist für so etwas wie Zufall keinen Platz. Die Frauen, die so schlaff und runzelig waren, wie eingeborene Frauen es nun einmal sind – durch das lange Säugen der Kinder von Jugend an werden die Brüste so beansprucht, dass ihr Anblick nur noch abstoßend ist –, stimmten in die Klage des Häuptlings ein, worauf Leutnant Franklin geistesgegenwärtig unsere Reservefahne entrollte. Glücklicherweise war sie größer als die Erste – (wenn auch nicht aus Seide; den Unterschied freilich vermochte kein Indianer zu bemerken) –, und sobald der Häuptling sah, wie sie majestätisch im Winde wehte, beruhigten er und seine Gefolgsleute sich wieder. Den Diener behandelte Doktor Richardson wegen einer leichten Brandwunde, und die gute Laune der Tänzer wurde wiederhergestellt, als Hood – auf Befehl – ein weiteres Fässchen Rum anbrach, der freilich stark mit Wasser versetzt war. Dann stellte sich heraus, dass die Männer, die kurz zuvor noch bereitwillig in das Klagegeheul eingestimmt hatten, sich nicht dazu verstehen wollten, Rum und Tanzvergnügen mit den Weibern zu teilen. Diese kauerten missmutig auf der Erde und verfolgten von dort das immer lauter werdende Geheule.

Der alte Kartograph indessen schien immer noch nicht überzeugt. Während des Tanzes richtete er weitere Fragen an unseren Übersetzer, der den Namen unseres Dieners immer wieder auf merkwürdige Weise wiederholte:

»Hep *Burn*, Hep *Burn*«, also Hep *Brand*, Hep *Brand* und durch offenbar ausführliche Erläuterungen ergänzte, wie er sie uns noch nie gewährt hatte. Plötzlich ging der graue Alte davon, um sich auf einem Block faltigen Gesteins niederzuhocken. Von dort aus starrte er über den See, ohne den jungen Männern, die sich unter eintönigem Gesang im Kreise bewegten und auf den geduldigen Boden stampften, Beachtung zu schenken. Ich wollte gerade eine schnelle Skizze von ihm vor dem Hintergrund des windgepeitschten Gewässers machen – das ein Staunen erregendes Binnenmeer aus Süßwasser ist, für dessen Überquerung wir an der schmalsten Stelle von Insel zu Insel drei Tage brauchten –, als Hood neben mir auftauchte.

»Sie sollten dies vielleicht besser nicht tun, Mr. Back«, sagte er in seinem ominösen Pastorenton, der so gar nicht zu seiner hageren, fast durchsichtigen Erscheinung passte. »Er wird es nicht mögen.«

Ach, wirklich! Ich weiß genauso gut wie er, dass die Indianer für uns arbeiten müssen, wenn sich unsere Expedition nicht als undurchführbar erweisen soll. Auf entsprechenden Befehl will ich gerne weiße Marinegala anlegen (für den Tanz in Cumberland House war nur blaue Gala erforderlich), ganz gleichgültig, wie zerknittert sie nach unserer einjährigen Schinderei im Kanu seit York Factory sein mag, die sie zusammengedrückt im Packsack eines kanadischen Voyageurs überstehen musste. Hier auf diesem Urgestein will ich Hab-Acht-Stellung einnehmen, auf Urgestein, Aug-en-Ge-rad-e-Aus, eine Stunde lang auf einen endlosen See, bis eine kunterbunte kleine Flotte aus Birkenrindenkanus auftaucht und ein Häuptling, die Schultern in ein riesiges Bärenfell gehüllt, sich herablässt, an Land zu gehen – und dessen Augen nicht mit dem leisesten Zucken zu erkennen geben, dass er uns überhaupt zur Kenntnis nimmt. Obwohl sie an Förmlichkeit noch die Franzosen ausstechen, will ich's mir gefallen lassen: Der Häuptling mag durch das hölzerne Tor von Fort Providence stolzieren und sich in der jüngst mit Lehm verputzten Halle der Handelsgesellschaft niederlassen – die entsprechend seiner imperialen Würde nicht größer ist als die Küche einer englischen Kate – und wird auf seinem Thron aus Dreck mit der entrückten Würde von König Georg III. mir höchstselbst die Gunst erweisen, ihm vorgestellt zu werden, und ich werde mich vor ihm verneigen, als wäre er wirklich der sechzigjährige Herrscher über das ganze Erdenrund – God save the King! Lassen wir uns jedoch zu oft dergleichen anmaßende Schmierenstücke bieten und tragen unser Teil dazu bei, dass sie stattfinden können, dann bin ich sicher, dass es zu einer Katastrophe kommen wird.

Ich bin mir völlig im Klaren über die alltäglichen Erfordernisse dieser Reise, und ich weiß auch über dieses Land Bescheid, insoweit es erforscht und beschrieben ist; ebenso bin ich mir sicher, dass meine Theorie über die Küste, die wir vermessen sollen, zutrifft. Jedem von uns ist bewusst, dass wir gegen den immer möglichen Verrat eines Eingeborenen nicht gewappnet sind, weshalb sehr vieles vom Zufall abhängt, wir hart arbeiten, auf alles gefasst sein und das Beste erhoffen müssen. Unser Treibanker ist die Hoffnung, und als Seeleute verstehen wir damit umzugehen.

Unser Leutnant Franklin ist in allem, was er tut, ausgesprochen planvoll, ordnungsliebend und methodisch. Mag er die Befehle der Admiralität und die sich aus dem Empire ergebenden Zielsetzungen, soweit ihm dies angemessen erscheint, noch so sorgfältig erläutern – alles, wie immer es übersetzt wird, nimmt der Häuptling mit derselben ernstumwölkten Feierlichkeit zur Kenntnis, die stets mit dumpfer Verständnislosigkeit einhergeht. Doch lassen mir derartig schleppende Zeremonien viel Zeit, um mir von diesem Indianer und seinem aus Leder, Pelz und nackter Haut zusammengeflickten Hofstaat mein Bild zu machen: ich sehe kräftige, wohlgeformte Gliedmaßen, ich sehe aber auch ein wildes Volk, das noch nie zuvor einem Engländer begegnet ist, geschweige denn für einen solchen gearbeitet hat – wissen die überhaupt, sehr im Unterschied zu unseren im Pelzhandel groß gewordenen kanadischen Voyageuren, was Arbeit ist?

Doch wenn wir Erfolg haben wollen, müssen uns die Eingeborenen gehorchen. Sie müssen imstande sein, genügend Hirsche aufzuspüren und zu erlegen, um uns und alle arbeitenden Männer ausreichend mit Nahrung zu versorgen: fünf Engländer und achtzehn Paddler und zwei Übersetzer – ganz zu schweigen von mehreren Frauen in ihrem Gefolge, auf die sie nicht verzichten können, in drei Birkenrindenkanus, Alles in Allem also mindestens fünfundzwanzig Mann, die den Coppermine-Fluss hinabfahren wollen, den weder ein Voyageur noch ein Engländer je gesehen hat – außer Samuel Hearne, der tot ist und nur die zwanzig Meilen bis zur Mündung kennen gelernt hat, und zwar vor fünfzig Jahren. Mir will scheinen, dass eine Menge anstrengender Arbeit auf uns wartet, noch ehe wir den Coppermine erreichen – und können wir denn ganz sicher sein, ob der zögerliche alte Mann auch wirklich *diesen* Fluss gemeint hat, dessen Weg zum Ozean er uns aufzeichnete? Und hat er wirklich gesagt, was wir auf dem Umweg über den Häuptling und dann den Übersetzer erfuhren? Er schien sich ja etwas im Unklaren zu sein über einen Fluss für die »Rückkehr« – dabei haben wir gar nicht vor, auf diesem Weg zurückzukehren, wenn wir unsere Aufgaben in der Arktis erfüllt haben.

Denn wenn wir die Mündung des Coppermine erreichen, was wir uns für diesen Herbst fest vorgenommen haben, planen wir, den Großen Nördlichen Ozean zu erforschen – der bei den Indianern anscheinend das »Ewige Eis« heißt: sicherlich nur, weil sie sich davor fürchten. Wir erkunden seine Küste in östlicher Richtung bis zur Hudson Bay und den Schiffen, die dort verkehren, alles in unseren Birkenrindenkanus. Davon jedoch wissen unsere Voyageure noch nichts, die zwar hervorragend geeignet sind, wilde Flüsse hinabzutanzen – auf über 2000 Meilen haben wir lediglich einen Mann verloren, einen Steuermann, der bei der Fahrt durch eine Stromschnelle ertrank, was, wie man uns sagt, zu den ganz normalen Berufsrisiken gehört –, nicht jedoch, um einen mit Eis bedeckten Ozean zu befahren. Vor zwei Jahren haben Leutnant Franklin und ich nördlich von Spitzbergen eine Menge Eis gesehen und dann wieder auf der Überfahrt mit der Prince of Wales, und selbst vom Deck eines 200-Tonnen-Schiffes aus sind Eisberge kein sehr ermutigender Anblick. Nicht einmal für einen englischen Seemann.

In England mag die Hirschjagd ein königliches Amüsement sein, wir aber wollen durch sie unsere Ernährung sicherstellen und suchen nicht den faden Kitzel in Wald und Flur nachgestellter Gefahren. Jedes Kanu hat eine Besatzung von sechs Mann: Bugmann, Steuermann und Paddler. Da Essen, zusammen mit Trinken, ihre einzige Zerstreuung darstellt, erwarten sie, jeden Tag acht Pfund Fleisch verschlingen zu können. Wenn man dazu noch unsere Übersetzer und uns selbst zählt, vier Offiziere und einen Diener, kommen wir gegenwärtig auf einen wöchentlichen Fleischbedarf von fast einer Tonne, was mindestens zwanzig großen zerlegten Hirschen entspricht. Da man uns gesagt hat, dass die Hirsche zu der Jahreszeit, wenn wir die öde Küste entlang zu fahren beabsichtigen, alle fort sein werden, müssen wir mindestens die doppelte Menge beschaffen – also insgesamt vierzig Stück pro Woche, damit ihr Fleisch getrocknet und zu Pemmikan gestampft werden kann, um den Proviant für den schwierigsten und entscheidenden Abschnitt unserer Erkundungsfahrt sicherzustellen: die Suche nach einer Durchfahrt zur Hudson Bay im Osten und die Vermessung der nördlichen Küste Nordamerikas.

Wir beobachteten deshalb mit Ernst, wie die sieben zartgliedrigen indianischen Jäger, die mager und beweglich wie Schulknaben sind, nach vorne traten und Hood ihnen in aller Form den ersten Beutel Pulver und fünfundzwanzig Musketenkugeln in die Hand legte. Von jedem Einzelnen erwarten wir, dass er pro Woche durchschnittlich sechs Hirsche erlegt.

»Zu dieser Gruppe des Stammes gehören etwa neunzig Kinder und Frauen der Yellowknife, und weniger als dreißig erwachsene Jäger«, vertraut mir Hood am See mit seiner Grabesstimme an. »Wir haben jetzt ihre besten Jäger verpflichtet – wer also soll in dem bevorstehenden Winter für ihre Familien sorgen?«

»Sie teilen mit denen, die etwas haben – Indianer teilen.«

»Aber ihre besten Jäger arbeiten für uns!«

»Haben Sie denn nicht gehört, was der Häuptling gesagt hat?«, frage ich ihn mit vor Sorge um die Eingeborenen triefender Stimme. »Er hat verkündet: Nie werden wir es zulassen, dass unsere neuen Freunde, die weißen Krieger, Hunger leiden müssen!«

»Aber das geht über den Kreis der Jäger hinaus«, fährt Hood unbeirrt fort. »Die drei Frauen der Voyageure können unmöglich die ganze Beute häuten und zerlegen und das Fleisch trocknen, bevor es verdirbt – oder alle Häute, die wir brauchen, gerben –, selbst wenn sie auf jeden Schlaf verzichten würden. Die Frauen der Yellowknife müssen ihnen dabei helfen.«

In dem Jahr, das wir zusammen erlebt haben, sind Hood und ich gezwungenermaßen gut miteinander ausgekommen, doch die Art, wie er über Dinge spricht, die er als moralische Imperative versteht, reizt mich immer zum Widerspruch; diese unerträgliche Rechtschaffenheit, aus der man das blutleere Temperament des kleinen Geistlichen mit kleinem Einkommen heraushört, der sein Vater ist.

»Wahrscheinlich sieht Bigfoot in diesen Absprachen seinen eigenen Vorteil«, erwidere ich. »Warum sonst sollte er damit einverstanden sein?«

»Ein Führer sollte sich über die Nachteile für seine Leute keine Gedanken machen?«

»Können Sie denen in den Kopf schauen? Warum hören die auf ihn? Er war einverstanden, also scheint er für sich einen Vorteil zu sehen.«

»Ich verstehe«, meint Hood, jetzt unverhüllt abfällig. »Sie vergleichen ihn also mit Napoleon.«

»Um Gottes Willen, diesen öligen Primitiven?«

Nur dem Abkömmling eines Klerikers war es möglich, in diesem hinterhältig salbungsvollen Tonfall Folgendes zu sagen: »Natürlich habe ich nie wie Sie das Glück gehabt, mit eigenen Augen den etwas kurz gewachsenen Großen Kaiser zu sehen, als Sie damals grausam zusammengeschnürt im Tragkorb eines Esels lagen.«

Sobald man ihn gedanklich widerlegt hat, zieht Hood sich unweigerlich auf die elementare Zufälligkeit seiner Körpergröße zurück, als sei sie ein Argument. Obwohl ich fast 25 Pfund schwerer bin als er und, wenn es sein muss, ihn zweimal am Tag in Grund und Boden laufen kann, wie ich es oft getan habe. Er jedoch will mir Ratschläge erteilen, wann es möglicherweise unklug sein könnte, einen runzligen Indianer zu zeichnen! Ratschläge von einem, der nach einem Jahr Wildnis immer noch nicht gelernt hat, wann seine Pistole geladen sein muss – nämlich immer!

Am 13. August waren wir schon zwei Wochen nördlich von Fort Providence, allein mit unseren Voyageuren und unseren Indianern – zum größten Teil Frauen und Kinder in winzigen Nussschalen, mit denen zusammen wir den Yellowknife hinauffuhren. Obwohl wir angeblich mitten durch das Gebiet zogen, das die Hirsche auf ihrer jährlichen Wanderschaft berühren, hatten uns unsere »sieben besten Jäger« in diesen zwei Wochen nicht den kleinsten Bissen Fleisch beigeschafft. Vor der letzten Portage dieses Tages – um eine Stromschnelle herum, die jeder Maler pittoresk fände – halten unsere Voyageure, als würden sie eine Gefahr wittern, plötzlich an und kauern sich dicht gedrängt neben die Kanus, die sie gerade auf die Felsen gezogen haben.

Zunächst glauben wir, sie wollen sich nur einen Augenblick Ruhe gönnen. Der Tag hat es mit acht kurzen Seen und sieben Portagen, die von der ersten mit zweihundert Yard bis zu dieser mit mehr als tausend Yard immer länger wurden, in sich gehabt. Sie führten über rissige Felsen und durch Moore, die so schwammig und von Grasbüscheln übersät waren, dass trotz aller Energie, die mich auszeichnet, ich allein vom Tragen meiner Instrumente und Aufzeichnungen am Rande der Erschöpfung bin. Diese Männer aber haben ihr ganzes Arbeitsleben lang 180 Pfund schwere Lasten portagiert, und deren vier können das 600 Pfund schwere Kanu über jedes beliebige felsige Gelände tragen, ohne dass ihnen die geringste Anstrengung anzusehen ist. Dies mag an ihrem männlichen Stolz liegen – wir haben erlebt, dass sie noch nach vierzehn Stunden unbeschreiblicher Strapazen zu Ringkämpfen antraten oder um ihre Lagerfeuer tanzten, und sicherlich ist derartiger Stolz sowohl gut als auch höchst nützlich für uns: In einer Nacht, als die Gesänge aus ihren Zelten uns stundenlang nicht einschlafen ließen, sagte Leutnant Franklin: »Mit solchem Elan könnten wir diese zerbrechlichen Kanus bis nach China paddeln.« Und ich muss sagen, dass aus ihren Gesängen eine gewisse naturhafte Unerschrockenheit sprach, so gespenstisch sie in der Furcht einflößenden Stille der Wildnis auch klangen.

Dennoch kann dies schwerlich entschuldigen, dass Hood mit nichts als einem Bleistift und Papier in den Händen herumsteht, als sie plötzlich und unverkennbar anfangen zu meutern.

Sie erklären, seit sieben Tagen nichts zu essen bekommen zu haben außer schlechtem Fisch und verschimmeltem Pemmikan – wir essen genau dasselbe und wissen, wovon sie reden! –, und keine Versprechungen können sie mehr überzeugen, dass der Rauch von den Feuern der

Jäger am nördlichen Horizont etwas anderes anzeige als ihren Standort. Unwiderruflich weigern sie sich, diese letzte Portage des Tages zu gehen, ohne vorher frisches Fleisch bekommen zu haben.

Es stimmt ja, dass sie sich unendlich geschunden haben – besonders heute –, aber können wir deshalb eine Herde Bullen aus unseren Instrumentenkoffern zaubern? Wir sind schon seit zweitausend Meilen von ihnen abhängig, und uns ist völlig klar, dass die wetterwendischen Gemüter der Kanadier nur dann zum Denken bewegt werden können, wenn ihnen der Magen knurrt; deshalb lässt mich Leutnant Franklin in einfachem, durch die Cree-Dialekte unverfälschtem Französisch erneut auseinander setzen, was er selbst sie wiederholt hat wissen lassen: dass er sie als Mannschaft seines Schiffes betrachtet, sie bisher stets als englische Seeleute behandelt hat und dies auch in Zukunft tun wird – und dies bedeutet, dass sie ihre vertraglichen Pflichten erfüllen werden. Sollten sie sich weigern, werden sie auf der Stelle bestraft werden.

Jetzt allerdings muss er noch einen Schritt weiter gehen. Schon seit der Abreise von Fort Providence haben sie sich unlustig gezeigt – als seien sie nur imstande, ihnen bekannte Flüsse zu befahren, und dabei hatte man sie angeheuert, weil sie die kräftigsten und am nachdrücklichsten empfohlenen Voyageure überhaupt waren. Jetzt aber hat er genug von ihrem Gemurre und ihren unverschämten Launen. Sollten sie für diese letzte Portage des Tages nicht auf der Stelle ihr Gepäck schultern, werde er nicht zögern zu tun, wozu er nach englischem Recht befugt sei – *ihnen das Hirn wegzupusten.*

Selbst in einfachem Französisch ist es befriedigend, einen so unzweideutigen Satz zu sagen. In vier Tagen haben die indianischen Frauen, Kinder und alten Männer ihre Habe genauso weit getragen wie die Voyageure und dabei mit Sicherheit weniger zu essen gehabt. Eben kommen sie mit ihrer wie stets durchweichten kleinen Flotte an Land und sind auch schon dabei, in einem großen Durcheinander von Kindern und Hunden und Säcken aller Art klaglos die Portage in Angriff zu nehmen. Hood hockt natürlich mit dem Skizzenblock auf den Knien mitten in der Landschaft, schaut aber immerhin her, als ich ihn anschreie. Auf meinen Schrei hin bleiben die Indianer wie angewurzelt stehen und starren herüber zu uns auf dem felsigen Ufer, aber Hood erhebt sich seelenruhig und hält immer noch seinen unnützen Bleistift in den Fingern.

Wir sind zwar zu fünft – doch unser Diener trägt selbstverständlich keine Pistole. Weshalb Leutnant Franklin, Doktor Richardson und ich nur drei Meuterer exekutieren können, bis die anderen mit ihren Messern bei uns sind.

Ich muss sagen, dass ich ein seltsames Gefühl des *déjà vu* verspüre, fast einen Schwindel, als ich den Zündsatz meiner Pistole überprüfe. Es ist mir zwar bewusst, dass ich mich entscheiden muss, welchen Mann ich zu übernehmen habe – etwa jenen riesigen Frankokanadier oder den lauernden Mohawk? Wie konnten wir uns je dieses finster starrende Schwarzgesicht ausgucken? –, doch die Absurdität, die britische Marine, den letzten napoleonischen Krieg, fünf schreckliche Jahre in französischer und spanischer Gefangenschaft und die Überquerung von 113 Längengraden noch vor Vollendung meines vierundzwanzigsten Lebensjahres überlebt zu haben, um mir dann am Ufer eines wüsten, namenlosen Sees (manchmal nämlich reisen wir zu schnell, um jedem einen Namen zu geben, geschweige denn alle zu sehen) von kanadischen Mischlingstölpeln die Kehle aufschlitzen zu lassen, die Absurdität dieser Vorstellung übersteigt in diesem Augenblick mein geistiges Fassungsvermögen. Die riesigen Voyageure erheben sich aus dem Sand.

»Wo ist St. Germain?«, will Leutnant Franklin wissen.

Hood hat seine nutzlose Pistole mit einer Ruhe hervorgeholt, als wolle er sie eben mal polieren; vielleicht fummelt er gerade an seinem Pulverbeutel herum.

»Er wollte vorauslaufen, um die Jäger zu treffen«, antwortet er.

Unser Übersetzer ist unser wertvollster Mann – und obendrein auch ein besserer Jäger als drei x-beliebige Indianer zusammen –, doch kennen wir seinen scharfen und berechnenden Verstand und verdächtigen instinktiv ihn, hinter dieser ganzen Sache zu stecken. Auch wenn er jetzt nicht anwesend ist, könnte er sehr wohl alles veranlasst haben, und dann würde Leutnant Franklin nicht der Verantwortung ausweichen können, ihn als Ersten zu exekutieren. Wäre er jedoch hier, würde die Sache anders verlaufen, als sie schließlich ausgeht: Wir ziehen und spannen unsere Pistolen. Dennoch machen die beiden größten Voyageure und der Mohawk einige Schritte auf uns zu, bis sie merken, dass ihre sechzehn *confrères* in ihren Fußstapfen stehen geblieben sind. Lieber Gott, die könnten uns doch in ihren riesigen Händen wie Fliegen zerquetschen! Aber mit britischem Charakter kann es kein Kanadier aufnehmen.

»Dafür werden jedem drei volle Tageslöhne abgezogen«, ordnet Leutnant Franklin an.

»Schlagt hier das Lager auf,‹, sag ich auf französisch zu ihnen und versuche erst gar nicht, meine Verachtung zu verbergen. »Ihr werdet die Portage morgen gehen.«

Dissension Lake, See der Meinungsverschiedenheit. Einen deutlicheren Namen mochte Leutnant Franklin nicht zulassen. Hood, der ein sehr gut ausgebildeter Mathematiker ist, bestätigte genau die von mir berechnete Position mit 64°, 6′, 47« nördlicher Breite und 113°, 25′, 0« westlicher Länge. Eine Stunde später tauchten unser Übersetzer und die Jäger auf und brachten Fleisch: in Anbetracht der Tatsache, dass wir nur knapp unserem

Untergang entronnen waren, war es von ungeheurer Ironie, dass sie an den Ufern des nächsten Sees und unmittelbar jenseits der Portage, welche die Männer sich an diesem Tage noch zu gehen geweigert hatten, achtzehn Hirsche erlegten.

Noch bevor wir ihn gesehen hatten, nannten wir diesen See Hunter Lake, See der Jäger, und die Voyageure verbrachten den Abend damit, sich voll zu stopfen und zu lachen wie Kinder, die sie nun mal sind – ein Bissen Fleisch macht alles wieder gut. Ich glaube fest, dass selbst die ernstesten Warnungen, Lohnabzug und sogar gespannte und auf sie gerichtete Pistolen – leider haben wir nicht die Möglichkeiten, sie auszupeitschen – sie genauso wenig beeindrucken wie unsere täglichen Bibellesungen, denn außer Flüchen verstehen sie kein Wort Englisch. Leutnant Franklin indessen bleibt unerschütterlich von der letztlich heilsamen Wirkung dieser Lesungen überzeugt – er allein steht fest in der Hoffnung des Christen.

Unser Übersetzer jedoch lachte nicht, als er von unserer Konfrontation und den gezogenen Pistolen erfuhr. Genauso wenig wie unser schwarzgesichtiger Mohawk, der es, wie mir auffiel, als Einziger gewagt hatte, auf dem Sand bis fast in Reichweite hochzusteigen, und dabei mit voller Absicht auf Hood zuging.

Obwohl es jetzt nach zehn Uhr ist, liegt über dem friedlichen See der Meinungsverschiedenheit das Licht noch immer wie gekräuseltes Gold, wie ein geschmolzener Schatz, der sich zwischen diesen urtümlichen Felsen ausgerollt hat. – Ach, wäre dieses schreckliche Land unter dieser goldenen Sonne doch nur spanisches Festland mit dem Gold Amerikas! Und trotz der unentrinnbaren Wolken von Moskitos, die ihn wie der böse Geist dieses Ortes mit all seinen Engeln umtanzen: Hood zeichnet. Wie üblich weigert er sich, mir zu zeigen, was er gezeichnet hat, weshalb auch ich ihn nicht sehen lasse, was ich gemacht habe, aber dennoch ist klar, dass in diesem Augenblick nicht die Landschaft seine Aufmerksamkeit fesselt, was ebenso wenig der Fall war, als diese Feiglinge uns herausforderten. Eine Frau und ein Mädchen steigen mit Wassereimern hinunter zum See. Lautlos gleiten sie im waagrechten Licht hinab.

Hood scheint sie zu beobachten, denn ich höre, wie er hinter mir »Dies sind Keskarrahs Töchter« sagt.

»Keskarrah?«

»Ja, der alte Mann, der Hearne begleitet hat – der Kartenzeichner.«

»Hat der so junge Töchter?«

Vielleicht verrät mich meine Stimme. Hood war vierzehn Jahre alt, als er zur Marine kam, also zwei Jahre nach mir, und war ein Bursche, wie kein Kapitän ihn sich hübscher hätte wünschen können, und dennoch will er ganz Pflichterfüllung und Bibelfrömmigkeit gewesen sein – aber was geht mich eigentlich dieser praktizierende Junior-Franklin an? Nicht einmal aus dem Munde seines Vaters, des kleinen Landpfarrers, hätte es missbilligender kommen können:

»George, sie ist noch das reinste Kind.«

Ich jedoch gehe zu ihnen ans Ufer des Sees aus geschmolzenem Gold. Das Mädchen hat gerade den Eimer aufgehoben und steht dort rank wie eine Weide, gießt Wasser zurück ins Licht – ich will aber die Frau sehen, wenn sie sich bückt. Ihr schlanker Arm geht zum Wasser, Hand und Eimer tauchen ein und treiben plätschernd goldene, wachsende Ringe hinaus, dann richtet sie sich wieder auf und dreht sich herum, ein schlanker Scherenschnitt geformt vom gleißenden Licht. Mein Lebtag habe ich kein solch überwältigendes Gebilde gesehen, solch ein Antlitz – lebte sie in Italien, sie würde im Feuer goldner Mosaiken brennen, Madonna im Ledergewand beim Wasserschöpfen.

Unteroffizier zur See Robert Hood

Sonntag, der 13. August 1820 Yellowknife River

Der Wald hörte auf, und das Land, das sich vor uns auftat, war eine nackte Wüstenei aus grobem braunem Sand, unterbrochen von felsigen Hügeln und Seen.

Hier angelangt ließen die Voyageure alle Hoffnung auf eine Besserung ihrer Situation fahren. Sie glaubten, dass die Indianer uns beschwatzt hatten und wir ungeahnte Gefahren heraufbeschworen, indem wir sie in dieses unwirtliche Land führten und bereit seien, sie notfalls den Zielsetzungen der Expedition zu opfern.

Ihrer Unzufriedenheit machten sie schließlich Luft in der Drohung, zu desertieren, die Mr. Franklin durch die Ankündigung schwerster Strafen gegen die Rädelsführer zum Schweigen brachte. Wenige hätten die Strapazen, die sie ertrugen, ohne Murren hingenommen, jetzt aber kamen ihre Beschwerden zum falschen Zeitpunkt.

Kaum hatten wir unser Lager aufgeschlagen, als vier Jäger mit dem Fleisch zweier Rentiere bei uns erschienen, wonach die Vorwürfe gegen uns verstummten: Die Kanadier machen sich so lange keine Gedanken, bis sie Hunger bekommen.

Sonntag, der 20. August 1820 Winter Lake

Endlich waren wir in die angestammten Weidegründe der Rentiere vorgedrungen, deren Geweihe ganze Wälder bildeten, die sich über die Hügelkämme hinweg zu sicheren Weideplätzen bewegten. Am westlichen Ende des Sees entdeckten wir einen fünfzig Yard breiten Fluss, der sich aus dem See über eine kräftige Stromschnelle in südwestlicher Richtung ergoss. Eine halbe Meile unterhalb dieser Stromschnelle gingen wir am nördlichen Ufer des Flusses an Land, an der für unser Winterlager geeignetsten Stelle.

Schneeschuhe 4

Auf einer winzigen Insel jenes Sees, an dessen westlichem Ufer sie nach Aussage Keskarrahs den nördlichsten Bestand von Bäumen finden sollten, die groß genug waren, um daraus eine mit Fort Providence vergleichbare Unterkunft zu errichten, bekamen die englischen Offiziere einen ersten Einblick in die Wesensart »unserer Indianer«, wie sie in ihren Tagebüchern die Tetsot'ine bezeichneten. Jener Augusttag, an dem die Luft so frisch war wie in Lincolnshire um die Wintermitte, begann, harmlos genug, mit Gesang und einer schönen Kanuexkursion auf den See.

Wegen der Bäume machte sich Leutnant Franklin große Sorgen, mochte zunächst jedoch nur in Andeutungen darüber reden. Es mache den Eindruck, vertraute er laut seinem stellvertretenden Kommandeur im mittleren Kanu an, als ob die Händler der Hudson's Bay Company im Gebiet der Yellowknife noch vergleichsweise unerfahren seien und keinen besonderen Eifer an den Tag gelegt hätten, jenes Pflichtgefühl aufzubauen, das ein Arbeitsvertrag erfordere. Bereits nach zwei Wochen sei ihm klar gewesen, dass es den Jägern, die sie gezwungen gewesen seien anzuheuern (weil in dieser Gegend bedauerlicherweise keine anderen Eingeborenen lebten), an so gut wie jeder Disziplin mangelte, welche nun einmal die Grundvoraussetzung sei für ein erfolgreiches Wirken im Dienst der Expedition. Auch glaube er nicht, dass vier Pistolen (von denen eine nie geladen war) und wiederholte Ermahnungen, dass die Beschaffung von Fleisch schon Wochen im Voraus geplant werden müsse, jemals ausreichten, sie von der Notwendigkeit regelmäßiger, täglicher

Pflichterfüllung zu überzeugen; dies sei nur zu erreichen, wenn man sie über einen längeren Zeitraum strikter englischer Zucht aussetze – wofür die Voyageure ein Beispiel seien.

Von Doktor Richardson kam ein Brummen, das möglicherweise Zustimmung zum Ausdruck bringen sollte. Mit seiner eingefleischten schottischen Gründlichkeit führte er gerade Messungen der Wassertemperatur durch; seine Notizbücher waren voll mit Zahlen für Morgen, Mittag und Abend, hinter denen auch Dezimalstellen vermerkt waren. Plötzlich sagte er dann aber doch etwas.

»Geld«, brummte er, während er noch einige letzte Zahlen eintrug.

»Geld?«

»Sie haben die größeren Zusammenhänge im Blick, Sir«, stellte Richardson fest und lächelte über seinen Kommandeur und dessen unerschütterliche Zuverlässigkeit. »Die meisten Menschen aber wollen nur verstehen, was sie in Händen halten können. Wir werden niemals Indianer unter unsere Kontrolle bringen, jedenfalls nicht in diesem wilden Land, solange wir sie nicht von der absoluten, praktischen Notwendigkeit des Geldes überzeugen.«

»Aber diese Notwendigkeit scheint es für sie nicht zu geben, denn das, was sie haben, tauschen sie gegen das, was sie brauchen.«

»Genau. Hier, glaube ich, liegt das fundamentale Problem der ökonomischen Entwicklung von Primitiven. Verstünden sie das Wesen des Geldes, würden sie härter arbeiten, um mehr davon zu bekommen und damit kaufen zu können, was ihnen fehlt.«

Franklin schüttelte den Kopf. »Aber ... sie scheinen nur sehr wenig zu brauchen.«

»Genau«, murmelte Richardson und schlug sein Notizbuch zu. »Man muss sie dazu bringen, mehr zu wollen, als sie brauchen. Das ist Zivilisation.«

Auf dem eiskalten See, in den die Paddel der dahinjagenden Kanus in gleichmäßigem Takt blitzende Wirbel zeichneten, machte Leutnant Franklin angesichts dieser Analyse kein glückliches Gesicht. Nicht weil sie ihm zu nüchtern erschien, sondern weil er sie als zutiefst kaltherzig empfand, ja, weil sie ihm fast wie ein gottloser Zynismus erschien – obwohl sein unerschütterlicher Optimismus ihm einreden wollte, der freundliche Doktor könne das überhaupt nicht so meinen. Fünfzehn Monate lagen jetzt zwischen ihnen und Gravesend, und bis zu ihrer Rückkehr dorthin würde es hoffentlich nicht mehr so lange dauern; und was die individuellen und zwischenmenschlichen Schwierigkeiten auf dieser Expedition betraf, so würden sich diese im weiteren Verlauf als nicht gravierender erweisen, als man unter den gegebenen Umständen erwarten musste, *Deo volente.*

Leutnant Franklin drehte sich auf seinem Sitz herum und schaute an den paddelnden Armen Solomon Bélangers vorbei nach vorne: Die Yellowknife waren verschwunden. Sie waren vorausgefahren und hatten vielleicht schon mehrere stehende und fließende Gewässer überquert ... irgendwo dort vorne mussten sie sein. Ihre heruntergekommene Flotte, in der offensichtlich Frauen und Kinder genauso paddelten oder Lasten trugen wie die Männer und wie es ihnen gerade zu passen schien, hatte nach und nach und ohne besondere Anstrengung seine Riesenkanus mit den zu bestimmten Tagesleistungen vertraglich verpflichteten Voyageuren abgehängt und war jetzt in nördlicher Richtung hinter den Felsbarrieren der Portagen und endlosen Buckelwiesen aus schwammigen Moospolstern verschwunden. Als gestern, am 19. August 1820, die Sonne unterging, hatte sich die Expedition über die Wasserscheide portagiert und hinunter zu diesem See vorgearbeitet, der, noch bevor sie ihn gesehen hatten, wie beschlossen nach dem bevorstehenden »Winter« benannt wurde. Das Verschwinden der Indianer jedoch und die wenigen Krüppelkiefern, die sie in den Tälern auf der Südseite vorfanden, waren nicht ermutigend.

Ob der alte Mann wirklich verstanden hatte, was sie brauchten? Derartig dünne, windrissige, verdrehte Stecken aus knorrigem, zähem Holz taugten nun wirklich nicht zu Zeltgestängen, geschweige denn als Baumaterial für die Blockhäuser, die es zu errichten galt. Es war Sonntag, und sie hatten noch nicht ihren Gottesdienst abgehalten, doch weil die Voyageure unmittelbar nach dem Nachtschlaf immer am klaglosesten arbeiteten, zumal, wenn es einen spiegelglatten See zu überqueren galt, hatte er Befehl gegeben, bei Sonnenaufgang die Boote zu Wasser zu lassen und den Gottesdienst bei der nächsten Rast nachzuholen. Doch trotz der fröhlichen Gesänge der Voyageure ließ jeder sich neu eröffnende Blick über den See ihn mehr an dem alten Mann zweifeln und an dem, was er ihrer Auffassung nach über »die letzten wirklich großen Bäume« gesagt hatte. Von der leeren Öde der sie umgebenden unermesslichen Landmasse der Tundra ging etwas Drohendes aus.

Dann trat die Insel, deren niedrige Kuppe vor dem Hintergrund des nördlichen Ufers keiner der Offiziere ausgemacht hatte, urplötzlich in ihr Bewusstsein. Doch war es nicht ihr Anblick, durch den sie die Aufmerksamkeit auf sich zog, sondern ein aus der Ferne kommendes Geräusch, welches die Musik der Paddel überlagerte. Ein Geräusch, das sie nicht einordnen konnten, das in ihren Ohren nur wie ein sinnloses Durcheinander von Tönen und Lauten klang. Dann, als sie etwas länger über das eiskalte Wasser starrten, nahmen sie Bewegungen wahr ... als würden Gegenstände in die Luft geworfen oder als hüpften diese herum. Vor dem hellen Himmel erkannten sie unregelmäßig umherspringende Gebilde, die wie über dem Wasserspiegel tanzende Sandfliegen aussahen, die sie jedoch bald als die tollen Bewegungen von Menschen mitten im Wasser erkannten ... Aber ja!, die Kuppe einer Insel war dies, auf einem schmalen Streifen Strand waren Menschen, die sich geißelten, und es musste sich um ihre Indianer handeln, denn außer ihnen gab es hier doch niemand. Sie sprangen wild auf einer kleinen Insel herum. Und hörte man da nicht auch Schreie?

Vom führenden Kanu aus schrie Back: »Karneval, Sir! Haben wohl 'ne Quelle entdeckt ... aus der immer Rum fließt!«

Leutnant Franklin gab jedoch keine Antwort. Im Halse stecken blieb den Voyageuren ihr Morgengesang, zwischen dessen zusammenbrechenden Rhythmen etwas hörbar wurde, was eindeutig Klagegeschrei war, ein Trauergesang der Eingeborenen, der zwischen den Steinen auf der Linie zwischen Wasser und dem unendlichen Himmel verhallte.

Im letzten Kanu hatte Robert Hood den ganzen Morgen lang wie schon an früheren Tagen versucht, auf einem kleinen Blatt Papier einen zusammenhängenden Ausschnitt jenes Teils der Erde einzufangen, durch den er gerade getragen wurde. Aber selbst nach einem erschöpfend anstrengenden Jahr, mit dauernd ineinander fließenden neuen Ansichten und Perspektiven, gab er auch jetzt wieder der Versuchung nach, den Blick zur Seite zu richten auf etwas, was er aus den Augenwinkeln zu sehen glaubte und seine Aufmerksamkeit anzog, sich jedoch stets in nichts auflöste, wenn er hinschaute. Als er jetzt, ohne sich zu bewegen, im Kanu über diesen nicht weiter bemerkenswerten See fuhr, spürte er, wie sein Körper sich langsam anspannte und wand, als würde er sich nach und nach zu einer Spirale drehen, an deren Ende es ihm den Kopf am Genick abbrechen würde. Wie einer von jenen armseligen kleinen Bäumen, die unablässig diesen erbarmungslosen Wind über sich ergehen lassen mussten und sich deshalb im Lauf eines Jahres nur in winzigen Stückchen in die Höhe schrauben konnten; oder wie die Eule, die den Kopf im Kreise drehte, dabei aber angespannt geradeaus starrte und versuchte, rings um sich herum die vollkommene Kugel eines grenzenlosen Immergleichen zu entdecken und in dem Augenblick, als ihr aufging, dass die ganze zusammenhängende Welt sich nie und nirgends gleicht, ihre eigene Strangulation vollendet hatte. Ein Baum an der Baumgrenze … eine Eule ohne Kopf …

Jetzt aber muss seine Zeichnung zu einem Schluss finden, muss einen Rahmen bekommen!

Er glaubte, den Akzent auf etwas legen zu können, was ihm wie ein Streifen Wasser erschien, der auf das nördliche Ufer des Sees stürzte und zwei zottige Bäume voneinander trennte, die ihm allerdings zu hoch vorkamen, als dass sie wirklich dort stehen konnten. Ob sie so riesig wirkten, weil das Wasser sich völlig perspektivlos vor ihm ausdehnte? Solche vom Licht verursachten starken Verzerrungen hatten ihm schon früher manchen Streich gespielt: Er musste aufpassen. Doch rechts und links ein großer Baum – wenn er sie weit genug im Vordergrund platzierte, könnten sie vielleicht einen Rahmen abgeben.

Aber wie oft schon hatte er dies genauso gezeichnet, hatte Bäume hinschraffiert, wo gar keine stehen konnten! Das jetzt wieder zu tun, wo es sie tatsächlich gab, erschien ihm zu wiederholend … und dann sah er, dass die Fälle, statt hinab in die Gischt zu stürzen, aus den struppigen Sträuchern emporzusteigen, in die Luft zu klettern schienen über die Felsen hinaus – wie eine Säule aus Eis, die jemand auf den leeren Raum und die Dunkelheit geklebt hatte. Es war verblüffend.

Doch aus dieser Sinnestäuschung durch das Licht drang unverkennbar das Tosen des Wasserfalls hervor und wurde eins mit dem Wind über dem See. Darüber legten sich zitternd Geräusche von der Insel. Dies mussten Menschen sein, bestimmt Yellowknife, die sich zuckend und wie unter Krämpfen auf dem Walrücken jenes Felsens bewegten, vor dem sich bereits deutlich das Gestrüpp als schwarze Striche abzeichnete. Sie schleuderten Gegenstände in die Luft, die in hohem Bogen ins schwarze Wasser fielen.

»Was ist das?«, fragte Hood den Übersetzer, St. Germain, der neben ihm saß.

»Bestimmt jemand tot.«

»Tot?«

Nie im Leben hätten sich die englischen Offiziere einen solchen Ausbruch von Trauer vorstellen können. Denn darum handelte es sich, auch wenn Doktor Richardson zunächst davon überzeugt war, dass es ein Hexen- oder (was ihm als noch wahrscheinlicher erschien) ein Teufelssabbath sein müsse, den die Eingeborenen mit der für sie charakteristischen Perversion nicht etwa um Mitternacht, sondern am helllichten Tage aufführten. Aber es war indianische Trauer. Ein ferner See hatte zwei Jäger geholt, von denen einer Bigfoots Schwager war, der andere der Sohn der Schwester seiner Frau, und solange die beiden Säulen schwarzen Rauchs hinter den Wasserfällen und der Kuppe von Dogrib Rock nördlich von ihnen in den Himmel zeigten, wussten sie, dass dieser ferne See sich immer noch weigerte, die Leichen zurückzugeben, damit sie betrauert und dann den Tieren überlassen werden konnten, wie es Brauch war.

»Doppelter Rauch, zwei Männer«, erklärte St. Germain. »Alles ihre Verwandten.«

Von der Insel aus konnten die Offiziere den Rauch jetzt deutlich erkennen. Es waren keine Wolken, und zum

Überlegen blieb ihnen keine Zeit. Um sich herum hörten sie nur Gebrüll, Weinen und Schreie; Zeltstangen wurden zerbrochen und Häute aufgeschlitzt, Kessel zerbeult, Äxte zerschmettert, Hunden wurden die Kehlen aufgeschlitzt, und alle möglichen Gegenstände und Tiere flogen einfach in den See, zerfetzt, zerbrochen, blutig. Ein Ausbruch entfesselter Zerstörungswut fegte über das kleine Eiland hinweg. Auch über ihre Kanus fielen die Yellowknife her, zerbogen die Gewehre, mit denen sie jagen sollten.

»Warum tun sie das?«, wollte Leutnant Franklin von St. Germain wissen.

»Tot«, erwiderte er stoisch. »Sie schreien, machen sich arm.«

Sogar Richardson bekam es plötzlich mit der Angst zu tun. »Werden sie denn alles zerstören, was sie haben und was sie doch eigentlich zum Leben brauchen?«

»Kann sein. Traurig, sehr groß. Immer schreien, wenn jemand tot.«

Selbst wenn die Ausübung seiner Autorität als Repräsentant des Empire ihm keine andere Wahl gelassen hätte, als die angedrohte Exekution zu vollziehen, verböte die Ehrfurcht vor dem Leben Leutnant Franklin, auch nur einer Fliege etwas zuleide zu tun; doch hier, vor seinen Augen, war ein Junge im Begriff, einen völlig verängstigten Hund abzustechen. Hastig kletterte er deshalb an Land, packte den Burschen an der Schulter und herrschte ihn an, worauf dieser herumfuhr und womöglich ihm den Bauch aufgeschlitzt hätte, wäre nicht St. Germain mit einem Schlag auf dessen Arm dazwischengegangen.

»Nein! Nein!«, schrie der Übersetzer. »Nicht anfassen – versteck, was du kannst – aber fass sie nicht an!«

Widerwillig stiegen einige Voyageure aus den Kanus, lasen auf, was ihnen an nützlichen Dingen in die Hände fiel und legten alles in einiger Entfernung vom Strand auf einem höher gelegenen Punkt der Insel auf einen Haufen. Auch Hepburn kam herbei und half ihnen. Kein Yellowknife erhob dagegen Einspruch oder hinderte sie daran. Gemeinsam mit St. Germain ging Richardson von Mann zu Mann und machte ihnen eindringlich klar, dass sie aufhören müssten, die Gewehre zu beschädigen, die ihnen schließlich, wie er erklärte, von dem Großen Vater in England überlassen worden seien, der sehr erzürnt wäre, wenn man seine Geschenke zerstörte, auch wenn dies aus tiefer Trauer geschehe. Die Männer ließen daraufhin zwar die Feuerwaffen fallen, fuhren jedoch fort, sich ungeachtet der Kälte unter Klagegeheul die Kleider zu zerreißen, alles mit weit aufgerissenen Mündern, die wie gefühllose Löcher in ihren plötzlich grotesk wirkenden Gesichtern klafften, und mit durch keinen Blick erreichbaren leeren, von Schmerz geblendeten Augen.

»Sie machen den Eindruck, als würden sie uns dankbar sein, wenn wir dem Ganzen ein Ende bereiten, ja, doch!«, sagte Leutnant Franklin mit Bestimmtheit und überzeugt, endlich zu einer tieferen Erkenntnis vorgedrungen zu sein.

Als die Heftigkeit ihres Schmerzes allmählich in die rhythmisch kreisenden Bewegungen eines von Klagelauten begleiteten Tanzes überging, erteilte er St. Germain den Befehl, hier die Stellung zu halten und zu bewachen, was gerettet worden war; die übrige Mannschaft jedoch müsse wieder die Suche nach geeigneten Bäumen aufnehmen.

Da merkte Richardson, dass er sein Notizbuch verloren hatte. St. Germain schob die Gewehre auseinander und suchte danach, als auf dem kleinen Buckel der Insel Greywing mit den zerschlitzten, aufgeweichten Zelthäuten ihrer Familie erschien, die sie hinter sich her zog. Der See habe sie zurückgegeben, erklärte sie St. Germain mit weit aufgerissenen Augen.

Richardson hätte weinen können. Im kalten, vom See reflektierten Licht der Sonne stand zitternd dieses Kind vor ihm, mit nichts als einem Stück Leder über den Schultern, und er war außerstande, die Augen von ihren schlanken, kräftigen Beinen zu wenden, ihren kleinen Brüsten, der unschuldigen Falte ihres Geschlechts. Doch dann wandte er sich abrupt ab und wünschte sich fast, so heulen, seinen Körper bis zur Empfindungslosigkeit und Erschöpfung geißeln zu können wie sie. Inmitten dieser Trauer, die aller Trauer Ende zu sein schien in dieser entlegensten Wüstenei der Welt auf einer winzigen Insel, kam er sich einen Augenblick lang so verloren vor wie auf einem Geisterschiff auf einem leeren Ozean.

Hood zerrte ein halb zerschmettertes Kanu auf die Felsen; ihm liefen die Tränen über die Wangen.

»Sie *wollen,* dass wir ihre Habe retten; und da wir keine Yellowknife sind, *können* wir ihre Sachen retten«, stieß er hervor.

»Die sind ...« – dem Doktor schien sein Englisch nicht zu reichen, um ein passendes Wort zu finden – »... völlig ohne Maß und Ziel ...«

»Aber sie werden sich zu Tode frieren«, beharrte Hood, als könne er es verhindern, indem er es aussprach. »Völlig hilflos auf diesem nackten Felsen!«

»Nun, nun.« Richardson gab sich regelrecht einen Ruck, um wieder vernünftig denken zu können. Auf dieser Insel der Klage war Hoods Gefühlsaufwallung, nicht anders als seine, eindeutig fehl am Platz. »Wir kennen unsere Pflicht. Diese Menschen haben auch schon in der Vergangenheit getrauert, und es gibt sie immer noch.«

»Aber sie haben für uns gejagt!«

»Nun, nun«, sagte Richardson erneut und legte die Hand auf die unbrauchbar gewordene Haut des Kanus. »Es kann ihnen nichts schaden, dass sie sich verpflichtet haben, für uns zu jagen.« Das Notizbuch war weg. Vielleicht war es, natürlich ohne böse Absicht, ebenfalls in den See geworfen worden. Verschiedene Einzelheiten würde er, soweit dies eben möglich war, aus dem Gedächtnis und den Notizen der anderen Offiziere rekonstruieren. »Bewache auch dieses Kanu«, befahl er St. Germain überflüssigerweise.

»Die gehen nicht weg von hier«, sagte der Übersetzer, »zumindest jetzt noch nicht; nicht so schnell.«

»Wie lange werden sie denn noch hier bleiben und ... trauern?«

»Solange sie sich danach fühlen.«

»Bewache auch das Kanu«, wiederholte Richardson. »In der Nacht werden die Kinder ganz bestimmt noch den dürftigsten Unterschlupf brauchen.«

Dann, nach einem kurzen Einsatz der Paddel, entdeckten sie am Ende des Sees, wo der Winter River (wie sie ihn nannten) in westlicher Richtung über Stromschnellen entfloss, Keskarrahs Wald, und er erschien ihnen wie ein Segen, ein Geschenk, das ihnen durch die Begegnung mit einer für sie unvorstellbaren Trauer zuteil wurde. Jetzt erinnerten sie sich, dass der alte Mann genau diesen Ort gemeint hatte. Unbegreiflich, wie in dieser Einöde völlig überraschend dieser Hain vor ihnen auftauchte mit riesigen, einzel stehenden Fichten von zwei Fuß Durchmesser und vierzig, fünfzig Fuß Höhe, die in den Talniederungen und an den Rändern von Sümpfen, aber besonders dicht auf dem hoch gelegenen sandigen Kamm des Eskers standen, der quer durch den Fluss zu ihren Füßen in westlicher Richtung von Winter Lake bis zum Roundrock Lake verlief. Nordöstlich davon ragte hinter den nackten Wellen der Hügel die Kuppel von Dogrib Rock auf, unvergesslich in den Himmel gemalt wie eine graue Schulter, und im Süden, auf der anderen Seite des Flusses, hockte auf der kerzengeraden Linie des Hügelrückens ein riesiger Felsblock, als hielten ihn vorweltliche Riesen im

Gleichgewicht. Back rief »Großer Stein!«, unmittelbar bevor Hood, der ihn im Abendlicht durch das Teleskop betrachtete, eine Bewegung bemerkte, die, wie er glaubte, zu einem Tundra-Grizzly gehörte, der den moosbedeckten Hang darunter abweidete. Nach all den nicht enden wollenden flachen Moor- und Felsgebieten war die Schönheit eines derartigen Panoramas mit über die Hügel gestreuten grünen Bäumen – das entfernt ans winterliche Südengland erinnerte – mehr, als er hatte erhoffen können.

Doktor Richardson hatte schnell einen größeren Erkundungsgang unternommen und erklärte die Lage für höchst günstig: ein Fluss, viele große Bäume, im Schatten des Moränenwalls Schutz vor den Nordwinden und trockener, grober Sand für die Fundamente; außerdem gebe es etwas tiefer im Wald eine Extrusion vorzüglichen weißen Tons (was für ein so mooriges und felsiges Land erstaunlich sei), mit denen man die Fugen zwischen den Stämmen verschmieren könne, aus denen die Häuser errichtet werden sollten. Obendrein befände man sich hier auf einer geraden Linie zwischen Dogrib Rock und dem Großen Stein, sodass man auch ohne Kompass nicht in die Irre gehen könne, solange man sich in Sichtweite dieser beiden Orientierungspunkte befand. Alles in Allem (Richardson ließ ein Maß an Erregung erkennen, das für einen naturwissenschaftlich gebildeten Schotten gerade noch als statthaft gelten durfte) handle es sich hierbei also um einen Standort für das geplante Winterlager, wie man ihn schwerlich besser hätte wählen können.

Vor einem mächtigen Feuer, auf das die Voyageure frisch abgerissene Fichtenzweige stapelten, die, noch sommergrün, im Feuer knackten, hielt Leutnant Franklin in tiefer Dankbarkeit den Sonntagsgottesdienst ab.

›So spricht der Herr: Der Himmel ist mein Stuhl und die Erde meine Fußbank; was ist's denn für ein Haus, das ihr mir bauen wollt? Oder welches ist die Stätte, da ich ruhen soll? … Denn ich kenne eure Werke und Gedanken. Es kommt die Zeit, dass ich sammle alle Heiden und Zungen, dass sie kommen und sehen meine Herrlichkeit. Und ich werde euch senden in die Ferne zu den Inseln, da man nichts von mir gehört hat, und sollen meine Herrlichkeit unter den Heiden verkündigen.‹ Wahrlich, so spricht der Herr. Dank sei Gott.

Robert Hood stand unbeweglich da mit gesenktem Kopf und gefalteten Händen. Vor seinem geistigen Auge tauchten die Kinder auf, einige erkannte er inzwischen wieder, die sich auf dem Felsen mitten in jenem dem Wind ausgesetzten See unter nassen, zerrissenen Häuten zusammenkauerten, die sie über zersplitterte Spanten von Kanus, verbogene Gewehrläufe und Holzstecken gehängt hatten. In den Pausen nach den Responsorien schien ihm, als könne er immer noch jene herzzerreißenden Klagelaute hören, irgendwo hinter dem Säuseln des Windes in den Fichten, hinter dem Wasserfall und dem immer dunkler werdenden See. Ihm war, als betete er – betete um eine Offenbarung. Wie nur konnten diese Menschen Ewigkeiten hier gelebt haben, ohne dass man etwas von ihnen wusste? Wie würde er Leid darstellen, von dem er kaum etwas hören konnte?

Die Klagegesänge waren auch noch am nächsten Morgen da, zwar schwach, doch klar wie die eisige Luft, durch die der Wind sie ihnen während des ganzen Tages lang zutrug, als sie die Standorte für die drei Gebäude von »Fort Enterprise« absteckten und die Eckpfähle in den harten Sand schlugen. George Back hier, George Back da, überall George Back! Er markierte mit dem Beil Stämme, die für die Häuser bestimmt waren, gab Ratschläge, gab Befehle. Doch um die Mittagszeit schien sich das ferne Geräusch verzogen zu haben. Michel Terohaute, der Voyageur von den Mohawk, machte sie darauf aufmerksam, dass statt der zwei schwarzen Rauchsäulen hinter Dogrib Rock jetzt nur noch eine Säule aus weißem Rauch stand: Dies musste bedeuten, dass der See beide Körper zurückgegeben hatte.

Nach dieser Information erteilte Leutnant Franklin den Voyageuren Befehle: Im ersten Licht des nächsten Morgens mussten zwei halbe Mannschaften in Bereitschaft sein, zwei Kanus zurück in den See zu portagieren und St. Germain mitsamt diesen armen Teufeln von der Insel zu holen. In der Zwischenzeit würde Back mit zwei Männern unverzüglich aufs Südufer des Flusses übersetzen und an einer Stelle ein Feuer entzünden, von welcher man den gesamten Winter Lake überschauen konnte. Dies würde das Signal für Bigfoot sein.

Hood fragte: »Sir, was … möchte denn unser Signalfeuer anzeigen?«

»Dass wir ihnen Hilfe schicken, um von der Insel herunterzukommen. Und wo wir sind«, antwortete Leutnant Franklin mit Bestimmtheit. »Bigfoot versteht sich auf Rauchzeichen.«

Es war schon fast dunkel geworden, ehe man auf dem Südhang auf der anderen Seite des Flusses überhaupt etwas von einem Feuer sehen konnte, dessen feiner Rauch sich spurlos mit den dichten Wolken vermischte. Die Flammen jedoch, die endlich neben dem Großen Stein aufsprangen, flackerten aufs schönste und muntern auf, dachte Hood, tragen ein weiteres Element des Menschlichen in dieses endlose Rund aus Wasser und nacktem Fels.

Doch plötzlich frischte der Westwind gefährlich auf, und als Back gegen Mitternacht mit seinen zwei Männern endlich zurückkehrte, stand der gesamte Hügelkamm südlich des Flusses in Flammen wie eine riesige, lang gestreckte Stadt.

»Es hat sich im Moos ausgebreitet, Sir, und dann fing das kleine Gestrüpp Feuer«, berichtete ein ausgepumpter Back. »Aber das wird nichts schaden, denn es halten sich dort keine Menschen auf, und irgendwann wird das Feuer ausgehen, weil es sich nicht ausbreiten kann.«

Die Offiziere und Männer starrten Back an, und in ihren Augen spiegelte sich der lodernde Hügelrücken in seiner ganzen Länge. Bis Richardson mit ruhiger Stimme sagte: »Wir haben Glück, dass zwischen dem Feuer und unseren Bäumen der Fluss liegt. Ich habe heute einen Stamm entdeckt, der 306 Jahre lang hier gewachsen ist.«

An Schlaf war in dieser Nacht kaum zu denken, denn das Röhren des Feuers verstärkte sich noch unter dem wütenden Wind, der auf ihre Zelte einschlug. Drei Tage lang konnten sie kaum etwas sehen; Rauch hüllte sie ein, als wären sie auf einem Planeten aus Feuer gelandet, und es war unmöglich, einen der markierten Bäume zu fällen oder richtig zu atmen. Die Voyageure, die unten am Fluss Wasser holten, berichteten, das Feuer, das unter den niedrigen Bäumen auf dem anderen Ufer tobte, habe gelegentlich so ausgesehen, als wollte es den Fluss überspringen. In der vierten Nacht jedoch fiel ein schwerer Schneeregen, und gegen Morgen war das Feuer erloschen. Der ganze prachtvolle grüne Südprospekt hatte sich in eine hässliche Wüstenei verwandelt – mit dampfenden Felsen und schwarzen Stecken, die wie Borsten in die Höhe ragten.

»Wer ist tot?«, fragte Bigfoot mithilfe von St. Germain Leutnant Franklin, als am 26. August die Tetsot'ine endlich aus den Kanus der Voyageure stiegen und auf die Uferfelsen am Fuß des Eskers traten. Die Erklärung, die er zu hören bekam, schien er nicht verstehen zu können. »Seltsam«, sagte er. »Noch nie haben sich diese Bäume für uns verbrannt.«

»Es kommt alles noch schlimmer«, sagte Keskarrah finster zu ihm. »Du kannst mit Dickes Englisch gleich über den Winter sprechen.«

Bigfoot nickte schwerfällig. Und teilte den konsternierten Offizieren mit, dass in diesem Sommer sie niemand mehr nach Norden führen könne. Die Menschen hatten alles verloren. Wie jeder leicht sehen könne, habe der See ihrer Trauer ihnen alles genommen, was sie einmal zum Leben besaßen, und sie müssten jetzt mit dem Mut der Verzweiflung an die Arbeit gehen, und zwar nirgendwo anders als hier – sollte es der Wille der Karibu sein, nach Süden und an diesen Ort zu ziehen und sollten sie diese auf die Pfade ihrer herbstlichen Wanderung träumen und anlocken können. Verzweifelt müssten sie arbeiten, um genügend Kleidung und Häute für die Zelte und getrocknetes Fleisch fertigzustellen, damit sie und die Englischen – die zu versorgen sie ihr Versprechen gegeben hätten, das sie natürlich halten würden – den Winter überstehen könnten.

Der lange Winter hatte nämlich bereits seine Boten geschickt.

Leutnant Franklin wollte seinen Ohren nicht trauen. Er hielt es für nicht sonderlich kalt, und der August dauerte noch eine gute Woche! Da er jedoch Bigfoots Unnachgiebigkeit spürte, schlug er schließlich vor, mit einer kleinen Mannschaft einen schnellen Vorstoß zum Coppermine-Fluss zu machen, bis zum Ozean vorzudringen, um dann wieder zurückzukehren – das Ganze solle höchstens drei Wochen dauern. Damit könne die beste Route für die Forschungsreise festgelegt werden, die sie dann im nächsten Sommer gründlich und vollständig durchzuführen hätten. Doch, ja, entgegen seinen eigentlichen Absichten könne er sich mit einer solchen Schnellexkursion, jetzt sofort, einverstanden erklären.

Aber ohne jede Umschweife verweigerte Bigfoot zum

zweiten Mal seine Zustimmung. »Ihr werdet allein zehn Tage brauchen, bis ihr den Fluss der Kupferfrau erreicht«, sagte er.

»Wieso?«

»Seen, viele Portagen – Art wie ihr reist«, erklärte St. Germain, ohne Bigfoots Antwort abzuwarten. »Schwer, alles schwer.«

»Ich sagte: mit leichten Kanus. Mit den beiden leichtesten Kanus, sehr leichtem Gepäck und nur zwei Offizieren …«

Mit einem wie zu einem Bildnis erstarrten Gesicht sah Keskarrah hinüber zum Großen Stein, der hoch und geschwärzt auf seinem Hügelrücken stand und immer noch rauchte oder vielleicht auch dampfte in der jäh eingebrochenen Dämmerung. Und als Bigfoot danach noch einmal etwas sagte, schien Spott aus seiner Stimme zu klingen, obwohl es Hood so vorkam, als läge dies vor allem an der Übersetzung St. Germains. Das kategorische »Nein« und »Jetzt« ging sicherlich auf das Konto des Übersetzers:

»Er sagt, jetzt keine Hirsche an Fluss von Kupferfrau. Jetzt keine Hirsche an Ozean. Wir hier träumen, schnell, oder alle sterben jetzt. Frauen trocknen Fleisch, schaben Häute: hier.«

Leutnant Franklin verstand nicht: »Was meint er denn mit ›hier träumen‹?«

»Ihre Art zu jagen.«

»Im Traum?«

»Hier, wo vielleicht die Hirsche vorbeikommen.«

»Aber sie haben doch jetzt Gewehre!«

»Gewehre … sind zum Töten. Nicht zum Jagen.«

»Was?«

»Träumen, wie man sie findet.«

Außer einem »Nein« konnte oder wollte St. Germain danach nichts mehr sagen. Der Dolmetscher schien jetzt ihr Häuptling zu sein und war von allen, die sich ihnen verweigerten, der undurchschaubarste; um ihn herum standen Keskarrah und Bigfoot und die anderen Yellowknife und starrten grimmig und schweigend über den Fluss. Leutnant Franklin blieb schließlich nichts anderes übrig, als ihn eindringlich zu fragen:

»Was sagt *Ihr* dazu, Ihr persönlich?«

»Ja, es ist genauso.«

»Aber wir messen … fünfmal am Tag die Temperaturen, wir machen vollständige Wetteraufzeichnungen. Und hier und jetzt registrieren wir lediglich ein paar Grad weniger als zum selben Zeitpunkt des letztes Jahres, als wir bis Ende Oktober unterwegs waren und unsere Stoffkleider sich als völlig ausreichend erwiesen und wir das Ganze …«

»Ihr jetzt in Land von Tetsot'ine«, schnitt ihm St. Germain barsch das Wort ab. »Keine Hirschschuhe im Winter, keine Füße im Frühling.« Zusammen mit anderen Stammesgenossen, die als Lastenträger dienten, zog Greenstockings an ihnen vorbei. Es war so unwürdig, wie sie gleich die Köpfe zusammenstecken und beratschlagen mussten, kaum dass sie einen Fuß aufs Ufer gesetzt hatten. Lächerlich, wie ihr Vater und die Männer sich genauso aufgeregt benahmen wie die Weißen; das hässliche, abgebrannte Land schien auf sie abzufärben.

Mit gleichmäßigen Schritten begann sie den steilen Aufstieg auf den Esker, wo sie so oft viele Monate des Winters verbracht hatten, wenngleich jetzt die Pfade von fremden Füßen bis hindurch auf die Steine ausgetreten waren. Auf dem Rücken trug sie die durchweichte Masse aufgeschlitzter Zelthäute, die jetzt freilich auch wieder leicht waren wie immer dann, wenn sie im Schmerz der Trauer aufgeschlitzt worden waren, um den ganzen angesammelten Ballast dumpfer Alltäglichkeit loszuwerden; Greenstockings würde sie so zusammennähen, dass sie wieder dicht und warm würden, und rein und stark genug fühlte sie sich, um ihren Teil zu tun, ihre Last zu tragen und jeden Mann auszuhalten, der es sich zutraute, sie zu bespringen. Es gab jetzt so viel mehr Männer in ihrer Umgebung, deren unterschiedliche Hautfarbe keine Rolle spielte, denn sie würden sie begehren, besonders jetzt, da das Röhren der Karibubullen über die Hügel rollte und die Dunkelheit allmählich in die Winternacht überging. Broadface, der den ganzen Sommer lang mit ihr zusammengelebt hatte, war nicht vom See jenseits des Dogrib-Felsens geholt worden, obwohl es genauso gut ihn hätte treffen können. Er war dort gewesen und mit der Versicherung zurückgekehrt, die Leiber der beiden ertrunkenen Jäger seien geborgen und der Sitte gemäß auf dem Land zurückgelassen worden, und wie immer war Greenstockings aus der langen Gefühlswallung gemeinschaftlicher Trauer gekräftigt und gereinigt hervorgegangen. Jetzt stand er vor ihr und schaute sie an: Broadface. Sein Gesicht mit den mandelförmigen Augen war, wie immer, rund und schön und glänzte wie das einer verführerischen Frau. Gehörte aber zu einem Mann.

Sie nahm ihn. Oder vielmehr nahm er sie, keiner wusste genau wie herum es ging in den keuchenden, gewalttätigen oder zärtlichen Gewitterstürmen, die sie miteinander ausritten. Er suche einen Sohn in ihr, zischte er ihr ins Ohr, und mit dem einen Auge auf seinem Schwanz wolle er ihn finden, und müsste er Tag und Nacht bis zur Rückkehr der Gänse nach ihm suchen; schließlich schüttelte sie ihn wie eine Decke ab.

»Zumindest deine Worte sind groß«, sagte sie grausam.

Seine Hand ging zum Messer und würde blitzschnell etwas in ihr gefunden haben, wenn auch keinen Sohn, wäre ihr kupfernes Messer, das sie zum Häuten benutzte, nicht schon zwischen seinen Beinen gewesen. Er wusste, dass kein Mann schneller ist als eine Frau, die ihr Leben damit verbringt, Tiere zu häuten und Fleisch zu zerlegen, Tiere, die er nur erlegt; deshalb setzte er sich auf und lächelte.

»Du bist meine Frau.«

»Wenn du mich halten kannst.«

»Du willst mich, du wirst noch nach mir jammern«, versprach er ihr.

»Worte«, erwiderte sie mit einem Anflug von Lächeln. »Immer deine großen Worte.«

Doch dann erblickte sie ihre Mutter und erhob sich. Vor dem steinigen Ufer am Ende ihrer Insel der Trauer lenkten die Männer die riesigen Kanus der Voyageure ganz vorsichtig zwischen den Felsblöcken hindurch.

Vielleicht war Michel unter den Paddlern. Sie schaute nicht und sagte Broadface nichts davon, dass die Augen des schwarzen Mohawk ihr überallhin folgten; warum sollte sie auch? Darum musste Broadface sich schon selbst kümmern. Sie sagte ihm auch nichts von Knabe Englisch, der am See, wo die Voyageure Diese Englischen hatten umbringen wollen, sie angestarrt und Mund und Augen aufgerissen hatte, als wollte er sie auffressen. Fast hätte sie ihm damals den Eimer mit Eis über den Kopf gekippt, um ihm einen Denkzettel zu verpassen, doch dann hätte sie sich bücken müssen, um den Eimer wieder zu füllen. Sie musste daran denken, wie Broadface sie das erste Mal von hinten genommen hatte, als sie sich genauso bückte, mit dem Gesicht zum Wasser. Er hatte zwischen seinen muskulösen Armen einfach ihren Oberkörper nach unten gedrückt, hatte ihr schon den Rock hochgeschoben, noch ehe sie richtig merkte, dass er hinter ihr war, hatte ihr die Hosen herunter gerissen und in Sekundenschnelle sich so wüst in sie gestoßen, dass sie nichts mehr wusste, außer dass sie schrie und einen scharfen, schneidenden Schmerz spürte, der sie jenseits auch nur des geringsten Anflugs von Lust wie ein kreisendes Messer durchschnitt; ihr

Eimer versank in zuckenden Wasserringen im See. Sie konnte den Mann nicht abwerfen. Fest hielt er sie im Griff, und sie musste über sich ergehen lassen, wozu er gerade Laune hatte auf den runden, rohen Felsen. Am Ende war ihr Gesicht nur noch aufgerissener Mund, und sie sah, wie das Wassergekräusel verebbte, als würde sie mit ihrem schwarzen Schrei aus Schmerz und Wut, den sie atemlos in sich hineinschluckte, den ganzen See austrinken und trockenlegen wollen.

Doch noch während Knabe Englisch sie anstarrte und ihr dies alles durch den Kopf schoss und Greywing an ihrer Seite den Eimer aus dem Wasser zog, wusste sie, dass sie von ihm nichts zu befürchten hatte, und müsste sie sich zweimal vor seinen Augen bücken. Tapfer genug war er; sie hatte es sehen können als sie den Voyageuren gegenüberstanden, doch wie die andern auch marschierte dieser kleine Knabe Englisch über die Tundra oder reckte aus einem der Riesenkanus den Kopf in die Luft, als sei seine Stupsnase das Einzige, was ihm je voraus gewesen war; aufgepfählt oder tot würde er sein, noch ehe er ahnte, was ihn hier in ihrem Land von Anfang an auf Schritt und Tritt verfolgt hatte.

Dies würde hoffentlich eintreten, ehe Diese Englischen alles niedergebrannt oder getötet hatten, weil sie und ihre Männer so viel zum Essen brauchten. Allein drei Männer mussten sie ernähren, die nichts anderes taten, als die Fässer mit Schießpulver zu transportieren, die sie für erforderlich hielten, um Karibu zu töten. Doch wenn sie die Tiere so behandelt hätten, wie es sich gehörte, hätten sie von ihnen alle Sehnen bekommen, die man braucht, um ihnen Fallen zu stellen.

»Du bist nur eine Frau«, sagt Keskarrah, als er Greenstockings dabei zuschaut, wie sie die Salbe, die Richard Sonn ihm gegeben hat, auf Birdseyes Gesicht tupft. »Und du weißt, dass du dir nichts vormachst.«

»Nur eine Frau«, wiederholt Birdseye leise.

Keskarrah will sich auf keinen Streit einlassen. »Jede Frau weiß, was sie weiß. Ich gebe zu, dass ich nicht weiß, wie wir in unserer Welt mit Diesen Englischen zusammenleben können. Sie haben so riesige Kanus, schleppen so viel Zeug mit sich herum, dass wir nicht einmal genügend Laute haben, um aus ihnen für alles einen Namen zu machen und es nicht genügend menschliche Wesen gibt, dies alles um die ganze Welt herum zu tragen, wenn sie einmal zu Fuß gehen müssen – es würde noch nicht einmal reichen, wenn wir unseren Feinden jeden Hund, den sie haben, stehlen würden. Nichts bleibt wie es ist; wenn sie kommen, wird alles anders, und dennoch geben sie allem eine Bezeichnung, als würde es immer dasselbe bleiben und könnte von ihnen benutzt werden. Wir kennen diesen langen Hügelrücken auf der anderen Flussseite seit wir leben, doch kaum sind sie zwei Tage hier, weigert er sich, so zu sein wie bisher. Brennt sich einfach schwarz. Aber dafür sind sie blind.«

Birdseye sagt nichts. Sie hält die Augen geschlossen.

»Oder lass es irgendeinen See oder Fluss sein«, fährt Keskarrah fort und schaut unverwandt auf den Film aus gelber Salbe. »Immer machen sie ihre Zeichen, Zeichen auf Papier, die ein Tropfen Wasser auslöschen könnte. Als ob sie kein Gedächtnis hätten.«

Greenstockings weiß, dass sich eine Antwort erübrigt; ihr Vater versucht, beim Reden etwas zu Ende zu denken, doch sie zweifelt, ob Birdseye unter ihren die Salbe verstreichenden Fingern überhaupt zuhört, um ihm helfen können.

»Sie müssen immer etwas in der Hand haben, worauf sie ihre Zeichen machen können oder womit sie etwas betrachten können, oder sie brauchen rätselhafte Instrumente, durch die sie gucken. Mit ihren Augen zielen sie über jeden See und jeden Fluss mithilfe von Instrumenten, die die Sonne am Anfang immer verzerrt, und davon zeichnen sie dann etwas auf Papier mit Namen, die meistens keine Bedeutung haben. Als ob ein See oder Fluss zweimal derselbe sein könnte! Wenn man auf Wanderschaft ist und mit den Flüssen, Seen und Hügeln lebt, kann es sein, dass sie so bleiben, wie sie uns erscheinen; siehst du sie jedoch mit dem Auge des Traums, dann verstehst du, dass sie nie so sind, wie du sie sahst, als du sie zum ersten Mal in wachem Zustand wahrgenommen hast. Dickes Englisch spricht immer wieder von der Seele Überall, aber er selbst schaut nie nach der Sonne. Er und seine Männer starren sie durch etwas anderes hindurch an, und ich denke, die Sonne benutzt ihre Instrumente nur, um sie zu blenden. Um sie glauben zu lassen, alle lebendigen Dinge würden immer dieselben bleiben.«

Er hat Greenstockings Finger genau beobachtet. »Diese Stelle hier«, sagt er und deutet auf einen Fleck, den bisher keiner von ihnen auf Birdseyes Gesicht entdeckt hatte. Sie tastet nach der Salbe.

Er redet langsam weiter: »Ehe du geboren wurdest, träumte ich dich als Frau und dass Männer wie Wölfe kämpfen würden, um dich zu bekommen – was ja geschehen ist. Und da warst du, ein kleiner blutiger Körper, der nicht zwischen den Beinen deiner Mutter herauskommen wollte. Wo ich schon so oft gewesen war.« Über diese schönen Erinnerungen lacht er und kratzt sich ganz ungeniert. »Ja, ich wollte immer zwischen ihren Beinen sein und hab mich manchmal sogar getraut, auch blutig zu werden!«

Greenstockings starrt ihn an. »Blutig? Also wenn eine Frau …?«

Und Keskarrah freut sich umso mehr darüber, dass er und Birdseye sich über dieses Tabu hinweggesetzt haben. »Ein Mann und eine Frau können alles machen, Blut hin oder her, wann sie wollen, wenn sie nur stark zusammen sind.«

Birdseye reagiert mit einer Grimasse und antwortet früher, als er damit rechnet: »Für Männer sind Frauen nur Orte, in denen man ein- und ausgeht«, sagt sie zu Greenstockings und dreht das Gesicht in den Schein des Feuers. Wie in Strahlen schmiegt sich die Salbe an die rohen, zackigen Ränder ihres Gesichts. »Das ist alles, wovon die, die nur Männer sind, träumen, und zwar die ganze Zeit.«

Keskarrah lacht noch ein bisschen lauter, aber abwiegelnd. »So hab ich's nicht gesagt, ich hab dir gegenüber nicht ›nur‹ gesagt, das weißt du genau«, versucht er zu erklären. Trotz der hässlichen Salbe, die aussieht, als verschwände sie nie mehr von Birdseyes schöner Haut, muss Greenstockings kichern; so oft schon hat sie mit angehört, wenn ihre Eltern sich stritten. Und Keskarrah fährt fort: »Frauen kommen dort nur heraus, aber ein Mann war immer als Erster in einer Mutter, und Kinder haben dafür ein Verständnis. Und natürlich gehen Männer gern dorthin zurück, so oft sie können, und Frauen mögen es, einfach weil sie es wollen, und wenn sie es nicht schon immer gewollt hätten, gäbe es kein Leben – Frauen sind der Ort des Lebens, und dort wollen die Männer eben sein, und dann sind beide wahrhaft lebendig. Ich glaube schon, dass Diese Englischen Menschen sind, aber sie sind … anders. Als könnten sie ihr ganzes Leben lang umherziehen und ohne Frauen leben.«

»Sie leben aber nicht ohne Frauen«, erklärt Greenstockings.

»Woher weißt du denn das?«, will Keskarrah wissen.

Sie schaut zur Seite; kann ihm noch nicht erklären, was sie den Augen von Knabe Englisch abgelesen und die Gedanken, die sie sich darüber gemacht hat. Jetzt sagt sie nur: »Sie nehmen sich ihre Frauen, wo sie gerade sind.«

»Aber wie können sie denn wissen, dass es dort welche

gibt?«, insistiert Keskarrah. »Sie haben doch überhaupt keine Ahnung. Wenn nicht jemand von uns mit ihnen reist und lebt, sehen sie überhaupt nichts, bis es unmittelbar vor ihren Füßen anfängt zu brennen. Ich habe noch nie erlebt, dass einer von ihnen zurückgeschaut und erkannt hätte, wovon sie bereits verfolgt werden, obwohl alle anderen es sehen können.«

»Mag sein«, kommt es langsam von Birdseye, »mag sein …«

Sie hält inne, und einen Augenblick lang wendet Greenstockings ihren Blick von der schrecklichen Wunde ab, deren Rand sie jetzt jeden Tag berühren muss. Sie mag die Salbe nicht. Sie hat sich nicht gefürchtet, als Richard Sonn ihr zeigte, wie man sie vorsichtig auftragen muss, aber damals dachte sie weder an seinen Namen, noch konnte sie wissen, dass die tägliche Untersuchung der Haut ihrer Mutter allmählich dazu führen würde, dass sie überall bald nur noch Haut sehen würde. Und Krankheit, die sie jetzt auf vielen Gesichtern wachsen sieht, wo sie ihr nie zuvor aufgefallen ist. Ganz am Anfang, als Birdseye ihr sagte, dass die Salbe den Schmerz, den der Fresser bereitete, wie weggewischt habe: O wie gut! O wie herrlich! Wie ekstatisch sie war! Aber jetzt scheint ihr, als sei ihre Mutter bereits langsamer und schwächer geworden, als sei die Haut, die sie regelmäßig einrieb, irgendwie härter und nicht mehr so durchblutet, obwohl sie glänzte. Einmal wollte sie Birdseye fragen, ob sie noch einmal gegen den Fresser kämpfen und die Schmerzen ertragen könne wie ganz am Anfang, doch wie einem Kind stiegen ihrer Mutter Tränen in die Augen, und Keskarrah wies sie barsch zurecht:

»Tu, was Richard Sonn dir gesagt hat.«

Grade so, als wolle auch er am liebsten nichts sehen – zumindest davon nichts. Als wäre das bisschen Zeug, das die Weißen ihnen täglich geben, damit sie es mit den Fingerspitzen verstreiche, nicht genauso tödlich für ihr Volk wie Instrumente und Traumlosigkeit.

»Was?« Jetzt beugt sich Keskarrah zu Birdseye. »Was mag sein?«

»Vielleicht haben sie es nicht nötig zu träumen. Mag sein, dass die Sonne ihnen durch diese Instrumente zeigt, wie die Welt ist, und dass sie deshalb immer dieselbe ist und von ihnen benutzt werden kann.« Keskarrah starrt sie sprachlos an. Noch nie war ihm der Gedanke gekommen, die Sonne im Glas könne etwas anderes bewirken, als die Weißen zu täuschen; noch nie hat er sich vorstellen können, dass etwas, was sie gemacht und mitgebracht hatten in die Welt, in der er immer gelebt hat und die er durch seine Wanderungen immer neu erschuf, diese Welt vielleicht stärker fixierte, als sein Bewusstsein wahrzunehmen vermochte. Greenstockings blickt auf und sieht, fast mit Furcht, wie sich eine Ahnung solcher Möglichkeiten in den Augen ihres Vaters verdichtet und dass es sich dabei um etwas viel Schlimmeres handelt als um den Fresser, an dem ein einzelner Mensch stirbt.

Ihre Blicke treffen sich und wandern dann zu Birdseyes Gesicht. Der untere Teil ihrer Nase ist nicht mehr da. Greenstockings kann sich noch daran erinnern, wie sie ihre kleine Nase in diesen zarten Winkel schmiegte, erinnert sich an den warmen Atem der Mutter, ihr Lachen, wie sie ihr in einer einzigen langen Handbewegung über die zarte Hügelkette ihres Rückens strich, ihr den Kopf hielt und an ihren drückte, bis die Wärme ihrer vereinten Gesichter sie beide überfloss. Keskarrah hält das kleine Kästchen mit der Salbe; wenn er wirklich nicht an die Macht Dieser Englischen glauben sollte, warum geht er dann jeden Tag zu Richard Sonn, um eine frische Portion zu holen, beugt sich nieder, schaut so gespannt zu, wenn sie den Finger eintunkt und um den rohen Rand dessen streicht, was für sie beide nur noch Erinnerung ist, dass sie seinen Blick fast wie eine Berührung empfindet? Plötzlich jedoch versteht sie, dass das, was sie hier tut, sich völlig unterscheidet von dem, was aus der Erinnerung heraufsteigt: wie sie unter den Tierfellen an Birdseyes Rücken lag und, gleichsam vergrößert durch ihren eigenen kleinen Körper, fühlte, wie sich ihre Eltern eine Winternacht hindurch umschlangen und jetzt selbst die pelzigen Tiere waren, unter deren Fellen sie eng ineinander gerollt schliefen und träumten, Haut auf Haut, wie Samen, die sich in der langen Winternacht versteckt hielten, um irgendwann in einen trüben Morgen zu erwachen, immer noch eingesponnen in jene wollüstig weiche, nachgiebige Wärme.

Nein; im Rückblick scheint ihr, als habe sie damals noch keinen Körper besessen, sondern sei nur Membran aus Glück gewesen, die sich im Schlaf zu köstlicher Bewusstheit entfaltete. Und von den Männern, die sie seither zu sich gelassen hat, hat keiner, auch Broadface nicht – noch nicht – ihr geholfen, sich jenes ahnungsvollen Vorgefühls zu erinnern.

Ach nein, denkt sie traurig, als sie Birdseye durch ihre Finger mitteilt, dass alle Salbe aufgetragen ist: Dieses Gefühl hat sie nie mehr gehabt. Als habe sie als Kind bereits alles durchlebt, noch ehe sie wusste, dass sie ein lebendiges Wesen war und nie lebendiger sein würde. Ihre Finger tasten sich auf dem Gesicht ihrer Mutter in diesen leeren Raum in ihrem Gedächtnis, der sie ängstigt. Wenn sie es als gedankenloses Kind zu fühlen vermochte, dann müsste es dieses Gefühl bestimmt noch irgendwo geben. Wie kann sie dann an … das Nichts denken?

Aber es ist da, gräbt sich in die Mutter hinein, hier, unter ihren Fingerspitzen.

»Ja. Ja.« Keskarrah wickelt die kleine Dose in Leder ein und versteckt sie in seinen Kleidern. »Morgen gibt Richard Sonn mir mehr davon.«

Greenstockings überläuft es kalt. Nicht einmal wenn er den englischen Namen verwendet, scheint ihr Vater sich vorstellen zu können, was sich vielleicht einmal als die Wahrheit jener großen Betrügerin, der Sonne, erweist. Sagt er doch, dass ihre Familien hier bleiben und nicht mit dem Stamm zusammen in den Spuren der Karibu wandern: Nur noch ihr Zelt steht auf dem Esker über dem Fluss, wo Diese Englischen feste Wurzeln geschlagen haben. Und trotz ihrer zunehmenden Schwäche ist Birdseye unermüdlich, schabt Häute, zerlegt das Fleisch, das die Jäger für sie und Diese Englischen herbeischaffen. Greywing bearbeitet die Häute jetzt schon fast so schnell wie ihre Mutter, aber einmal muss Greenstockings von einer Haut noch eine Lage Fett schaben, die ihre Mutter übersehen hat; damit sie in der Kälte nicht hart wie ein Brett wird. Keskarrah weigert sich, länger als einen Tag zu jagen oder Tierträume zu träumen, hat jedoch endlich auf Bigfoots Bitten hin sich bereit erklärt, den Fluss hinunter nach Roundrock Lake zu gehen, wo die anderen Stammesmitglieder schon warteten, dass er ihnen zeige, wo sie die lebenswichtigen Fanghürden bauen mussten, nämlich an den Stellen, wo er weiß, dass die Karibu auf den See treten und ihre Pfade zusammenlaufen. Fanghürden und Schlingenfallen werden jetzt zu einer Überlebensfrage: Wenn der See erst einmal dick zugefroren ist, würden die Tiere, denen nicht die geringste Bewegung und der leiseste Laut entgehen, auf das schneeüberwehte Eis fliehen, wo sie jeden Wolf hinter sich ließen und wo gewöhnlich nicht einmal der geschickteste Jäger dicht genug heranschleichen kann, um sie mit dem Gewehr zu töten. Keskarrah ist schon seit mehreren Tagen weg; dennoch wird er ihr Zelt nicht zu den anderen Stammesgenossen nach Roundrock umsetzen. Jeden Abend kehrt er in der Dunkelheit nach Fort Enterprise zurück, manchmal mit einer steif gefrorenen Haut oder mit Fleisch, um am darauffolgenden Morgen bei Richard Sonn frische Salbe für Birdseye abholen zu können.

Er weist sie darauf hin, dass der Fluss an den Stellen, wo die Karibu wechseln, immer noch offen ist, aber die Stammesgenossen haben noch nicht alle Fanghürden fertig, obwohl schon eine hauchdünne Schicht trügerischen Eises den See überzieht und der Wind den Schnee in Wirbeln über die Esker peitscht und die moosigen Vertiefungen einebnet. Dickes Eis, Schnee und Schneeschuhe sind die unabdingbaren Voraussetzungen für das Reisen in der länger werdenden Dunkelheit, und deshalb bespannt Greenstockings, nicht Birdseye, die Rahmen der Schneeschuhe, die Keskarrah aus dünner, gedämpfter Birke gebogen hat an jenem Abend, als Robert Hood mit seinem Papier und vielen kleinen Bleistiften bei ihnen auftaucht.

Birdseye zieht sich das Leder übers Gesicht. »Das sollte er nicht tun«, sagt sie. »Nein.«

»Ich würde gerne ihr Bild zeichnen …, wenn sie bei ihrer Frauenarbeit sitzt. Wenn sie Schneeschuhe macht«, erklärt Robert Hood auf Englisch. Ganz leise, wie er zu sprechen gelernt hat in diesem unvorstellbaren Land, wo die wenigen Geräusche, die von Bäumen oder Felsen oder Wasser oder einem vereinzelten Tier oder Menschen erzeugt werden, in der Stille aufgehen wie eine Schneeflocke in der Dünung des Ozeans. Er zeigt auf die junge Frau, zeichnet mit der Hand flüchtig einen Umriss in die Luft.

Greenstockings mag seine Hand, die so langgliedrig und blass und flink ist, dass der Stift zwischen den beiden kräftigen Fingerspitzen mit einem Geräusch wie ein Seufzer graue Linien auf das nachgebende Papier zieht. Eine Kurve ihres Knies erscheint, dann ihr Bein.

»Es ist zu gefährlich«, sorgt sich Birdseye.

»Warum macht er das?«, fragt Keskarrah mit einem Stirnrunzeln und ebenfalls besorgt. »Er kann dich doch anschauen, kann dich jeden Tag anders sehen, warum will er dich dann ein einziges Mal auf seinem Papier festhalten?«

Greenstockings muss kurz lachen. »Vielleicht hat er kein Gedächtnis.«

Birdseye murmelt: »Der Schnee Mann.«

Wegen dieser Geschichte schaut Greenstockings sich diesen Mann genau an und kann ihrer Mutter nicht glauben: Es stimmt zwar, dass er blass genug dafür ist, aber er ist aus dem Süden, nicht dem Norden, zu ihnen gekommen: Wie könnte er dann seinen eigenen Winter mitgebracht haben? Und außerdem ist er so dünn, so lang, so hager, so offenkundig hilflos, dass er unmöglich eine Frau oder Kinder haben kann, die im Norden auf ihn warten und zu denen zurückzukehren man ihn vielleicht mit einer List veranlassen könnte. Sie lacht und zieht die Sehne straff und überlegt, ob eine gute, fette Ernährung ihn so kräftig machen könnte ..., dass er attraktiv wird.

Doch Keskarrah beachtet sie nicht, sondern hängt seinen Männergedanken nach: »Ist er bereit, um dich zu kämpfen?«, fragt er in die Luft über ihr. »Wenn ein Messer ihn aufschlitzt und seine Eingeweide auf dem Schnee dampfen, werden Diese Englischen so böse werden, dass wir sie alle töten müssen.«

»Ich ... sie ist die ... schönste Frau, die ich je gesehen habe ... Ich ...«

Wenn auch noch so leise, wagt Robert Hood dies zu sagen, weil weder er noch sie ein Wort verstehen können von dem, was sie hervorbringen. Dass die anderen natürlich merken, was mit ihm los ist, kommt ihm nicht in den Sinn; ihm reicht es, dass die Bedeutungen ihrer beiden unbegreiflichen Sprachen unversehrt aneinander vorbeifliegen in der schwülen Wärme dieser Fellwände, deren Klageschlitze jetzt wieder übereinander gelegt und gegen die eindringende Luft dicht vernäht sind, die dann nach draußen in die grimmige Dunkelheit entschwinden und sich auflösen, ehe sie die kalten, lehmbeschmierten Stämme des Offiziersquartiers erreichen, wo Leutnant Franklin und Doktor Richardson und natürlich Leutnant Back in der Offiziersmesse immer näher ans Feuer rücken und jedes englische Wort, das ihnen in den Kopf kommt, in ihre Journale schreiben; ehe sie das kleinere Haus erreichen, wo der Leichtmatrose John Hepburn auf engem Raum mit den zwanzig Voyageuren und ihren drei Weibern zusammenleben muss und der ihre unterschiedlichen Sprachen genauso wenig versteht. Jahre, in denen er viele Breitengrade überquert und große Entfernungen zurückgelegt hat, Jahre der Dunkelheit und Kälte und der absolut unerforschlichen Baugesetze von Sprachen liegen hinter ihm: Robert Hood weiß, dass er in unauslotbare Freiheit gefallen ist.

»Wenn ich … wenn ich sie doch nur berühren könnte; nur mit der Zunge, lecken.«

Ein fast unsagbares Wort. Doch er muss es wiederholen: »Lecken, lecken.«

Greenstockings fädelt mit ihrer Knochennadel den gedrehten Hautstreifen durch Löcher, die in den Birkenholzrahmen gebrannt sind, knüpft in jeden Abschnitt ein ausgeklügeltes Muster von festgelegter Größe und Spannung. Keskarrahs und damit ihrer aller Leben hängt davon ab, wie vogelschnell er über den Schnee eines Tales fliegen kann, wo selbst die Karibu mit ihren Schaufelfüßen manchmal straucheln und verenden: nur dank ihrer zu Schnüren gedrehten Haut kann ein Jäger so schnell laufen. Auch sie läuft gerne mit den Schneeschuhen, wenn der Winter aus den höckrigen, fauligen Sümpfen und Felsen und dem Gestrüpp auf den Hügeln und in den Senken eine harte, wellige, weiße Fläche macht. Ooooh! diese Schneeschuhe! Sie webt sich in einen riesigen, die Flügel breitenden und auffliegenden Raben, der über Insel und Stromschnelle aufsteigt, um sich von zarten Wirbeln sich kräuselnder Luft tragen zu lassen, der in Spiralen höher steigt und schließlich bewegungslos wie Asche über den kegelförmigen Wohnstätten des Stammes schwebt, die mit Fichtenzweigen und Schnee zugedeckt sind, der auf seinen Schwingenspitzen immer höher über die Stümpfe jener Bäume steigt, die den Stürmen von Jahrhunderten getrotzt haben und die man jetzt verbrennt oder fällt und in Wände für drei rechteckige englische Häuser verwandelt, die eingeschmiert sind mit gefrorenem Lehm, oder nur noch als kleine Späne auf der Kuppe des Eskers liegen, der sich nach Norden in jene Stille öffnet, wo sich der Wind unters Moos gräbt, sich bis in alle Ewigkeit an Steinen und Flechten reibt und körnigen Schnee zu steinharten Gebilden flüstert. Wenn sie sich einschmiegt und hinbeugt in den Schutz solchen Gesteins, wird der Himmel auch ihr Gesicht härten, wird das Licht alle Fältchen ihres Gesichts durchforschen, und sie wird hören, wie das Eis dem Boden entwächst, hochfriert in ihre Füße, sich durch ihren Körper hindurch in Arme, Kopf und Ohren zweigt, bis über die Fingerspitzen und die unzählbaren Spitzen ihrer gesträubten Haare hinaus: einfach überall. Sie kann nicht glauben, dass dieser dünne, knochige Engländer es hier aushalten kann: Erlaubte sie ihm, sie zu lieben, würde sie ihn dem Tode weihen.

Aber sie spürt, dass Birdseye etwas murmelt, was sich wie Gesang anhört, der sich noch in ihrer Kehle, hinter dem Leder, verbirgt: »… Schnee Mann, Schnee Mann, weiß wie der Schnee Mann … warum bist du gekommen? … was läuft hinter dir her? … nichts als Schnee, nichts als Weh …«

Wenn Birdseye auch darauf beharrt, ihn als Schnee zu sehen, warum sollte Greenstockings ihn nicht lieben, ihn festhalten in ihrem Inneren, solange sie kann, schließlich ist er entweder gar nicht mehr da oder schon tot? Und wenn ihre Mutter oder ihr Vater – der ihn jetzt anstarrt, als sei er ein grade noch sichtbarer Felszacken auf einem Hügel, der ihm die Richtung weist, in die er gehen muss –, sollte einer von beiden die Spur des kurzen Lebens träumen, das ihm noch bleibt, wird er steif werden wie ein Stück Holz. Hoods himmelblaue Augen sind auf sie gerichtet. In diesem Augenblick ist er ganz bestimmt lebendig, ist so zu ihr hingezogen, dass er gebogen ist wie dieser Schneeschuh und sie ihn bespannen könnte.

Draußen räuspert sich jemand, die Zelttür wird hochgezogen, und Twospeaker bückt sich und tritt ein. Sofort wendet sich Birdseye ab – niemals wird sie ein Wort sagen, wenn einer versuchen könnte, es zu übersetzen –, Keskarrah jedoch nickt freundlich, als wisse er jetzt alles, wo er kurz zuvor nur zweifelnde Fragen gelten ließ. Zur Begrüßung gibt er sogar ein glucksendes Lachen von sich, und Robert Hood, den die Sprachen, die eben in Gestalt des Dolmetschers eingetreten sind, sofort verstummen ließen, erhebt sich und verneigt sich gegen Keskarrah, als sei er bei Hofe. Sodann ersucht er, ganz förmlich, um Erlaubnis, ein Portrait seiner außerordentlich schönen Tochter zeichnen zu dürfen. Und St. Germain übersetzt.

Langsam erhebt sich auch Keskarrah, zieht sich den riesigen Grizzlypelz enger über die Schultern und verschränkt die Arme über der Brust. Unter ihren Schlafdecken regt sich Greywing, die von den neuen Stimmen aufgeweckt wurde. Wieder hört Greenstockings ihre Mutter etwas murmeln, aber die verbirgt sich irgendwo in einem Nebel, als seien die Geräusche, die sie umgeben, Rauch und als ob ihr Vater, der sich wie ein uralter schwankender Baum über ihr aufpflanzt, mit dem, was Hood oder der Geist einer Geschichte oder ihre unendliche Sehnsucht sein könnte, verschmelze und sich dann wieder daraus löse. Männer, die sich groß vor sie hinstellen – wieder wird ihr bewusst, dass ihr Vater vor allem und immer ein Mann ist, der, wie es Männer tun, sein Adlergesicht überall hineinsteckt: Immer haben Männer Macht über sie. Und mag sie ihnen einzeln und kreuz und quer die Gurgeln oder Schwänze aufschlitzen: Wird ihre Anmaßung nie ein Ende haben? Sie empfindet Wut, dass Hood sie für einen Augenblick zur Zärtlichkeit verführt hat, während Twospeaker dessen bleiche Sprache im Inneren ihrer Ohren in kristallene Gebilde, in gleichsam ihr vertrautes Eis überträgt. Aber auch über die Worte ihres Vaters:

»Ich werde neben ihr Wache stehen, damit der große Häuptling jenseits des stinkenden Wasser nicht versucht, sie holen zu lassen, wenn er ihr Bild sieht.«

Twospeaker lacht, als er das übersetzt, Robert Hood jedoch reagiert sehr ernst; der Übersetzer hört auf zu lachen und spricht so, dass sein Ton ihn nicht verrät:

»Er sagt, der Vater über dem Wasser ist alt, so alt, dass er nie mehr sein Bett verlässt. Ich will euch aber auch noch sagen, dass mir Hepburn erzählt hat, dass er sowieso viel zu alt und verwirrt ist, und zwar so, dass er sich nicht mal mehr selbst die Scheiße vom Arsch wischen kann.«

Keine Faser zuckt in Keskarrahs Adlergesicht. »Ich kann mir vorstellen«, sagt er, »dass ein Weißer, wenn er alt ist, sich auch das gerne von einer schönen Frau machen lässt, aber ich kann mich täuschen. Sag ihm, dass es von uns keine Einzelbilder geben darf, denn wenn es eine schöne Tochter gibt, dann gehört dazu eine starke Mutter, und wenn das nicht geht, muss es der Vater sein, der ganz am Anfang schon einmal in der Mutter gewesen ist.«

Greenstockings lauscht angespannt den Lauten, die Twospeaker hervorbringt: Das klingt wie Schnee, der in der langen Dunkelheit unter den Füßen knirscht. Die einzelnen Abschnitte ihres Schneeschuhmusters aus weichen Lederstreifen knüpft sie sorgfältig zusammen: Wer immer auf das Erinnerungskürzel stößt, welches diese Schuhe auf Schnee hinterlassen, wird darin sie und ihren Vater erkennen, der das Holz bog, wird das Karibu und die Birke erkennen, weil sie gemeinsam in der großen Welt ihrer Wanderungen ein neues Geschöpf erschaffen haben, das Flügel hat, um über Schnee zu gehen, über Schnee, auf dem die Karibu die Mitte allen Lebens sind, wie die Moose und Flechten, die sie essen, denn Wölfe und Menschen und Raben essen die Karibu, und Moose, Birken und Flechten saugen jeden Tropfen ihres Blutes auf.

Als sie dann aufschaut, ist Twospeaker fort.

Die Seitenansicht der stämmigen Gestalt Keskarrahs im Bärenfell kam schneller zum Vorschein, als er selbst einmal die Linien einer Landkarte in den Staub ziehen konnte. Weder betrachtet Robert Hood Greenstockings, noch bemerkt er, wie sich Greywing nackt aus ihren Pelzen aufrichtet und ihn anstarrt. Aber Keskarrah redet und redet, als würde er mit seiner Stimme sein Profil aus dem weißen Papier herausziehen.

»Der See, den ihr ›Wintersee‹ genannt habt, ist in Wirklichkeit ein Fisch, der mit dem Kopf nach Osten zeigt und dessen Schwanz genau unterhalb dieses Ortes das Wasser der Stromschnelle zu Schaum schlägt, der Ort, den du zu zeichnen versucht hast. Dieser große Fisch versucht nach Osten davonzuschwimmen, denn wie fast alle Fische schwimmt er gern gegen die Strömung. Wenn du um den See herumwanderst, kannst du es genau erkennen: Seine kräftige Bauchflosse ist der Wasserfall auf halbem Weg am Nordufer, der im Winter das Wasser des Flusses noch höher in den Himmel steigen lässt als sonst. Dass dieser See ein Fisch ist, habe ich oft gesehen, wenn ich um ihn herumwanderte, sowohl wenn der See so tut, als sei er Land, in Wirklichkeit aber Eis ist, als auch, wenn er Wasser ist und nicht begehbar. Gewisse Menschen aus unserem Stamm können den Fisch sogar von unseren kleinen Kanus aus erkennen, was von euren großen aus vielleicht unmöglich ist. Deshalb werden die letzten Bäume hier so groß: Dieser Riesenfisch will nach Osten schwimmen, aber diese Riesenbäume halten ihn zurück, mag er noch so kraftvoll schwimmen; er kommt nicht von der Stelle. Natürlich sind jetzt auf dem Südufer alle Bäume verbrannt und dahin, aber ich glaube immer noch nicht, dass der Fisch in diesem Winter fortziehen kann – es sei denn, es werden einfach zu viele Bäume für Brennholz geschlagen und dort, wo er mit dem Schwanz peitscht, noch mehr Häuser von euch errichtet.«

»Was diese Schneeschuhe betrifft, die sie gerade macht«, fügt Keskarrah nachdenklich hinzu, »könnten sie dich um den See herumtragen, wenn sie fertig zusammengenäht sind. Dann könntest du es selbst sehen. Würdest du den See zeichnen, wie er wirklich ist, müsstest du den Fisch sehen, und du könntest ihm den richtigen Namen geben. Wenn du willst, meine ich.«

Für Robert Hoods Ohren rollt die tiefe Stimme des alten Mannes wie Wind in nächtlichen Fichten, wie Nordlicht, das über den Himmel wandelt. Er hat sich jetzt Greenstockings zugewandt, versucht ihre Gestalt zu erfassen, bevor er an Einzelheiten geht, lässt seine Imagination um ihre eigentliche Körperlinie spielen, die es doch wohl … die es, ja, ganz bestimmt unter dem verhüllenden Leder und den kleinen Tuchstücken gibt, will seinen Bleistift dazu bringen, sich eine Vorstellung von ihr zu machen, ja, seine Finger müssen ihre Gestalt erschaffen, weil es für ihn selbst noch undenkbar ist, ihren Körper zu entkleiden und wirklich Haut zu sehen. Wie will er denn auch nur Teile von ihr richtig zeichnen, solange er sie nicht …

»O-0-oo-O«, singt er laut vor sich hin, vom Orgelton der tiefen Basstimme Keskarrahs begleitet, »du bist eine Frau, O-o-o-o-oh, für die vergäße jeder Kapitän auf See die jungen Kammerstewards und die Palmen Afrikas und steuerte sein Schiff durch die vereinten Flotten der Franzosen und der Dänen, um dich zu sehen, wie du hier sitzt mit seitlich ausgestreckten Beinen, wie du mit starken Fingern Leder straff und sauber spannst und Muster webst mit Schuss und Kette, und deine Hände, O Gott, dein Lederkleid zu lüften und dich ganz zu sehn, deine Frauengestalt zu zeichnen, so genau zu zeichnen, als fühlten meine Finger sich an deiner Haut entlang um jede Rundung …«

Plötzlich ist er im Innersten glücklich über das, was er beim Zeichnen laut vor sich hinsagt. Er erfüllt hier schließlich die ihm übertragene Pflicht, für die er unter so vielen Bewerbern ausgewählt und dieser Expedition überstellt wurde – und er weiß, niemand wird je erfahren, dass ihm diese Gedanken durch den Kopf gingen, ganz zu schweigen davon, dass er englische Wörter laut in diese nördliche Luft gesprochen hat. Er späht auf seine Hand: Sie bewegt sich, zieht aus den Fingerspitzen die Silhouette dieser überwältigenden Frau, Strich um Strich; auf diese Weise kann er sie so oft liebkosen, bis er ihren Körperausdruck genau getroffen und ihn sich so unauslöschlich eingeprägt hat, dass es am Ende fast aussieht, als habe er sich mit dem Schneeschuh, den er quer über ihren Schoß legt, selbst dorthin geworfen, habe sich selbst in ihren Schoß versenkt, gestreckt und zugespitzt, sei selbst zu der langen, fischähnlichen Form geworden, in deren Gestalt bei ihr zu sein und wie jener Fisch hin und her zu schnellen, er sich so sehnt, dass es wehtut.

Greenstockings braucht ihn nicht anzuschauen. Ohne sich anstrengen zu müssen hört sie, wie Hoods Körper sich sammelt, spürt, wie sich sein Geruch in ihrem Gedächtnis verdichtet, während ihr Vater hoch aufgerichtet über das Feuer hinweg spricht, um sie zu beschützen. Daneben kauert Birdseye. Ihre Hände sind bewegungslos, und es kann sein, dass sie gerade träumt. Greywing tut so, als schliefe sie wieder unter ihren Decken, während sie in Wirklichkeit dieser ebenso alten wie ewig neuen heiligen Geschichte lauscht. Im Kreisrund des Zelts hält Greenstockings es für möglich, Hood – der ja vielleicht doch der Schnee Mann ist oder womöglich einfach nur weißes Gebein – könne sowohl ihre Finger wie ihren Vater verstehen, auch wenn er kein einziges Wort begreift und anscheinend nur Wörter in seiner eigenen Sprache summt, könne, da er doch so verzweifelt versucht, sie zu zeichnen, dieses eine Mal und in diesem Augenblick ein klein wenig begreifen, ehe sie sich wieder verändert. Hätte Keskarrah nicht mit so großem Ernst gesprochen, würde sie sich lustig machen über die Vergeblichkeit, mit der sich jener Zeichenstift immer wieder an ihr versuchte.

»Die Welt ist so wie sie ist, weil sie so anfing, wie ich euch erzählen werde«, verkündet Keskarrah, der sich wie zu einer feierlichen Zeremonie vor ihnen aufpflanzt. »Es geschah, als der Himmel zur Erde kam und ihr beilag. Dies war der Anfang ihres Glücks, und den ganzen Tag lagen sie sich bei, und als sie sich am Abend trennten, erschien das Land, denn Land ist nichts anderes als ihr gemeinsames Glück, das ihnen sogleich mit Felsen und Sand und fließenden Gewässern geboren wird. Am zweiten Tag wurde ihr Glück noch größer, und es erschienen Moose und kleine Bäume und die Fische im Wasser. Am dritten Tag begannen Vögel über den Himmel zu fliegen, und die Karibu liefen auf den Hügelkuppen entlang und warteten, dass ihnen Geweihe wüchsen, damit sie sich gegenseitig bewundern konnten, und am vierten Tag konnten sie ihr Glück nicht mehr fassen, sodass auch alles andere in Leben ausbrach, selbst jene elenden Moskitos und der Mann, der auf seinen zwei Beinen herumhüpfte, um jener Frau mit den vier Beinen zu entkommen, welche die Bärin heißt. Dieses geschah, als die große Bärin ihn trotzdem fing und in ihre Höhle schleppte, um ihn mit ihren Jungen zusammen zu lecken und an seinen sechs Sternpunkten zu saugen und dann zu verzehren, was die einzige Möglichkeit war, wie er ihnen hätte helfen können. Doch er entkam ihr und schuf den Anfang für den großen Fluss und damit das Ewige Eis. Das aber ist eine andere Geschichte.«

Greenstockings Hände sinken herab und bleiben bewegungslos auf den nassen, verknoteten Lederstreifen liegen; sie hat die blitzenden, himmelfarbnen Augen vergessen, die sie im flackernden Schein des Feuers anstarren, weil Hoods Stimme springende Harmonien zum Sprechgesang ihres Vaters spielt, der sie in die Geburtsstunde der Menschheit zurückträgt.

»Diese Geschichte hat nichts mit gegenseitigem Aufessen zu tun, nein. Sie handelt von Frau und Mann, die sich beiliegen und dies am liebsten für immer, um sich nie mehr trennen zu müssen, wenigstens aber jeden Tag von morgens bis abends, wie Bären, die für drei oder vielleicht auch vier Tage sich so vollkommen vereinen, dass sie Essen und Schlafen vergessen und die man dann überall berühren kann, wo man möchte und wofür sie dich zärtlich lecken, weil sie nichts anderes wollen, als was sie schon haben, und wenn sie dich lecken, lecken sie auch sich selbst und den anderen. Doch unglückseligerweise ...«

An dieser Stelle in der Geschichte verändert Keskarrah stets die Tonart. Auch diesmal wieder und so auffällig, dass Robert Hood zu ihm aufschaut, ohne zu verstehen, worum es geht, aber dennoch so beunruhigt, dass der Stift in seiner Hand stehen bleibt.

»Unglückseligerweise hat der Mann keinen so nimmermüden Schwanz wie ein Bär; obwohl ihn die Frau gerne dauernd in sich haben möchte, ist beim Mann irgendwo irgendetwas schief gelaufen, und deshalb geht es nicht. In jenem ersten Sommer aber, als Himmel und Erde sich beilagen, gab es noch keine Menschenfrau, und als der Mann vor der großen Bärin flüchtete, fand er Zuflucht in einem Gestrüpp. Er war allein und fühlte sich einsam; Beeren, Wurzeln und Blätter waren seine einzige Nahrung, und als der Winter kam, wurde er schrecklich hungrig. Tief in den Schnee sank er ein und musste zusehen, wie Hasen und Karibu und Schneehühner leicht darüber hinwegliefen, sodass er schließlich träumte, viel größere Füße zu haben und ebenso leichtfüßig wie die Tiere über den Schnee rennen zu können, flink wie der Wind, der ihn glättete und in den Birken sang. Dann endlich machte er sich an die Bäume, schälte die weiße, dünne Birke und bog sie zu großen Reifen. Er stellte sich hinein und wusste, dass seine Füße dahin gehörten – er wusste aber nicht, was er mit der leeren Mitte anfangen sollte; es gab noch keine Frau, welche im Leder von Tieren die Möglichkeit erkannte, Riemen für Schneeschuhe zu machen und damit das Geflecht zu weben, das seine Füße in den hölzernen Rahmen hielt, die er gemacht hatte.«

»Da hatte er nun den gebogenen, doch leeren Rahmen aus Birkenholz, und jeden Tag zog er umher und jagte. Im tiefen Schnee jedoch lief ihm jedes Tier mit Leichtigkeit davon, und jeden Tag kehrte er mit leeren Händen zurück und wurde immer hungriger. Bis er eines Tages ein Geräusch hörte, das aus seinem Unterschlupf drang, und er rannte so schnell er nur konnte hin. Doch ehe er eintreten konnte, flog aus dem Loch in der Decke ein Schneehuhn. Am nächsten Tag jagte er bis zum Einbruch der Dunkelheit und sah, dass aus seinem Unterschlupf Rauch aufstieg. So schnell er konnte lief er hin, doch wieder entflog das schöne Schneehuhn. Drinnen aber entdeckte er ein Feuer, neben dem seine Schneeschuhrahmen, deren traurige Leere mit Lederstreifen halb zugeflochten war, zum Trocknen standen.«

»›Das war das Schneehuhn‹, sagte er voller Staunen am wärmenden Feuer.

Bevor er am nächsten Morgen loszog, verschloss er deshalb die Öffnung im Dach und entfernte sich nicht allzu weit; früh kehrte er zurück, atmete so leise wie möglich, sank tief ein im Schnee. Dieses Mal überraschte er das Schneehuhn dabei, als es in seiner einsamen Unterkunft erneut ein Feuer anzündete, neben dem die fast fertig bespannten Schneeschuhe lagen. Hierhin und dorthin flatterte der Vogel, versuchte, hinauszufliegen, konnte jedoch keinen Weg zur Flucht finden, und als er es zwischen den Händen gefangen hielt, verwandelte es sich in etwas, wovon er oft geträumt hatte: Es war jemand wie er, und dennoch, Oh! so anders!«

»Ja, es war die Frau, die von nun an alles Schöne Ereignis werden ließ, das Feuer, um Fleisch zu kochen, gegerbte Häute, um Kleider daraus zu machen, und heiß wie Bären beieinander zu liegen und Kinder zu bekommen: Sie allein konnte die Rahmen füllen, die er geträumt und gebogen hatte. Sie verwandelte sich, als er sie festhielt, doch dadurch verwandelte sich auch er: Sie wurden einander Rahmen und eingewebte Mitte, und als sie ihm die Schneeschuhe an die Füße band, wurde er zu einem Vogel, und sie bereitete die Tiere zu, die er fing, und sie aßen und lebten zusammen. Vor langer Zeit hat mir meine Mutter diese Geschichte vom Anfang erzählt«, singt der alte Keskarrah. »O meine Mutter, lang ist's her. O meine Mutter«, singt er.

»Grünärmel war meine Lust«, kommt es als Echo von Robert Hood, der den Pelz auf Greenstockings Arm tüpfelt, ihr Hirschfell mit dem weißen Rand, das er auf seinem Blatt eingefangen hat,

Grünärmel war mein Entzücken,
Grünärmel mein Herz aus Gold,
Wer sonst, als meine Dame …?

Im Rund des Zeltes, in dem der Rauch in ausgefransten Schwaden in die Dunkelheit steigt, verbindet sich der unvermutete Klang seines Knabensoprans mit einer anderen Melodie. Er erkennt, dass sie von Birdseye kommt. Da liegt sie wie ein aus der Erde selbst hervorgewachsener Hügel und wehklagt in untröstlicher Trauer. Neben ihr taucht Greywings Kopf aus den Pelzen auf, und schwarze Augen starren ihn an.

Dann nimmt er Greenstockings Gesicht wahr und Keskarrah, der aus seiner rhetorischen Pose heraustritt und sich zu ihnen bückt – beide runzeln die Stirn, als er von einem zum anderen blickt. Und obwohl er kein Wort verstehen kann, teilt sich ihm aus ihren weit aufgerissenen Augen steigendes Entsetzen mit.

»Das Ewige Eis hält ihn fest«, wehklagt Birdseye zutiefst unglücklich. »Und gibt ihn nimmermehr heraus, das Ewige Eis.«

Doktor John Richardson

Donnerstag, der 7. September 1820 Fort Enterprise

Ein heftiger Schneesturm verhinderte die Beobachtung der Sonnenfinsternis. Die Männer sind mit dem Bau von »Fort Enterprise« beschäftigt, wie wir unsere ständig wachsenden Gebäude benannt haben. Die Frauen zerteilen und trocknen Fleisch.

Samstag, der 9. September 1820
Exkursion zum Coppermine

Unter der Führung eines alten Indianers namens Keskarrah und begleitet von John Hepburn und Samandri, die unsere Decken, Kochgeräte, Beile sowie einen kleinen Vorrat getrockneten Fleisches trugen, machten wir, Leutnant Franklin und ich, uns heute Morgen auf einen Fußmarsch zum Coppermine-Fluss. Gegen Mittag gelangten wir zu einer bemerkenswerten Hügelformation, die von den Yellowknife Agnaatheth, oder Dogrib Rock, genannt wird. Im Laufe des Nachmittags erlegte Keskarrah ein Rentier und lud sich dessen Kopf und Fell auf. Der gefrorene Boden und unser kärgliches Bettzeug veranlassten uns, in unseren Kleidern zu schlafen. Der alte Keskarrah freilich entblößte sich bis auf die Haut, wärmte seinen Körper für kurze Zeit über der Glut des Feuers, schlüpfte sodann unter das Hirschfell und die Stofffetzen, die er zuvor so glatt wie möglich ausgebreitet hatte, rollte sich zusammen und schlief augenblicks ein.

Freitag, der 6. Oktober 1820   Fort Enterprise

Nachdem heute das Offiziershaus fertig gestellt wurde, bauten wir die Zelte ab und bezogen unser neues Quartier. Es ist ein Blockhaus von fünfzig Fuß Länge auf zwanzig Fuß Breite, dessen Wände und Dach mit Lehm verstrichen sind, dessen Böden grob mit dem Beil bearbeitete Bohlen bedecken und dessen Fenster mit Pergament aus Rentierhaut verschlossen sind. Der Lehm gefror schon, als er aufgetragen wurde und hat seitdem so viele Risse bekommen, dass der Wind aus allen Ecken eindringen kann. Wir sind gleichwohl zuversichtlich, mit Hilfe warmer Kleidung und kräftiger Feuer gut über den Winter zu kommen.

In der letzten Nacht bildete sich auf dem Fluss eine dünne Eisschicht. Der See ist jetzt so fest zugefroren, dass die Rentiere ihn betreten.

Matrose John Hepburn 5

Ich, John Hepburn, Leichtmatrose, geboren im Jahre 1789 zu Newburn in Northumberland, zuletzt wohnhaft auf den Orkney-Inseln, berichte hiermit wahrheitsgemäß und soweit es meine Erinnerung erlaubt, von den Vorkommnissen, die sich im Oktober 1820 in Fort Enterprise zutrugen, das wir während der Landexpedition zur Küste des Eismeeres unter dem Kommando von Leutnant John Franklin, Königliche Marine, auf dem Hügel oberhalb der Stromschnellen errichteten, in die sich der Winter Lake ergießt, süd-südwestlich von Obstruction Rapids im Coppermine-Fluss, in einem entlegenen Gebiet weit im Westen der Hudson Bay.

Ich bin nur ein schlichter Seemann, doch zuversichtlich, mich einer zur Kenntnisnahme durch Eure Lordschaft angemessenen Sprache befleißigt zu haben. Es mag befremdlich erscheinen, wenn ich in diesem vertraulichen Bericht über die Vorkommnisse in Fort Enterprise nicht auch von dem Mitteilung mache, was sich ein Jahr später dort zugetragen hat (ich für meine Person möchte erklären, dass ich für zwei derartige Blockhäuser und einen kleinen Vorratsschuppen nicht die Bezeichnung »Fort« verwenden würde) oder was auf dem schrecklichen Marsch geschah, auf dem wir versuchten, nach den Erkundungen des Sommers dorthin zurückzukehren, schrecklich besonders, nachdem es uns nach neun Tagen endlich gelungen war, die doppelten Stromschnellen im Coppermine zu überqueren. Doch einem Mann in meiner Stellung steht es nicht zu, darüber zu sprechen. Die dafür zuständigen Offiziere haben längst ihre Aussagen niedergelegt, und uns wenigen, die überlebten, ziemt es, für jene, die ihr Leben ließen, von Gott Ruhe und Frieden zu erbitten.

Wenngleich ich als Matrose allen Offizieren der Expedition diente, so teilte ich natürlich nie Quartier mit ihnen. Während der ersten sechzehn Monate und sogar während der schwierigen Zeit im Juli 1820 in Fort Chipewyan, als sich die Männer aus Orkney in der Vorahnung lebensbedrohlicher Gefahren (die sich später als zutreffend erweisen sollte) weigerten, die Expedition weiterhin zu begleiten, ist mir nichts zu Ohren gekommen von Zwistigkeiten zwischen Mr. Back und Mr. Hood.

Ich schöpfte auch keinen Verdacht, obwohl ich ja in beider Dienst stand. Ich wusste damals und bestätige hiermit, dass sie von unserer Abreise aus England am 23. Mai 1819 bis zum Oktober 1820 umgänglich zusammengearbeitet haben. Tatsache ist auch, dass in der letzten Augustwoche des Jahres 1820 Leutnant Franklin die beiden mit nur einem Führer und einem einzigen Kanu auf Kundschaft schickte, um Entfernung und Größe des Coppermine-Flusses in Erfahrung zu bringen.

In jener Augustwoche weigerten sich die Indianer, uns weiterzuführen (klugerweise, wie sich erwies, denn Anfang September war es schon richtig Winter), und wir gingen daran, Fort Enterprise zu errichten in der Rahmenbauweise der kanadischen Voyageure, in deren Gesellschaft ich auch schlief. Ich hätte es vorgezogen, allein zu schlafen, oder mit einer geselligen Frau zusammen oder auch nur mit einem Hund für die Füße, denn beide vermögen aufs angenehmste zu wärmen. Leutnant Franklin freilich ließ nichts dergleichen zu, obwohl es unter den Händlern im ganzen Land seit 150 Jahren üblich ist. Streng achtete er, wo immer wir waren, auf die tägliche Verrichtung des Abendgebets und der Gottesdienste an den Sonntagen. Aus Anlass einer partiellen Sonnenfinsternis, die in seinem Kalender vorhergesagt war, versuchte er am Winter Lake erneut die Überlegenheit christlicher Wissenschaft zu beweisen und den Yellowknife zum wiederholten Male einzuschärfen, wie unerlässlich es sei, dass sie sich stets des Höchsten Wesens erinnerten, das über den Gang der Natur gebiete und sie aus diesem Grunde, im Gehorsam gegen Seinen uns offenbarten Willen, gehalten seien, ihren moralischen Verpflichtungen peinlich genau nachzukommen. Damit meinte er die Sicherstellung unseres Proviants. Da jedoch über den ganzen Tag hin Wolken die mögliche Finsternis verbargen, blieb die erwünschte Wirkung aus.

Obendrein ließ mich St. Germain, der Dolmetscher, wissen, dass der alte Keskarrah, der einen außerordentlichen Einfluss auf seinen Stamm ausübte, schwere Zweifel bezüglich dieses Ereignisses geäußert habe. Wie es zu verstehen sei, dass Leutnant Franklin zwar die vorübergehende Verdunkelung der Sonne habe vorhersehen können, nicht aber den bevorstehenden Einbruch des Winters? Der Winter, erklärte er, habe jetzt schon viel mehr Kraft als die tägliche Sonne, sodass jedem klar sein müsse, dass diese in Bälde unter die Erde und in totale Finsternis gezwungen werde. Ich drängte St. Germain, den Offizieren von diesem Gespräch zu berichten, glaube aber nicht, dass er dies getan hat – und mir stand es nicht zu, den Klatsch der Dienerschaft weiterzuleiten. Tatsächlich sank die Sonne immer tiefer über den Horizont, bis sie völlig verschwand und wir über einen Monat (wie wir mit unserem Zeitstück berechneten) in ununterbrochener Dunkelheit verbrachten, die lediglich von Mond und Sternen und Nordlicht oder dem Schein eines Feuers aufgehellt wurde. Die Vorhersage einer Finsternis in arktischen Regionen ist nicht so beeindruckend wie in den Tropen, wo sich Tag und Nacht in größter Regelmäßigkeit ablösen.

Obwohl mein Schlafplatz in einem gesonderten Quartier bei den Voyageuren war (von denen drei ihre Frauen dabeihatten für die alltäglichen Verrichtungen und von denen eine einen Leib hatte, mit dem sie mehrere von uns hätte gleichzeitig warm halten können, hätten wir in näheren Kontakt mit ihr treten dürfen, wovon ihr Gatte freilich nichts hören wollte), wären mir irgendwelche Verstimmungen zwischen den vier Offizieren nicht lange verborgen geblieben. Mr. Back und Mr. Hood waren jedoch so verschlossen, dass ich erst bei unserem Umzug aus den Zelten in die Holzhäuser Schwierigkeiten ahnte. Zum ersten Mal stutzig wurde ich, als, höchst sonderbarerweise, Leutnant Franklin mir befahl, Mr. Backs Bettzeug und persönliches Gepäck in seinem (dem größeren) Schlafraum unterzubringen, jenes von Mr. Hood hingegen in dem kleineren von Doktor Richardson. Dies geschah zwischen dem 30. September, als ein Hagelsturm den Lehm vom Dach des Offiziersquartiers fegte, obwohl dieser bereits hart gefroren war, und dem 7. Oktober, als die Seen ebenso wie das reparierte Dach für den Rest des Winters unter einer geschlossenen Eisdecke verschwanden. Zwischen den beiden Zweiten Offizieren, die sich bisher ein Zelt geteilt hatten, befanden sich jetzt die gemeinsame Messe sowie ihre Vorgesetzten, die somit von eventuellen nächtlichen Bewegungen der beiden Kenntnis bekommen hätten.

Zuerst glaubte ich, es habe etwas mit dem Zeichnen zu tun. Seitdem wir am 16. Juni 1819 von Stromness ausgelaufen waren, konnte ich Zeuge ihrer Rivalität sein (die ich damals noch für freundschaftlich hielt), denn Back war geschickter in der Wiedergabe von Landschaften, während Hood Anmut und Züge von menschlichen Figuren, ja sogar von Tieren, besser traf. Tatsächlich kehrten sie von ihrer Exkursion zum Coppermine-Fluss mit einer Zeichnung zurück, die ihr gemeinsames Werk war und für welche Back die Landschaft um Dogrib Rock herum als Hintergrund und Hood für den Vordergrund einen prächtigen weißen Wolf lieferte, der den Kopf herumwarf und die Zähne bleckte. (Das Bild findet sich in Sir Johns erstem Buch.) Doch hatte ihre Rivalität nichts mit ihren Pflichten für die Expedition oder einer möglichen Beförderung zu tun. Es ging schlichtweg um das Übliche, wenn weiße Männer sich in den Ländern der Primitiven aufhalten: um eine eingeborene Frau.

Wie Sir John in seinem Buch schreibt, war die junge Frau zweifellos die Schönheit ihres Stammes, und zwar nicht nur aus der Sicht eines Seemanns, der schon lange nicht mehr an Land war. Obwohl die Yellowknife ihre Weiber oft sehr freundlich behandeln, so schätzen sie diese im Allgemeinen ebenso gering, wie es ihre Nachbarn tun, die Chipewyan im Süden und die Dogrib im Westen, ja, sie betrachten sie sogar als eine Art von Eigentum, das der Stärkere dem Schwächeren durch Drohung oder Kampf oder Mord entreißen kann, wenngleich Letzteres nur selten notwendig ist. Derartige Auseinandersetzungen lassen die Weiber anscheinend völlig ungerührt, denn der Sieger kann normalerweise besser für sie und ihren jungen Nachwuchs sorgen. Der Verlierer schleicht danach so lange herum, bis er einen Gatten ausfindig macht, der schwächer ist als er, um nun seinerseits diesen anzugreifen und seines Weibes zu berauben, oder er sticht, falls ihm das nicht gelingt, einen Hund ab und überredet seine Freunde, ein weit entferntes Lager der Dogrib, der Hunderippen, zu überfallen (die Dogrib sind von viel sanfterer Gemütsart als die Yellowknife) und eine Frau zu stehlen, die ihm tüchtige Arbeit leistet und möglicherweise einen Sohn schenkt. Man hat mir versichert, dass diese Art von Diebstahl und Heirat etwas ganz Übliches ist, denn die Eingeborenen halten es für unmöglich, dass ein Mann in diesem Land ohne Frau leben könnte (was ich nach drei Wintern selbst bestätigen kann), und die besonders starken Männer haben sogar zwei oder drei. Der Yellowknife Matonabbee, der fünfzig Jahre vor uns Samuel Hearne zum Coppermine-Fluss führte, soll neun Frauen gehabt haben, wenn auch vielleicht nicht gleichzeitig. Ihre Zahl hängt von der Fähigkeit eines Jägers ab, sie zu ernähren und zu schützen, und falls es kein reifes Weib gibt, das man stehlen könnte, kann es in einem solchen Notfall sein, dass mehrere Männer unter der Übereinkunft, sich in eine Frau zu teilen, nicht um sie kämpfen.

Sir John beschreibt in seinem Buch auch die unerschöpfliche Gastfreundschaft, die uns in den Wäldern der Hudson Bay von den Indianern des Creestammes entgegengebracht wurde. Ich möchte behaupten, dass die Yellowknife im fernen Norden sogar noch entgegenkommender und menschlicher waren, besonders in unserer späteren schweren Notsituation, in der sie uns mit einem Zartgefühl und einer Fürsorglichkeit begegneten, die man gar nicht hoch genug schätzen kann. In dem Winter, den wir mit ihnen verbrachten, erlebte ich viele Beispiele zärtlicher Zuneigung zwischen Ehepaaren, besonders zwischen dem alten Kartenzeichner und seiner Frau, deren vom Krebs entstelltes Gesicht Doktor Richardson damals behandelte. Ich bezeichne sie als alt, weil ihr Land diese Menschen sehr schnell altern lässt; sie konnten höchstens fünfundvierzig Jahre zählen, nachdem ihre beiden Töchter, die bei ihnen lebten, zwölf und fünfzehn Jahre alt waren, wie ich von St. Germain erfuhr. Die jüngere der beiden sollte noch im Laufe jenes Jahres an den Mann verheiratet werden, dem es gelänge, Keskarrah (den man wegen seiner besonderen magischen Kräfte fürchtete) zu bewegen, sie freizugeben.

Es war jedoch die ältere Tochter, welche die beiden Unteroffiziere zur See, Back und Robert Hood, in Rivalität gegeneinander brachte, woraus sich sowohl für ihren Vater, den Schamanen, als auch für ihren Gatten größere Schwierigkeiten ergaben. Nach den Maßstäben der Yellowknife war sie nämlich bereits »verheiratet«; das heißt, dass sie bereits mit zwei Männern gelebt hatte. Der dritte, der sie zur Frau hatte, als wir dort eintrafen, war, mit Ausnahme nur von St. Germain, unser bester Jäger und das Bild eines muskulösen, stattlichen Indianers, der mit Leichtigkeit hätte zwei Frauen versorgen können, wenn er nicht schon eine gehabt hätte, die so schwer zu halten war wie die Tochter Keskarrahs. Sie war nicht nur kräftig und geschickt in allen Arbeiten der Frau, sondern verfügte auch über eine geistige Unabhängigkeit, die bei einem weiblichen Wesen erstaunen musste. Als die Krankheit ihrer Mutter schlimmer wurde, kehrte sie in den Wigwam ihres Vaters zurück, nachdem sie Broadface einfach verlassen hatte, der ihr aber weiterhin aufwartete, wenn er nicht auf Jagd war. Sie war noch keine sechzehn Jahre alt und doch bereits eine voll entwickelte, reife Schönheit, die Königin ihres Stammes. Wir nannten sie Greenstockings.

Ich fragte St. Germain: »Eine Frau soll so einfach aus dem Wigwam ihres Gatten davonlaufen können?«

St. Germain zuckte nur die Schultern. »Mann hat starke Arme, Frau starken Kopf; sie kann.«

Als ich zum ersten Mal merkte, dass eine Frau im Spiel war, dachte ich zunächst, es handle sich um das Mädchen, ihre jüngere Schwester. Sie hatte jene vollkommene, unverbrauchte, kupferschimmernde Haut und riesige schwarze Augen, die typisch sind für Indianerinnen, die an der Schwelle zur Frau stehen, ehe die Lasten, die sie schleppen müssen und die unaufhörliche Mühsal ihres Lebens sie entstellen und runzelig werden lassen. In diesem Land sieht man sonst nur ausgemergelte Gesichter, und die dazu gehörenden eingefallenen Gestalten verschwinden unter vielen Schichten abgewetzter, schäbiger Häute; auf einer Insel im Winter Lake jedoch sahen wir das Mädchen so gut wie nackt, als sich die Yellowknife ihre Trauer über den Tod zweier Jäger aus dem Leib schrien und ihren ganzen Besitz zerstörten, einschließlich ihrer Kleider. (Dies ist ihre Art zu trauern, und das harte Land sorgt für Tragödien genug, um sie stets im Griff der Not zu halten.) Leutnant Franklin war indessen von keiner noch so schlanken Schönheit zu beeindrucken; sein Verhalten gegenüber Frauen ist jenseits von Fehl oder Tadel, weil er sich ausschließlich auf die Erfüllung seiner Pflichten als Christ und Diener der Regierung Seiner Majestät konzentriert. Dasselbe gilt für Doktor Richardson. In den ganzen vier Jahren habe ich ihn nie anders erlebt als mit seinem Medizinkoffer oder dem Notizbuch in der Hand. Falls er von der Existenz des weiblichen Geschlechtes überhaupt wusste, ließ er sich das kaum anmerken, auch nicht bei Untersuchungen zu ärztlichen Zwecken, die bisweilen von ihm verlangt wurden. Frauen kamen zu ihm, die in aller Offenheit ihre Kindlein säugten oder ohne erkennbare Scham die intimsten Körperteile vor ihm entblößten. Wäre es in jenen Gegenden nicht so kalt, würden sich die Yellowknife vermutlich genauso spärlich bekleiden wie die Bewohner der Fidschiinseln.

Sie verlangen diesen Bericht von mir in Erfüllung meiner Pflicht, der ich gerne nachkomme, indem ich hier in schlichter Aufrichtigkeit den Ehrenwerten Lords vertrauliche Mitteilung von dem mache, was ich in jenem Winter von 1820 auf 21 erlebt und beobachtet habe. Ich habe darüber mit niemandem gesprochen, weder mit Leutnant Franklin, der es von mir hätte verlangen können, doch davon absah, noch mit Doktor Richardson, obgleich wir im Oktober 1821 gemeinsam jene schweren Tage in der Einöde verbrachten und ich am Ende noch in der Lage war, ihn auf meinem Rücken bis nach Fort Enterprise zu tragen. Auch mit St. Germain habe ich nicht darüber gesprochen, obwohl er mir in jenem Winter fast zu einem Freund wurde und freimütig vieles von den Yellowknife und ihrem Land erklärte, was mir ansonsten ein Rätsel geblieben wäre. Er war ein Halbblut, außerordentlich klug und aufmerksam, und es ist bedauerlich, dass er nicht in der Lage ist, selbst über diese Angelegenheit zu berichten, über die man nicht sprechen kann ohne Offenheit, für welche ich Eure Lordschaften um Nachsicht ersuche.

Wenn Mr. Back wie ich das Mädchen auf der Insel aus nächster Nähe gesehen hätte, würde er möglicherweise Greenstockings Mr. Hood überlassen haben. Das Mädchen war noch unberührt, geschmeidig wie ein Wiesel und mit jener quecksilbrigen Beweglichkeit von Beinen und Gesäß ausgezeichnet, dass es jedem Mann in den Lenden zucken musste. Sie war von kleiner, vollkommener Gestalt, ideal, dachte ich, für Mr. Back. Ihn mit den wuchtigen Halbindianerinnen von Cumberland House und Fort Chipewyan tanzen zu sehen, war für uns Männer immer komisch, da diese einen halben Fuß größer und drei oder vier Stone schwerer waren als er. In ihren Armen sah er aus wie einer, der an Bord eines Schiffes klettern will und nicht wie ein Tänzer; doch war er außergewöhnlich kräftig und von solchermaßen Napoleonischer Gemütsdisposition (ich glaube, dass er in den fünf Jahren als französischer Gefangener sich sowohl ihren Grande-Nation-Dünkel als auch ihre Sprache zu eigen gemacht hatte), dass er sich jedes Weib, das größer war als er selbst (was auf jedes zutraf, das älter als zwölf Jahre war), als Russland vorstellte, das es anzugreifen, zu besetzen und zu unterwerfen galt.

Ich vermute, dass Mr. Back dem kleinen Mädchen allein deshalb so wenig Beachtung schenkte und stattdessen Jagd auf Greenstockings machte (es ist nicht erforderlich, eine indianische Frau zu jagen; man nimmt sie sich, wenn sich die Möglichkeit dazu ergibt), weil der sanfte und weichherzige Mr. Hood ihm Veranlassung gab, eine Romanze in ihr zu sehen, weil er dasselbe für sie empfand und Mr. Back sich deshalb herausgefordert fühlte zu beweisen, dass er den buhlenden Helden genauso gut wie den im Norden üblicheren männlichen Draufgänger spielen konnte. Ich glaube, Greenstockings hätte keine Bedenken gehabt, beide zu erhören, wenngleich sie in Mr. Hood wahrscheinlich den ungewöhnlicheren erkannt hatte, der ein hoch gewachsener, schmal gebauter Mann mit dem bleichen Gesicht eines Heiligen war, doch sehr stark – physisch und geistig so stark, dass seine Unschuld, die selbst für einen Priester erstaunlich gewesen wäre, jene neun seiner dreiundzwanzig Jahre unangetastet überstand, in der sie der ganzen vorsätzlichen Lasterhaftigkeit des Lebens auf einem Schiff der Königlichen Marine ausgesetzt war.

Keiner von beiden hatte indessen die geringste Vorstellung, auf welche Weise sie, nach Landessitte, die Gunst von Greenstockings gewinnen könnten. Mr. Back versuchte schon nach kurzer Zeit ihr offenkundiges Widerstreben durch Gewalt zu überwinden (ich möchte annehmen, dass die Dunkelheit jenes Landes den schönen Vorgefühlen bedächtigen, zärtlichen Liebeswerbens sehr abträglich ist), was sie in echter Manier der Yellowknife erwiderte, indem sie ihm die Hose aufschlitzte. Mr. Hood, der in seiner Unschuld keinerlei Verdacht hegte, bis Mr. Back mit einer an so strategischer Stelle geteilten Hose zurückkam, Mr. Hood also forderte auf der Stelle Mr. Back zum Duell um die Ehre der Dame, die er für die Seine hielt.

Aber um Himmels Willen, wessen Ehre denn? Die Frau war schön, vor allem in den Augen junger Männer, die sich durch die endlosen Urwälder und Felswüsten und Flüsse und Winter Kanadas gequält hatten, war aber dennoch nur eine fellbekleidete Indianerin. Mr. Hood wollte überhaupt nicht sehen, dass die »Dame«, die jeden Tag ihres Lebens mit Messern hantierte, Mr. Back ganz anders hätte teilen können, wenn sie gewollt hätte, oder dass der Umstand, sich auf enges Tuch beschränkt zu haben statt ihm einen langen Schnitt ins Fleisch beizubringen, genauso gut bedeuten konnte, dass sie in diesem Austausch von Aufmerksamkeiten den Auftakt zur eigentlichen Werbung sah, in der Blut, wenn es flösse – was wahrscheinlich war – die Eroberung bestätigen würde.

Und dafür ein Duell, Eure Lordschaften! War Mr. Hood schon mit Blindheit geschlagen, was die richtige Einschätzung seiner »Dame« betraf, so machte ihn seine Ehrauffassung auch dafür blind, dass Mr. Back, egal auf welche Waffenart außer Zeichenstiften sie sich einigten, ihn töten würde.

Mr. Back traute seinen Ohren nicht. Vor ihm stand, wie erstarrt vor herausfordernder Wut, Mr. Hood. Schließlich gab er ein verächtliches Lachen von sich und äußerte die Meinung, Mr. Hood müsse jetzt auch die Waffe wählen. Worauf Mr. Hood die Hacken zusammenschlug und salutierte. Was er damit zum Ausdruck bringen wollte, ist mir nicht bekannt, doch unterstrich er dadurch nur die ganze Förmlichkeit seiner Handlungsweise, obwohl nach dem Reglement er der Herausforderer war und deshalb Mr. Back die Wahl der Waffe zustand. Doch war Mr. Hood einfach zu weltfremd, um die Beleidigung zu erkennen, die ihm Mr. Back mit seiner verächtlichen Antwort zugefügt hatte. Ohne Zögern sagte er:

»Pistolen.«

Beide wandten sich danach getrennt an mich, ihnen zu sekundieren.

Wahrlich eine hübsche Situation. Die Königliche Marine untersagt das Duell, besonders zwischen den niedrigeren Offiziersrängen, und wenn sie damit an Kapitän Franklin oder Doktor Richardson herangetreten wären, hätten sie den Befehl bekommen, unverzüglich von der Sache Abstand zu nehmen. Hier stand auf jeden Fall die Expedition auf dem Spiel: In solch einer kleinen Gruppe, in einem sehr schwierigen Land, hatte jeder Offizier wichtigste Aufgaben zu erfüllen, wollten wir irgend Aussicht auf Erfolg haben. Doch hatten beide das sichere Gefühl dafür verloren, was ihre Pflicht war, sodass ich, der Diener, als einziger Engländer übrig blieb, um eine Entscheidung zu treffen: Beiden musste ich sowohl beim Duell sekundieren als auch in einem auf Leben und Tod gehenden Streit zwischen englischen Offizieren wegen einer indianischen Frau Schiedsrichter sein. – Nun gut! – Wären sie Yellowknife gewesen, hätte wenigstens einer seinen fatalen Nachteil erkannt und die Forderung zum Duell zurückgezogen.

Meine Lords! Denken Sie nicht, dass ich gegenüber den Offizieren der Expedition Bitterkeit empfinde, seien es die untergeordneten oder vorgesetzten. Ich bitte Sie, mich nicht als Augenzeugen zu betrachten, der zu voreingenommen ist, um glaubwürdig sein zu können in Hinsicht auf das, was die traurigen Begebenheiten betrifft, die sich im Oktober 1820 zu Fort Enterprise zutrugen oder bei unserem noch verzweifelteren Versuch, ein Jahr später dorthin zurückzugelangen. Für einen Bauernsohn war mein Leben gewöhnlich genug: ich komme von einer steinigen Farm in Northumberland und weigerte mich als sechzehnjähriger Bursche, in die schwarze Hölle der Bergwerksschächte am Tyne hinabzusteigen, weshalb ich, als ich eines Sommerabends auf dem Heimweg vom Markte war, von einem Rekrutierskommando ergriffen und zum Dienst in der Königlichen Marine gepresst wurde. Was mit mir geschehen war, erfuhr meine Mutter erst, als ich mich schon fünf Monate auf See befand (es gab wenig sonst, was ihr Sorge bereitet hätte) und gegen Napoleon kämpfte. Unser Schiff wurde jedoch von einem amerikanischen Freibeuter gekapert, worauf ich, zusammen mit vier anderen Burschen (allesamt so arm wie ich; die Offiziere wurden festgehalten, um Lösegeld zu erpressen, denn der Krieg bot den Amerikanern durch den Handel mit Männern Gelegenheit zu glänzenden Geschäften mit beiden Seiten; woher freilich hätte meine Mutter auch nur ein einziges Pfund nehmen sollen, um mich auszulösen?), wir fünfe also wurden ohne Lösegeld einem französischen Handelsschiff übergeben. Noch mehr als wir selbst von der Torheit des Krieges überzeugt, erlaubte der französische Kapitän, uns frei auf seinem Schiff zu bewegen. Als wir eines Tages in einen Sturm gerieten, standen wir an der Seite seiner Männer an Deck, um das Schiff vor dem Sinken zu bewahren, sodass er einige Nächte danach, auf dem Weg nach St. Malo vor der Küste von Cornwall halsend, irgendwann starr nach Steuerbord in Richtung Frankreich schaute, während wir von Backbord sein kleinstes Boot in die schäumende See vor Lizard Point ließen. Ich habe nie erfahren, was aus den anderen geworden ist; wir ruderten die ganze Nacht hindurch, um durch die Brandung zu kommen, wurden jedoch immer wieder von schrecklichen Wogen zurückgeworfen; zwei oder drei Tage später fand mich ein Fischer, allein und wie Seetang an den steinigen Strand der äußersten Insel der Scillys gespült, keine zehn Fuß vom offenen Atlantik entfernt.

Nachdem die Familie dieses armen Fischers mich gepflegt hatte, bis ich wiederhergestellt war, kehrte ich auf unsere einsame Farm zu meiner Mutter zurück und wurde erneut von einer Presspatrouille ergriffen (ich war nie ordnungsgemäß aus der Marine entlassen worden, und Napoleon war mehr denn je der große Satan). Aber auch das überlebte ich. Warum? Warum habe ich unseren Marsch vom Arktischen Ozean nach Fort Enterprise überlebt? Ich weiß es nicht, aber ich vertraue auf Gott. Und glaube an die Gültigkeit eines Spruches, den mir meine Mutter gesagt hat:

»Wer einmal ›a‹ gesagt hat, muss auch ›b‹ sagen.«

Sie konnte sich Gott sei Dank keine Vorstellung vom »c« oder »d« der Königlichen Marine machen, obwohl man an klaren Tagen vom höher gelegenen Land um ihr Dorf herum das Meer sehen kann. Doch erst auf jener ersten Polarexpedition mit Leutnant (jetzt Sir) John Franklin, Doktor Richardson und Unteroffizier zur See (jetzt Kommandeur) George Back und dem armen, heiligmäßigen Hood (für immer verloren), war ich mit meinem Latein am Ende. Ich verpflichtete mich 1819 für diese Expedition und blieb dabei, obwohl andere sie verließen und sich dadurch viel Leid ersparten und möglicherweise ihr Leben retteten. Durch Gottes Güte habe ich ein ruhiges Auge und einen kräftigen Körper; ich konnte auch noch das kleinste Schneehuhn auf der Tundra entdecken, selbst als es dort keine Karibu und Moschusochsen mehr gab, die uns hätten retten können. Ich konnte noch die schweren Felldecken tragen, als die Voyageure (die wegen ihrer schweren Traglasten oft durch das Eis ins kalte Wasser brachen und sogar noch mehr als ich zu leiden und zu ertragen hatten) nicht mehr fähig waren zu gehen, geschweige denn, sich ihre normale Last aufzuladen. Ein einziges Mal packte mich die Verzweiflung, bei der Jagd, doch war dies nicht auf dem letzten Marsch, weshalb keine Notwendigkeit besteht, dass ich Euren Lordschaften davon berichte, nach all den Jahren.

Gesagt werden muss dieses: Als es uns durch die Güte Gottes und durch St. Germains unvorstellbare Geschicklichkeit gelang, aus Weidenzweigen und dem Ölzeug der Offiziere ein Schiffchen zu bauen, kaum größer als ein

Hut, und es uns endlich möglich war, an einem Seil und einer nach dem andern den Fluss zwischen den tobenden Wassern der Obstruction Rapids zu überqueren, war ich noch imstande, eine kurze Strecke lang Hood durch den Schnee der Tundra zu tragen. Ich spüre jetzt noch sein Gewicht, obwohl er, schwächer als ich, damals kaum mehr etwas wog. Nein, leichter als ein leerer Sack wollte er mir scheinen.

Was wir sonst noch dort taten oder zu tun gezwungen waren, muss ich hier nicht berichten. Aber gestatten Sie einem alten Mann, Ihnen dies zu sagen: Lieber will ich unter der Last eines guten Mannes zusammenbrechen, den ich durch den Schnee schleppe, als mit schweren Kanonen auf Burschen schießen, die man wie mich aus ihren Heimatdörfern gestohlen hat und die sich genauso wenig wie ich vorstellen konnten, wie ein elender Tod oder Verstümmelungen an Leib und Seele den erhabenen Zielen des Empire förderlich sein könnten. Nachdem ich beides erlitten habe, ziehe ich Tod durch Hunger dem durch Krieg vor.

Es ist wahr, dass man in den ersten Tagen des Hungers Leid ertragen muss, das schwer zu beschreiben ist. Eine Frau hat mir einmal von den Schmerzen bei der Geburt ihres Kindes erzählt. Sie können nicht zum Vergleich dienen, weil deren Heftigkeit stets in der großen Hoffnung auf ihr plötzliches und glückliches Ende erlebt wird. Für die Armen in Großbritannien ist Hunger etwas Alltägliches, doch wenn es wirklich ans Verhungern geht, spürt man nicht nur einen körperlichen Schmerz, sondern vielmehr einen Schmerz, der erbarmungslos über sich hinaus in ein Wissen um das *Hohle* selbst vorstößt, um den Körper, der sich von innen heraus verzehrt und Bestie in reißender Bestie ist, bis sich am Ende unser Wissen von unserer Existenz nur noch auf unsere Hülle bezieht. Doch wie Doktor Richardson so oft in seinen Vorlesungen erläutert hat, endet der körperliche Schmerz nach drei Tagen. Man sieht einer anderen Person beim Sterben zu und wird ganz ruhig. Die Ratschlüsse des Allmächtigen sind, was sie sind, und von dir weicht alle Furcht. Am schwersten kommt man mit der Langsamkeit zurecht: Man ist für den Tod bereit, lange bevor er endlich kommt.

Alle hehren Absichten, die uns an diesen Ort im äußersten Norden geführt haben, sind jetzt bedeutungslos. Anders als dem Lärm des Krieges ergibt man sich in der Arktis der Stille. Und nach und nach erkennt man den sich nahenden Tod als einen Fremden, dessen Kommen als etwas immer Dunkleres aus der Weiße hervorwächst, die dich umweht und umstöhnt, bis du endlich anfängst zu frieren. In dieser entsetzlichen Kälte erkennst du, dass alle deine Winter in der Arktis dir bis jetzt nicht beigebracht haben, was Winter wirklich bedeutet, bis du diese in Eis eingebettete Hülle geworden bist und nach allem greifst, sei's ein froststarrer Busch, eine unnütze Decke, dein eigenes Bein, eine im Frost geborstene Axt oder gar die Knochen deines Freundes, die du in der Hoffnung zu dir holst, ein winziges Quentchen flüchtiger Wärme zu fühlen. Und du siehst seine schneeverbrannte, abblätternde Haut an der Haut deines eigenen Gesichts, siehst die braunen Skorbutflecken, spürst, wie Schauer durch ihn hindurchfahren in einen Raum außerhalb seines Körpers, beobachtest, wie seine Augen die Ferne jenseits des Schnees oder des eigenen Schädels absuchen – und du empfindest tiefen Frieden. Du liegst so gedankenlos da wie ein Heideschaf. Man hat dir die größte aller Gnaden erwiesen, die Gnade des sanften Todes der Tiere.

Ich erinnere mich gut an einen derartigen Augenblick, als Robert Hood auf seine rechte Hand schaute, seine Zeichenhand. Es war in einem Weidendickicht in einer Senke der Tundra irgendwo zwischen Obstruction Rapids und Winter Lake. Ich habe den Tod im Krieg gesehen, doch diesen nie. Die heroische Darstellung des Todes von General Wolfe auf dem Schlachtfeld von Abraham ist eine große Lüge, Meine Herren Lords. Sie wissen ja, dass in der Schlacht Männer zwischen Siegesbegeisterung und Tränen des Entsetzens schwanken können, dass sie sich um ihr aufgeschlitztes eigenes Gedärm krümmen und vom eigenen Kot besudelt sterben oder dass sich der Tod langsam von ihren faulenden Gliedmaßen bis ins Herz frisst, wenn die Kanonen längst schweigen. In all den Nächten, in denen ich versuchte, Mr. Hood zu wärmen mit allen unseren Kleidern am Leib und eingerollt in unsere beiden Umhänge aus Büffelfell, wobei er natürlich auch mich wärmte, war auch ich am Verhungern, obwohl mein Bauernkörper langsamer schwächer wurde als er, der zähe, aber empfindliche Sohn eines Geistlichen, der mir verzückte Worte zuflüsterte. Manchmal ist auch dies möglich, wenn man am Verhungern ist.

Manche von uns leiden, werden aber verschont; ich nehme an, um andere Leiden zu ertragen. Immer noch höre ich Mr. Hoods Stimme; sie klingt so rau wie die von Schafen, die unaufhörlich in trockener Spreu wühlen, die ihnen nie die Bäuche füllt. Mr. Hood hatte kein schönes Ende. Der Tod hat ihn nicht friedvoll in die Ewigkeit befördert. Nein. Trotz dreijähriger makelloser Pflichterfüllung, großen Mutes, stand am Ende der Hungertod – kein würdevoller Tod, nein! Und auch kein »anständiger« Tod.

Die ganze Geschichte liegt ihnen in den Berichten der Offiziere vor. Ich bekräftige ihre Ausführungen. Sie sollten so belassen bleiben.

Unser geliebter Robert oder, wie er mir gegenüber gelegentlich über seinen Kindernamen scherzte: »Kleiner Robin« – Hood. Immer edel, niemals Räuber: Was hätte der wohl rauben können? Am Sonntag, dem 20. Oktober 1821, betteten Doktor Richardson und ich seinen Leichnam auf den Schnee unter den kleinen Weiden hinter dem Zelt. Überließen ihn, wie es Brauch bei den Yellowknife ist, den Tieren.

Erlauben Sie mir noch diese Bemerkung: Ich glaube, dass Mr. Hood besser als irgendjemand sonst Bescheid wusste über die magnetische Deklination des Kompasses, das Befehlswesen der Marine, das Allgemeine Gebetbuch der Anglikanischen Kirche (aus dem er gerne vorlas), und wie es möglich war, dass jenes schöne Land – so grausam, dass kein menschliches Wesen je dort leben sollte, obwohl es die Yellowknife tun – aus einem barbarischen Volk ein so menschenfreundliches werden ließ.

Doch dies wusste ich am Sonntag, dem 15. Oktober 1820, noch nicht. Damals glaubte ich noch, Mr. Hood habe sich zu einer absurden Ritterlichkeit hinreißen lassen von einer gottlosen Schlampe, die er in derselben Minute hätte haben können, als er sie erblickte und von ihr Notiz nahm. Damals erfüllte es mich mit Empörung, als ich hörte, wie er »Pistolen!«, sagte.

Ich habe nicht lange überlegt, ob ich mich beiden als Sekundant und Schiedsrichter zur Verfügung stellen sollte: Ich sagte zu und berichtete Dr. Richardson vertraulich von der Angelegenheit. Dieser hielt nur kurz die Luft an und murmelte dann »Ach ja … ja doch …«, fast als ob er nichts anderes erwartet habe, und trug mir auf, beide Pistolen sorgfältig mit Pulver und Zündwatte zu laden, jedoch nicht mit Kugeln.

In der Morgendämmerung des nächsten Tages also (was auf jener Breite fast zehn Uhr entspricht) gab ich ihnen das Zeichen, und beide schwenkten herum und feuerten. Mr. Back war schneller, wenn auch Mr. Hood vielleicht etwas zögerte, als er zwar eine Entladung sah, aber weder einen Treffer spürte noch das Pfeifen einer Kugel hörte. Gleichwohl wich er nicht von seinem Platz und feuerte aus der vorgeschriebenen Entfernung von zehn Schritten und natürlich mit demselben Ergebnis auf Mr. Back, der wie erstarrt darüber war, verfehlt zu haben. Ich machte einen Schritt nach vorn und gab ihnen ein Zeichen, zu mir zu treten. Mr. Back war kaum imstande zu gehen, wohingegen Mr. Hood erleichtert und offensichtlich zufrieden auf mich zuschritt. Ich nahm ihnen die rauchenden Pistolen ab; Schweißperlen standen an diesem grauen Morgen auf Mr. Backs Stirn; sein Blick unter den buschigen Augenbrauen hervor ließ mich schließen, dass er etwas ahnte. Noch bevor ich den Mund öffnen konnte, erklärte zum Glück Dr. Richardson hinter mir:

»Gentlemen, lassen Sie es mit diesem Auftritt genug sein. Oder ziehen Sie es vor, dass ich Leutnant Franklin informiere?«

Ich nehme nicht an, dass Dr. Richardson damals an einen Ehrenhandel zwischen den beiden glaubte. Ich für meinen Teil tat es nicht.

Später an jenem Tag teilte Leutnant Franklin uns mit, er müsse eine Gruppe damit beauftragen, zurück nach Fort Providence am Großen Sklavensee zu marschieren, um die Post sowie Feuerwaffen mit dem dazugehörenden Pulver, die nach unserer Abreise von dort mit dem Sommertransport eingetroffen sein mussten, abzuholen und nach Fort Enterprise zu schaffen. Würde man diese Vorräte jetzt auf Schlitten herbringen, könne die Expedition in Kanus zum Polarmeer vorstoßen, sobald im Frühling das Eis aufbrach. Sofort meldete Mr. Back sich freiwillig, die Gruppe zu führen.

Mr. Back marschierte nicht nur bis Fort Providence. Infolge ebenso üblicher wie verhängnisvoller Rivalitäten zwischen den Handelsgesellschaften waren unsere Vorräte dort nicht eingetroffen, worauf er über den See nach Moose Deer Island House wanderte und von dort schließlich bis nach Fort Chipewyan. Im März 1821 kehrte er mit Vorräten nach Fort Enterprise zurück, nachdem er in tiefster Kälte mehr als tausend Meilen zurückgelegt hatte, und zwar auf Schneeschuhen und bei Dunkelheit. Eine großartige, besonders für einen Seemann ungewöhnliche Leistung und fast eine Vorwegnahme seiner übermenschlichen Anstrengung, die ein Jahr später einigen von uns das Leben retten sollte.

In der Umgebung von Fort Enterprise blieben Seen und Flüsse neun Monate zugefroren. Am 4. Juni 1821 entschied Leutnant Franklin, nicht länger abzuwarten, und wir machten uns auf die gefährlichste Etappe unserer Reise in die Arktis: Unser Auftrag lautete, bis zum Coppermine-Fluss vorzudringen und diesen unbekannten Fluss hinunter bis zum Polarmeer zu paddeln, um sodann in den Kanus der kanadischen Voyageure an der Küste entlang zu fahren und sie zu vermessen. Wo aber wollten wir in einem Land, in dem zwar die Sonne bis Mitternacht schien und um zwei Uhr bereits wieder aufging, das jedoch bis Ende Juni im Griff des Eises war, genügend Wasser für unsere Schiffe aus Birkenrinde finden? Durch den Schnee und auf Schneeschuhen machte sich zuerst Doktor Richardson mit einer Voraustruppe und Vorräten auf den Weg zum Coppermine-Fluss. Wir folgten am 14. Juni mit drei Kanus, die wir auf Schlitten geladen hatten und die von je vier Mann und unter Mithilfe von je zwei Hunden über das Eis geschleppt wurden. Mit uns reisten die Yellowknife mit ihrer leichten und einfachen Ausrüstung und schienen zufrieden. Beim Einbruch des Winters hatte es ihnen noch an allem gefehlt, doch die Jagd, sagten sie, sei gut gewesen (obwohl wir mehrere Male, manchmal über zwei Wochen lang, kein Fleisch gesehen hatten), und während unseres gesamten Aufenthalts bei Winter Lake hätten sie keinen einzigen Verlust an Leben erlitten.

Doch weder der alte Kartenzeichner Keskarrah noch seine Frau, die selbst unter einem leichten Bündel kaum mehr gehen konnte, hatten den Winter gut überstanden. Ihren Schlitten zog das Mädchen zusammen mit einem einzigen Hund, und den anderen zog Greenstockings. Sie war offensichtlich schwanger. Und obwohl ich das Kind nie sah, hatte ich Grund zu der Annahme, dass Robert Hood sein Vater war. Auch er hat das Kind nie gesehen.

Meine Lords, dies ist die Erklärung, die Ihr verlangt habt. Gott schütze den König!

Doktor John Richardson

Mittwoch, der 18. Oktober 1820 Fort Enterprise

Mr. Back ist heute nach Fort Providence aufgebrochen, um für den nächsten Sommer unsere Versorgung mit Proviant sicherzustellen. Gegenwärtig verfügen wir über einen Vorrat von 100 Hirschen und etwa 800 Pfund Talg. In Begleitung mehrerer anderer Männer sprach Bigfoot heute am Hause vor und machte uns eindringlich darauf aufmerksam, dass sich die Rentiere nach Süden in die Wälder zurückzögen und dass sein Stamm ihnen folgen müsse.

Freitag, der 1. Dezember 1820 Fort Enterprise

Der alte Keskarrah hat hier den ganzen Winter hindurch seine Frau gepflegt, die durch ein Krebsgeschwür langsam ihre Nase verliert; er sowie seine ganze Familie sind nach wie vor unsere Gäste im Fort und wollen dies für die Dauer des Winters auch bleiben. Für unsere Vorratshaltung bedeuten sie und ihre häufigen Besucher eine schwere Belastung. Der Fischfang ist so unergiebig geworden, dass wir ihn eingestellt haben. Zwischen dem 26. Oktober und 12. November wurden hier keine Rentiere gesichtet; am 16. November tauchten sie wieder auf, blieben jedoch nur wenige Tage. Heute brachte Keskarrah dem Wasser-Geist, dessen Zorn er als die eigentliche Ursache der Krankheit seines Weibes versteht, eine Opfergabe dar. Diese bestand aus einem alten Messer, einem kleinen Stück Tabak und einer Anzahl anderer geringfügiger Gegenstände, die er, zu einem Paket zusammengeschnürt, dem Wasserfall (der immer noch eisfrei ist) übergab.

Flüchtige Gnadenerweise der Bärin 6

Als Greenstockings Umrisse zum ersten Mal auf Hoods Papierbogen zu erscheinen beginnen, ist der Fluss bis auf die dampfenden Stromschnellen bereits zu Eis erstarrt. Dunkler wird die winterliche Welt und lässt sich silbrig um Keskarrahs Behausung aus Häuten nieder, die, von Fichtenzweigen und Schnee bedeckt, im Windschatten des Eskers steht. Das Eis lässt die scharfen Kanten der lehmverputzten Häuser der Engländer etwas weicher erscheinen, deren frische Holzstämme der Frost aufgerissen hat und die unter ihrem dicken Besatz aus Rauhreif aussehen wie Tiere im Winterpelz. Um Mittag funkelt die Sonne für kurze Zeit grimmig über den weißen Wellen der abgebrannten Hügel, tanzt als in drei Nebensonnen vervielfachter oranger Ball hinter dem Großen Stein zwischen den schwarzen Stecken der Bäume.

Inzwischen ist der Stamm mit Bigfoot weiter nach Westen gezogen und hat seine Zelte näher bei den neuen Fallen aufgeschlagen, deren Schlingen frisch geflochten und ausgelegt sind, näher auch bei den Hürdenfallen, die sie in unregelmäßigen Abständen neben den Pfaden aufgestellt haben, auf denen Keskarrah im Traum die Karibu zum zugefrorenen Roundrock Lake hinabziehen sah, wo sie die Nächte zum Schlafen verbrachten, um sich dem Zugriff der Jäger zu entziehen. Auf dem Moränenwall bei den Blockhäusern ist einzig Keskarrahs Zelt zurückgeblieben, neben dem die beiden Hunde von Birdseye eingerollt im Schnee liegen. Mit schweren Flügelschlägen erheben sich die riesigen Raben von den Abfallhaufen der Engländer und fliegen durch das tiefe Meer der Luft über den Fluss zu Nestern, die versteckt zwischen jenen Zwergfichten liegen, die irgendwie dem Feuer widerstanden haben.

»Wenigstens trägt dieser Vogel kein Halsband aus Karibuaugen«, sagt Keskarrah, der vom Zelteingang aus ins silbern glühende Tal blinzelt, durch welches die beiden Raben ihre schwarzen Wellenlinien ziehen. »Solange Diese Englischen genügend Essbares wegwerfen, werden wir nicht verhungern.« Dann lässt er den Fellvorhang herab und kratzt sich.

Greenstockings weiß, dass die Kälte zum ersten Mal die Muskeln spielen lässt, sie schon einschüchtern will, bevor sie alles endgültig in ihren harten, felsschwarzen Griff nimmt. Doch weil dies im Ablauf der Jahreszeiten, die sie erlebt hat, immer so war, macht sie sich eigentlich gar keine Gedanken darüber; und auch wenn sie schläft, hört oder sieht sie nichts Besonderes, sodass sie Birdseye nichts zu erzählen hat, wenn beide im Dunkel des Morgens erwachen. Im Schlaf versinkt sie in die Tiefe eines unergründlichen Sees, fällt in einen Raum, wo es keine Träume mehr gibt. Sie weiß nicht, wie viel tiefer sie noch nach unten muss, um den Grund zu erreichen und diese Tiefe verlassen zu können – wenn überhaupt. Dann erwacht sie in ihrem Zelt, in dem der Gestank der Häute steht, die geschabt, gewalkt und genäht werden wollen. Nie zuvor, nicht einmal, als die langen, tödlichen Stromschnellen drei Kanus und zwei Familien in den tiefsten Kummer stürzten, an den sie sich erinnern kann, nie zuvor hatten sie so viele steife Häute weich walken müssen, als es schon so spät im Jahr und so kalt war. Im Sitzen kann sie nicht bis an den obersten Rand des Stapels reichen.

Broadface jagt, jagt, jagt, und es gibt weder Winterpause noch Schlaf für ihn. An den Tagen, an denen er gefrorene Tierkörper über den Schnee zu Diesen Englischen schleift, sind seine Finger von der Kälte zum Platzen dick geschwollen, trotz der pelzgefütterten Fäustlinge, die sie ihm genäht hat. In der Wärme ihres Zelts tauen seine Hände langsam ein wenig auf, die Haut auf seinem Gesicht wird fast wieder weich, während er vornüber gebeugt wie ein alter Mann am Feuer sitzt und all die Köstlichkeiten des Tieres isst, welche die Weißen verschmähen: Hirn, Augen, Lunge, Herz, die langen, süßen Fettschnüre aus den Innereien, dicke Penise, nährende Euter. Er löffelt das Mark auf, das sie aus den Knochen bricht, oder beißt ein Mundvoll von den gefrorenen Scheiben moosigen Magens, den sie ihm so dünn aufschneidet, dass er das Zeltfeuer dahinter flackern sieht. Am liebsten mag er geräucherten Magen, wofür sie das Fett klein kaut und dann in den offenen, mit halb verdautem Moos gefüllten Beutel spuckt, Blut dazu gibt, noch etwas Hirn und Wasser, es gären lässt und dann überm Feuer räuchert, ganz langsam mehrere Tage lang, bis Broadface wiederkommt und alles in seinen eingefallenen Mund schlürft, der schwarz gebrannt ist vom Eis seines Atems.

Aber Broadface schaut sie weder an, noch wendet er sich ihr vor dem nächsten Morgen zu, um sie zu nehmen, denn alle Männer haben nur noch die Jagd im Kopf, um die Forderungen Dieser Englischen nach frischem Fleisch und getrocknetem Fleisch und Pemmikan für die Vorräte zufrieden zu stellen; in die Hürdenfallen schießen sie hinein und liegen hinter den Felsen am Seeufer auf der Lauer, schleichen sich an den See heran und schießen sogar jene Tiere, die wie andere vor ihnen wieder freiwillig in die Fallen gegangen sind. Keskarrah fragt ihn, wenn auch noch milde, was für eine Vorstellung von Jagd ein Jäger wohl hat, der ein Tier überhaupt nicht mehr berührt, bevor es tot ist und sein Leben in den Schnee vergießt? Zweimal schon hat er gewarnt: immer nur graues Pulver in einen eisernen Lauf schütten und eine Kugel hineinschieben und einen Finger um gebogenen Stahl zu krümmen, an dem du dich bis aufs Blut brennen kannst, sei nicht die Art, den Tod zahlloser schöner Tiere zu erzwingen, ohne die die Menschen nicht leben können. Dies heiße zu große Opfer verlangen. Dieses massenhafte Töten aus großer Entfernung lasse keinen Raum mehr für Rücksichtnahme oder Zärtlichkeit, nur noch für Krach und Gestank.

»Wozu soll das gut sein?«, fragt Keskarrah den Rauch, der vom Feuer in der Mitte des Zeltes emporsteigt. »Für riesige, fette Männer in gigantischen Kanus? Für diese Fremden?«

Nur Keskarrah hat den Mut zu solchen Gedanken – und Greenstockings; doch nur er spricht sie aus. Broadface ist Jäger und tut, was er tun muss, wenn ihm das Unvermeidliche begegnet und das Tier vor ihm steht. Er hört Keskarrah aufmerksam zu, erwähnt jedoch mit keiner Silbe die unzähligen Hälse und Bäuche, die er und die anderen Jäger aufschlitzen, die dampfenden Eingeweide, die er auf den Schnee wirft, wo sie hart frieren wie das Eisen seines Gewehrs, ehe ihm auch nur der leiseste Gedanke daran kommt, den Kopf zu heben, um dem Tier ein Wort der Dankbarkeit hinzuhauchen. Schweigend isst er die von den Tieren geschenkte Nahrung, ganze Berge davon, die Greenstockings für ihn zubereitet, während sie eine Haut nach der anderen schabt und Winterstiefel näht und Gamaschen und Mäntel und Fäustlinge und Mützen und endlose Spiralen von Schnürlitzen aus dem Leder schneidet. In ihren heißen, müden Armen wacht er auf, um sich in ihr zu erquicken, und ist immer schon fort, wenn Birdseye im fahlen Morgenlicht ihre Tochter weckt. Wenn sie sich dann an sein verschlossenes Gesicht erinnert und wie es sich an ihrem rieb, an seine sehnigen, zuckenden Beine, an seinen dumpfen, harten Körper und

Mund, seine Hüftknochen und seinen Penis, die er so fest an sie presste, als seien sie vom blauen Feuer scharfen Frosts zusammengeschweißt worden – die Erinnerung hinterlässt zwar ein vages Gefühl der Sicherheit in ihr, richtet sich aber längst nicht so fest in ihrem Gedächtnis ein wie der schwarze See, in den sie trotz aller Gefühle, die Broadface in ihr auszulösen vermag, erneut versunken ist und aus dem sie ein weiteres Mal, wenigstens für eine Weile, von der Hand ihrer Mutter gezogen wird.

Birdseye wird jeden Tag schwächer; sie trägt jetzt immer das weiche Leder, hinter dem sich verbirgt, was der Fresser unaufhaltsam ihrem Gesicht antut. Jeden Tag bringt Keskarrah die Salbe, mit der Greenstockings die schwarzen Ränder um das herum bestreicht, was schon fehlt. Die Salbe hindert aber ihre Finger überhaupt nicht daran, über die tiefere Schwärze zu gleiten, die sich im Gesicht ihrer Mutter immer weiter öffnet, bis sie eines Tages versteht, dass es nichts anderes als dieses schwarze Loch ist, das bis in ihren Schlaf hinabreicht. Dass es auch im Schlaf eine Schwärze von solcher Undurchdringlichkeit geben könne, hat sie nicht gewusst, und sie beginnt zu fürchten, sie nie völlig ausloten, geschweige denn durchschreiten zu können, es sei denn Broadface … und noch ein anderer, Hood, ja, Hood mit seinem Hut, der vielleicht den ganzen Winter braucht, um auf seinem Stück Papier ihr Bild zu finden – aber das macht nichts, denn er wird es finden. Wenn sie erfahren will, wie schwarz, wie tief der See ist und wo sein Grund, wird sie beide brauchen, denn noch nie hat sie dort unten menschliche Stimmen gehört oder eine Spur von Licht gesehen.

Deshalb arbeitet sie immer länger, um nur ja den Schlaf zu vermeiden, der die größere Qual bedeutet. Wenn sie völlig erschöpft ist, überrascht sie sich manchmal dabei, wie sie ihre Hand betrachtet, die kräftigen, blassen Finger, mit denen sie Schaber und Messer hält, die sich in Broadfaces Muskeln krallen können, aber auch mit seinen empfindlichen Eiern und dem Schwanz zu spielen verstehen, wenn sie sich in zärtlicherer Lust begegnen. Ihre kräftigen Finger, mögen sie noch so müde sein, fühlen alles, so wie ihre Augen Maserung und Schatten, Umfang und Gewicht einschätzen oder ihre Nasenlöcher Düfte riechen können. Ihre Finger erfühlen die Schlüpfrigkeit von Richard Sonns Salbe, die zwar den nackten Schmerz unterdrückt, die sie aber im Verdacht hat, den Fresser nicht aufzuhalten, sondern nur besser zu verstecken. Manchmal kann sie ihre Finger kaum zurückhalten, der Verlockung nachzugeben und diese Schwärze zu berühren, die sich auf Birdseyes geliebtem Gesicht ausbreitet. Mit äußerster Sorgfalt verstreicht sie die Salbe genau bis an den Rand der zerstörten Haut. Sie darf nicht riskieren, dass ihre Finger dort verschwinden.

Keskarrah berührt nur die Oberfläche ihrer ganz persönlichen Erinnerung an Dunkelheit, als er sagt: »Solange der Rabe was zu essen hat, ist er zufrieden. Dann macht er uns auch nicht so schwarz, wie er es ist.«

Es ist klar, dass ihr Vater nichts ahnt von ihrem Traum; er denkt nur an jene lange Geschichte von der Erschaffung der Vögel. Weder er noch Birdseye können ihr helfen – und ob Männer es können? Oder muss sie sich selbst helfen?

Sie verfolgt, wie Keskarrah sich in den immer länger werdenden Tagen in den Winterbären verwandelt, der er gerne sein möchte. Er hat Pfade für die Karibu geträumt, und auf Hoods Bild wacht er über Greenstockings, und dafür, meint er, gibt ihnen Richard Sonn die Salbe, die Birdseye schützt. Diese Salbe erfüllt ihn mit einer ganz merkwürdigen, gedankenlosen Art von Zufriedenheit; er liegt nackt unter seinen Decken, während die Frauen mit ihrer nie endenden Arbeit fortfahren, stößt beim Atmen Laute aus, wenn er etwas im Schlaf gesehen hat oder wenn er auf Geschichten stößt, die ihm im Kopfe umhergehen und die er dann in Wörter einholt, sodass sie irgendwo geschehen und womöglich jemandem widerfahren, den sie kennen, vielleicht noch während er sie hersagt. Der Winter ist natürlich die Zeit, in der man sich Geschichten erzählt, Geschichten, die uns etwas darüber sagen, warum die Welt so ist, wie sie ist, und warum alle Orte dort sind, wo sie sind, und jeden Winter erzählt er sie wieder, aber nie genau gleich. Und manche Geschichten hat noch niemand gehört, nicht einmal Keskarrah, weil sie sich ihm noch nie erzählt haben und deshalb bis zu diesem Augenblick nicht gesagt werden konnten.

Geschichten von zukünftigen Ereignissen jedoch teilen sich ihm nicht mit. Er hat sein ganzes Leben lang die Zukunft abgelehnt, sagt, sie sei eine Bürde, die andere tragen müssten, und mittlerweile scheint es, als sei ihm diese erspart geblieben. Wofür er so dankbar ist, dass alle es hören können.

»Ich hab schon genug zu tragen«, sagt er und schaut zu Birdseye, ohne sie unmittelbar anzusprechen. »Manchmal«, fährt er fort, »wird mir die Geschichte des vergangenen Lebens der Tiere einfach zu viel, ebenso wie die zahllosen Orte, die es auf der Welt gibt, und alles, was mit den Menschen geschah bis weit zurück in die ferne Zeit, als der Mann noch allein auf der Welt war, ohne Frau, und deshalb nicht einmal ein Kind hatte, dem er all die Geschichten hätte erzählen können, die sich schon damals ereigneten, als der Mann glaubte, größere Füße zu brauchen, um auf dem Schnee laufen zu können, wenn er den Winter überleben wollte; manchmal – ich weiß nicht, wie das bei anderen ist, aber manchmal glaube ich, dass die Träume, die mir geschenkt werden, zu zahlreich sind, um sie in einem einzigen Leben in die notwendige Ordnung bringen zu können.«

Birdseye sagt nichts. Mit Ausnahme vielleicht von

Greywing wissen alle, dass in ihrem Schlaf die unabwendbare Zukunft heranwächst, doch abgesehen von den ersten beiden Ausbrüchen hat sie für sich behalten können, was sie über ihr Volk und Diese Englischen und ihre Paddel-Sklaven weiß, die hier nichts anderes tun, als warten und essen und wieder warten, bis sie in den Norden ziehen. Trotzdem wissen sie, dass sie es nicht mehr viel länger für sich behalten kann: Sie wird anfangen müssen, alles zu erzählen, um es irgendwie der Luft zu übergeben.

»Ich mag die Geschichte von der Eule lieber als ...« Greywing zögert, weil sie niemanden beleidigen will; sie schiebt die Decken noch näher an ihren Vater und wendet sich wieder dem Spannen der Häute zu. Wenn ihre Schwester etwas mit solch kindlicher Unbekümmertheit sagt, wünscht Greenstockings sich immer, sie könnte auch noch so sein. Aber sie kann keine kindliche Verspieltheit mehr vortäuschen, wie noch bis vor kurzem; der tiefe See ihrer Ahnungen wird jede Nacht tiefer.

Keskarrah lacht, weil er weiß, worauf das Mädchen hinauswill, und er sie deshalb necken kann. »Oh, die Eule war auch dabei, als der Rabe zu den Menschen sagte ›Ihr habt mich ganz schwarz gemacht, und jetzt mach ich euch schwarz, und zwar schwarz vor Hunger‹. Aber diesmal war die Eule gut und verriet den Menschen, wo der Rabe die Karibu versteckt hatte; heija! die Eule war's, die sie aus ihren Verstecken sang, ›Dort sind sie, dort drüben zwischen jenen zwei schmalen Hügeln, dick wie die Maden, diese saftigen, süßen Maden der Tundra‹, sang die Eule dem Volk.«

»Ich mag die Eule ...« fängt Greywing wieder an und hält inne, weil sie sich besinnt und sich erinnert, dass eine Geschichte so ist wie sie ist und sich nicht verändert, auch wenn man sie gerne anders hätte.

»Welche denn?«, fragt Keskarrah naiv und weiß es

doch schon. »Es gibt so viele Geschichten über die Eule: Welche willst du hören?«

Aber das Mädchen bringt jetzt kein Wort mehr heraus; es errötet, und die Hand mit dem Schaber hört auf, sich zu bewegen. Keskarrah lacht, und seine Augen blinzeln noch schneller vor dem mittäglich lodernden Feuer, und als Greenstockings die nächste schwere Haut herunterzieht, wünscht sie sich wieder einmal, die grob gezimmerten, unbeweglichen Häuser von Diesen Englischen wären nie über den großen See Tucho gepaddelt worden, ebenso wenig wie ihre Medizin. Wie schön wäre es, wenn man sie mitsamt ihrer Verbissenheit, der Hässlichkeit ihrer lauten Stimmen und Äxte und Gewehre, ihrem hektischen Hin und Her zwischen den stillen Bäumen, das vor Schreck alles in die Höhe fahren und heftiger zittern ließ als in der schlimmsten Kälte, einfach in ein Loch kippen könnte, so wie ihr Diener jeden Morgen ihre Pisse und Scheiße auskippt; sie selbst würde hingehen und dieses gefrorene Loch, das sich langsam füllt, aufheben und in einen See schleudern, der noch tiefer ist als der in ihrem Schlaf. Aus diesem Loch könnten sie dann nie mehr herauskriechen mit ihren endlosen Forderungen, schweren Wörtern und ewig kauenden Kiefern und all ihren Kleidern und ihrer Scheiße. Noch nicht einmal Hood ... sie würde ... seine langen Bleistiftfinger ... würde er es zulassen, dass sie ihn wegschmeißt ... könnte sie ... Hood ...?

»Was ich wirklich ... sehr gerne mag«, sagt ihr Vater mit Unschuldsmiene, »ist, wie die Maus mit der Eule redet. Hab ich euch schon mal erzählt, was sie mit der Eule anstellt?«

Greywing flüstert »nein, nein«, weil sie die Geschichte wahnsinnig gerne wieder hören möchte. Und Keskarrah will sie ja erzählen; auf seinem Ellbogen dreht er sich ihr zu, und in seiner Stimme schwingt etwas von dem Lächeln, das auf seinem Gesicht spielt.

»Also gut: So fing ihre Unterhaltung an. Die Maus hat sich grade unter der Ecke eines Felsens versteckt, ist so blitzschnell dort untergekrochen, dass die Eule sich aus ihrem Sturzflug hochreißen musste, um nicht auf den Felsen zu prallen. Jetzt muss sie dasitzen und warten, bis die Maus herauskommt, obwohl sie weiß, dass es zwecklos ist. Deshalb eröffnet die Maus auf ihrem Platz unter dem Felsblock aufs höflichste ihr Gespräch: ›Hast du's auch wirklich bequem da oben? Hast du dir wehgetan an den Flügeln, als du so plötzlich gebremst hast? Ooooh, tun dir jetzt vom harten Aufprall auf den Boden deine leeren Fänge weh? Ei guck mal, die sind ja völlig leer!‹ Natürlich sind sie das, heh! Die Eule sagt nichts. Diesmal nicht, aber warte, das nächste Mal! So lange man lebt, gibt's immer ein nächstes Mal, warte nur, und klappert Furcht erregend mit dem Schnabel, damit die Maus ja sieht, was beim nächsten Mal ganz gewiss mit ihr passiert. Doch die Maus versteht sich blendend auf die Kunst der Gesprächsführung, und um sicher zu gehen, dass es der Eule bloß nicht langweilig wird während der Wartezeit, die, beide wissen es, lang und fruchtlos sein wird, setzt sie die Unterhaltung mit erlesener Höflichkeit fort.

›Ich hab dir schon oft beim Essen zugeschaut, und du hast ja zweifellos einen großen Schnabel ... zum Essen, aber etwas wundert mich doch. Mein ganzes Leben lang war ich auf der Hut vor dir und hab immer die Ohren nach dir gespitzt, und jetzt trau ich meinen Augen nicht, vielleicht lassen mich auch meine Ohren im Stich. Ich kann überhaupt nicht verstehen, Eule, wie du scheißt. Natürlich scheißt du aus deinem wunderhübschen Arsch Unmengen kleiner Portionen Scheiße, aber wie geht es zu, dass du auch aus deinem großen Schnabel scheißt, und sogar größere Portionen?‹

Die Eule kann überhaupt nichts machen. Sie wäre gerne bereit, gleichzeitig aus beiden Löchern zu scheißen, wenn sie nur die Maus kriegen könnte; die aber ist diesmal im Schutz eines Felsblocks, und mit einem Felsblock kann die Eule es nicht aufnehmen. Ihr bleibt nichts übrig als zu reden. Sie muss reden.

›Oh, du kommst mir doch gerade recht‹, zischt sie und klappert so fürchterlich, dass die Maus vor lauter Zittern fast den Felsblock ins Rollen bringt, ›jemand, der nur rennen kann und in meinem Schnabel nichts als ein kleiner Fetzen Zeugs wäre, kann nur unter einem Felsblock so weit das Maul aufreißen‹.«

Alle im Zelt lachen, sogar Birdseye hinter ihrem weichen Leder. Schnäbel und Zähne und Krallen haben normalerweise das letzte Wort, jeder weiß es, weshalb Worte, die dank eines schützenden Felsblocks immerhin noch ausgesprochen werden können, umso lustiger sind; besonders, wenn sie in einem so selbstbewusst delikaten Tonfall gesagt werden wie dem, mit dem Keskarrah sie wiedergibt. Greenstockings vergisst alles um sich herum; sie schabt mit flinker Hand, fühlt, wie die Liebe ihres Vaters sie alle geborgen hält, unerschütterlich wie ein Fels.

»Hier«, sagt sie lachend und greift neben das Feuer, »hier ist etwas Leber für dich.«

Keskarrah nimmt und isst sie, und mit Genuss beißen die Zähne des Geschichtenerzählers in die zarte, Kraft spendende Gabe, die sie von einem Tier empfangen haben.

»Wo wären wir«, sagt er leise beim Kauen, »ohne den Raben und die Eule, das Karibu und den Wolf, der uns beibrachte, wie man das Karibu jagt, ohne die Maus, die uns Witz lehrt und leise Besonnenheit, ohne alle die schönen Tiere, alles Geschenke, Geschenke.«

Plötzlich sagt Birdseye mit lauter Stimme: »Letzte Nacht sah ich den nördlichen Fluss; es war der Fluss der Kupferfrau, ganz in Weiß gehüllt, das wie Eis …«

Ohne eine Bewegung schaut Keskarrah zur Seite, ihre

Blicke begegnen sich sofort, und während er noch kaut, weiß er, dass er jetzt sehr schnell sprechen muss, weil nur eine alte Geschichte verhindern kann, dass ein Traum ins Leben gesagt wird, und sei es auch nur für eine kurze Zeit; und er muss es mit einer solchen Geschichte versuchen, denn wer weiß, wessen Leben er dadurch rettet, und wäre es nur für ein paar Tage, und die ersten Worte, die den Weg zu ihm finden, sind so gut, so kraftvoll und altehrwürdig, dass die beiden Töchter möglicherweise gar nichts gemerkt haben. Er spricht nach oben, in den Rauch hinein, und was er sagt, ist nichts anderes als ein Gebet:

»Ihr da! Menschliche Wesen stammen von … Ich habe nie erfahren, woher der Mann kommt. Die Geschichte der Frau ist einfacher, und überhaupt scheinen alle Geschichten einfacher zu sein, die von Frauen und nicht von Männern handeln … manchmal denke ich, Männer fürchteten sich, ihre Geschichten … sie fürchten sich vor dem, was sie vielleicht für ihre Männlichkeit halten …«

Er zögert, sieht, dass Birdseye ihn immer noch beobachtet und schon den Mund voller Wörter hat, und fährt ganz schnell fort: »… wenn der Mann zuerst in der Welt war, muss er allein gewesen sein in jenem Sommer, als Wurzeln und zarte Stängel und ganze Felder und Büsche mit Beeren für ihn reiften, damit er etwas essen konnte, ohne kochen zu müssen, denn kein Mann weiß wie eine Frau, wie alles gekocht werden muss. Sein Schöpfer machte ihn so, dass der Winter ihn nicht gleich zu Tode erschreckte, bevor er lernte, dass es gut war zu essen und zu leben, bevor er verhungerte und schwarz vor Kälte wurde und zu Tode fror. Ihr da! Ich hab gehört, dass Diese Englischen aus Lehm entstanden sind. Richard Sonn hat die Geschichte erzählt, ich glaube, es war weißer Lehm, obwohl er es nicht so genau erklärt hat, aber wenn es stimmt …«

Keskarrah unterbricht sich mitten im Satz. Die Wörter haben ihn auf eine Spur gelockt, die er nicht betreten wollte – nämlich über die Anfänge der Weißen zu reden –, doch Birdseyes Blick hinter ihrem Leder ist immer noch so gespannt, dass er nicht ausweichen kann; er muss weitermachen, kann nicht anders, als die Worte zu wiederholen, und gerät über dem Gedanken der Schöpfung in große Erregung.

»Richard Sonn hat es zu Bigfoot gesagt, und ich habe gehört, wie Twospeaker es wiederholte: ›Ihr müsst wissen, dass wir Menschen zuerst aus Lehm und der Spucke der großen Allseele gemacht wurden.‹ Wie hätte ich so etwas überhören können? Ich habe noch nie eine ähnliche Geschichte über Spucke gehört, aber wäre es nicht wunderbar, einmal zu sehen, wenn es passiert? Oder wenigstens die Spucke zu spüren, wenn man sie schon nicht sieht? Muss ähnlich wie ein guter Regen sein, glaub ich, der im Sommer überall kleine Dinge aus dem Boden wachsen lässt; wenn das stimmt, ließe sich diese Geschichte erzählen, ich will's nicht infrage stellen. Wenn ich in solchen Lehm gespuckt und damit gespielt und einen Mann darin gefunden hätte, hab ich zu Richard Sonn gesagt, hätte ich noch viel mehr davon genommen und ihn doch gleich größer und stärker gemacht, viel stärker als eine Bärin, aber wenigstens stärker als mich.«

»Du bist stark genug«, sagt Birdseye, ganz versunken in seine Geschichte und abgelenkt von ihrer eigenen Not. »Du hast für alles Wörter, du bist immer so stark.«

Keskarrah kichert etwas verlegen. Er kann ihr nicht widersprechen, aber Lob von ihr macht ihn immer stutzig, und um ihre unglaubliche Kraft weiß er schon lange. Er muss schnell weitermachen.

»Der weiße Lehm ist gut, und es gibt ganz viel davon auf der Nordseite des Eskers, von dem diese Englischen so viel halten und den sie mit Wasser mischten und das ganze Haus damit einschmierten – weshalb« – er hat eine plötzliche Eingebung – »weshalb man Diese Englischen eigentlich Weißerdige nennen müsste, denn vielleicht kommen sie ursprünglich von diesem Ort und haben ihren Lehm wiedergefunden! Obwohl ich mir's eigentlich nicht so richtig vorstellen kann. Wenn sie wirklich von hier wären, hätten sie auch ohne meine Hinweise den Ort wiedererkannt. In Wahrheit jedoch haben sie von hier keine Ahnung – sonst hätten ja schon unsre Vorfahren sie kennen müssen und wären ihnen vor langer Zeit begegnet. Was aber nicht zutrifft. Richard Sonn sagt, die Weißerde-Frau sei dazu gedacht gewesen, dem Mann Hilfe und Begleiterin zu sein. Während er schläft, steigt sie einfach aus seiner Rippe, und als er aufwacht und jene erblickt, die als Frau seiner Rippe entsprang, hilft sie ihm überhaupt nicht, sondern isst eine Beere, die so groß ist, dass sie allein auf einem großen Baum wächst. Die gibt sie ihm dann zu essen, und danach wird die ganze Welt verrückt. Auch diese Frau und der Mann.«

Die Frauen schauen ihn so verständnislos an, dass er sofort versucht, eine Erklärung nachzuschieben. »Genau diesen Teil der Geschichte kann ich selbst nicht verstehen, obwohl ich darüber nachgedacht habe. Wenn Menschen nicht essen, müssen sie sterben; Weiße aber essen viel mehr als die Menschen unseres Volkes. Wie kann eine einzige Beere so viel Macht haben, dass sich alles verändert, und zwar für immer, wenn ein Einziger sie isst? Gibt es denn für den Menschen nicht genug andere kleine Beeren zu essen? Unser erster Mensch aß einen ganzen Sommer lang nur Beeren, und dem passierte überhaupt nichts. Aber Richard Sonn schüttelt dazu den Kopf und meint, das sei wahrscheinlich deshalb so, weil es noch keine Frau gab. Sobald es aber die Frau gibt, muss der Weißerde-Mann immer mindestens so viel essen wie die Frau, weniger geht nicht, und diese eine Beere, die sie noch mühelos vom Baum isst, ist für ihn zu viel. Danach machen sie alles falsch.«

»Es ist sehr eigentümlich«, fügt er etwas ratlos hinzu, »für uns schwer zu begreifen. Vielleicht ist es schlecht für sie, dass sie *gemeinsam* essen – ich hab noch nie eine Weiße Frau gesehen und kann's deshalb nicht wissen –, aber reisen Weiße Männer vielleicht deshalb immer ohne Frauen?«

Greenstockings hat seine nachdenklichen Überlegungen, in denen er vom Hundertsten ins Tausendste kommt, nicht mehr mitbekommen: Sie denkt nur noch über diese Rippe nach.

»Eine Rippe von einem Baum?«, fragt sie ihn und bricht schon fast in Gelächter aus. Das ist eine gute Geschichte. Ein großer Baum hat bestimmt so viele Rippen wie Äste. Es ist nun einmal so, dass es nicht genügend Frauen auf der Welt gibt, und deshalb lassen die Männer sie nie in Frieden; gäbe es aber so viele Frauen wie Äste, würden weniger Männer den Frauen hinterherlaufen, und wenigstens ein paar Frauen hätten zeitweise ihre Ruhe, vielleicht sogar so lange wie die Karibukühe, die gemeinsam mit ihren Kälbern ein ganzes Jahr lang getrennt von den männlichen Tieren leben. Vor lauter Glück lacht sie auf. O wie wär das schön! Und erfasst lachend den Kern der Überlegungen ihres Vaters: »Iss nie mit ihnen!«

»Nein, nein«, verdirbt Keskarrah, immer Mann, ihr die Freude. »Die Rippe ist von dem Mann, eine einzige Rippe nur, und aus der kommt die Weißerde-Frau.«

Greenstockings fragt: »Diese Englischen haben doch selbst irgendwo Frauen, oder nicht? Ist dann die Mutter ihrer ersten Frau nicht ein Mann?«

Zuerst bleibt ihr das Lachen über diese wirklich unglaubliche Geschichte im Hals stecken, bricht dann jedoch umso heftiger aus ihr hervor; Birdseye und Greywing stimmen in ihr Gelächter ein, und plötzlich scheppert das ganze Zelt vor Lachen. Wie eine solche Frau wohl aussehen würde! Sogar Keskarrah muss laut schnauben, wird aber plötzlich wieder ernst.

»Ihre Geschichten scheinen ausschließlich von Männern zu handeln, und sie sagen, auch ihre Allseele ist ein Mann«, erklärt er sanft. »Ich verstehe die Weißerde-Geschichte so, dass zwei Männer träumen und arbeiten müssen, richtig hart arbeiten müssen, um eine Frau zu gebären.«

Den beiden Frauen laufen Lachtränen über die Wangen. Vor lauter Staunen können sie nur noch die Hand vor den Mund halten. Sie hören nämlich gerade eine Geschichte, die so mannbezogen und so herrlich komisch ist, dass Greenstockings sie nie gehört hätte, wenn ihr Vater nicht diese Gabe zum Geschichtenerzählen hätte. Ob diese Männer aus der Anfangsgeschichte auch ganz winzige Zitzen hatten mit ein paar drahtigen Haaren drum herum? Und wie haben sie ihre Babys geboren, wenn sie keine Möse hatten – kamen sie etwa durch die zwei kleinen Löcher in ihrem Schwanz? Und mit nichts mehr als einer Rippe für beide, die genauso biegsam wie steif gewesen sein muss? Sie vergehen fast vor Lachen: Sollte es jenseits der Reichweite selbst ihrer Riesenkanus noch mal so viele Weiße geben, wie sie ja behaupten, die wahrscheinlich unter ganzen Bergen von Zeug begraben sind, das ihnen bestimmt irgendjemand irgendwohin schleppen muss – was für phantastische Geschichten hätten die wohl noch auf Lager? Dann bliebe für nichts anderes mehr Zeit, als alles zu vergessen – oder für nicht enden wollendes Gelächter.

»Es gibt Probleme.« Der Klang von Keskarrahs Stimme lässt sie sofort verstummen. Er liegt mit geschlossenen Augen da, als sei er schon viel weiter umhergewandert, als er eigentlich wollte, ja, als habe er sich selbst verraten.

»Die Weißerde-Geschichte ist nicht lustig«, sagt er. »Anders als unsre Geschichte vom Mann und der Schneehuhnfrau und wie sie zusammen Schneeschuhe machen. Diese sind dasselbe und dennoch verschieden. Ich habe nur wenig von Richard Sonns Geschichte gehört, glaube aber nicht, dass ich mehr davon erfahren will. Sie klingt gefährlich.«

Greenstockings schaut ihn schweigend an.

»Geschichten«, sagt er, »sind wie Seile, die dich an geheimnisvolle Orte ziehen. Diese Rippengeschichte könnte uns enger mit den Weißerde-Leuten verbinden als das endlose Töten von Tieren, dem wir ohne richtige Beratung zugestimmt haben – ein paar Männer sagten nur schnell und laut ›Ja, ja‹ als Dickes Englisch es verlangte, und danach hat sich keiner mehr getraut, etwas anderes zu sagen. He! Eine Geschichte kann dir so übel den Kopf verdrehen, dass du danach anders denkst. Ich kann mir vorstellen, dass die merkwürdigen Geschichten, die die Weißerdigen erzählen, eine Kraft haben, die uns lähmt – obwohl ich inzwischen so alt bin, dass ich eigentlich alles schon einmal gehört haben müsste.«

Er liegt bewegungslos auf dem Boden und starrt ins leuchtende Dunkel hinter seinen Augenlidern. Und sucht etwas.

»Alles«, sagt er leise, »wird gefährlich.«

In der Stille, die jetzt eintritt, schaut keiner mehr zu Birdseye hin. Doch plötzlich geht in ihnen in dem von allen Gerüchen des Lebens und der Arbeit und des Denkens erfüllten warmen Zelt wie ein glitzerndes Licht das Bewusstsein ihrer Gegenwart auf, dass sie bei ihnen ist, mag sie noch so ausgelaugt und nur mit ihren nie zu Ende gehenden Näharbeiten beschäftigt sein. Das geliebte Gesicht, das keiner mehr sehen wird, es sei denn, wenn er sich traut, durch die dunkle Erinnerung des Tastsinns. Sie gehören zusammen wie je, aber sie haben Angst. Würde

Keskarrah jetzt die Augen öffnen, sie würden Blitze und Flammen schleudern.

»Die Fremden sind jetzt bei uns«, sagt er mit niederschmetternder Traurigkeit. »Es muss ihre Schuld sein. Nie zuvor war die Welt in Unordnung.«

»Das Eis auf dem Fluss der Kupferfrau«, sagt Birdseye leise und beruhigend, »war noch sehr jung und so dünn, dass es unterhalb der Stromschnellen noch durchsichtig war und ich die schönen Äschen sehen konnte, die es mit ihren Flossen streiften und wie blaue Adern aussahen.«

»Stromschnellen?«, fragt Keskarrah ziemlich verzagt. Er hat geredet, so viel er konnte, doch nicht einmal die stärkste Geschichte kann Birdseye zum Schweigen bringen, und er muss ihr antworten. Wenn er vorsichtig ist, erkennt er vielleicht den Ort, und man würde die Fremden warnen können.

»Es sind zwei Stromschnellen, zwei; an den nackten Ufern gibt es keine Steine; dazwischen ist ein kleiner, gebogener See, ein weißer gebogener Streifen.«

»Ach!« Keskarrah wird so lange liegen bleiben, wie er braucht, um, schneller als ein Vogel, im Geiste den Fluss abzufliegen und diese Stromschnellen ausfindig zu machen.

Noch schneller aber ist Bigfoot. Mit einer langen Büchse in den steif gefrorenen Fäustlingen tritt er gebückt ins Zelt, und zum ersten Mal sitzt auf seinem Kopf ein hoher englischer Hut, den er nicht abnimmt, als Birdseye ihn mit einer Kopfbewegung einlädt, sich ans Feuer zu setzen. Es vergeht ein Weilchen, bis Keskarrah erst eines, dann beide Augen aufschlägt.

»Willkommen«, sagt er laut und ohne sich zu rühren. Beinahe schon unhöflich klingt er, sodass die beiden Mädchen ihr Lachen über Bigfoots Erscheinung kaum zurückhalten können. Greenstockings wäre es schwer gefallen sich vorzustellen, wie das Fell eines gewöhnlichen

Bibers – daraus, sagen sie, sind diese Hüte gemacht – den Kopf eines Mannes derart nach oben vergrößern und auszudehnen vermag, aber Diese Englischen haben es irgendwie geschafft, denn es gibt diesen Hut, und er sitzt wie ein Baumstumpf auf Bigfoots Kopf und ist genauso wackelig wie seine Autorität, die ihm Diese Englischen nur deshalb zuschreiben, weil er der Sprecher ihres Stammes ist. Wie ist dieser Hut nur zusammengenäht? Wie ist die schmale, gewellte Krempe gemacht, die sich so anmutig darum legt? Sie hat noch nie einen Hut berührt, obwohl sie glaubt, dass Knabe Englisch einmal kurz davor war, seinen abzunehmen und ihr aufzusetzen, und zwar leider bevor sie merkte, dass sie bereits ihr Messer an seiner Hose hatte und er mit Sicherheit nichts davon verstand, wie man mit Messern spielt.

»Haben die Fische die Netze im See gefunden?«

»O ja«, antwortet Bigfoot etwas zu eilfertig. »Viele, viele.«

»Und was ist mit den Karibu?«

Immer noch zu eilfertig zeigt Bigfoot auf die Häute, die sich im Zelt stapeln. »Unsere Frauen sind sehr fleißig«, sagt er. »Auch beim Fleisch. Die Paddelsklaven sind immer noch wohl genährt.«

»Wahrhaftig.« Keskarrah grinst. »Diese Halberde-Männer sitzen hinter ihren Baumstämmen und stopfen sich Fleisch in die riesigen Münder. Nicht nötig, Tiere zu schießen!«

»Was soll denn ›Halberde-Männer‹ bedeuten?«

»Weißt du nicht, dass diese Englischen behaupten, dass sie aus Erde und Spucke gemacht sind?«

»Ja doch … ich hab so was gehört … Halberde-Männer.« Langsam nimmt Bigfoots schwerfälliger Verstand die Mitteilung auf. »Haben sie sich deshalb so gefreut, als sie hier die weiße Erde entdeckten?«

»Ich glaube ja. Und wegen der großen Bäume. Obwohl

die Bäume bei uns nicht so große Beeren haben. Ich hatte gehört, dass alle weißen Händler Erde mischen und beim Bau ihrer Häuser zwischen die Stämme schmieren, und glaubte immer, sie tun es nur, weil es ihnen ganz empfindlich an Bibern fehlt, die ihre Häuser auch aus Stämmen und Erde bauen, statt aus Häuten wie unsere pfiffigen Leute; aber seit ich die Geschichte kenne, wie diese Weißen entstanden sind …«

Bigfoot sitzt völlig bewegungslos da und ist von dieser verwirrenden Geschichte verwirrt.

»Es scheint«, denkt Keskarrah laut und starrt ins Feuer, »dass sie nicht den Tierkreislauf brauchen, der uns jeden Tag von neuem das Leben schenkt. Sie wollen zwischen geraden Wänden leben, so grade, wie man sie aus Bäumen eben machen kann; aber vielleicht brauchen sie diese rechteckig miteinander verbundenen Bäume, von denen sie ja ihre ewigen Schwierigkeiten und diesen Fehler bekommen haben. Also … binden sie diese großen Bäume zusammen … und schmieren sie dick mit ihren allerersten Vorfahren zu … weiße Erde ist dafür sicherlich am besten … so können sie den ganzen Winter lang hier leben, umgeben … und beschützt von allem, was sie schon falsch gemacht haben … und von allem, was sie sonst noch mit dem Leben ihrer Vorfahren zugeschmiert haben … Ja!«

Diese Erklärung des Verhaltens der Weißen, in die sich Keskarrah lautstark hineingeredet hat, ist so plausibel, dass sie ihn vor Schreck aus den Fellen fahren lässt.

»Das ist Macht! Kein Wunder, dass die Weißerde-Menschen so stark sind – sie gehorchen immer der Macht, die sich aus ihren Fehlern ergibt!«

Bigfoot nimmt langsam den Hut ab und spielt mit seinen dicken Fingern an ihm herum. Im Haar um seinen Kopf herum ist eine Kerbe, die noch keiner je an ihm gesehen hat.

»Von den Karibu«, sagt er schließlich, unfähig, den Gedankengängen Keskarrahs über die Fehler der Weißen zu folgen, »scheinen viele fortzuziehen.«

»Ich hab's mir gedacht«, sagt Keskarrah leise und wendet sich innerlich ab von dem, was ihm jetzt klar geworden ist. Er will nicht weiter über die Folgen nachdenken, welche die Gegenwart der Weißen für ihr Leben im Winter hat.

»Normalerweise bleiben viele hier, und das Eis auf dem See ist schon so fest, dass sie leicht den Wölfen ausweichen können, aber alle scheinen weiter wegzuziehen, in die Wälder im Süden …«

Keskarrah lässt Bigfoots Worte immer kleiner schrumpfen, bis sie am Ende einfach versickern. Greenstockings hat den Eindruck, als glänzte die alte Haut ihres Vaters im Feuerschein wie die eines Neugeborenen. Auf einer Haut, die ein Tier für sie geopfert hat und die vor ihr aufgespannt ist, schabt sie vorsichtig um ein Loch herum, das eine Made hineingefressen hat: Dieses muss mit einem Hautstück unterlegt und gut vernäht werden, um die spitzen Speere der Kälte draußen zu halten. Bestimmt wird ein Weißerde-Baby wie eine der weichen Maden ausschauen, die in der Haut der Karibu wachsen, wie ein zartes Räupchen, das sich in die Luft biegt und in die Länge zieht und im Licht glitzert. Wie ein Krampf fährt ihr die Sehnsucht in die Brüste und die übereinander geschlagenen Beine.

»Es mag sein, wie du gesagt hast«, tut Bigfoot wichtig. »Zu viele Karibu sind für uns gestorben in viel zu kurzer Zeit.«

»Wollen sie nicht auf ihre Winterpfade gehn?«

»Aber … du hast doch geträumt, es sei alles gut mit ihnen.«

Keskarrah hebt den Kopf. »Du hast ja die Geschichte der Weißerde-Menschen gehört. Für sie muss alles in der Welt falsch sein.«

Düster stimmt Bigfoot ihm zu.

»Bevor sie diesen Ort entdeckten, hat Lastfire Lake zwei von unseren Jägern geholt.«

Bigfoot erwidert: »Das haben uns Seen auch schon früher angetan.«

»Aber nicht, während wir damit beschäftigt waren, für Fremde Tiere zu jagen«, meint Keskarrah nachdenklich. »Wenn du hart arbeitest, um andere zu ernähren und zu kleiden …« Er unterbricht, fährt dann aber wieder fort: »Wir sind gastfreundlich, und niemand wird bei uns verhungern, solange wir etwas zu essen haben; aber vielleicht … vielleicht machen wir uns ab einem gewissen Punkt … selbst zu Fremden.«

Einen Augenblick lang treffen sich die Blicke der beiden Männer, dann schauen sie wieder aneinander vorbei. Dafür, worüber sie eigentlich reden, gibt es keine Worte. Das heißt, es gibt sie noch nicht, und sie wollen sie noch nicht finden.

Vorsichtig sagt Bigfoot: »Trotzdem hast du gut geträumt … die Tiere haben uns sehr gut ernährt, und bis jetzt hat jeder genug, sogar Winterkleidung.«

»Aber die Weißerde-Menschen wollen mehr.«

Da Bigfoot schweigt, spricht Keskarrah es aus. »Sie wollen Säcke voller Fleisch für den Sommer und wollen es jetzt schon getrocknet haben.«

»Niemand trocknet Fleisch im tiefsten Winter.«

»Sie haben einfach keine Ahnung.«

»Ich habe ihnen oft gesagt, dass es wieder Karibu gibt, wenn die Sonne zurückkommt.«

»Aber nicht am Rand des Ewigen Eises, wohin sie doch wollen.«

»Aber warum nur wollen sie dorthin?«, kommt es fast wie ein Schrei aus Bigfoot. »Wir haben ihnen doch erklärt, dass es dort außer Eis nichts gibt!«

»Ich weiß«, sagt Keskarrah ganz ruhig. »Ich glaube, wir

müssen eines verstehen: Weißerde-Männer hören nur das, was sie hören wollen.«

Bigfoot dreht den grotesken Hut zwischen den Händen, an dem Greenstockings auch nicht die geringste Spur eines Saumes entdecken kann, so schön ist er gemacht.

Keskarrah lässt sich wieder nieder und stützt den Kopf in die Hand. Durch ihre Gedanken laufen Satz für Satz seine mit Bedacht vorgetragenen Worte wie Wölfe, die sich in die letzte todbringende Kurve ihrer Jagd werfen.

»Nichts, absolut nichts wollen sie hören. In ihren Augen ist die Welt irgendwo immer falsch, weil sie sie nicht so wollen ... wie sie ist.«

Bigfoot schnaubt zustimmend. »Hah! Sie wollen unsere gewaltigen Flüsse nicht, unsere unzähligen Stromschnellen, den schnellen Wintereinbruch – und das Ewige Eis werden sie auch nicht mögen, sollten sie es bis dorthin schaffen! Was ändert es schon, ob sie etwas wollen oder nicht? Die Welt ist so wie sie ist.«

Keskarrah kann ihm nur zustimmen. »Wenn ich sie verstehen könnte, würde ich's dir gerne erklären. Aber bevor die Weißerde-Männer bei uns ankamen, haben sie, glaube ich, entschieden, wie die Welt sein soll.«

Bigfoot starrt ihn an und hat offensichtlich den Faden verloren. Keskarrah fügt hinzu: »Ihre Geschichte vom Anfang lehrt sie, dass alles immer falsch und voller Fehler ist. Deshalb sehen sie nur, wo die Welt Fehler hat und falsch ist, egal wo sie sind.«

In welchem Sinn könnte ein Ort wohl falsch sein? Trotz der verstörenden Worte ihres Vaters kann Greenstockings sich nicht verkneifen, Bigfoot anzugrinsen. Er weiß, wie leicht sich die Tiere jagen lassen und welche Freude daraus erwächst; aber die Denkweise, die alles erst ermöglicht und die auch das Gebet einschließt, könnte seine Möglichkeiten der Einsicht sehr wohl übersteigen. Wie oft hat Keskarrah ihr gesagt, dass Reden nicht einfach Reden ist, nicht einmal wenn Twospeaker mit Diesen Englischen redet. Worte spiegeln, was in der Welt ist, nehmen es aber auch vorweg, und während sie beobachtet, wie Bigfoot mürrisch die dünnen, hoch aufeinander gestapelten Häute neben ihr wie das sichtbar gewordene Gedächtnis seines Jägerseins betrachtet, versteht sie sein Dilemma. Er weiß genauso gut wie sie, dass Häute und Felle Geschenke sind, die sie von den Tieren empfangen haben und die Geschenke bleiben, mögen die Frauen sie mit noch so großer Hochachtung und Sorgfalt zusammennähen, er weiß aber auch, dass diese Geschenke sich in nichts auflösen können, wenn unwürdige nach ihnen greifen; er weiß, dass eine Haut immer das Eigentum des Tieres, für immer sein Kleid bleibt und dass allein die angemessene Entgegennahme dieses Geschenks, das Tragen der Tierhaut wie einer menschlichen Haut, uns zu einer neuen Tierperson werden lässt, die beschützt und kräftig durch die tödliche Kälte des Winters kommt. Niemand kann Tiere zwingen, mehr zu geben als sie wollen. Werden sie auf unwürdige Art und im Geist der Täuschung gejagt, sind auch die Geschenke der Tiere trügerisch, vielleicht sogar tödlich. So schützen sie sich.

Bigfoots Blick gleitet zu Birdseye, die hinter ihrem Lederstück verborgen und über ihre Nadel gebeugt ist, wendet sich dann jedoch schnell einer gründlichen Inspektion des schwarzen Hutes zu, den er zwischen den Händen dreht: als ob Pelz, den man erst aus diesem Land geholt, dann einer unbekannten Prozedur durch englische Hände unterzogen und in einem Zustand der Unkenntlichkeit hierher zurückgeschickt hat, trotz allem weniger fremd und weniger tödlich sei, als die Tiere es sein können, mit denen sie leben. Greenstockings weiß, dass ihre Mutter einen Mantel aus Karibuhaut mit jener

Stahlnadel näht, die Diese Englischen ihr gegeben haben und die diese Haut flink wie ein Fisch durchsticht; doch wer kann wissen, wie lange es den Mantel geben wird, wenn er fertig ist und Diesen Englischen übergeben wurde? Selbst wenn alle Frauen am Ufer dieses Sees, in deren Zelten mit diesen Nadeln genäht wird und in denen der schwere, süße Dunst trocknenden Fleisches hängt, es jemals schaffen sollten, von allem so viel zu machen, dass auch die Weißerde-Männer zufrieden sind, kann niemand sagen, wie viel die Weißerde-Männer zu essen haben werden, wenn sie einmal fort sind und alles mitgenommen haben. Denn auch Kleider und Fleisch können genauso verschwinden wie die Tiere, deren Gaben sie sind.

Während Greenstockings an ihren emsigen Händen vorbei Bigfoot beobachtet, hat sie Zeit, über alles nachzudenken; sie macht sich Gedanken über seine stumpfen Finger, die diesen nahtlosen Pelz streicheln. Fremdartige Dinge, die immer befremdlicher werden. Einst waren sich alle einig gewesen, dass Bigfoot das Zeug habe, Erfahrung zu sammeln und weise zu werden, und sie hatte sich vorstellen können, seine dritte Frau zu werden. Doch jetzt schien er Urteilsvermögen und Ausgeglichenheit des Jägers eingebüßt zu haben. Seit sie ihn einstimmig dazu ausersehen haben, die Verhandlungen mit diesen Englischen zu führen, legt er immer öfter entweder törichte Arroganz oder Unterwürfigkeit an den Tag, tritt entweder mit übertriebener Würde oder scharwenzelnder Duckmäuserei auf und anscheinend ohne richtiges Verständnis. Nur nach Gesprächen mit Keskarrah ist er für eine Weile wieder der Mann, den sie kennt. Seine Augen aber waren schon immer sehr klein – als seien sie deshalb nicht weiter aufgegangen, um alles nur in verringertem Maßstab sehen zu müssen.

Laut und mit Bedacht, als hätten sie während der ganzen Zeit ihres Schweigens geredet, sagt Keskarrah: »Man kann noch nicht viel sagen. Du weißt, dass ich anfangs geglaubt habe, sie würden bald wieder gehen und so schnell verschwinden wie die beiden anderen Weißen; und sie könnten schon längst fort sein, wenn sie nicht so verdammt langsam und schwerfällig wären und der Winter sie nicht eingeholt hätte. Aber jetzt … Jetzt glaub ich … dass sie uns erst dann endgültig wieder verlassen, wenn das Eis auf dem Fluss der Kupferfrau so dünn ist, dass man die Fische darunter sehen kann.«

Bei diesem Stichwort hellt sich Bigfoots Blick sofort auf.

»Das Eis ist gar nicht sehr dick, zumindest jetzt noch nicht.«

»Natürlich nicht. Aber es muss dünner werden, viel dünner.«

Greenstockings spürt geradezu körperlich, wie ihre Mutter sich ganz klein macht, fast eine Kugel wird, deren Mitte ihre fleißigen Hände bilden. Sie versteht, dass Birdseye und Keskarrah etwas wissen, was ihnen gemeinsam klar geworden ist, was sie jedoch vergeblich versucht haben, abzuwenden, dass sie nämlich ein ganzes weiteres Jahr mit Diesen Englischen zusammen sein werden. Sie sieht, wie Bigfoot resigniert den Kopf hängen lässt. Das könnte sogar für ihn zu lange werden, um sein geltungssüchtiges Nachäffen von Dickes Englisch durchhalten zu können, und sie muss grinsen. Als ob die Tetsot'ine einen Mann, der sich wie der Boss vor ihnen aufspielte, länger dulden würden, als es die kurzfristigeren Erfordernisse von Verteidigung oder Überfall geboten. Jetzt muss er einsehen, dass es vorschnell war, sein Verhalten und Handeln so zu verändern.

Der Schädel brummt ihr von dem vielen Gerede. Sie bekommt nicht mehr richtig Luft und fühlt sich, als läge sie unter einem Stapel von Tierhäuten begraben. Sie hat genug und reckt sich vor der fertig abgezogenen Haut und steht gertenschlank im warmen Luftkegel des Zeltes. Sie zieht die Ärmel ihres Parkas über die kräftigen Arme, die Kapuze über den Kopf, greift sich den Ledereimer und huscht gedankenschnell hinaus in den erfrischenden Schneedunst. Nirgendwo im purpurnen Himmel das Schwarz des Raben.

Der Dogribjunge, den Bigfoot sich seit der Ankunft von Dickes Englisch als Sklaven gehalten hat, sitzt auf dem Bündel seines Herrn und drückt Birdseyes Hunde so fest er kann an sich, damit ihm wärmer wird. Einer duckt sich, als Greenstockings an ihnen vorbeigeht, doch die Hündin zeigt ihre blitzenden Zähne, und Greenstockings hätte gern gewusst, wie lange es noch tiefster Winter sein und wie oft Dickes Englisch noch hinter seinen lehmverschmierten Stämmen schlafen muss, bis endlich auch er sich einen Hund nimmt, weil er entdeckt, wie schön man sich an ihm wärmen kann. Jetzt aber schläft er nachts allein und im Kalten, und jeder weiß, dass er keine Frau zu sich nehmen wird und dies auch seinen Männern nicht gestatten würde; er scheint nur Welpen zu mögen, die noch an den Zitzen hängen, noch nicht ausgewachsen sind und entweder mit dem Schwanz wedeln oder bissig werden und sich selbst um ihr Futter kümmern müssen. So wie jetzt Bigfoot, den sie einmal mochte, weil sie glaubte, er sei nicht so grob und trübe wie andere Männer, trotz dieser kleinen, verräterischen Augen.

Durch den körnigen Schnee zwischen den Felsen, weg von den rechteckigen Häusern, denen sie keinen Blick schenken wird, unter den Weiden hindurch hinab zum Fluss: Das Schöpfloch ist zugefroren, das Eis klar wie Wasser. Sie kann es nicht mit der Ferse durchstoßen. Sie sucht gerade einen losen Stein, als sie Stimmen hört, Geräusche, die sie nicht recht deuten kann und die sich wie auf eine Schnur gereiht nach unten in ihre Richtung bewegen. Als sie den Eimer hinablassen will, schaut sie vom Rund des zersplitterten Eises auf, und sofort friert das Loch wieder zu: jetzt erblickt sie sechs Gestalten, die zum Fluss herunterkommen. Der einzige Engländer unter ihnen ist unverwechselbar Back, der die Toboggans mit den Hundegespannen und den Gewehren auf sie zuführt – Knabe Englisch, der mit leichten, ausschwingenden Schritten schnell auf seinen kleinen Schneeschuhen daherkommt, ein so starker, unwiderstehlicher Geher, dass die anderen nur im Laufschritt mithalten können.

Der kleine Back unter dem Deckel seines komischen schwarzen Hutes, mit seinen verschlagenen, schlauen, schwarzen Knopfaugen, die er immer so flink über ihre Haut huschen lässt. Seine Lüsternheit erreicht sie als etwas nicht mehr Unverdorbenes, als sei Sinnlichkeit für ihn etwas, das jemandem gestohlen und von einem anderen durch Betrug versteckt werden müsse. Vier Tage lang hat sie seine Augen nicht mehr auf sich gespürt, aber sie fühlt sofort, wie sich im Fäustling ihre Hand um das Messer spannt und erlebt noch einmal, wie er ihr mit seinen dicken Fingern das Hemd aufriss: Genau wie tief unter der Haut ist er noch weiß, und wo beginnt bei ihm das rote Fleisch? Dafür hätte sie ihr Messer ein bisschen tiefer schauen lassen müssen als grade mal unter das Leder seiner Hose. Was für schöne kleine Zähne er hat, und wie rot sein Gesicht jetzt anläuft, das so glatt ist wie auf Eis geschüttetes Wasser und aus dem kleine, kalte Wölkchen auf sie zufliegen durch den Schnee, der plötzlich in Wirbeln schräg aus dem Himmel fällt. Sie weiß, dass er sie nicht anfassen wird, weil andere dabei sind und ihn beobachten, und sie kann kein Wort verstehen, das er sagt und ist froh darüber, und genauso wenig kann sie in dem weißen Nebel, den er ihr entgegenbläst, auch nur die Andeutung eines Bildes erkennen. Sie hätte ihm einen von seinen Fummelfingern abschneiden sollen.

Und sie erkennt Broadface; als einer von zwei Jägern geht er mit auf eine Reise, die offensichtlich lange dauern wird. Im Zuggeschirr stehen zwei Voyageure, die mit den Hunden zusammen zwei Schlitten ziehen. Und ganz am Schluss kommt Little Marten, die unter ihrem schweren Gepäck grinst und die bei jeder Kälte jede Last schleppen würde, nur um an einem Feuer mit Broadface zusammen unter eine Decke schlüpfen zu können. Mag sein, dass er schon vor diesem Tag von dieser Reise erfahren hat, Greenstockings jedenfalls hat er nichts davon gesagt, und aus seinem schmallippigen Lächeln ist zu schließen, dass er nicht vorhatte, sie vor der Abreise noch einmal zu sehen. Sie schaut Knabe Englisch an und seine makellosen Zähne und schweigt.

»Ein kurzer Marsch zum Tucho«, erklärt ihr Broadface. »Rum holen und Zeitung für die Weißen.«

Plötzlich ist Greenstockings richtig froh, dass sie sich auf eine so sinnlose Reise aufmachen und verschwinden und viele Tage, gar einen Monat, womöglich einen halben Winter lang durch den Schnee stapfen werden. Während der gesamten dunklen Zeit wird keiner von ihnen überraschend im Eingang ihres Zeltes auftauchen – wenn überhaupt noch einmal. Vielleicht nimmt sie ja unterwegs eine Felsspalte zärtlich auf oder eine Stromschnelle, die sich so schnell öffnet wie Fischkiemen im Wasser, oder das allgegenwärtige, kalte, kristallreine Lächeln der Luft, die verschwundene Sonne oder das große Nordlicht lassen sie in einen Traum versinken und untergehen. Natürlich sollte sie so etwas nicht denken und sie kommt sich ziemlich gemein dabei vor; also lächelt sie gleich Little Marten an, die von ihrem Gepäck noch tiefer als ein Toboggan in den Schnee gedrückt wird. Nur Weiße machen sich auf solche endlosen, mörderischen Märsche in die lange Dunkelheit hinein. Nur Weißerde-Männer.

Aber Broadface kann schon wieder breit grinsen. »Halt schön dein heißes kleines Loch zu«, rät er, »ich würd's bestimmt merken.«

»Schon recht« – im Vorübergehen lacht Greenstockings Knabe Englisch ins verständnislose Gesicht –, »und dein nasser Prügel bleibt hier!«

Broadface muss laut lachen. »Du kriegst ihn, er fliegt jede Nacht zurück. Pass nur auf!«

»Hah hah! Du bist ja nicht der Vielfraß.«

»Einer, der's wissen muss, hat mir gesagt, dass du jede Nacht toll wirst.«

»Und wer soll das sein?«

»Es reicht, wenn ich es weiß.«

»Alleine würdest du es sowieso nicht schaffen, und wer soll dir schon helfen?«

»Brauchst im Bett gar nicht erst die Knie zusammenzudrücken, es nützt dir nichts.«

Alle um das Wasserloch herum lachen. Die Voyageure sind schon weitergezogen, nur Back auf seinen kleinen Schneeschuhen drückt sich noch herum und lächelt mit gütiger Verständnislosigkeit über die deftigen Abschiedsrituale der Eingeborenen. Greenstockings merkt, dass er sie anschaut, und durchlebt noch einmal, wie seine grobe Hand ihr unter die Kleider fährt, sie befummelt, ihre Brustwarze zwickt; ihm beginnen jetzt die blassen Gesichtszüge zu entgleisen, und sie stößt beim Ausatmen ihre Verachtung über seine Ahnungslosigkeit aus, lässt sie aus sich entweichen wie Rauch, der über die Stromschnellen zieht, deren Geräusch allgegenwärtig ist. Die Umstehenden beobachten, wie sie diesen Knaben Englisch, der es nicht mehr gewagt hat, sich ihr zu nähern, seit sie ihm ihr langes, blitzendes Messer gezeigt hat, mit seinen ewig lüsternen Augen foppt und beleidigt, und alle schütteln sich vor Lachen, das sich fortpflanzt durch die Luft, von den Felsen zurückgeworfen wird, die den zugefrorenen Fluss einfassen, zurückgeworfen wird, sich mischt mit den frohen Lauten der Vorfahren, die schon vierhundert Generationen lang hier gelebt haben, den Klängen der Trommeln, den hohen Stimmen der Kinder, die gespannt darauf warten, dass sie geboren werden, sich aber noch nicht entschieden haben, wen sie sich ausersehen und in einen Taumel des Glücks versetzen wollen. In ihrer großartigen, herrlichen Welt aus Felsen, Himmel, Bäumen und Eis umfängt die Kälte Greenstockings so zärtlich, dass ihr einen Augenblick lang schwindlig wird und ihr das Glück fast die Kehle zuschnürt. Sie weiß, dass Back überall eine Frau finden und Broadface sie nie vergessen wird, weder ihre Worte noch ihre zwei roten, feuchten, offenen Münder.

Zuletzt kommt Little Marten auf ihren Schneeschuhen an ihr vorüber und bleibt in der Spur neben Greenstockings stehen, die gerade den schweren Eimer mit Wasser hochhebt.

»Der Mohawk«, sagt Little Marten leise, »der so viele Flüsse von hier entfernt zu Hause ist, hat beschlossen, dich zu stehlen.«

Greenstockings überlegt kurz und sagt: »Aber er ist ein Paddelsklave von Dickes Englisch.«

»Was weiß denn der! Dieser Mohawk beobachtet dich und hat schon zwei Messer gewetzt.«

»Hat er Freunde?«

»Nein, aber er ist auch allein stark genug.«

Greenstockings blickt auf, und Little Marten fügt schnell hinzu:

»Bigfoot versucht, wie Dickes Englisch zu sein, und kämpft wahrscheinlich nicht um eine Frau.«

Greenstockings lächelt dankbar, wenn auch alles ihr etwas merkwürdig vorkommt. Nie hat sie beim Anblick des Mohawk etwas empfunden, der sich für nichts so zu interessieren scheint, dass er es womöglich stehlen wollte. Nicht einmal für eine Frau. Aber sie ist gewarnt und gibt ihr dankbar einen Rat mit auf den Weg:

»Kraul beim Lausen Broadface die Ohren. Er schläft dann sofort ein.«

Little Marten lacht leise in sich hinein, und Greenstockings lacht mit.

»Natürlich nur wenn du willst, dass er einschläft!«

Als sie die ersten Felsen erklommen hat, die schräg im Hang des Eskers liegen, schaut sie den Fluss hinauf in Richtung Winter Lake. Das kurze Schneegestöber hat sich verzogen. Sie sind jetzt schon fast an den Stromschnellen, verschwinden in einem Streifen Dunkelheit über den nackten, gekrümmten Konturen der großen Schneewelt. Auf Hoods Papier wären sie nichts weiter als winzige Punkte.

Wann eigentlich hat sie beschlossen, so stark und gerissen zu werden, dass sie jeden heiraten konnte, den sie wollte? Oder keinen? Warum? Sie kann sich nicht erinnern, darüber entschieden zu haben, aber sie lebt entsprechend. Und während sich ihr Gesicht im karmesinen Licht, das über den Hügelketten brennt, erwärmt, fühlt sie, dass es mit der warmen Milch ihrer Mutter zusammenhängen muss, die sie vier Jahre lang bis zur Geburt von Greywing trank, und mit Birdseyes Weigerung, Keskarrah Söhne zu schenken, sodass kein männliches Wesen – auch kein jüngerer Bruder – sie nackt gesehen hat, nicht einmal zufällig, bevor ihr Blut zu fließen begann und sie sich in das abgesonderte Zelt begab, um eine Frau zu werden. Deshalb reißen sich jetzt die Männer um sie und werden es bis an ihr Lebensende tun. Nun gut – dann sollen sie halt.

Ihr Vater geht an ihr vorbei, ohne von seinem Pfad durch den Schnee aufzublicken. Mit gleichmäßigen Schritten steigt er den Esker hinab. Sie weiß, dass er zu den Stromschnellen geht, um zu beten.

In jener Nacht fährt Keskarrah plötzlich aus tiefem Schlaf hoch und nennt die Namen der doppelten Stromschnellen am Fluss der Kupferfrau, die bereits Birdseye geträumt hatte. Sehr laut spricht er ihre Namen aus, wiederholt sie mehrere Male, als wolle er ihnen dadurch Gestalt verleihen, und schließlich schreit er die Namen so laut hinaus, dass die Frauen aufwachen. Greenstockings hört den rasselnden Atem ihres Vaters, hört ihn husten, hört, wie seine Schreie an die Zeltwände prallen, bis jene tödlichen Namen weiß über ihr zerplatzen in so tiefer Dunkelheit, dass sie zuerst nicht weiß, ob sie die Augen offen hat. Dann erkennt sie, dass die Stromschnellen nur zwei Tagesmärsche entfernt sind und dass sie nahe einem Obdach sterben werden ... fast in Reichweite vieler warmer Arme, so nahe – es ist ein Grizzly, nein, eine Grizzlybärin, schreit Keskarrah ins Dunkel, ein Muttertier, das aufs Ufer heruntergelaufen ist gegenüber der Stelle, wo er steht, und sie geht drüben im Wasser auf und ab und lässt mit schlangenartigen Bewegungen den Kopf hin und her pendeln, als wolle sie Schwung holen, um ihr Riesengewicht durch Eis und Wasser hindurch zu einem Angriff auf ihn loszulassen. Er muss ihr etwas singen, weil er kein noch so kleines Messer dabei hat und auch keinen Hund, der ihm beistehen könnte, der Bärin in der offenen Tundra zu begegnen.

»O große Bärin«, singt Keskarrah voller Angst, »ich habe dir nie Schaden zugefügt, nie haben die gekochten Tatzen deiner Verwandten meinen Magen gefüllt, nur wenn ich am Verhungern war, und dann geschah es immer in tiefer Dankbarkeit, in unendlicher Dankbarkeit! Nimm jetzt meinen erneuten Dank entgegen! Hier bring ich dir meinen Dank dar!«

Doch immer schneller und weiter holt die Bärin auf ihrem tödlichen Beutezug am Ufer aus, schon steht sie unmittelbar vor ihm, nur noch ein paar Schritte entfernt, und mit kreisenden Bewegungen schleudert sie sich immer höher in die Luft, bis sie die Sonne verdunkelt, der Himmel seine unheilvolle Finsternis über ihn breitet und er zu Boden fällt. In diesem Augenblick erkennt er in einer plötzlichen Offenbarung an den beiden Stellen, an denen die Bärin kehrtmacht, die zwei Stromschnellen. Die doppelten Stromschnellen mit dem geschwungenen See dazwischen, den eine glatte, weiße Haut aus Eis bedeckt! Dann reckt sie sich hoch über ihm, wie ein riesiger Baum, entblößt vor ihm Bauch und Brust, wo sie ihre Jungen säugt, und er muss sein Gesicht zwischen ihren Zitzen begraben, wollte er ins Herz der Gewalt vordringen, die sie im Begriff war, ihm zu enthüllen, wollte er überleben, wo der Tod bereits als abgrundtiefe Kälte aus dem Boden steigt und wohinein er sein Messer, das er nicht dabei hat, treiben müsste, als sie ihn umarmt. Doch greifen ihre Arme höher, über ihn hinaus, um den Himmel des nahenden Winters hochzustemmen, und er erfährt den Namen jenes Ortes, schaut jenen tödlichen Ort am Fluss der Kupferfrau.

»Hab Erbarmen, gute Bärin«, fleht der alte Mann, singt, so gut er kann: »Ich bitte dich, erbarme dich, geh weg, meine süße Schwester, meine Mutter, die du dich sorgst, wenn du dich auf oder an schnellen Wassern zeigst, ich bitte dich jetzt, geh fort.«

So fleht und singt er die Bärin an, von der er mehr erfahren hat, als einer von ihnen hören wollte, bis sie sich in nichts auflöst und nur ihr Name an diesem Ort zurückbleibt.

Jetzt ist er wach. Auf dem breiten, gemeinsamen Schlaflager aus weichen Häuten und Pelzen liegt Greywing zwischen Birdseye und Greenstockings, die starr ist vor Schrecken. Birdseye hat sich nicht gerührt; nicht einmal atmen hört man sie, und keiner weiß, ob sie wach ist oder noch lebt. Immer wenn die Träume ihrer Mutter und ihres Vaters in so kurzen Abständen aufeinander folgen und sich gegenseitig beeinflussen, weiß Greenstockings, dass sie sich irgendwann auch einmal überschneiden werden. Jetzt ist es aber so dunkel, dass sie nicht wagt, weiter darüber nachzudenken. Sie zieht die Finsternis ihres namenlosen Sees dem Ort vor, dem sie jetzt einen Namen gegeben haben, mag jener See auch noch so tief sein. Sie zieht ihre Schwester näher an sich heran und wittert auf der heißen, vertrauten Haut, an die sie sich kuschelt, den Hauch der Angst, der sie sich in Zukunft alle würden stellen müssen.

Über ihre Köpfe hinweg sagt Keskarrah: »Das Eis ist zu dünn, um darauf zu gehen. Weißerde-Männer sind immer zu schwer.«

Die schweren, schweren Weißerde-Männer. Darin liegt eine Spur von Trost. Greenstockings und Greywing drehen sich langsam einander zu, schlingen ihre Gliedmaßen ineinander, um zu schlafen, wie sie es so oft getan haben, und das kleinere Mädchen schmiegt sich mit offenem Mund zwischen die Brüste und Beine Greenstockings', die sich um sie herumlegt, als wolle sie diesen kleinen Körper in ihren wachsen lassen. Nach einer Weile schlagen ihre Herzen in sanftem Gleichtakt, der die eine in der anderen versinken lässt, sie miteinander verschmilzt, sie in eine köstliche Kugel zarter Haut verwandelt, rund geformt von festem, traumlosem Schlaf. Der tiefe Schlund des Sees.

Über einer Welt aus geraspeltem Silber segelt der Mond durch die Wolken. Monatelang werden die nie erlöschenden Sterne und das launenhafte Nordlicht sie beherrschen, denn um die Mittagszeit zieht sich die Sonne aus einem kurz aufschimmernden, verwischten Fleck hinter den Felsen und verkohlten Stecken am südlichen Horizont wieder zurück. Morgen Abend, am Donnerstag, dem 19. Oktober 1820, wird Leutnant Franklin, wie alle Engländer in ihren endlosen Notizbüchern vermerken werden, seinen Unteroffizier Hood, den wie seinen eigenen Sohn zu lieben er jetzt schon überzeugt ist, jedoch nicht ahnt, dass er nie einen haben soll, dabei beobachten, wie er das starr gefrorene, lehmverschmierte Dreieck aus Gebäuden, das sie Fort Enterprise nennen, verlässt. Leutnant Franklin wird beschließen, seinen gewissenhaften jüngsten Offizier erneut loszuschicken, um die Eingeborenen in Zeichnungen und Bildern festzuhalten, die in seiner Vorstellung bereits einen festen Platz in dem außerordentlich detailreichen Bericht einnehmen, den er bei der Rückkehr nach England der Regierung Seiner Majestät und dem Grafen von Bathurst vorzulegen verpflichtet ist, welch Letzterer ihn auf Empfehlung der Lord Commissioners der Admiralität zum Kommandeur dieser Expedition bestellte, »um die nördliche Küste Nordamerikas und ihren genauen Verlauf von der Mündung des Coppermine-Flusses bis zum östlichsten Punkt jenes Kontinents zu vermessen«. Es werden Zeichnungen sein, die nicht weniger wichtig sind als die Ablesungen der Magnetnadel und deren Abweichungen, die zahllosen Eintragungen von Länge und Breite, die Dokumentationen von Flora und Fauna, die Temperaturtabellen und Beobachtungsprotokolle der Aurora Borealis, die sie, unabhängig voneinander, jeden Tag sorgfältig aufnotiert haben, trotz verlorener Notizbücher und anderer nicht zu beschreibender Schwierigkeiten und Strapazen, die sie hatten erdulden müssen.

Während er also seinen von der Admiralität ausgewählten Unteroffizier bei seinem Gang durch die schreckliche Kälte beobachtet, die bald sein Vorstellungsvermögen weit übersteigen, die er dann aber zu ertragen gezwungen sein wird, beschleicht den Leutnant vielleicht eine Ahnung, dass Hoods Aquarelle und Skizzen ein wesentliches Element jenes Buches sein werden, das zu schreiben man ihn veranlassen wird, ein Buch, das größere Verbreitung und Leserschaft finden wird als Samuel Hearnes Bericht über seinen erstaunlichen Marsch zum Coppermine-Fluss (1769–72) oder Alexander Mackenzies Journal seiner schnellen und (für ihn) bequemen Bootsfahrt zum Arktischen Ozean auf jenem Fluss, den er trotz allem als »Fluss der Enttäuschung« bezeichnete (1789), natürlich weil ihn dieser zu einem Ort trug, den er gar nicht hatte erreichen wollen: Schon damals gab es falsche Orte. Der Leutnant, der einige richtige Orte erreichen wird – Orte also, die aufzusuchen man ihm befohlen hatte, obwohl noch nie ein Europäer vor ihm dort war –, der Leutnant hat freilich nicht die geringste Vorahnung, dass die unterschiedlichen Erscheinungsweisen des Todes, mit denen er auf seiner vierjährigen Reise zur Küste des Eismeeres Bekanntschaft machen sollte, ihn so berühmt machen werden, als sei er der erste Mensch auf dem Mond. In der schneidenden Dunkelheit des Winters, mit der er sich nie ganz abzufinden lernt (genauso wenig wie Jahre später mit der die Augen blendenden Fluoreszenz der antipodischen Landschaften im Van Diemens Land): John Franklin weiß, dass alle, die in Fort Enterprise bleiben, »ohne Streit und ohne ein einziges unfreundliches Wort sich gleichsam *en famille* gut aufeinander einstellen«, denn George Back, vor Kraft strotzend wie kein anderes Mitglied der Expedition, war auf beschwerlicher Reise unterwegs. John Richardson und er selbst sind von »ausgeglichener Gemütsart«, weshalb es sich erübrigte, über die möglichen »Annehmlichkeiten weiblicher Gesellschaft« überhaupt nur nachzudenken. Er kann nicht wissen (und böte man ihm einen Blick in die Zukunft an, er würde sich weigern, an so ein unchristliches Ansinnen einen einzigen

Gedanken zu verschwenden), dass jener Robert Hood, der sich jetzt zwischen den Fichten verliert, in deren Schutz der einzige Yellowknife-Wigwam auf dem Sand des Moränenwalls steht, ihn in Wirklichkeit verlassen hat, ja, für immer entschwunden ist.

Montag, der 25. Dezember 1820 Fort Enterprise

Die männlichen Rentiere werfen jetzt ihr Geweih ab. Die Bäume sind völlig erstarrt im Frost und so hart, dass mit einer Ausnahme alle Äxte an ihnen zerschellt sind. Oft haben wir in den kalten, klaren Nächten beobachten können, wie unsere feuchte Atemluft mit einem deutlichen Knistern zu Eis gefriert.

In der Nähe von Dissension Lake, wo wieder Rentiere gesichtet werden, hat Bigfoot mit seinen jungen Männern und ihren Frauen sein Lager aufgeschlagen.

Montag, der 1. Januar 1821 Fort Enterprise

Heute Morgen versammelten sich die Kanadier und warteten uns mit ihrem traditionellen Gruß zum Neuen Jahr auf, den wir nur mit ein bisschen Mehl und Fett erwidern konnten. Um sie von ihren Entbehrungen abzulenken, zu denen auch gehörte, dass es an Rum fehlte für ihr Fest, ermunterten wir sie, auf Schlitten die steile Uferböschung des Flusses hinunterzufahren. Diese Gefährte glitten mit großer Geschwindigkeit den schneebedeckten Hang hinab und weit hinaus aufs Eis. Die Offiziere schlossen sich dieser sportlichen Übung an, und die zahlreichen Überschläge, die uns dabei widerfuhren, gerieten unserer Gesellschaft zum nicht geringen Vergnügen. Bei einer Gelegenheit jedoch, als Kapitän Franklin aus dem Sitz geschleudert und fast im Schnee begraben wurde, überfuhr ihn eine korpulente Indianerin mit dem Schlitten und verrenkte ihm schwer das Knie.

7 Beginn der Erschöpfung

Die Namen der Stromschnellen am Fluss der Kupferfrau, der von einer Silberschicht überzogen ist, die so dünn ist, dass man darunter die Äschen hin und her flitzen sieht, entbindet Birdseye von den nie enden wollenden Pflichten einer Frau. Sie schläft der Zukunft entgegen, lebt in die lange Dunkelheit hinein in einem Schlaf, aus dem sie nur hin und wieder für wenige Augenblicke erwacht, um etwas getrockneten Fisch zu essen oder einen Schluck zu trinken, kurz nach draußen zu gehen oder sich von Greenstockings unter den Schlafdecken die Salbe aufs Gesicht tupfen zu lassen, die sie immer noch täglich von Richard Sonn bekommen.

Aus diesem Schlaf, der zwischen Tag und Nacht keinen Unterschied mehr kennt, steigen allmählich und leise Worte hervor, reihen sich auf einen dünnen, endlosen, im immer dunkler werdenden Winter für sie ins Helle gesponnenen Faden und es sind Worte, die die unglaubliche Geschichte der langen, langen Reise der Weißerde-Männer erzählen: der Reise, die sie bereits zurückgelegt haben, die sich jetzt hier auf diesem winterlichen Moränenwall verzögert und die sich in Bälde in ihrer ganzen Mühseligkeit fortsetzen wird, obwohl sie davon noch nichts erlebt haben.

Längst Vergangenes dieser Reise taucht zuerst in blassen Streifen in unvorstellbar weiter Ferne wieder auf, als geflügelte Wasserungeheuer, deren unzählige hochgereckte Flügel sie sich nicht ganz vergegenwärtigen können, die jedoch diese Fremden, die sie jetzt kennen gelernt haben, über stinkendes Wasser befördern, das sich so ungeheuerlich weit ausdehnt, dass es für das Stammesgedächtnis überhaupt nur als Erinnerung an ein Schneemeer fassbar ist, das sich hinter den letzten Bäumen der Welt erstreckt. Dort sind sie also, diese weiß geflügelten Ungeheuer, die sich zwischen schon gewaltigen Eisbergen als noch größere Berge durch Wasser schieben, das sich stets für sie teilt und auf denen es von Fremden wimmelt wie von Läusen.

Ganz, ganz langsam färbt sich das Wasser unter der Sonne in Birdseyes Traum karmesinrot, bis das große Meer die Fremden schweren Booten übergibt und gleich darauf Kanus aus Birkenrinde, die zu groß sind für Menschen ihres Volkes; es braucht drei Männer, oder vier, um ein Einziges zu tragen, und obendrein im Gleichschritt, aber dennoch tanzen die Boote auf den schäumenden Flüssen, mit ihren Felsen und dem herrlichen weißen und blauen Wasser des stillen Landes, von dem die Tetsot'ine sich umgeben und am Leben erhalten wissen und in welchem diese Fremden gar nicht sein wollen. Wasser! Danach schreien sie mit jedem Zeichen, das sie mit Vogelfedern auf ihre Papiere kratzen. Ruhiges Wasser! Wasser, das nicht von diesen unzähligen, schrecklichen, tödlichen Felsen, oder, was am schlimmsten ist, von Eis in schmale Streifen zerschnitten wird. Das ist doch alles falsch, wir wollen richtiges, ordentliches Wasser! Flach, weit und offen soll es sein und möglichst stinken!

Diesen schweren, wassergetränkten Fremden wäre es am liebsten gewesen, wenn sie überhaupt kein Land gesehen hätten, vor allem keines, in dem überall, wo sich zwischen den allgegenwärtigen Felsen und der Unendlichkeit das kleinste Fleckchen Moos oder Sand findet, Eis in die Tiefe wächst. Als sei dieses Land immer in der Faust der Kälte, denn auch das zarte Grün des Sommers ist nur ein dünner, leuchtender Abglanz von Erinnerungen.

Wenn sie hier aber etwas vorfinden, und es sieht ganz

so aus, dann wären ihnen die endlosen Flächen der Seen bei weitem am liebsten, die, wenn sie schon nicht mit Monsterschiffen befahren, wenigstens in schweren, von Paddelsklaven bewegten Kanus leicht überquert werden können. Dann können die Weißerde-Männer, ohne sich anstrengen zu müssen, auf dem Wasser sitzen und beobachten, wie in den Röhren, die sie sich vor die Augen halten, das Land an ihnen vorübergleitet, und sie müssen nichts anderes sehen als die gefalteten Papierbögen, die sie immer fest in ihren Händen halten und auf denen die winzigen Zeichen stehen, die sie unablässig sammeln und Haufen um Haufen übereinander schichten, zwischen geraden Linien, in Spalten, von oben nach unten. Was sie dann flach und gerade vor sich ausbreiten in Form dieser Zeichen, die außer ihnen niemand versteht, wird genügen, um sie zu leiten; dadurch wissen sie Bescheid und werden alles verstehen, was ihnen widerfährt. Irgendwann und irgendwo haben sie sich dafür entschieden, an diese einfachen *Zeichen* zu glauben, und nie werden sie an etwas anderes glauben, und sie werden ihr Leben geradlinig zu Ende leben.

Noch während Birdseye Tatsachen und Einsichten und Meinungen in einem Gewisper in die wachsende Dunkelheit webt, fängt die unendliche Reise der Weißerde-Männer an, sie zu ermüden. Sie zwingt sie deshalb, sich langsamer fortzubewegen. Immer langsamer wird ihre Reise, und da völlig ungewiss ist, was am Ziel auf sie wartet, wechseln sich Vorfreude mit Furcht und Zittern ab. Birdseyes immer langsamer werdende Schritte lehren die Männer, Einzelheiten zu schätzen, ob sie wollen oder nicht. Manchmal verbringt sie einen ganzen Tag damit, einen einzigen Felsen zu beschreiben, den diese auf dem windungsreichen Fluss ihrer Reise umgehen müssen, beschreibt jede Abflachung, jede Schräge, jede Krümmung und jeden Riss, die körnigen Maserungen und glatt polierten Buckel, auf die das Wasser prallt und zergischtet und einen Wimpernschlag später sich wie ein glasiertes Laken in die Tiefe stürzt, zwar gewellt, aber glatt genug, dass die Stelle im richtigen Augenblick schließlich passiert werden kann.

Oder sie erzählt mit größtem Bedacht von dem Wolf, der sich neben einem Findling, der gerade im Gleichgewicht steht, schwarz vor dem Himmel über dem Grat eines Moränenwalls abhebt und ihr schwerfälliges Fortkommen auf dem Wasser beobachtet. Sie beschreibt diesen Silberwolf in allen Einzelheiten: das fast unhörbare Geräusch, das entsteht, wenn er die blitzenden Zähne entblößt, die Wellen und Wirbel, die der Wind in seinen Pelz zeichnet, seine gespitzten, pelzigen Ohren, seine Zunge und das immer bereite Gebiss.

Oder sie erzählt ihnen, wie die Karibu, Kühe hier und Bullen dort, die verästelten Harfen und undurchdringlichen Wälder ihrer Geweihe ins Licht vor den hellen Spiegel eines abendlichen Sees tragen. Doch schnell, so scheint es, ändert sich dieses Bild, und nur noch wenige sind zu sehen und fast keine herumtollenden Kälber.

Wenn die Sonne dann ganz im Winter untergeht, achtet Greenstockings darauf, dass sie von der immer länger werdenden Folge von Geschichten über die Weißerde-Männer, die die Stimme ihrer Mutter aus der Dunkelheit hebt, ja nichts versäumt, wartet gespannt, dass endlich jene Riesenkanus auf dem Tucho erscheinen, und sie versteht, warum diese den Tetsot'ine im letzten Sommer die kurze Reise nach Fort Providence verdarben, der neuen Handelsniederlassung, wo sie Waren tauschen wollten. Sie will von ihrer Mutter erfahren, warum alle Angehörigen ihres Stammes völlig unbekümmert herumstanden, als hätten sie nichts anderes zu tun, als neugierig die Ankunft Dieser Englischen zu beobachten.

Doch Birdseyes Geschichte erklärt überhaupt nicht,

was damals mit den Menschen ihres Stammes geschah – warum sie sich entschieden haben, zu bleiben und mit diesen fremden Eindringlingen zu reden, statt sich schnell in ihren kleinen Booten davonzumachen, was einige ja wollten; warum Keskarrah die Forderungen der Weißen in den Rang des Zumutbaren erhob, indem er Bilder vom Land in die Erde zeichnete, nachdem bestimmte Mitglieder der Tetsot'ine sich verdingt hatten, »Wildtöter« zu werden, wie Dickes Englisch sie zu bezeichnen pflegte; oder warum die Jäger, die nie mehr als ihre leichten Waffen und ihr eigenes Gewicht getragen haben, sich jetzt dazu herablassen, all die schweren Gewehre und das schwere Schießpulver und das noch schwerere Blei über das müde Land zu schleppen, wo die gröberen, tieferen Spuren im weichen Moos länger zurückbleiben, als man sich derer, die sie hinterließen, erinnern wird. Warum erzählte Birdseye nichts darüber, wie Hoods knochige Gestalt zum ersten Mal vor ihnen auftauchte? Oder über das Feuer und wie Knabe Englisch ganz stolz mit dem Stumpf ihrer brennenden Fahnenstange herumlief, von der glühende Asche in den Tucho fiel, und die, wie Greenstockings jetzt glaubt, unter Zischen den flammenuntermalten Schrei ausstieß: »Passt auf! Nehmt euch in Acht!«

Doch nein. Von Birdseye erfährt man kein Wort darüber, wie sich die Leute des Stammes bei der Ankunft verhielten. Nichts erfährt man über den besoffenen Tanz der Männer, nachdem sie getrunken, was ihnen Diese Englischen in Anerkennung ihres Versprechens ausgegeben hatten, noch darüber, dass einige so toll wurden, dass sie ihre Frauen wie gefrorene Fleischbrocken herumschleuderten und brüllten: »Habt ihr's gehört? Diese Weißen, die von so weit her sind, wissen, dass wir die größten Männer auf der ganzen Welt sind, die größten Wildtöter, schaut euch doch nur diese langen Messer an, diese Äxte, diese blitzenden Gewehre! Wir töten jetzt so viel Fleisch, dass ihr euch im Fett wälzen könnt und immer was zu kauen habt. Im Fleisch werdet ihr versinken und heiß und fett wie Dassellarven werden! Jetzt kriegt ihr endlich genug Fleisch, ihr werdet sehen!«

Kein Wort davon, dass diese Männer unaussprechliche Dinge laut gesagt haben, Dinge, für die sie sich schon ihr Leben lang schämen würden, wenn sie diese aus dem Munde eines anderen Mannes hörten. Als ob Tiere einfach in die Luft gesprengt und zerhackt und gegessen werden dürften, einfach nur weil es sie gibt.

Birdseye erzählt nichts darüber, und ihre Geschichte verweilt auch nicht am Tucho. Obwohl Greenstockings sich genau daran erinnern kann, wie einige der Männer der Tetsot'ine am nächsten Morgen aufwachten und herumtaumelten, als seien ihnen beim Aufwachen die Schädel geplatzt und als sei jede Erinnerung, an das, was sie gesagt oder getan hatten, weggeblasen. Doch selbst als sie wieder richtig gehen konnten, konnten sich diese Männer seltsamerweise überhaupt nicht mehr an ihr unglaubliches Verhalten erinnern, sodass nichts in ihnen zurückblieb als der süße Geschmack des Glücks der Weißerde-Männer und das Gefühl, alles sei so wie zuvor, und man könne ruhig wieder darum bitten, sollte sich dafür die Möglichkeit ergeben.

Broadface konnte schnell und angenehm sprechen wie ein Singvogel; an jenem Abend jedoch sagte er weder etwas, noch sang er. Er blieb beim Tanzen und Trinken absolut stumm. Der Tanz der Dogrib geriet so durcheinander, dass er jeden Sinn verlor und schließlich im Chaos endete. Als Broadface an Greenstockings vorbeischwankte, brach er jäh neben ihr zusammen wie ein gefällter Baum; das schimmernde neue Gewehr hielt er im unlösbaren Griff seiner gespaltenen Hand. Und als sie versuchte, ihn unter der befremdlichen Maske blanker

Dummheit, die sie noch nie auf seinem schönen Gesicht gesehen hatte, weg und ein Stückchen ins Abseits zu ziehen, riss es ihm den Mund auf, und alles giftige, stinkende Zeug, das er an diesem Tag gehört, getrunken, gegessen und bei sich behalten hatte, schoss in einem Schwall aus ihm heraus. Dann fiel er schnarchend in einen gnädigen, stinkenden Schlaf, aus dem nichts ihn hätte wecken können. Also wischte sie ihm das Gesicht ab und zog ihn aus seinem Erbrochenen, sah mit an, wie auch die anderen Frauen das unerklärliche Verhalten ihrer entstellten und fast unkenntlich gewordenen Männer ertragen mussten.

Jetzt scheint ihr, dass Birdseye über jenen Augenblick, als Diese Englischen bei ihnen eintrafen, deshalb nichts erzählt, weil sie will, dass jeder sich aus eigener Kraft umfassend und dauerhaft von den Folgen dieses Chaos reinigt, um am Ende überzeugt sein zu können, dass es nie geschehen sei und sich nicht wiederholen könne, wenn sie es nicht in eine Geschichte bannt. Obwohl jeder im Stillen genau dies befürchtet.

Im Schlaf und Traum sieht Birdseye nur das flinke Hin und Her der winzigen Rindenboote, in denen die Tetsot'ine jene riesigen Paddelsklaven umkreisen, die ihre Lieder über das sanfte Wellenspiel kleiner Seen brüllen, über die leuchtenden Wasserwalzen und Strudel, wo ein Fluss sich in weiße Gischt verwandelt oder plötzlich über einen Felsblock klettern muss, zum Tosen eines Wasserfalls, der sich in hohem Bogen in die Tiefe ergießt. Ihre gemeinsame Reise in die weiten Wandergründe der Heimat ihres Stammes führt den Yellowknife-Fluss hinauf, und es wird gepaddelt, marschiert und geschleppt, und fast erschießen oder erstechen sich ihre Besucher am Dissension Lake, was sie jedoch leider nicht tun. Danach geht es mühsam weiter durch Sümpfe oder auf angenehmerem felsigem Untergrund, durch gefährliche Wasser. Bis sie hier zwischen den letzten großen Bäumen ankommen und der nahende Winter sie zum Anhalten zwingt.

Der lebendige Winter, in dem Birdseye sich ein wenig erholen kann. Länger, kälter und dunkler wird dieser Winter sein, so hört man sie flüstern, als dieser Stamm je einen durchleben musste vor der Ankunft dieser Fremden. Jetzt ist er da, und sie sind mittendrin.

Hier auf dem Esker, wo Birdseye alle Kraft zusammennimmt, um die unwiderrufliche Geschichte der Reise zu erzählen, die Diesen Englischen bevorsteht. Das ungleichmäßige Rauschen der Stromschnelle kommt unter der Last der grimmigen Dunkelheit fast zum Verstummen, und in einer der Nächte, als er noch in Greenstockings Armen lag, bevor er wieder auf Jagd ging, erzählte ihr Broadface, die Kälte sei so schnell gekommen, dass er einen Vielfraß entdeckt habe, der ihn aus zu Eis gefrorenen Augen anstarrte. Das hatte noch nie jemand gesehen, denn der Vielfraß ist schlau – doch da stand einer leibhaftig vor ihm, den die Kälte eingeholt und so schnell zu Tode gefroren hat, dass die Augen noch offen waren. Sie und Greywing schabten Häute, Tag für Tag ohne Pause, walkten Häute von Hirschläufen, um sie weich zu halten und zu Stiefeln zu nähen, und die Arbeit nahm kein Ende. Jetzt ist es noch anstrengender, weil sie ohne Birdseye arbeiten müssen; aber sie lassen sich vom Rhythmus ihres Atems und den hingeflüsterten Worten so fangen, dass in den länger werdenden Pausen Finger und Kopf wie gelähmt ihre Tätigkeit einstellen. Sie hören ihrer Mutter zu, während rings herum Bäume vernichtet und alle möglichen Dinge hin und her gezerrt werden, pausenlos geschossen und alles, was fleucht und kreucht, zerschnitten oder auseinander gerissen wird, und können es genießen, dass sie immer noch leben, trotz der erbarmungslosen Fron, Holz sammeln, kochen, Wasser schleppen, Fallen für die Kaninchen stellen, feuchte Häute schaben und auswringen, Fleisch zerteilen und Kleider nähen zu müssen – hier sind sie miteinander vereint wie in einer Zeitkugel, die sich zwischen Eis und bodenloser Finsternis selbst überrollt.

Bis in einer Nacht Birdseye ohne Ankündigung aus der Gegenwart in die Zukunft springt, am Licht vorbei, das langsam aus dem Rund des Horizonts zurückkehrt und das sich (sie sind wie immer felsenfest davon überzeugt) auch dieses Mal wieder im Süden ihres Wigwams erheben wird, um aus Knochen und rußfleckigem Schnee und dem Glucksen fließenden Wassers endlich wieder aufzuerstehen. Immer lauter und schneller spricht sie, denn ihre Geschichte ist mit taumelnden Schritten schon bis in den Sommer vorgedrungen, in die Weiten der Tundra und des nackten Landes, über den Horizont hinaus, der sie umgibt, in eine unermessliche und für eine kleine Weile grüne Ferne.

»Ach ja, ja, ja«, murmelt Keskarrah in jener Nacht, als sie alle so angestrengt versuchen, jedes Wort zu verstehen. »Vielleicht geht es mit dieser Geschichte so, wie wir es oft mit der Spur eines Wolfes erleben, die weit vorausläuft, immer weiter und weiter, bis sie im Irgendwo verschwindet und zum Ziel gelangt; erst danach kann sie wieder den Bogen schlagen zurück zu uns.«

Doch obwohl er zu verstehen glaubt, dass die Geschichte in großen Sprüngen vorausgeeilt ist und nach einer Weile wieder zu ihnen zurückfinden wird, findet sogar er verwirrend, was sie zu hören bekommen. Warum versucht Dickes Englisch mit seinen Halberde-Männern, die sich unter riesigen Packsäcken krümmen, durch Sümpfe und Felsen die Tundra zu durchqueren? Warum sind sie nicht auf den langen, zusammenhängenden Flüssen, die er ihnen aufgezeichnet und erklärt hat? Warum ist nichts vom Ewigen Eis zu sehen, nicht einmal in jener schattenhaften Region, in welche auf dem Fluss der Kupferfrau Dickes Englisch unbedingt vordringen will, um später mit ihren Riesenschiffen mitten ins Land seines Volkes fahren zu können, voll beladen mit unzähligen Dingen, die kein Mensch vorher gesehen hat? Was ist mit ihren Riesenkanus geschehen? Wo ist das Meer? Haben sie es schon verlassen? Und wenn ja, warum? War das alles, was sie hatten sehen wollen?

In den Pausen zwischen Birdseyes Worten denkt Keskarrah laut darüber nach, ob sich die Geschichte vielleicht vom Ende her erzählt. Vielleicht ist es jetzt, wo Diese Englischen keine Kanus mehr haben, um auf dem Wasser herumzuschwimmen, zu anstrengend für Birdseye, die Geschichte ausführlich und nacheinander zu erzählen, sodass sie lieber einen anderen Augenblick träumt, der sich auf dem geschlossenen Kreis dieser Reise näher an der Stelle befindet, wo das Ende, von dem sie sich überhaupt noch keine Vorstellung machen können, mit dem Anfang zusammenfällt. Und vielleicht ist der Kreis dieser Reise kleiner als sie glauben, denn es ist natürlich klar, dass der leidvolle Marsch Dieser Englischen, die jetzt eingetroffen sind, ihnen schon immer vorbestimmt war, bereits auf sie wartete, noch ehe sie ihre ersten Entscheidungen trafen (immer noch scheinen sie zu glauben, sie könnten alles entscheiden, als ob sie es in der Hand hätten zu bestimmen oder zu ändern, was geschehen soll), noch ehe sie ihre Zeichen gemacht und daraus Schlüsse gezogen hatten, was getan werden sollte, ehe sie auf der anderen Seite des stinkenden Wassers auf ihre Schiffe kletterten und auf Fahrt gingen. Falls dies zutrifft, wird der kleinere Kreis der Geschichte sich bald genug einmal ganz gedreht haben und zu einem Ort zurückkehren, wo der ganze Stamm versammelt ist.

»Wartet … wartet«, sagt Keskarrah zu seinen Töchtern. »Ihre Reise bewegt sich vorwärts, aber die Geschichte läuft rückwärts und wird sich schließlich zu uns durchfinden. Früher als wir denken.«

Doch Keskarrahs verwickelte Überlegungen können kein Trost sein. Unter ihren Schlafpelzen und Decken erträgt Birdseye hager und zusammengekrümmt ihr Leiden, als drückten die wellenartigen Schmerzen sie in die Fichtenzweige ihres Ruhelagers. Bis eines Tages Greywing in Tränen ausbricht und noch bitterlicher weint als so oft schon, seit ihre Mutter sich auf diese Reise begeben hat und bewegungslos verharrt. Aus seinem Nest aus Pelzen streckt Keskarrah die Hand nach dem Mädchen aus.

»Komm her«, flüstert er, »komm her.«

»Es dauert so lang«, schluchzt Greywing und will sich am liebsten verkriechen. Er hält die Felle hoch und lässt sie darunter verschwinden. »Warum müssen wir das anhören?« Ihre Stimme klingt hohl und wie aus der Ferne.

Unter den Decken drückt Keskarrah sie an sich, ist selbst im tiefsten Herzen traurig. »Vielleicht hast du Recht«, räumt er ein, »und Diese Weißerde-Männer bleiben immer hier.«

Dennoch versucht er, Zuversicht zu vermitteln, sich selbst ebenso wie seinen zwei Töchtern. »Jede Geschichte braucht ihre Zeit.« Und fügt dann etwas hoffnungsvoller hinzu: »Und muss nicht unbedingt traurig ausgehen.«

Greenstockings wiederholt, was ihre Schwester gesagt hat. »Warum müssen wir uns das anhören? Wenn sie es sowieso erleben müssen, möchte ich es nicht hören.«

Zärtlich wiegt Keskarrah Greywing.

»Die Geschichte mit diesen Weißen ist, wie sie ist«, sagt er. »Eine Geschichte lässt keine Lügen zu.«

Birdseye träumt jetzt diese Geschichte, und sie müssen zuhören.

Ein See. Am kalten Ufer ein Kanu, das sich kieloben auf sechs Beinen bewegt, zwischen Steinen hindurch und über einen glatten, gebogenen Sandstreifen. Dahinter in einer Reihe Männer. Spuren von Tieren führen in allen Himmelsrichtungen von ihren Füßen weg. Die Spuren sind tief. Sie bilden ein Netz von Wegen, die in eine gewisse Vergeblichkeit münden, denn sie stammen von Hufen, die dort gestern vorbeizogen und morgen vorüberziehen werden, sich heute aber nicht auf ihnen bewegen.

Die anderen Spuren von Pfoten und Klauen, die unerbittlich ihre Kreise um diese Hufspuren ziehen, sind ebenfalls eine Tagesreise entfernt. Ein Tier beobachtet Kanu und Männer auf ihrem Marsch, ein Vogel lässt sich wie ein Stein durch die Luft fallen, die sie umgibt, aber keines von beiden wird sich Kanu oder Männern weiter als auf die Entfernung eines Tagesmarsches nähern. Niemals, niemals wieder.

So ist es, so war es, so wird es sein. Sie hatten entschieden, dass dieses Land leer sei, noch ehe sie mit ihren Füßen eine Krume seiner Erde berührt hatten; dafür werden sie jetzt mit Leere beschenkt, die sie durchwandern dürfen. Noch ehe sie ihre Blicke in diese Luft schickten, hatten sie im Kopf entschieden, es sei auch kalt, wofür die Kälte sie jetzt mit zärtlicher Ausdauer liebkost. Nur ihretwegen wehen bösartige Winde den Schnee auf, sorgen Seeufer mit sprödem Eis, dass auch ihr letztes, schon schwer mitgenommenes Kanu aufgerissen wird; in den Flüssen treiben wunderbar weiße Eisschollen im klaren Wasser den Stromschnellen zu, und dennoch lassen sie sich verleiten, eine Überquerung zu versuchen, weil es so harmlos aussieht. Dort, kurz bevor die Felsen das trügerisch glatte Wasser unterbrechen, wo der herrliche Fluss sich einen Augenblick elegant in der Schwebe hält und dann sein Wasser wie ein Tuch faltet, um umso donnernder durch den engen, vollen Schlund der Schnelle zu stürzen, dort werden sie versuchen, ihn zu überqueren, weil er hier so schmal aussieht, dass sie glauben, einen Stein auf die andere Seite werfen zu können, wenn sie noch ganz bei Kräften wären. Sie müssen über diesen Fluss kommen – und obendrein noch zwei andere, von denen sie jetzt noch gar nicht wissen, dass es sie gibt. Genauso wenig, wie sie etwas von diesem Fluss wussten. Dann werden sie noch schwächer sein, denn der Fluch ihrer willensstarken Unwissenheit lastet auf allen ihren ungeschickten Bewegungen wie ein ungeheures Gewicht, das, wie sie später einsehen werden, schwerer ist, als was sie sonst noch zu tragen haben. Den mitleidlosen Zuspruch dieser Unwissenheit werden sie noch hören, wenn sie bereits alles andere neben den Spuren zurückließen, die sie im Vorübergehen hinterlassen haben. Sie wird ihnen sagen:

»Ich bin eure allertreueste Unwissenheit. Ich will euch geleiten und Führerin sein, selbst in der größten Not lass ich euch nicht allein.«

Sie haben versucht und versuchen es immer noch heldenmütig, dieser entsetzlichen Leere etwas entgegenzusetzen. Etwas, irgendwas; vielleicht reichen ja ihre taumeligen, eng gesetzten Fußabdrücke; oder die vielen Dinge, die sie mit sich schleppen, um sie irgendwann fallen zu lassen: eine am Eis zerschellte Axt, ein Buch, ein Stück rundes Metall, Gewehre, ein Löffel, verschiedene Geräte, Schießpulver, Bücher, Gabeln, Weingläser, Decken. Und nochmals Gewehre – aber die zuallerletzt. Sie haben so viel, was sie zurücklassen können, dass ein Blinder sich mit seinem Stock an ihrer Spur entlangtasten, Klang und Beschaffenheit ihrer Hinterlassenschaften erkennen könnte: Soll all dies nicht genügen? Es werden doch wohl keine Menschenleiber erforderlich sein? Dünne Schneelöcher, kleine Verwehungen bilden sich um diese abgeworfenen Dinge, um die Schlurfspur von den Füßen der Engländer oder Voyageure, frieren sofort hart zu einer verschnörkelten Kalligraphie, deren Fremdartigkeit morgen die neugierigen Tiere lesen oder wittern werden – oder gestern. Und keiner wird ihre Botschaft entschlüsseln. Doch die Unwissenheit wird unerschütterlich entschlossen auf ihren Schultern reiten und ihnen leise und zärtlich zuflüstern:

»Sehet, ich bin bei euch bis ans Ende der Welt.«

Die Kanubeine straucheln, knicken ein, zwei und zwei und zwei. Das Kanu schlägt krachend gegen einen Felsen. Alle Tiere sind einen Tag weit entfernt. Oder noch weiter als ein Tag, vielleicht eine Woche oder ein Jahrhundert, wie auch der Himmel sich für immer von ihnen zurückgezogen hat, weil Gewehrläufe zitternd hin und her schwanken vor den erschöpften Augen, die verzweifelt etwas sehen, mit Gebeten irgendetwas Lebendiges dazu bringen wollen, sich wenigsten von einer ihrer tödlichen Kugeln treffen zu lassen. Gewehrkugeln schicken nur noch ihr Pfeifen in diesen verschwenderischen Überfluss klarer Luft, die alles mit taktvoller Besorgnis zur Kenntnis nimmt: Schreie, Schüsse, Rufe, Stöhnen, Weinen, Flüche – am zärtlichsten jedoch empfängt sie ihr Schweigen. Werden sie wieder ein Tier hören? Und Fleisch essen – hartes, weiches oder zu einer Mixtur aus Dreck und langen Haaren gestampftes – werden sie überhaupt noch einmal essen? Fleisch? Stille.

In einem lang gestreckten Felsbassin, in das der Wind nicht ganz so viel Schnee blasen kann, ist das Kanu schließlich mit einem wohltuenden Feuer einverstanden. Kleine Holzstückchen nähren ein Feuer, das seinen Schein auf die Felsen wirft, das Rauschen der Stromschnelle dämpft. Dort kocht ein Gebräu aus Felsenmoos und zwei kleinen Fischen. Dampf, schwach wie ein Grashalm, der sich im starken Arm eines Flusses biegt, steigt daraus auf, und achtzehn Männer hocken darum herum, die irgendwie versuchen, Wärme und Duft in sich aufzusaugen, bevor sie endlich der Reihe nach den einzigen Löffel, der ihnen geblieben ist, mit etwas Warmem in den aufgerissenen und verkrusteten Mund schieben.

Über einen Felsblock gekrümmt, erbricht sich ein Mann. Sein langer, ausgemergelter Körper zeigt grazil in die Richtung des gefährlichsten aller Flüsse, die sie überqueren müssen, den sie aber noch nicht gesehen haben. Wer ist das? Ob er jetzt wohl den letzten kleinen Rest seiner mutigen Unwissenheit endlich der empfangenden Erde übergibt?

Greenstockings kocht für Hood ihr Lieblingsgericht. Keskarrah und Greywing schlafen unter einem Berg von Pelzen; Birdseye haucht ihren unerbittlichen Traum in den Pelz, unter dem sie ihr Gesicht begraben hat. Das Feuer, von dem sich Düfte in Wellen ausbreiten, hat dieselbe Kegelform wie ihr Wigwam, der sie umhüllt und dessen feine Säume zum Schutz vor dem Wind, entlang der Linien, an denen man die großzügigen Tiere aufgeschnitten und gehäutet hat, aufeinander gelegt und genäht sind. Greenstockings streckt ihren nackten Arm aus und befühlt den Hirschmagen, den sie tief in die Hitze des züngelnden Feuers gehängt hat; wie ein Vogelnest pendelt und schaukelt er hin und her, und an und ab schwillt sein Schatten, der über die verräucherten Häute gleitet.

»Die runden, schönen Kessel, die du bringst«, erklärt sie Hood freundlich, weil sie keinen einzigen benützt, »sind zwar stabil, aber auch sehr schwer. Es kocht sich langsamer mit ihnen als mit heißen Steinen in einem Sack. Aber sie halten die Hitze so gut, und nie beißt man auf Steine; von den heißen Steinen bricht so oft etwas ab in der Suppe, und man weiß nie wann. Sie brechen einfach auseinander! Und dann musst du vor dem Essen erst einmal die größten Brocken aus der Blutsuppe fischen, und trotzdem bleiben immer noch welche drin. Das Kochen mit Steinen ist schlecht für gute Zähne.«

Sie lacht, blickt ihn kurz an, der ihr gespannt zuhört und ebenfalls lacht. »Im Stein ist viel Kraft. Er reinigt dich und scheuert dich sauber, und jedes Mal beim Scheißen wäschst du dich innen mit Sand!«

Robert Hood muss lachen, weil sie lacht und weil er sie erneut zum Lachen bringen will, nur damit der Singsang ihrer Stimme länger andauere. Ohne auch nur eine einzige Silbe von dem zu verstehen, was sie gesagt hat. Was er auch gar nicht will und worüber er sich keine Gedanken macht, weil ihn aus ihren Obsidianaugen die Flammen des Feuers anblitzen. Sie lacht, und das flackernde Licht des Feuers umspielt ihren Kopf und die nackten Schultern. Auf der schrägen Fläche der Zeltwand hinter ihr tanzen pausenlos Schatten, als atmete das ganze Zelt, dieser warme, kreisrunde Ort, wo sie ihr Leben zugebracht hat. Sie hebt den Kopf, unter ihrer kupferfarbenen Haut spielen Schulter- und Nackenmuskeln.

»Es gibt so viel zu essen hier«, murmelt sie.

Die Laute, die sie hervorbringt, hüpfen ihm zärtlich in den Ohren, singen ihm zu, der die Zeit vergisst und völlig versunken ihren Mund betrachtet, die hellrosa Zungenspitze, mit der sie die Zähne berührt, ihre Lippen – seit zwei Tagen schon versucht er, diese Lippen zu zeichnen, den Schwung der Unterlippe zu treffen, die Stellung ihrer Mundwinkel, wo die Laute, die sie von sich gibt, manchmal wie eine voreilige Überraschung hängen bleiben – kein Wort, das je aus ihrem Munde kommt, will er verstehen. Keines. Die Freiheit, ohne etwas zu verstehen, beobachten und zuhören zu können, macht ihn schwindlig vor Glück: dort im Fort die Berichte, die sie pflichtgemäß abfassen müssen, die täglichen Aufzeichnungen, die Messwerte, die sie Seite um Seite in Spalten übereinander türmen – hier jedoch, an diesem warmen, von unbeschreiblichen Gerüchen erfüllten Ort, gibt es nichts Aufzeichnungsfähiges, kein Ding und kein Wort. Nie.

Nichts, außer Eindrücken, die er mit nimmersatten Augen und verständnislosen, aber musikalischen Ohren, mit Fingerspitzen und Haut in sich aufnimmt. Als könne er aus ihrer Hand die Zeit essen, einholen und im geschlossenen Raum seines Körpers bändigen, sodass es nichts mehr zu denken gab, keine unumgehbaren Beschlüsse gefasst oder zwingende Pflichten erfüllt werden mussten. Auflösung.

»Wir, wir zwei können«, ermuntert sie ihn, »alles aufessen, alle süßen und bitteren Dinge, die ich hineingetan habe.«

Er fühlt sich herrlich rein, eingehüllt in ein Gefühl der Freiheit, eingesponnen in einen Kokon aus Wärme, die keiner in ihren letztlich unheizbaren Hütten findet, wo es nur Pflichten gibt und wo er neben der Feuerstelle, die er unter größter Anstrengung aus Steinen und Lehm gemauert hat, nie ohne Handschuhe einen Bleistift halten kann und wo die Tusche zu Kristallen gefriert, ehe er die Rabenfeder ein zweites Mal eintunkt. Überall Frost wie weißer Aussatz, wie er ihn noch nie gesehen hatte, wohl aber aus Büchern kannte, Eisblumen über die ganze Länge seines Bettes an der Wand zwischen dem rissigen Lehm und den Balken. Die Messerklingen dieser Kälte schlitzen ihn in seiner ganzen Länge und Magerkeit auf bis auf die Knochen, doch er liebt die spröde Schönheit dieser Kälte, die sich dunkel färbenden Balken, den grauen Lehm, auf den man mit den Fingern Striche ziehen kann, die Stacheln des Rauhreifs, der parallele Linien spinnt, die sich nicht zwischen Boden und Decke entscheiden können. Eine strenge Einfachheit aus Eis, die keiner Zahlen oder Erklärungen oder Aufzeichnungen bedurfte – oder der Anstrengung, sie irgendwie in einem linierten Notizbuch abzubilden.

Deshalb spricht er ganz leise, als er sieht, wie sie seinem Glück lauscht, versucht nur, einen Reiz auszusenden, der ausreicht, ihre Stimme wieder rhythmisch werden zu lassen, unabhängig von seinen Worten, die sie ihrerseits ja genauso wenig versteht.

»Ich hab's so warm hier bei dir, fast wie neben dem offenen Kamin in der Pfarrhausküche in Bury, acht Meilen nördlich von Manchester … obwohl dieser Kamin so riesig und schwarz und hart ist – zu Fuß kann ich in zwei Stunden in Bury sein; ich steig in Manchester aus der Kutsche, die von acht Pferden gezogen wird und bin dann – ach, was red ich für einen Unsinn, wo du noch nie ein Pferd gesehen hast – das ist so eine Art reitbares Karibu, aber ohne Geweih!, nur schwerer, und hat mehr Ähnlichkeit mit einem wandelnden Baum als mit einem Karibu! –, und im Winter strickt meine Mutter, und unser Küchenmädchen bückt sich, um die Kochtöpfe an ihren langen Griffen herumzuschieben, wie's ihr meine Mutter befiehlt, auf dem Rost im Rauchfang. Der ist höher als ich im Stehen, und ich sitze im Rauchfang neben einem schwachen Kohlenfeuer, über das Flammen huschen; hier ist es genau wie dort, ich meine nicht das Feuer, das ist dort nämlich blau und nicht rot – ich meine, dass es warm ist, warm, wann immer ich hier eintrete, und es riecht ganz anders als von schwarzen Kohlen. Eure Hautwände sind wärmer als rußverkrustete Backsteine, wärmer von all diesen orangenen Flammen aus dem grünen Holz, schmecken nach frischen Äpfeln, Äpfel vom Friedhof hinter St. Mary … Wenn ich dir nur einen in den Mund stecken könnte; wie kann es nur sein, dass dein Mund noch nie einen Apfel gefühlt hat? So einen richtig knackigen Apfel! Wie der zwischen deinen schönen Zähnen krachen würde. Und du lächelst einfach, schaukelst diesen Karibudarm hin und her, den du mit weiß Gott was voll gestopft hast; ich würde dich mit allem füttern, worauf du Lust hast …«

Er neigt sich näher zu Greenstockings, für die seine

Worte nichts als zischende Geräusche sind. Beide sind nach vorne gebeugt, und für beide gibt es nichts anderes mehr (denkt sie, denkt er) als ihre nebeneinander aufgerichteten Körper und das tanzende Feuer, das sie einander nahe bringt, ohne dass sie sich berühren. Ist es möglich, dass es sie so lange schon in diesem Kreisrund aus Leder und Feuer gibt, fern und unvorstellbar wie der Mond, ohne dass er eine Ahnung von ihr hatte? Jetzt endlich vergisst er sein Papier, dann fällt ihm der Bleistift aus der Hand an den Rand des Feuers. Sie hören nicht, wie es knistert.

»Nur meine Mutter sagt ›Robin‹ zu mir«, flüstert er. »Und nur wenn wir allein sind. Sie sitzt am Feuer und strickt diese langen grünen Strümpfe für mich oder Fäustlinge, und wir sagen uns Verse her, und sie singt ›Ach, Robin, kleiner Robin rot, wer schoss den kleinen Robin tot?‹, und darauf sag ich ›Ich, sagt der Sperling, schoss ohne Not mit Pfeil und Bogen den Robin ...‹«

Greenstockings legt ein Stück Holz auf den brennenden Bleistift, den er völlig vergessen hat; wenn er mehr zeichnen will, kann er ja seine Finger mit Asche schwärzen. Warum versucht er immer wieder, ihren Umriss auf Papier nachzufahren? Warum tastet er ihr Gesicht nicht mit seinen Händen ab, wenn er es haben will? Vielleicht sollte sie ihm sagen, dass er ihre Lippen, die er doch mit der einen Hand fühlen konnte, gewiss auch mit der andern finden würde, selbst mit dem Ende seines Bleistifts oder der Spitze eines Pinsels. Er ist ganz anders; einerseits blitzschnell von Begriff und andererseits so dumm; sie kann ihm sagen, was sie will, und manchmal versteht er sogar ohne Worte rein nichts. Während sie diesen Gedanken nachhängt, holt sie den brennenden Stift aus dem Feuer: Noch nie sind ihr über einen Mann solche Gedanken gekommen; sie will ihm alles sagen, alles was schon immer unsagbar gewesen ist; dass er sie nicht verstehen kann, gibt ihr dafür die Freiheit.

Aber immer ist er zu einfältig, trotz der sanften Zurückhaltung, die er ausstrahlt. Stundenlang sitzt er nur da und betrachtet sie oder beobachtet alles, was im Wigwam geschieht, und manchmal nur Greywing oder Keskarrah, wenn sie schlafen; er bittet um nichts, er verlangt nichts, versucht nichts mit dem männlichen Überlegenheitsanspruch zu erzwingen, wie er es tun könnte. Er benimmt sich fast so, als sei er gar kein Mann, obwohl er einer ist, sie hat es gespürt. Er hat die innere Ruhe und Geduld eines Jägers, der Tiere herbeiträumen kann, wenn sie damit einverstanden sind – wenngleich sie sich sicher ist, dass er nicht an Tiere denkt – als ob er schon immer mehr als genug zu essen gehabt hätte – in welcher Welt es das wohl gibt? – aber die Stille, die sie an ihm beobachtet, hat nichts gemeinsam mit der anderer Männer, die sie beobachtet haben. Sie ist Teil von etwas, was er im Inneren seines dicken Schädels ertasten will, aber nicht entdecken wird, bis er sie in die Hände nimmt, sich zwischen ihren Beinen erlöst. Sie ist sich sicher, dass er nichts Derartiges denkt, dieser Fremde, den sie manchmal glaubt verstehen zu können. Und wenn er nicht mehr in der rot schimmernden, rauchigen Wärme des Zeltes ist, dann bewegt sie sich schwerelos, dreht und wendet sich und geht ihren Arbeiten nach in einer Sphäre, die sie als die Erinnerung an seine freundliche Zärtlichkeit begreift, an seine Art, nie zu fordern, aber dadurch ein Verlangen in ihr zum Schwingen bringt … wie merkwürdig … wie seltsam.

In den Flammen sieht sie den winzigen orangenen Fleck, den sie gemeinsam in diesem großen, von der weißen Dunkelheit des Mondes hingebreiteten Land bilden, sieht die Schatten, welche die riesigen Lichter werfen, die über ihren Häuptern brennen. Die Menschen vom Stamm nennen jene Lichterscheinungen »laufende Karibu«, weil nämlich beim Streicheln einer Tierhaut sich dasselbe Feuer entzündet und in Funken versprüht, wenn jene Lichter schon wieder verschwinden und in die tiefe Nacht des Himmels zurückkehren. Kann sie es sagen?

Langsam und laut sagt sie: »In der langen Dunkelheit gibt es immer die Tiere, und ihre Hufe sind wie flinke Schaufeln, und wenn sie über den Himmel laufen, erleuchten ihre Herden die Finsternis des Winters. Auf der Erde ernähren sie sich von dem köstlichen weißen Moos, das sie für uns ausscharren. Um uns Nahrung aus dem Boden zu holen, schnuppern sie immer wieder unter den Schnee.«

Hoods ganzer Körper ist gespannte, lauschende Aufmerksamkeit. Keiner drängt sich zwischen sie und sagt, wie dies alles zu verstehen sei, und das Glück, das sie empfindet, will mit ihm tanzen. Sie spricht:

»Schon jetzt ernähren die Tiere unsere Mütter am Himmel, unsere ungeborenen Kinder dort oben am Himmel, und wir sehen sie deshalb am häufigsten im Winter, weil in dieser Jahreszeit hier unten auf der Erde ihre Mägen besonders süß schmecken, süßer als Muttermilch. Das hörte ich meine Mutter singen, als sie mich säugte, und auch mein Vater gab mir Speise, als ich klein war, so gut er konnte, indem er ihr Fleisch brachte, mit dem sie mich so nährte, wie das Moos die Tiere nährt, die uns jetzt ernähren. Er kaute das Fleisch zu weichem Brei, sodass ich es schlucken konnte. Meine Mutter sang:

Gib mir deinen Magen,
Süßes Tier, ich bitte dich darum,
Deinen schönen süßen Magen,
Voll himmelweißer Moose,
Die du für mich erwittert hast,
Frische, gefrorene Milch der Erde,
Die ich nicht trinken kann.
Kau sie und melk sie mir in den Mund;
Nähre mich.

Auch ich werde dieses Lied singen. Für dich holte ich diesen Magen aus dem Tier und goss von seinem Blut hinein und kaute kleine Stückchen von Rippenfleisch und Fett, kaute sie weich, Happen um Happen, bis es reichte, um dich satt zu machen und hier siehst du ihn, gekocht und geräuchert und prall, und er will gegessen werden, du kannst essen, und ich will mit dir essen, und einer füttert den andern mit den Fingern. Oder willst du ihn lieber gefroren und in Scheiben, die so dünn geschnitten sind, dass wir durch sie hindurch einander sehen können, du mit so vollem Mund wie ich, dass uns warme und kalte Säfte vom Kinn triefen? Ich könnte dich stillen; soll ich dir meine Brust geben, soll ich singen?«

Beider Augen ruhen auf ihrer Hand, deren Zeigefinger auf der Klinge des Messers liegt, als sie den runzeligen Magen von den Schnüren schneidet. Und vielleicht singt sie schon, wie ihre Mutter einst beim Kochen sang, oder sie singt, was ihr Vater sang, als er wartete, bis sich auch dieses Tier in seine Falle, in seine geduldige Jagd träumen ließ:

Das Land um mich herum ist überall
So reich an deinen Speisen,
An herrlichem Moos
Auf dem Land, das mich trägt,
Deine spitzen Hufe wirst du setzen wollen,
Deine feuchte Nase drücken
In dieses köstliche Moos, und wirst kommen wollen.
Komm hierher zu mir!

In ihr Lied hinein, von dem er nichts versteht, singt Robert Hood sein Lied, das von einer für ein englisches Pfarrhaus gerade noch statthaften Melancholie erfüllt ist und die seine eigene, unendliche Sehnsucht bis ins Letzte durchdringt:

Trink mir mit deinen Augen zu,
Und ich bin immer dein;
Lass einen Kuss mir im Pokal,
Und ich frag nicht nach Wein.
Der Durst, der aus der Seele steigt,
Verlangt … nach einem Schluck …

An dieser Stelle verweben sich ihm ihre unverständlichen Rhythmen auf seltsame Weise mit:

Ich, sagt die Kerbe,
Mit meinem kleinen Aug,
Ich sah ihn …

Die ganze Zeit über liegt Birdseye unbeachtet neben ihnen in einem Schlafe, der tiefer ist als alles, was Robert Hood in der beschleunigten, verzweifelten Kürze seines Lebens für vorstellbar halten wird, und murmelt Laute vor sich hin, deren Bedeutung weder sie selbst noch Greenstockings ganz verstehen kann. Obwohl beide Silbe um tödliche Silbe zu Wörtern zusammensetzen. Ihr Atem, der über den Pelz streift, entzündet dort keine sichtbaren Feuer; das Unausweichliche, das dort heraufkommt, ist noch unsichtbar, die Zukunft noch verborgen, obwohl sie bereits geboren ist, wie das große Nordlicht, das nachts durch den Himmel flackert, immer da ist, aber dem menschlichen Auge selten sichtbar.

Eine Gestalt auf einem breiten Felsvorsprung, wo der Fluss der Kupferfrau sich überschlägt und nach Norden im Nebel verschwindet. Ein großes Tier legt sich dort nieder, oder setzt es sich hin? Schädel und lange Knochen sind über die Klippe verstreut, und es sind menschliche Knochen. Männer erscheinen, einer nach dem anderen, steigen dort hinauf, sind niedergedrückt von schwarzen

Hüten. Und zwei Kanus mit je sechs Beinen bewegen sich schwerfällig nach oben. Die Gestalt bewegt sich nicht.

Hüte und Kanus bewegen sich im Kreis, aus den Mündern steigt Atem durch Wolken von Moskitos. Dann ein Arm, eine Hand, und die Gestalt kippt um – eine alte Frau ist tot, und in ihrer starren Hand hält sie das starre, geflochtene Lederseil, das ihre Furcht erdrosselte. Hier gibt es nichts zu sagen, nichts zu erklären, nichts, was irgendjemandem Rat oder Führung sein könnte. Nichts außer schnellen Wolken von Moskitos, Moos und waagerechter Tundra, die sich in die Offenheit eines Raumes krümmt, der so weit ist, dass auch Augen, die vom Meer selbst unterwiesen wurden, wie man Entfernung liest, an dieser Ruhestätte großer und kleiner Schädel seine blaue Unermesslichkeit nicht erfassen können. War es eine Fehde? Ein Überfall? Ein Krieg, ein Gemetzel, dessen Überreste von Wind und Tieren blank geleckt sind, gehärtet von Sonne und Schnee und scheinbar unversehrt, gäbe es nicht die Stichspur eines Messers, von Knüppeln geschlagene gezackte Löcher? Gebrochene Knochen, leer gesaugt wie Gurgeln. Feinde. Ein einfaches, verständliches Wort.

Endlos Feinde. Wie das endlose Meer, das sie schon zwei Jahre lang zu erreichen versuchen über ein Land, das sie leidenschaftlich anriefen, nein, jede Nacht anflehten, es möge sich erbarmen und einmal zu Ende sein. Die Hüte wandeln zwischen den Schädeln umher, versuchen, die unterschiedlichen Horizonte voneinander zu trennen, wollen nichts, als dieses herbeigeflehte Meer aus untrinkbarem Wasser entdecken, das sich in gleichmäßigem Rhythmus auf die Steine wirft, die es angespült hat. Wo bleibt das Meer, das alle Spuren löscht, auf dem sie jedoch dank ihrer kunstvollen Fertigkeiten so mit Wind und Strömung umgehen können, dass es sie dorthin trägt, wohin zu gehen man ihnen so bedenkenlos den Befehl gab –

in Gestalt derselben kurzen Wörter, die sie wie ein zum Buch gebundenes Urteil überall dabei haben? Von dort und nur von dort aus können sie es sich erlauben, den Weg zurück zu suchen, dorthin, woher sie kamen. Wasser, Wasser, wo ist das Wasser? Sind sie für alle Ewigkeit dazu verdammt, das große stinkende Wasser zu suchen?

Wenn sie weit genug gewandert sind, nur ein kleines Stück weiter, entdecken sie wirklich das Meer. Um dann festzustellen, dass es dort schon immer gewesen ist. Ebenso wie das gelegentlich erscheinende Eis. Vom ersten Augenblick an, als sie jubelnd dieses Blau der Königlichen Marine erblicken, zu dem sie sich sofort zugehörig fühlen – wie sie es auf der riesigen Erdkugel immer und überall erlebt haben –, glauben sie fest daran, mit ihren großen Schiffen die Kanäle zwischen den Sandbänken und Untiefen und in nördlicher Richtung verlaufenden Felsrippen befahren zu können, und sind, wie es sich für sie geziemt, leidlich ekstatisch. Sie sind wieder auf dem Meer, und die ganze Welt ist in Ordnung.

Aus der immerwährenden Helligkeit arktischer Julinächte dringt aus nördlicher und östlicher Richtung von irgendwoher, wohin ihre Blicke nicht reichen und was sie für offenes Meer halten, ein seltsam weiß schillerndes Leuchten, als brenne der Mond wie eine Sonne unmittelbar unter dem gesamten Horizont. Vielleicht rührt es von den Nordlichtern her, ja, sicher, zweifellos ist es das, und muss als eine weitere bisher unbekannte, faszinierende und mit dem noch unerforschten Polarmeer in Beziehung stehende Spielart der Aurora Borealis registriert werden. Seit ihrer Abreise von den Orkney-Inseln haben sie Wörter über diese Lichter zusammengetragen, also heißt es Notizen machen, Anmerkungen zu einem »Horizontalen Meeresleuchten« für weitergehende Untersuchungen, demnächst, im kommenden Winter, wenn sie mehr Zeit haben.

Und sobald sie diesem Schillern einen Namen gegeben und es mit undeutlichen Lauten gezähmt haben, sind sie zufrieden, aus dem, was sie sehen, nicht die richtigen Schlüsse zu ziehen, nicht zu beachten, was der Wind ihnen zuweht. Genausowenig, wie sie die Eisschollen und kleinen Eisberge zu deuten versuchen, die nichts als ausgeaperte, tropfende Brocken sind, die nie einfach flach, sondern oft in pittoresker Schräglage im nahen Wasser schwimmen, das niemals blau, sondern schwarz ist, Eis, das immer ein wenig zu zögern scheint, als wolle es bei der Umrundung einer Landzunge einen Blick auf sie werfen, jedoch am nächsten Morgen vor lauter Scheu verschwunden ist – es ist lange her, dass sie richtige Eisberge gesehen haben, denn was ihnen hier begegnet, sind Spielplätze für kleine Tiere wie Seehunde, Ankerplätze für Seeschwalben – merkwürdig nur, dass sie bis jetzt weder von den einen noch den anderen etwas gesehen haben, obwohl sie zweifellos versuchen würden, jedes lebendige Wesen, das ihnen vor die Augen kommt, zu töten und, lieber noch, zu verzehren, wollte sich nur eines zeigen.

Bis es sich eines Morgens aus dem stillen Nebel schiebt: das Ewige Eis.

Sie erkennen es sofort, denn es naht sich ihnen nicht in der Weise, wie Frost ein englisches Gewässer überzieht, als dünne Haut. Mit einer solchen Haut hat dieses Eis überhaupt nichts gemein; es tritt aus dem Nebel und ist einzig und unversöhnlich Eis, wie eine im Stachelpanzer gezackter Steine auftauchende Lawine, die Vernichtung selbst, die sich vor ihnen aufbaut und in immer anderen Farbtönen changiert und dennoch grotesk und gestaltlos weiß bleibt, ein graues Weiß mit der grimmigen Patina zerschmetterter, aneinander zerschlagener und aus ihren eigenen Trümmern wiedergeformter Gebeine, wo ein Mann, der dort hineingerät, sich winden und strecken, auf allen vieren rutschen und klettern müsste wie zwischen Messerklingen oder Speerspitzen – niemand aber kann auf Zähnen oder Nadeln gehen – und mit Sicherheit nach drei Atemstößen aufgespießt würde und verschwände. Nicht anders als ein großes Schiff, welches vom Eis in genauso kurzer Zeit vom Kiel bis zur Mastspitze zermalmt wird.

Dieses Eis kommt nicht geräuschlos, ohne Bewegung. Nein. Es lässt sich von seinem eigenen, besonderen Wind und Schicksal durchs Wasser tragen, nähert sich mit einem Murmeln oder zieht so schnell an ihnen vorbei, wie kein Mann auf dem gerippten Sand laufen könnte. Wo es gestern nicht war, kann es heute auftauchen, was nicht heißt, dass es auch morgen dort sein muss. In der gleißenden, kürzer oder länger anhaltenden Orientierungslosigkeit einer nebligen Mittsommernacht hörten sie es nur, ob sie wollten oder nicht; jetzt aber sehen sie, was sie hörten, ohne es deuten zu können: Sie sehen mit an, wie sich das Eis aus dem gefrierenden Nebel schiebt und mahlend, knirschend, ächzend, reißend, zwischen Horizont und Wasser alles verschlingend, sich vor ihren Augen selbst erschafft. Schon gibt es fast keine eisfreien Flächen, wo sie ihre schmalen Kanus zu Wasser lassen könnten. Mit entsetzt aufgerissenen Augen beobachten sie, wie das Eis näher kommt, das jetzt unter langem, ohrenbetäubendem Stöhnen anschwillt, dann innehält und zurückweicht und Seufzer von sich gibt, die es mit einem Klingeln und Plätschern wie von gefrorenen Glocken begleitet, nur um sich dann wieder ächzend aufzublocken und in den nackten Kies des Strandes zu bohren. Schon splittert es und türmt sich zu Klippen auf, die sie in ihren Kanus anbuckeln. Auf dem schmalen Strand rammt es Wälle auf bis knapp unter ihre Zelte, schwarzen Sand, ganze Lawinen aus Geröll.

Sehet: Diesen Englischen hat das Eis sich endlich zu erkennen gegeben. Hat sie ausfindig gemacht. Sehet: Das Ewige Eis rückt zu Lande gegen sie vor.

Hood versucht Greenstockings mit dem silbernen Löffel zu füttern, den er seit England immer bei sich hat, aber sie duckt sich weg. Ihr dichtes Haar fällt über ihr Gesicht.

»Spitz einfach ein bisschen deinen Mund«, bittet er sie, als ihr Gesicht wieder zum Vorschein kommt, »es ist heiß; mach mal ›Ohh‹, wie ich, dann stoß ich auch nicht an deine wunderschönen … Zähne.«

Fast muss er über das »wunderschön« lachen, das er noch nie zu einer Frau gesagt hat, aber auch über seine zittrige Hand mit dem schweren Metall, mit dem er das von ihr zubereitete Gericht in ihren feuchten, offenen Mund schieben möchte. Aber viel seltsamer noch ist diese gallertartige Speise, die er mit seinem Löffel aus dem dampfenden, gekochten oder geräucherten Karibumagen herausgeschält hat; als ob man je mit englischem Tafelsilber dieses primitive Gemisch formvollendet auf weißem Linnen servieren und dann vollkommenen Zähnen zuführen könne – und plötzlich kommt aus seinem Mund wie von selbst und laut »Haggis – Haggis wie bei den Schotten!«

Sie schaut zu ihm hoch, um vielleicht doch zu erraten, was ihn so in Staunen versetzt hat, und muss lachen über sein Gepruste, über ihr spielerisches gemeinsames Essen, versteht unter kindlichem Gekicher, was sie hier getan haben, bevor sie sich dessen bewusst wurden. Doch er scheint zu glauben, er würde ihr etwas beibringen, und natürlich fällt es ihr nicht schwer, mitzuspielen und die Lippen für ihn öffnen.

»Ja«, lobt er sie, »O-O-O … mal ganz rund und spitz, ja, genau so, ja«, und führt den Löffel nach oben und merkt nicht, was er damit tut, hat keine Ahnung, wie sie seinen Namen dabei nachbildet, rund und vorgeschoben, um zwischen den Lippen seinen Löffel zu empfangen. Hinter seinem Rücken flackert das launische Feuer hoch in die Rauchschwaden, als seine Hand mit dem vollen Löffel sich zitternd auf sie zu bewegt und sie so lacht, dass ihre Augen nur noch schmale Schlitze sind – kommt dieses Zittern vom Feuer oder seiner Erregung? –, aber ihr Mund öffnet sich, um den Löffel aufzunehmen, denn er will sie bestimmt füttern, und fast berührt sie seine Hand, um ihn zu beruhigen, ihn leise anzuatmen.

»Ho-o-o-o-o«, bläst sie. So zart erscheint er ihr, dass sie seine Hand berührt, während der Löffel auf sie wartet und endlich zwischen ihren Lippen in den hohlen Mund eintritt – »O-o-o-o- …d« –, der sich um den Löffel schließt.

Robert Hood hat noch nie ein Kind gefüttert, und ganz bestimmt noch keine Frau. Dieser Löffel, der jetzt über ihre Zunge gleitet, als sei er seine Hand, war noch nie in einem anderen als seinem Mund gewesen und ist jetzt in ihrem. Wie sein Herz, das ihm zerspringen möchte, wünscht er sich seine Hand in ihren Mund.

»Der wurde mir geschenkt …«, sagt er mit größter Gefasstheit, obwohl ihm das Herz taumelt. »Wer speist Rotkehl Robin rot … wer speist … wer speist …«

Die ganz und gar englische Form des Löffels verschwindet im roten Feuerschein ihres Mundes, als sei er nur dafür gemacht worden. Er hält Finger an ihre Lippen, lässt ihre feuchten Spitzen an ihrem Mund ruhen, in dem ein rötlicher Schatten entlang der silbernen Rundung schweift, die hinter ihren sich schließenden Lippen verschwindet. Mehr sieht er nicht, doch als er fühlt, wie sie schluckt, muss er auch schlucken. Der Löffel liegt zwischen den Fingern seiner erhobenen Hand; neben ihm, im feuerhellen Kegel des Zeltes, ruht das ganze Gewicht ihres Körpers. Was dann geschieht, kann er nicht mehr begreifen.

Er sieht sich neben ihr sitzen, mit immer noch erhobener Hand, als aus der Ecke am Kamin ungeduldig seine Mutter antwortet:

Ich, sagt die Forelle,
Mit meinem Schälchen schnelle
Ich fing sein Blut.

Jetzt ist er am Pier, wo die Fregatte H.M.S. *Impérieuse* angetäut ist, deren gewaltige Kanonen hinter den Klappen verborgen sind, obwohl er sie bald genug bellen hören soll, wenn die riesigen Masten über ihm erzittern und ein scharfer Splitter einen entsetzten Seemann durchschlägt, der sich für einen Augenblick hinter der rauchenden Kanone hinkauerte und im nächsten aufs Meer hinausflog, als seien ihm blitzschnell geschlitzte Flügel gewachsen – dennoch murmelt er nur etwas, vermeidet mit diesem Gemurmel etwas noch Schlimmeres als jene Erinnerung; er murmelt vor sich hin wie ihre Mutter, die neben ihnen irgendwo unter den Pelzen liegt.

»Ist von meinem Paten, ist acht Jahre her, an Sankt Bartholomä, kurz … bevor ich zur See ging … Ich war vierzehn und … schau mal, hier ist das Messer von Sankt Bartholomä auf dem Löffelstiel; die Legende sagt, er sei durch ein Messer getötet worden, es ist … Ich hab von einem Silberwolf geträumt … das bekommt man in unserem Land von Taufpaten geschenkt, einen Silberlöffel und Glückwünsche zum Namenstag, sein Silbermaul war gespickt mit langen Zähnen, wenn du einen Beruf anfängst … bei mir war's die Marine, ja, deshalb hab ich diesen … diesen Silber…«

Sie nimmt ihm den schweren Löffel aus der Hand, verdeckt mit den Fingern das Messer, das in den Stiel graviert ist. Sie teilt ihm mit, was er unbedingt erfahren muss und doch erst verstehen wird, wenn es schon viel zu spät ist, lebenswichtiges Wissen, das sie ihm nie vermitteln kann, wie ihr jetzt schon furchtbar schmerzlich bewusst wird.

»Du musst jetzt essen«, fordert sie ihn auf und taucht den Löffel in den Magen, den sie aufgeschnitten hat. »So wirst du hier nicht sterben. So viel hab ich verstanden.«

Sie konzentriert sich ganz auf den Löffel, seine geschwungene Nase, seine offenen Lippen, die weich und voll sind wie die einer Frau. Und fährt fort:

»Auf dich, mein Schneefreund, wartet kein Messer. Meine Mutter träumt alle deine Wege. Dort drüben kannst du die Geschichte deiner Reise hören. Du wirst sterben. So viel hat sie schon gesagt. Sie hat sich noch nicht ganz bis zu deinem Tod geträumt, noch nicht, aber ich kann dir sagen, dass sich dein Herz nie um ein Messer schmiegen wird; nicht hier. Du wirst so lange durch unser Land wandern, bis du dem Hunger begegnest; jetzt aber bist du hier, und ich füttere dich. Du darfst mir nicht verhungern, also iss! Und nie darf dich etwas Scharfes verletzen, nein! Und du darfst nicht verhungern.«

Doch noch während sie dies sagt, sieht sie im Geiste, was sie immer vermieden hat. Und Tränen steigen ihr in die Augen, bis sie ihm schließlich in die Augen schauen kann, die so verschwommen erscheinen wie durch steinhartes Eis. Einen Augenblick lang glaubt sie zu erkennen, dass er erfrieren wird – vor allen anderen wird ihn bestimmt zuerst die Kälte packen und ihm schrecklich zusetzen; vielleicht wird ihn der Fluss zwischen den Eiszähnen seiner Katarakte zerreißen, und wenn sie später dort vorüberzieht, wird sie unter ihren Füßen sein aufgedunsenes Gesicht wiedersehen, seine gebrochenen Augen –, seine Augen aber hat sie hier vor sich, diese Augen, die sich unverwandt auf sie richten, die tiefblau sind, sie erkunden, während er jeden Löffelvoll, den sie ihm reicht, so in den Mund nimmt, als wolle er sie vor lauter Glück gleich mitverschlingen. Er hat noch nie etwas so Saftiges, Köstliches gerochen oder geschmeckt; in der Offiziersmesse essen sie blutiges Fleisch, das Hepburn gekocht oder auf dem Rost gebraten hat und das entweder aussieht wie grauer Kehricht oder Holzkohle, und sie müssen obendrein ihr unaufhörliches Zittern im Griff halten. Er, dem die hohen Schornsteine des Pfarrhauses von Bury plötzlich so belanglos erscheinen wie Zweige, wollte bis in alle Ewigkeit bei ihr sitzen und essen, wenn sie ihm füttern würde, was sie aus Moos und Säften eines Karibumagens, Knochenmark, Blut, zarten Stücken aus der Nase, aus Muskelfleisch und Leber, geronnener Kitzmilch, aus Fett, das sie in ihrem eigenen süßen Speichel aufgeweicht hat, zusammenmischte, gären ließ und kochte. Noch nie hat er eine Speise in seinem Mund gefühlt, die ähnlich zusammengesetzt war wie die, die sie ihm reicht, die ihm an Zähnen und Gaumen entlanggleitet und zerschmilzt.

»Wir müssen oft hungern«, erklärt sie. »Oft sind die Tiere fort, erlauben uns nicht, sie zu finden, wenn sie zum Kalben nach Norden ziehen oder im Herbst zurückkehren, und manchmal meiden uns sogar die Bären oder die Schneehühner, Kaninchen oder Eichhörnchen oder Mäuse und sind so unberechenbar wie das Wetter. Die Tiere gehen, wohin es ihnen beliebt. Uns bleibt nur, ein Gebet zu singen, um ihnen auf der Spur zu bleiben. Die Fische schwimmen uns zu, aber nicht immer, und es kann sein, dass es nur Moos gibt zum Kochen; es kräuselt sich schwarz auf den Felsen und ist für den Winter, doch wenn die Tiere es nicht essen, sodass du es aus ihren Mägen essen kannst, dann musst du vorsichtig sein, weil es bewirken kann, dass du mehr scheißt als du isst, und wenn es so weit kommt, isst du in Wirklichkeit dich selbst auf. Von innen.«

»Ich hab das schon oft getan, mich von innen gegessen; jeder muss einmal die Erfahrung machen. In meinem Mund gibt es eine Stelle, die gefährlich ist. Jeder Mensch kann diese Stelle in sich finden, und es tut nur vier Tage lang weh, und danach wirst du dünner, und du fängst an, langsamer zu denken, und deine Stimme klingt tiefer, wenn sie zwischen deinen blutigen, eingefallenen Wangen hervordringt, und wenn du dich schürfst oder schneidest, heilst du nicht mehr zusammen, aber es blutet kaum und tut fast nicht weh. Nur wenn jemand ein Schneehuhn fängt und du davon einen Happen nimmst, erwacht der Riese Hunger, der sich gerade in deinen Knochen zur Ruhe begeben hat, und es verlangt ihn wieder nach Nahrung, und zwar so heftig, dass Menschen unseres Volkes sich manchmal nicht anders zu helfen wissen, als die zu essen, die schon gestorben sind. Dann ist der Hunger so groß, dass niemand mehr darüber sprechen kann. Die Menschen essen, erbrechen sich, und essen alles noch mal, obwohl nicht einmal die Markknochen derer helfen, die schon verhungert sind und die sie jetzt essen. Sie essen nur den Hunger, der sie bereits gegessen hat. Hunger macht Menschen manchmal verrückt. Ich hab sie danach gesehen, und es ist schlimmer, als wenn sie tot wären, weil sie immer noch leben. Aber mein Vater lebt schon lange und ist nicht verrückt geworden, und er beobachtet immer die Raben. ›Raben‹, sagt er, ›musst du ansingen, und dann geben sie dir Nahrung. Die Raben und die mitleidigen Wölfe.‹«

Sie schneidet eine Scheibe von dem zarten geräucherten Magen ab, löst die Füllung heraus und reicht sie ihm auf ihren gespreizten Fingern.

»Die Wölfe«, erzählt sie weiter, als sein Gesicht sich ihrer Hand nähert, »haben uns gelehrt, die Licht und Leben spendenden Tiere zu jagen, die uns ernähren. Vielleicht werden wir manchmal als Wolf geboren, aber sie sind seit jeher unsere Schwestern und Brüder, und wir töten sie nie. Auch sie ernähren dich, wenn du behutsam bist und sie in Frieden lässt.«

Ihre Finger dringen in seinen Mund; glatt vom Fett sind sie, und er stülpt die Zunge um sie herum. Sein ganzer Körper spannt sich, windet sich, spannt sich. Sie will ihre Finger langsam zurückziehen, doch er will noch nicht loslassen, hält sie fest, ertastet noch die winzigsten Reste der Speise und die leisesten Spuren von Geschmack. Sie erzählt:

»Wenn ein Mensch zu hungrig ist, um zu sehen, wo er geht«, sagt mein Vater, »oder wenn er nicht mehr um ein Tier herumschleichen kann, um es dorthin zu drängen, wo ein Jäger wie eine starke Wölfin mit ihren Fängen im Hinterhalt liegt, wenn ein Jäger also zu geschwächt ist, um Speer oder Bogen ruhig zu halten oder nur zu spannen, dann können Raben ihn zu einer Stelle führen, wo die Wölfe freundlicherweise etwas für ihn zurückgelassen haben. Denn wir alle sind Tiere und wissen, was Hunger ist, und wenn wir genug Nahrung haben, lassen wir den anderen etwas davon übrig. Freilich lassen die Wölfe nicht gerade die besten Leckerbissen zurück, sondern mal einen Knochen oder vielleicht sogar nur etwas Haut, die man immerhin abschaben und kochen kann; – merk dir«, sagt sie, und schaut Hood direkt in die ungeduldigen, verständnislosen Augen, »merk dir: Wenn du zu schwach zum Überlegen bist, schau einfach in den Himmel. Dort wirst du den Raben sehen. Er wird dich zu unsrer Schwester, der Wölfin, führen. Lass Nahrung zurück für sie und ihre Jungen, wenn du selbst genug hast, und sie wird immer etwas für dich zurücklassen.«

Hood schaut Greenstockings in die Augen, und ihm scheint, als sähe er darin die Gestalt jenes Silberwolfs, von dem er geträumt hat – vielleicht ist es auch nur eine Täuschung, die durch ihr Feuer entsteht –, ein herrlicher, gewaltiger Wolf, der, wie er sich erinnert, ihm den Kopf zuwendet und ihn anblickt hinter einer Festung dolchspitzer Zähne, die in einem Kiefer sitzen, den er ihm weggeschossen hat – warum hat er das getan? Warum hat er nur dieses Gewehr abgefeuert, Großer Gott, warum?

Er träumte, wie er jenen Wolf zeichnen wollte, immer ging es ums Zeichnen, und er hat ja tatsächlich viele gezeichnet, sogar einen für Back und seine prosaische Hintergrundszenerie mit dem Dogrib-Felsen, bis er an seiner Rabenfeder zog, die plötzlich im Tuschefass festgefroren war, und er den Kiefer des Wolfes wegschoss, dessen untere Kopfhälfte in einer Tuschefontäne explodierte und von dessen ihm zugewandten Hals und Schultern das Fell abriss, träumte, wie der Wolf danach immer noch mit seinem skalpierten Schädel dastand und ihm den Oberkiefer entgegenstreckte, der aussah wie ein gesägtes Messer aus sauberem, weißem Bein. Warum hat er geschossen? Warum hatte er im Traum sein Gewehr schussbereit, wenn er sich im Wachen stets weigerte, es zu laden?

Tränen quellen ihr in die Augen, in deren Schwärze er sich schwimmen lässt. Ihre braunen, gläsern leuchtenden Hände umfassen sein Gesicht und ziehen ihn herunter, ziehen seinen Kopf in ihren Schoß. Eng umschließt sie ihn, und er riecht starken Rauch, Gewebe, Tierhitze. Was sie mit ihm tut, hat er sich nicht einmal vorstellen können, und doch lässt er sich von dieser Intimität so überwältigen, dass er sich selbst dann nicht hätte wehren können, wenn sie ihm mit ihrem unfehlbaren Messer den Hals hätte aufschlitzen wollen. Sie neigt sich über ihn, umschlingt ihn mit ihrem ganzen Körper und redet.

»Jetzt wirst du mich füttern«, liest er von ihren Lippen ab. Ihre dunkle Wange ist in Reichweite seiner Zunge, und er spürt, wie ihre kräftigen Finger seine Haarwurzeln durchkämmen. Jetzt tut sie für ihn das, wobei er sie und Greywing oft beobachtet und sich unter Schaudern der Lust ersehnt hat, sie möchte es einmal nur auch ihm gewähren, einander im Schoß zu liegen und sich gegenseitig zu lausen.

Läuse sind überall. Wie der Leibhaftige selbst warten sie auf dich in jedem Baum, zwischen den Balken und Lehmdächern ihrer Hütten, in jeder Ritze und Falte von Betten und Decken, in den Häuten der Tiere, die sie essen, in allem was sie auf dem Leib tragen, sogar noch zwischen den Seiten seines Notizbuchs sitzen sie und lassen es sich in jeder Pore seines Körpers gut gehen, zahllose bewohnen sein Haar – manchmal reißt er sich in einem Anfall von Wut fast die Haare aus und entdeckt nur an einer einzigen Strähne Nissen, die wie Winterzwiebeln um feine Schnüre gepackt sind. Kapitän Franklin hat umständliche Überlegungen angestellt (denen Doktor Richardson aus wissenschaftlichen Gründen allerdings nicht beipflichten kann), dass es die Luft sei, die in diesem schrecklichen Land genauso Parasiten hervorbringt wie die Kälte, und zwar in einer Art spontaner Zeugung. Jetzt jedoch zupft Greenstockings sie Hood einzeln ab, und mit ihren flinken Fingern, die er unzählige Male zu zeichnen versucht hat, als sie in die Rahmen von Schneeschuhen Lederriemen zu schwierigen Mustern flocht, streift sie Läuse ab und schiebt sie sich in kleinen Häufchen zwischen die Zähne. Sie schließt die vollen Lippen, ihr Kiefer bewegt sich, und er hört die Läuse knacken, bevor sie sie schluckt.

In seiner Erinnerung an diesen Augenblick wird nur dieses zärtliche Gesicht bleiben, dessen unwirkliche Schönheit ihn sanft von seinem Ekel erlöst. Im Schein des Feuers schwebt es vor seinen Augen in madonnenhafter Heiterkeit und bietet ihm das kostbarste Gastgeschenk, das es in dieser Welt aus gefrorenem Dreck überhaupt nur geben kann: Speise und zärtliche, intime Reinlichkeit »Die Gleich Nach Der Frömmigkeit« kommt, wie seine Mutter immer in strengem Predigerton skandierte, wenn sie ihm die ungewaschenen Ohren knuffte. Nicht einmal im Traum wäre es seiner Mutter eingefallen, dass ihr Sohn dem Stand der Frömmigkeit einmal so wahrhaft nahe kommen könne wie an diesem Ort, in dessen Geborgenheit er lächeln muss über so viel Ironie.

»Sie leben, weil sie dein Blut trinken«, sagt Greenstockings nah an seiner Stirn, und auf ihrer geschwungenen Unterlippe sieht er einen dünnen Streifen Blut. »Dein süßes Blut.«

Immer sind wir irgendwie blutig, kommt es Robert Hood unwillkürlich in den Sinn. Vom Augenblick unsrer Geburt an sind wir blutig, alles, was wir essen, ist mit Blut erkauft. Über ihren heißen Körper gebeugt, dessen Hitze er umklammert, richtet er sich auf und steht wieder hinter der riesigen Schiffskanone unter dem Mast, der sich auch jetzt noch im unaufhörlichen Kanonendonner in Splitter auflöst, mit der Pistole so hoch im Anschlag, wie es der Kapitän befohlen hat, und außer sich vor Entsetzen, dass jetzt, ja, genau in diesem Moment, einer der Seeleute wegrennen wird, nein, das ist einfach zu viel! Einer wird mit Sicherheit versuchen, an ihm vorbei übers Deck zu flitzen, das zweimal schon vom Blut der Kameraden überspült worden ist, und er muss ihn erschießen, nein!, nein!, *exekutieren,* hat der Kapitän gesagt, wer immer den ihm zugewiesenen Platz in der Schlacht verlässt, ist unverzüglich zu exekutieren, von Ihnen, denn Sie sind ein Offizier der englischen Marine, und es ist Ihre imperiale Pflicht, hinter jenem Geschütz zu stehen mit zwei geladenen Pistolen, wovon eine in Ihrer Hand, die andere im Halfter sein muss – er drückt sein Gesicht in Greenstockings Bauch, streckt die Beine aus, als er spürt, wie das weiche Leder nachgibt unter ihm, und kann nicht einmal hier der dünnen Stimme von Hochwürden Richard Hood, Baccalaureus, Legum Doctor, entrinnen, der gerade im Begriff ist, auf der hohen Kanzel der Kirche von

St. Mary, in Bury in der Grafschaft Lancashire, dem Anspruch seines Lieblingstextes gerecht zu werden, der für die Lesung dieses Morgens vorgeschrieben ist, in dem der heilige Paulus mit kategorischer, logischer Klarheit einen widernatürlichen Glauben verkündet:

»Denn nach dem Gesetz wird fast alles mit Blut gereinigt, und ohne Blutvergießen geschieht keine Vergebung. Es mussten also die Abbilder der himmlischen Dinge …«

Wie in einem Krampf klammert er sich an Greenstockings, immer enger; laut fleht er darum, ertrinken, verschwinden zu dürfen in ihrem rauchigen, nachgebenden … hart liegt sein Wangenknochen auf ihrem Schamhügel; ihre Beine, die seinen Kopf umklammern, lassen los.

Doch er fährt noch einmal aus ihrer Umarmung hoch, dreht und windet sich und greift nach seinen Füßen. »Hier … hier …«, zischt er ihr zu, die erschrickt und überrascht ist, und schnürt schon die hohen Stiefel auf, die sie ihm zum Schutz für seine Füße genäht hat, zieht sie aus – als er mit ihnen zum ersten Mal durch den Schnee stapfte, fühlte er sich stark genug, die gefrorene Tundra zu beschimpfen – »Meine … meine Strümpfe, schau … hier … meine …«

Er schält sich aus seinen Strümpfen, erst dem einen und dann so schnell er kann aus dem andern, streckt sie ihr hin; in Greenstockings glänzenden Augen spiegelt sich das Feuer.

Und ganz langsam entledigt auch sie sich ihrer Mokassins. Eine Sekunde lang hält er die Luft an, als er zum ersten Mal ihren schmalen nackten Fuß sieht, ehe sich dieser in den angenehm warmen Hohlraum schiebt, den sein Knie mit Wade und Schenkel bildet, sieht zu, wie ihr Bein mit der zarten Haut in diese Höhle gleitet und füllt, was er allein geschaffen hat, und wie sie dann ebenso langsam das andere Bein hineinsteckt. Dann steht sie auf, stellt sich über ihn, aufrecht und völlig ruhig, ragt über ihm auf in Strümpfen von der Farbe des Waldes von Sherwood, und erhebt beide Hände, um dort, wo die Strümpfe aufhören, ihre Haut zu berühren. Dorthin zieht es sein Gesicht, während seine Hände nach unten gleiten, dort die Richtung ändern, um ihre vollkommenen Zehen zu ertasten, die sich wie Finger in die weiche Wolle strecken, wo ihre schmalen, verwundbaren Füße sich im Schutz jener Maschen verbergen, die seine Mutter so liebevoll mit ihren stählernen Nadeln gestrickt hat. Stirn und Haut und Lippen und Zungen.

In ihrem Zelt, das auf dem Abhang des Moränenwalls von hohen immergrünen Bäumen vor dem gefühllosen Mond geschützt wird, murmelt Birdseye laut vor sich hin. So erschöpft ist sie, dass sie ihre Geschichte nur noch stückweise in Worte einholen kann; Einzelheiten ihrer Kreisbewegung zwischen Anfang und Ende findet sie nur noch dort, wo die verschiedenen Stränge ihrer Erlebnisse sich zu harten Knoten schürzen und sie bedrängen:

… zugewehte Spuren. Kleine Erhebungen verlängern sich bis an den Horizont. Kreise aus verbrannten Zweigen in Sichtweite voneinander verschwinden unter fliegendem Schnee. Ein Zelt. Drei kleine Hügel. Schlafen sie? Da bewegt sich ein vierter, aufrecht, kräftig, schwarz, der Mohawk vom Land hinter den vielen Flüssen, sein Körper schimmert, als sei er nackt, und er steht im Schnee – sei vorsichtig! Etwas stimmt nicht; wenn du erfrierst oder verhungerst, ist der Stärkste immer der Gefährlichste – weißt du das nicht? Der Stärkste sorgt immer am zärtlichsten für dich, bis er dich tötet – sei auf der Hut!

Greywing hört einen unterdrückten Schrei und fährt hoch, streckt den Kopf aus Keskarrahs Pelzen. Im Schlafnest ihrer Mutter bewegt sich etwas, öffnet sich, fällt wie erschauernd auseinander.

»Alles ist gefährlich!«, schreit es unter Schichten von Leder. »Das Feuer, das Messer, seine Augen, seine Axt …«

Greywing schüttelt ihren Vater. Der bewegt sich, will aber nicht aufwachen.

»Jedes schwere Stück Holz, sein Gewehr, seine Hand, seine beiden Hände …«

Das Zelt ist im Griff des ungeheuren, schweigenden Felsblocks der Kälte. Er ist die Welt. Greywing fühlt sich völlig verlassen und jammert, gräbt durch die Pelze hindurch nach Greenstockings, tastet sich an ihrem seltsamen wollenen Fuß und Bein entlang zu ihrer nackten Hüfte.

»Seine Zähne, ja, hüte dich vor seinen Zähnen!«, kreischt Birdseye.

Greywing reißt die Decken weg, entblößt Greenstockings und Hood, der schlafend hinter ihr liegt und eigentlich Der Knochen heißen müsste, so dünn ist er. Sie halten sich in nackter schlüpfriger Umarmung und schlafen.

»Wacht auf! Wacht auf!« An ihren langen Haaren zerrt sie Greenstockings weg von Hood, bis sich Arme und Brüste und Bäuche und süßen Tiergeruch verströmende ineinander geschlungene feuchte Beine voneinander lösen. Jetzt erwachen sie und öffnen die Augen. »Hört – hört doch!«

Wie unter Krämpfen singt Birdseye immer wieder: *»Rotkehl … Robin … Robin … rot … wer … sah … ihn … Ich … sagt … die … Kerbe …«*

Fassungslos starren Greywing und Greenstockings Robert Hood an, der wiederum in das offene Gesicht ihrer Mutter starrt, das sich aus den Pelzen erhebt. Er kann es nicht glauben – es kann sich nur um eine von den niedrigen Schatten, der … Dunkelheit, der fürchterliche Kälte hervorgerufene Täuschung handeln, denn das Feuer ist am Erlöschen – doch was er hören muss, macht ihn bestürzt. Mit schnarchenden Geräuschen fährt der Atem aus ihrem offenen Gesicht, und sie sagt Worte, die er verstehen muss: als ob er nach zweijähriger Mühsal, das Ende der Welt zu erreichen, gerade rechtzeitig angekommen sei, um festzustellen, dass alles, was er am meisten hasst, hier auf ihn wartet. Sie redet ihn in der Sprache an, die er gezwungenermaßen versteht:

»Mit … meinem … kleinen … Aug«, kommen stotternd und stöhnend die englischen Laute aus Birdseyes Mund. *»Und … ich … sah … ihn …«*

Greenstockings und Greywing schreien vor Angst – als begriffen sie schon, wovon Hood noch keine Ahnung hat –, und beide breiten die Arme aus, um ihn an sich zu pressen. Keskarrah richtet sich auf.

»Wer ist tot?«, fragt er sofort ins Dunkel hinein.

Gemeinsam wiegen seine Töchter Hood, der warm ist vom Schlaf, zwischen ihren zarten, nackten Körpern. Doch dann fängt Keskarrah an zu brüllen, als wolle er Birdseyes unverständliche Schreie übertönen.

»Warum bist du gekommen?«, schreit er Hood so feindselig an, dass seine Töchter den Fremden in erneuter Furcht vor ihm verstecken wollen. »Wenn du Der Schnee Mann bist, wird das Eis nie tauen, und der Wind wird nicht aufhören zu blasen, so lange du hier bist. Geh fort, geh in den Norden, wo deine Feinde deine Kinder umbringen, geh! Wir können dir nicht helfen, geh fort! Geh zurück in den Norden! Geh fort!«

Seine schönen Töchter jedoch wiegen den jungen Weißerde-Menschen auf ihren nackten Brüsten, schlanken Armen und Beinen, umschlingen ihn in Kummer und Schrecken, und Keskarrah weiß, dass Hood nicht Der

Schnee Mann ist und es nie war. Mit diesem Trick kann er ihn nicht dazu bringen, zu gehen. Ihm bleibt nichts, als mit großer Bitterkeit hervorzustoßen:

»Du bist stark, und du könntest mit Leichtigkeit eine der beiden nehmen, und sie könnte dich retten. Soll ich dir aufzeichnen, welchen Weg du gehen musst? Gehst du dann?«

Und fragt in Hoods schockierte Sprachlosigkeit hinein, fast beschwörend: »Wirst du fortgehen von hier?«

»… Ich … fing … sein … Blut … «, weint Birdseye auf Englisch und krallt sich wild in das schwarze Loch in ihrem zerstörten Gesicht.

»Ach, ach, ach«, stöhnt Keskarrah voll Verzweiflung über den Ausdruck ihrer Stimme und die unabweisbare Einsicht, dass das, was Birdseye gesehen hat, weit über alles hinausgeht, was bis dahin in den Geschichten der Tetsot'ine über Ankünfte erzählt worden ist. Keskarrah kann nur noch stöhnen: »Ach, ach, ach …«

Doktor John Richardson

Montag, der 15. Januar 1821   Fort Enterprise

Mit zwei Fässchen Rum, einem Fass Pulver, 2 Rollen Tabak, 60 Pfund Bleikugeln und verschiedenen Kleidungsstücken kehrten unsere Männer aus Fort Providence zurück. Sie brachten Augustus und Junius mit, zwei Eskimos, die uns als Dolmetscher dienen werden, wenn wir das Polarmeer erreichen. Für den Rückweg brauchten sie 21 Tage, und die Mühsal, der sie sich unterziehen mussten, wird hinreichend aus dem Umstand ersichtlich, dass die Schulterteile ihrer Mäntel vom Geschirr der Schlitten völlig durchgescheuert sind. Auf dem Weg hierher wurde ein Rumfässchen angebrochen und eines beachtlichen Teils seines Inhalts entledigt.

Mr. Back hielt es für erforderlich, nach Fort Chipewyan weiterzureisen.

Am Abend gesellten sich in der Halle die Offiziere zu den Kanadiern, um mit einem guten Schluck ihre Lebensgeister wieder zu wecken, freilich auch, um zu vereiteln, dass sie sich mit den Indianern über unsere Meinungsverschiedenheiten unterhielten, die ihnen nicht entgangen waren. Ihre besondere Vorliebe gilt dem Tanz, mit dem sie sich bis 2 Uhr morgens vergnügten, eine Betätigung, die in besonderer Weise Mr. Hood entgegenkommt. Die Leidenschaft, mit welcher er stets seinen verschiedenen Beschäftigungen nachgeht, und die besondere Hingabe, mit der er sich seinen Zeichnungen und anderen Zerstreuungen widmete, banden ihn im Winter viel zu sehr ans Haus und griffen durch die damit verbundene sitzende Lebensweise seine Gesundheit an.

Montag, der 5. Februar   Fort Enterprise

Zwei Indianer trafen mit einer Botschaft von Bigfoot ein, der um weiteren Nachschub an Munition ersuchte. Sie jagen südlich und westlich von unserem Haus und Bigfoot ließ seinem Missfallen darüber Ausdruck verleihen, dass man ihm keinen Rum geschickt hat. Ließ ihm ein Fässchen verdünnten Schnapses sowie Pulver und Kugeln zugehen.

Montag, der 12. Februar   Fort Enterprise

Die Winterbehausungen der Eskimos werden aus Schnee erbaut, und der Eindruck, den eine solche hinterließ, die Augustus heute errichtete, ist geeignet, sie für sehr bequeme Wohnstätten zu erachten. Er wählte dazu eine Stelle auf dem Fluss, wo der Schnee etwa zwei Fuß tief und hinreichend fest ist.

Die Reinheit des Materials, aus dem das Haus errichtet wurde, die Eleganz seiner Kuppelkonstruktion und die Transluzenz seiner Wände, die ein angenehmes Licht ins Innere ließen, verliehen ihm ein Aussehen, das einem Gebäude aus Marmor weit überlegen ist und im Betrachter Empfindungen hervorrufen möchte, die denen nicht unähnlich sind, die der Anblick eines von Phidias erbauten griechischen Tempels in uns erzeugt.

8 Die gestohlene Frau

»Es war einmal vor langer Zeit, da lebten ein Mann und eine Frau zusammen«, kommt Keskarrah einige Nächte nach der Rückkehr der Voyageure vom großen Tucho (ohne Knabe Englisch) ins Erzählen. Sie waren aber auch ohne Broadface und Little Martin zurückgekommen, die beschlossen hatten, mit Back, der auf seinen kleinen Schneeschuhen nach Fort Chipewyan laufen wollte, mitzuhalten und ihn zu begleiten.

Niemand außer Greenstockings macht sich über jene Reise die geringsten Gedanken; im Zelt jedenfalls spricht niemand darüber, genauso wenig wie man darüber spricht, wenn sich das Wetter ändert. Warum auch? Aus Hooks Lager sind Leute hierher zum Esker gekommen, weil sie plötzlich Lust dazu hatten, aber auch aus Longlegs und Bigfoots Lager sind welche hier, um mit denen zusammen zu sein, die sich schon früher hier eingefunden hatten. Viele haben etwas zu essen mitgebracht, andere nicht, und sicherlich wird getanzt, geredet und gesungen werden und alle werden essen, was gerade da ist. Jetzt liegen so viele Menschen, wie ins Zelt hineinpassen, im Kreis um Keskarrah herum und hören ihm zu. In der Wärme der vielen dicht gedrängten Körper brennt das Feuer hoch auf und glänzt auf frostbrandigen Gesichtern. Einige ganz kleine Kinder krabbeln über eine liegende Gestalt hinweg zu einer anderen, oder schlafen ein, wo sich gerade ein bequemer Schoß findet oder in Armen, die sich warm und zärtlich genug anfühlen.

»Es kann tausend Jahre her sein«, sagt Keskarrah auf seinem Platz am Feuer gegenüber dem Eingang. »Die

Erinnerung kann so weit in die Vergangenheit zurückschauen, und viele unter euch kennen schon die Geschichte von der Frau und Blackfire, doch hört mir jetzt zu.

Blackfire war ein großer Krieger, obwohl niemand weiß, wie er vorher geheißen hat oder zu welchem Stamm er gehörte, und deshalb nennt man ihn manchmal auch ›No Fire‹, ›*Feuerlos*‹ oder ›Very Long Without Fire‹, ›*Der-es-lange-ohne-Feuer-ausgehalten-hat*‹. Wir aber nennen ihn Blackfire, weil in jenem unvorstellbar kalten Winter, als sich diese Geschichte zutrug, ein Feuer in ihm brannte, das selbst in tiefster Dunkelheit unsichtbar blieb, weil es schwarz war. Es war sein Feuer, eines das er selbst tragen musste und das kein Holz brauchte, um zu brennen.

Es fing alles an um etwa die Zeit, wenn es am kältesten ist und die Tiere fortgezogen sind, wie sie es uns manchmal antun, denn niemand kann wirklich die Wege des Windes oder der Karibu verstehen. Den Menschen waren nur noch die guten Kaninchen zum Leben geblieben. Der Mann, der Blackfire werden sollte, war ein wunderbarer Jäger, und er hatte die meisten erlegt. Sie lagen auf einem großen Haufen vor seinem Zelt, und jeder legte seine Kaninchen darauf, genau wie auch wir es vor einem gemeinsamen Schmaus und besonders nach einer langen Hungerszeit tun, wenn es schlimmer ist, allein als überhaupt nicht zu essen. Die Frauen bereiteten das Mahl zu, und im Zelt war es so heiß, dass Blackfire und die anderen Männer ihre Hemden ausgezogen hatten und das Feuer unterhielten, damit man kochen konnte.«

Durchs Zelt geht ein allgemeines Murmeln der Zustimmung und Ermunterung, und Keskarrah reckt den Kopf etwas höher und fährt mit noch lauterer Stimme fort:

»Dann hörte die Frau von Blackfire draußen ein Geräusch. Überall stand sie schon im Ruf, eine weise Frau zu sein, und sie hatte mehrere Namen. Nicht Kupferfrau, die auch schon gestohlen worden war. Manche nannten sie ›Heiß Begehrte Frau‹ oder ›Die Frau Um Die Man Kämpft‹, oder ›Die Geraubte Frau‹, oder ›Die Frau Die Man Sich Gegenseitig Stiehlt‹ – für uns aber heißt sie ›Die Frau Die Entzückt‹, genau wie ihr Mann für uns Blackfire heißt.

An jenem Tag also hörte Die Frau Die Entzückt ein Geräusch und blieb wie angewurzelt stehen, so angestrengt lauschte sie nach etwas, das sich anhörte wie ein nahendes Gewitter, obwohl es mitten im Winter war. Blackfire sah sie und stellte sich neben sie in den Eingang, um selbst zu schauen. Und wusste sofort, was es war: Ein Heer von Feinden wollte ihr Lager umzingeln und sie angreifen. Da sie den Ring an einer einzigen Stelle noch nicht geschlossen hatten, griff er nach seinen Schneeschuhen und warf sie auf den Boden, um zu fliehen.

Doch als er seinen linken Fuß in den Schuh schieben wollte, brach die Bindung. Die Frau Die Entzückt warf ihm sofort einen von ihren Schneeschuhen hin, und wie von der Sehne geschnellt flog er pfeilschnell davon auf die schmale Lücke zu, die die Angreifer offen gelassen hatten. Er war so schnell, dass er hindurchschlüpfte, bevor sie ihn überhaupt sahen, und er rannte, nackt wie er war, zu den Hügeln.

Der Sohn von Blackfires Bruder, der wie sein Sohn in seinem Wigwam lebte, griff ebenfalls nach seinen Schneeschuhen, um davonzulaufen. Doch als er sie anlegen wollte, verrenkte er sich den Fuß und kam nicht mehr rechtzeitig durch die Lücke. Er war der Erste, den sie bei den Felsen unterhalb der Hügel mit ihren Lanzen erlegten, und danach griffen die Feinde das Lager an und schlugen und stachen alle tot, jedes Kind und sogar die Hunde, und auch das Lager brannten sie nieder, und das Feuer war so gewaltig, als würde die ganze Welt in Flammen aufgehen bis auf das letzte Stückchen Holz oder

Knochen oder Leder. Und nachdem sie sich daran gewärmt hatten, vergruben sie die Asche im Schnee, damit Blackfire für den Fall, dass sie ihn nicht entdecken und töten würden, nichts fände, was ihm nützlich sein könnte.

So kämpften die Menschen in jenen Tagen: töte jeden, wenn du Krieg führst. Andernfalls würde sich die Pflicht zur Rache immer wieder erneuern.

Jene Feinde vollbrachten, weshalb sie gekommen waren: Sie hetzten Blackfire nackt in die Hügel und brachten sein Volk um. Eine jedoch töteten sie nicht, und dies war Die Frau Die Entzückt. Sie fingen sie lebendig, obwohl sie sich so wehrte, dass sie sie bewusstlos schlagen mussten. Sie fingen sie also bei lebendigem Leib, denn sie war der Grund für ihre Winterreise. Wegen ihr waren sie gekommen, wegen dieser starken, schönen und sehr weisen Frau. Männer bringen sich wegen Frauen um, das war schon immer so, und der Mann, der den Kriegszug dieser feindlichen Fremden anführte, nahm sie natürlich als Erster, gab sie dann jedoch an zwei Brüder weiter, die seine stärksten Männer waren. Die Kräfte eines Einzigen hätte sie bei weitem überfordert.

Blackfire hatte sich zwischen den Felsblöcken auf den Hügeln gut versteckt. Überall suchten sie nach ihm, konnten ihn jedoch nicht entdecken, und er musste zusehen, wie sie sein Volk töteten und sein Lager niederbrannten. Er musste mit ansehen, wie drei ihrer Krieger Die Frau Die Entzückt überwältigten und jeder mit Knüppeln noch einmal auf den Körper seines Sohnes einschlug und in Triumphgeheul ausbrach, doch nichts konnte ihn bewegen, sich durch unbeherrschte Wut zu verraten. Dazu war er zu schlau; doch jetzt fing jenes Feuer an, in ihm zu brennen.

Also schleppten sie die Frau, die sie wie ein Stück rohes Fleisch zusammengeschnürt hatten, fort, und der Letzte, der den Ort verließ, war der Kriegsführer. Diesen mächtigen Mann, Weißer Horizont, kennt nun wirklich jeder. Weißer Horizont war von jenen Feinden der Einzige, der Blackfire ebenbürtig war und mächtig genug, um Waren mit ihm zu tauschen und ihm Gastfreundschaft zu gewähren, wenn sie sich begegneten, weshalb keiner dem anderen nach dem Leben trachtete. Als Weißer Horizont mit dem blutigen Knüppel in den blutverschmierten Händen an den Felsen vorbeilief, hielt er vor dem zerschmetterten Körper des Knaben an, ohne jedoch darauf einzuschlagen. Ganz sanft rief er Blackfire zu: ›Komm runter. Ich geb dir warme Kleider.‹

Blackfire jedoch verriet sich nicht.

›Du wirst zu Tode frieren‹, warnte ihn Weißer Horizont. Doch Blackfire gab immer noch keine Antwort. ›Also gut. Hier lass ich dir diese langen Biberfäustlinge zurück. Du wirst sie brauchen können.‹

Darauf zischte ihm Blackfire aus seinem Versteck in den Felsen zu: ›Ich sage dir: Wenn das Haar an den Kehlen der Karibu wieder weiß wird, schlaf nicht in deinem Lager!‹

Und Weißer Horizont, jener ewige Feind, machte sich davon und folgte seinen Männern über die Hügel nach Süden, und Blackfire stieg herab und zog die Fäustlinge an. Die waren so lang, dass sie ihm bis unter die Achseln reichten. Er häufte Steine auf den geschundenen Körper seines Sohnes und suchte nach allem, was geeignet war, sich am Leben zu erhalten. Weil jene Fremden aber sehr klug waren, konnte er überhaupt nichts finden. Er hatte zusehen müssen, wie alles zerstört und Die Frau Die Entzückt vergewaltigt und fortgeschleppt worden war, und er war dennoch nicht in Tränen ausgebrochen. Doch als er feststellte, dass auch das letzte Fünkchen Glut in der zugeschütteten Asche des Lagers erloschen war, setzte er sich nieder und weinte. Wie konnte er ohne Feuer in der langen Dunkelheit überleben, um einmal Rache nehmen zu können?

In einer Höhle unter einer Schneewehe leckte etwas sein Gesicht: Es waren zwei Hunde. Obwohl schwer verwundet, hatten auch sie den Angriff überlebt. Also zog er einen Riemen aus dem Schneeschuh der Frau Die Entzückt, machte eine Falle daraus, stellte sie auf und legte sich zwischen die beiden Hunde zum Schlafen. Und in der Falle seiner Frau fing er ein Kaninchen. Mit einem scharfen Stein zog er ihm den Pelz ab, konnte jedoch trotz seines Hungers kein rohes Kaninchenfleisch essen. Seit jener Zeit weiß jeder Mensch, dass man rohes Kaninchen einfach nicht bei sich behalten kann, wie hungrig man auch sein mag, sondern alles erbrechen muss und noch schwächer wird, als man schon war. Deshalb riss er das Fell in Streifen, wand sie sich um die nackte Brust und verfütterte das Fleisch an die Hunde, die natürlich kräftigere Mägen haben. Dann machte er sich auf die Suche nach Menschen seines Stammes, um sie um Hilfe zu bitten.

Der Schnee war sehr tief und er konnte keine Spuren sehen. Deshalb holte er sich von einer Weide den längsten Zweig, den er abbrechen konnte, und stocherte damit vorsichtig im Schnee und versuchte, eine Fährte zu finden. Endlich schien ihm, als habe er tief drunten etwas ertastet, das sich wie ein etwas härterer Fußabdruck anfühlte; immer weiter zog er daraufhin seine Kreise und stocherte so lange, bis er erneut auf eine etwas härtere Stelle stieß. Tag um Tag arbeitete er sich in der Dunkelheit auf großen Kreisen voran, stellte die Falle für die Kaninchen, wickelte ihren Pelz um sich und fütterte mit dem Fleisch die Hunde, die ihn mit ihrer Wärme am Leben hielten, wenn er schlief. Doch er war am Verhungern, und die Verwundungen der Hunde waren zu schwer, sodass nach dem ersten bald auch der andere starb.

Er konnte sich fast nicht mehr bewegen, doch mit den Pelzen der Kaninchen und der beiden Hunde konnte er inzwischen fast den ganzen Körper bedecken. Und er spürte, dass die Spur jetzt unmittelbar unter der Oberfläche verlief. Obwohl er jeden Tag langsamer wurde, zog er dennoch weiter und gab nicht auf. Jeden Tag erinnerte er sich an mehr Namen, denn das Land ließ ihn viele Orte sehen, an denen sich einmal etwas ereignet hatte, und flüsterte ihm von allen Seiten in den Stimmen seiner Vorfahren zu, bis Blackfire eines Tages in weiter Ferne den großen Felsen sah, wo einst die Dogrib alle Pfeile in den Leib von Oltsintthedh geschossen hatten – doch das ist eine andere Geschichte und handelt von zwei gestohlenen Schwestern: Der Felsen zeigte ihm, in welche Richtung er gehen musste. Als er das Ufer des Sees unterhalb des Felsens erreichte, entdeckte er den Platz, wo Menschen seines Stammes vor so kurzer Zeit ihr Lager aufgeschlagen hatten, dass von einem ihrer Feuer, das bis aufs Moos durchgebrannt war, immer noch ein paar Fünkchen in den grauen Flechten glimmten. Vorsichtig blies er sie an, bis sie aufglühten und er dünne Fetzen trockenen Mooses nachlegen konnte. Als das Feuer kräftig genug war für dickere Hölzer, konnte er sich endlich aufwärmen und eine Hirschhaxe braten, die von jenen Menschen zurückgelassen worden war für jemanden, der vielleicht hungrig war.

Aber er aß zu schnell und brach bewusstlos zusammen. Heute weiß jeder, dass das Erste, was du isst, dich umbringen will, wenn du am Verhungern warst. Also sei vorsichtig! Als er wieder zu sich kam, war das Feuer schon fast wieder erloschen. Nun bekam er es wirklich mit der Angst zu tun. Sorgfältig fachte er es wieder an und versuchte diesmal, nicht zu essen; er wärmte sich nur auf und verfolgte dann wieder die Fährte, die er jetzt sehen konnte und nicht mehr ertasten musste.«

Keskarrah hält inne, um die heiße Blutsuppe zu schlürfen, die Greenstockings ihm reicht. Seine Zuhörer strecken sich, nicken ihm zu, machen ihrer lange angespannten Aufmerksamkeit mit allerlei Geräuschen Luft, doch die Kinder sind jetzt still und laufen nicht mehr wie sonst hin und her, weil alle wissen, dass die Geschichte schon fast in dem Zelt angekommen ist, in dem sie gerade sitzen. Von irgendwo hört man das Schmatzen eines Säuglings.

Hinter dem kleinen Stück Leder, das sie verbirgt, fragt Birdseye: »Wo ist der Rabe? Wo der Wolf?«

Greenstockings kennt die Geschichte, die ihr Vater erzählt, und würde es nicht wagen, diese Frage zu stellen. Nur ihre bis zur Unkenntlichkeit entstellte Mutter … Ein Leben ohne sie kann sie sich nicht vorstellen.

Keskarrah starrt in die raucherfüllte Kegelspitze des Zeltes. Was er dort sieht, zeichnet sich auf seinen Zügen ab wie gefrorener Fels, der noch härter ist als vom Wind zusammengepackter Schnee. Und er lacht, wenn auch nur ein klein wenig, ohne dabei jemanden anzuschauen, obwohl alle ihn beobachten. Den beiden Frauen, Mutter und Tochter, wird jetzt klar, dass die Geschichte dieses Mal nichts erzählen wird von einem schwebenden Geist, einer Erscheinung oder Medizin, nichts von Zärtlichkeit und Erbarmen, deren freundliches Licht sich zwischen sie und die Welt legen könnte; auch nicht von Schönheit jenseits der kalten Sprache, in der er über geplanten Raub und Vergewaltigung berichtet. Wo es vorher das grausame Geschenk der Fäustlinge, die sanften Flechten und das Moos gab, die ein Feuer nährten – dieses Mal wird jeder Fuß abgedreht werden und erfrieren, jedes Kleid wird aufgeschlitzt werden, von jedem Knüppel wird Blut und aus jedem Hirn wird Hass tropfen, bis alles vergossen ist und wieder zurückfließt in das Land, das ewig währt. Es gibt keinen Ort, wo man vor dem, was jetzt kommt, Zuflucht finden könnte: Nur diesen Ort gibt es und nur dieses Zuhause.

Und sollte es in der Macht von Fremden oder Feinden liegen, sie hier ausfindig zu machen, werden sie es tun. Mit der ganzen sich vervielfachenden Grausamkeit ihrer raffinierten, mörderischen Geschenke. Auch daran ist nichts zu ändern.

Ganz leise erklärt Keskarrah dem Kreis seiner Zuhörer, was Birdseye und Greenstockings aus seinem kalten Lachen schon heraushören können: »Der Rabe und der Wolf sind dem Karibu gefolgt, wie sie es immer tun. Blackfire muss Menschen finden, vor denen sich die Tiere noch nicht zurückgezogen haben, und genau dorthin führt ihn die Spur, die aus dem tiefen Schnee nach oben steigt.

Und während er versuchte, am Seeufer unterhalb des Dogrib-Felsens jenes Feuer auszugraben, entdeckte er noch etwas anderes – etwas, was ihn noch sicherer führte als seine Weidenrute. Es war eine aus dem Penisbein eines Marders geschnitzte Nadel. So schnell er konnte, zog er auf seinen Schneeschuhen davon – einer gehörte Der Frau Die Entzückt, den anderen hatte sie noch für ihn fertig stellen können –, schwang sich auf die Erinnerungsspur jener Reise durch den Schnee, um diese Menschen einzuholen. Sie reisten ja nicht anders als wir: Die Jäger gingen voraus, dann kamen ihre Familien und dann die alten Männer und Frauen und am Schluss die Witwen mit ihren Kindern. Als sie gerade ihre Zelte aufbauten, schloss er zu ihnen auf. Am äußeren Rand ihres Lagers erzählte ein Mädchen seiner verwitweten Mutter, dass es am letzten Lagerfeuer seine Nadel verloren habe und zurückgehen wolle, um sie zu suchen. Die Mutter warnte sie aber und sagte:

›Nein, geh nicht, es ist zu dunkel.‹

Das Mädchen aber fragte: ›Womit soll ich denn nähen?‹

›Es ist zu gefährlich, geh nicht.‹

Bei den Worten der Mutter trat Blackfire heran und legte von hinten seinen Arm mit dem langen Biberfäustling um das Mädchen. Nur die Nadel hielt er ihr hin. Ohne einen Laut drehte sich das Mädchen in seinem Arm um und erblickte ihn. Fast hätte er mit seinem zerfetzten Kleid aus Kaninchenfellen ihr schönes Gesicht berührt.

Ganz ruhig sagte das Mädchen zur Mutter: ›Sieh nur, ich muss nicht dorthin zurück. Das Feuer hat mir meine Nadel gebracht.‹

Als die Mutter sich umdrehte, schrie sie auf, doch nur ein klein wenig, denn sie war fast so klug wie ihre Tochter. Der Mann war riesig und sein Gesicht schwarz gemeißelt von Leid und Kälte und Hunger. Aber bis auf die Nadel ihrer Tochter waren seine Hände leer.

›O-o-h ja‹, sagte die Mutter, als sie die Sprache wiederfand. ›Dann könnt ihr wohl zusammen ein Feuer machen.‹

Blackfire nannten sie ihn. Und als ihn jene Menschen umringten, erzählte er ihnen seine Geschichte. Ach, in was für ein Geheul sie ausbrachen über das, was er alles hatte erdulden müssen. Menschen verstehen sehr gut, was Leiden heißt, und wissen, dass wir im tiefsten Inneren für lange Zeit hindurch uns derer erinnern, die uns ausrauben. Deshalb musste Blackfire nicht erklären, was er sich am meisten wünschte. Die Witwe päppelte ihn mit Knochenbrühe auf, und das Mädchen nähte ihm mit seiner Nadel Kleider, und in der Gemeinsamkeit ihrer Nächte zerbrach ihr Feuer die Dunkelheit und die Kälte in kleine Stückchen und schleuderte sie weit weg, bis nichts mehr übrig war als die farbigen Lichter, die im Winter im kalten, klaren Himmel singen, wenn die Bären schlafen. Ach!, könnten wir Schläfer sein wie die Bären, doch ach!, wir sind keine Bären, unglückseligerweise, obwohl wir manchmal träumen, Bären zu sein, wenn wir uns warm in den Armen halten, weil der Winter, wenn er endlich vorbei ist, uns nur noch wie ein kurzer Schlaf vorkommen möchte, wie eine warme Erinnerung an

Wärme vor dem Licht und der lösenden Milde des Frühlings.«

Die wunderbare Art, wie Keskarrah die Geschichte erzählt, hat seinen Tonfall so zärtlich werden lassen, dass Birdseye und Greenstockings glauben, sie würde dieses Mal anders ausgehen, könnte so schön und erstrebenswert bleiben, wenn nur eine Trommel schlüge und … Aber natürlich wird dies nicht geschehen. Die Frau Die Entzückt ist so hinreißend, dass die Geschichte hier nicht zu Ende sein kann: Die Geschichte muss bis zu jenem Punkt fortschreiten, wo sie die fortgesetzte, grausame Prüfung ihrer Leidensfähigkeit enthüllt. Schon ist Keskarrahs Stimme umgeschlagen und tiefer geworden. Heute Nacht heißt das schöne Waisenmädchen Die Eine Die Auch Entzückt, und obwohl sie in Keskarrah einen Augenblick lang Gefühle der Zärtlichkeit hervorrief – Greenstockings erinnert sich an eine Nacht, in der ihr Vater die Geschichte ganz anders erzählt hat –, heute Nacht wird er es nicht tun. Heute Nacht wird auch sie vergewaltigt werden, falls Keskarrah der Geschichte von Der Einen Die Auch Entzückt gehorcht.

Greenstockings spürt den kalten Atem dieser Geschichte im Nacken, fühlt am ganzen Rücken ein Prickeln vom Eis ihrer Widersprüchlichkeit. Warum hat ihr Vater, wenn er schon die Geschichte so erzählt, sie ›Die Frau Die Entzückt‹ genannt? Warum nicht ›Die Vergewaltigte Frau‹? Warum nicht ›Die Zum Töten Bestimmte‹?

»A-a-a-h«, seufzt Keskarrah aus tiefer Brust. »Eine leidenschaftlich begehrte Frau kann fast alles tun – an der Rache jedoch kann sie nichts ändern. Nein! Und vielleicht will sie es auch gar nicht. Rache ist ein Feuer, das weder sie in Blackfire entzündet hat noch er in sich, noch in ihr, weil jeder Mensch weiß, dass einer Frau, die solches hat erleiden müssen, danach alles vorkommt, als sei es nie geschehen: Jetzt gibt es nichts anderes als zu reisen, in Ringen immer weiter zu gelangen, weil ein Mensch auf dich wartet. Sie wird nicht sterben; sie wartet immer noch auf ihn, wie du auf sie wartest, denn wir sind Menschen von diesem Land und wissen, wer wir sind. Er wird Nahrung finden und die Freunde, die er braucht, und eine Frau mit einer Nadel, die ihn kleidet und heilt und die er verlassen wird, um wieder auf Wanderschaft zu gehen. So hat dieses Land seine Menschen gemacht.

Und ist auch der Schnee nach Süden und Westen hin immer noch zu tief für seine Kreise mit der Weidenrute, warten dennoch alle Zeichen, welche Die Frau Die Entzückt hinterlassen hat, geduldig auf ihn. Wo immer ihre Fänger sie viele Tage zuvor hinschleppten: die kleine Kerbe, die ihr Fingernagel auf einer Weide hinterlassen hat, die Abdrücke des roten Farbstoffs von den Sohlen ihrer Mokassins auf der ganzen Länge eines Felsens oder im schmelzenden Schnee und hoch auf den langen Kuppen der nackten Esker, wo du im erbarmungslosen Wind nichts außer deinen eigenen Tränen siehst und wo die moosfleckigen Steine festgefroren in ihren Mulden stecken, dort wirst du mit der Zehe plötzlich an etwas stoßen und spüren, dass es ein loser Stein ist, und du bückst dich, kannst ihn mühelos aufheben und entdeckst darunter die Holzspäne, die beim Schärfen der tödlichen Lanzen der Fremden, unserer Feinde, gefallen sind und die sie dort verborgen hat. Deine begehrte Frau hat sie versteckt, um dich zu erinnern: Hier, schau sie an, berühr sie. Diese haben unser Volk getötet, diese haben mich vergewaltigt.

Dann wirst du durch einen raschen Frühling und kurzen, brennenden Sommer nach Süden und Westen geführt, zwischen Seen hindurch und über Flüsse und endlich über die Berge bis fast zum größten aller Flüsse, dem Dehcho, wo die schwachen Spuren ihrer unnachgiebigen Entschlossenheit aufhören und wo sie jede Nacht zwischen zweien ihrer Feinde liegen muss. Keiner will nachts oder tags mehr von ihr, als was jeder Mann von einer Frau verlangt, aber auch nicht weniger. Nur ihre Kraft und ihr Hass ermöglichen es ihr, die beiden Feinde voneinander zu unterscheiden.

Bis eines Tages …« Keskarrah hält inne. Die tiefen Seufzer seiner Zuhörer könnten von den großen Bäumen kommen, deren Äste tief herabhängen, sich nach unten zu kegelförmigen Unterschlüpfen vor den rasenden Stürmen ausstrecken, die noch bevorstehen. Sie können hören, dass draußen in einer Welt aus silbern gestreiftem Mondlicht Schnee fällt.

»Eines Tages bemerkt Die Frau Die Entzückt, dass die Karibu von ihren sommerlichen Kalbgründen im Norden zurückkehren. Der Strom dieser schönen Läuse der Tundra fließt nach Süden. Die Kühe mit den Kälbern, die den Wölfen davongelaufen sind, und die Jährlinge und die Stierkälber und die Färsen, die sich zum ersten Mal paaren werden, und die großen Bullen, sie wandern und wandern in endlosem Strom, und der dichte Pelz um ihre Nacken ist schon weiß wie der Winter selbst. Dann, als sie über den See schaut, aus dem sie, wie immer von zwei wachsamen Frauen der Feinde begleitet, Wasser schöpfen will, bemerkt sie, wie durchs ferne Röhricht ein Schauder fährt, dort drüben über dem Wasser, und sie weiß, dass du es bist. Du und die Freunde, die du gefunden hast, die immer daran geglaubt haben, sie genauso gut wie ein Fremder von dort wegholen zu können.

Jetzt hört mir mal alle zu! Wie will Blackfire es schaffen, Weißer Horizont wieder zu nehmen, was dieser Tag und Nacht so streng bewachen lässt? Sobald sie merken, dass er gekommen ist, werden jene Feinde sie verstecken oder, wenn es sein muss, sie sogar töten, aber ihn, wenn sie können, ganz gewiss, denn sie wissen, dass sie mit Rache rechnen müssen, solange einer von beiden lebt. Wie also fängt er es an?

Ach! Schönheit und Weisheit sind so begehrenswert. Aber gefährlich. Sie Die Entzückt hat Macht, ist weise und hat sich entschlossen, auch noch schön zu sein. Jeder Mann weiß es, jeder Mann weiß auch, dass er fast genauso mächtig und weise werden kann wie sie, wenn er sie besitzt und es versteht, mit ihr zu leben – eben deshalb wird man versuchen, sie zu stehlen, so lange sie lebt.

In diesem Augenblick weiß sie genau, was sie auf der anderen Seite des Sees gesehen hat. Die Frau Die Entzückt wird Folgendes tun: Sie wird so tun, als reinige sie ihren Eimer, und wird für Blackfire das Wasser in die Richtung ausschütten, in welcher der kürzeste Weg am Ufer entlang führt. Und wenn sie Brennholz sammelt, wird sie in ihren Kleidern Fleisch verstecken, um es ihm und seinen nahenden Kriegern zurückzulassen. Wenn diese sich dann dicht genug herangeschlichen haben, um aus Verstecken hinter den Felsen auf dem Hügel über dem Lager von Weißer Horizont alles beobachten zu können, wird sie immer wieder im Zelt, in dem sie zwischen den beiden Männern lebt, ein- und ausgehen.

Und wenn bei Sonnenaufgang die Eule hinter den Felsen ruft, weiß sie, dass sie sich einen scharfen Feuerstein zwischen die Beine schieben und sich einem der beiden Männer zuwenden muss – Für welchen wird sie sich entscheiden? Kann Hass eine solche Wahl treffen? –, zu einem also muss sie sich wenden und ihn auf sich ziehen und immer fester in ihre kraftvollen Arme schließen, bis sie an seinem pochenden Körper vorbei Blackfire über sich sieht und sich blitzschnell mit einer halben Drehung zur Seite rollt, wenn seine Keule schon auf den Kopf dessen niederkracht, den sie nicht ausgesucht, der aber darauf gewartet hat, selbst an die Reihe zu kommen. Sie rollt sich also zur Seite und hält den, den sie mit dem Feuerstein in ihrem Körper verbluten lässt, so fest, dass er nicht mehr die Augen öffnet, als unmittelbar neben ihm der Schädel des anderen zerschmettert wird. Er wird immer noch auf ihr liegen, sich tief in ihren Hals drücken, wenn Blackfires Lanze, von einem Schrei begleitet, sich in ihn bohrt und seinen Körper aufreißt, aus dem ein letzter, unerhörter Seufzer der Todesqual steigt.

Bewegungslos wird sie liegen bleiben in dem Bewusstsein, dass Blackfires Keule ganz umsonst auf den Vergewaltiger, den sie in ihren Armen hält, einschlägt und immer wieder so dicht neben ihr niederfährt, dass Blut und Knochenstücke sie bespritzen. Bewegungslos bleibt sie liegen, nackt, geschmückt und gefüllt von männlichem Blut, gibt keinen Laut von sich, weil überall um sie herum Schreie gellen und irgendwo auch Weißer Horizont stirbt. Ihr Maß an Schreien hat sie vor langer Zeit erfüllt. Bewegungslos auch, weil sie versucht, diesen dunklen Schatten eines Mannes zu erkennen, der über ihr tobt als der Krieger mit dem schwarzen Gesicht, als Rächer, als der Name, den er durch Leid erworben und zu dem ihn das Leben gemacht hat; sie versucht, ihn so genau zu erkennen, dass sie sich seinen gewaltigen, narbenbedeckten, halb nackten und vor Wut ins Riesige gesteigerten Körper einpräge, ebenso wie sein Gesicht, das sich verzerrt, als würde es im nächsten Augenblick vor Hass, Lust, Eifersucht und Verlangen nach ihr zerbersten.

Rühr dich ja nicht, sagt sie zu sich selbst und denkt: Wird er auch mich durchbohren? Oder mich lieben? Oder mich totschlagen?

Und weiß im selben Augenblick, dass man sie auch später wieder stehlen wird, immer wieder; weiß, dass sie nie einen anderen Namen haben kann als den allergefährlichsten: Die Frau Die Entzückt.«

Mit einem langen Weidenstock schiebt Greenstockings die glühende Kohle zusammen. Ihr forschender Blick sucht nach einem richtungweisenden Zeichen, entdeckt aber nichts als rote Glut, aus der ein Flämmchen züngelt und gleich wieder erstirbt. Ihr Vater hat aufgehört zu reden. Es herrscht die Stille von Menschen, die diese nie zu Ende gehende Geschichte fast lautlos vor sich hin flüstern und die jetzt wieder von vorne beginnen kann. Sie spürt, dass Keskarrah sie durch eine lebhafte Flamme hindurch traurig betrachtet, und fühlt sich umzingelt, fühlt sich in die Enge getrieben, wo sie das unfehlbare Gefühl beschleicht, beobachtet zu werden.

Und plötzlich steigt aus den Tiefen der Krankheit und der Träume ihrer Mutter und des bodenlosen Sees ihres eigenen Traums eine Ahnung, warum von den vielen Geschichten, die er ihnen hätte erzählen können, diese eine mit derselben Selbstverständlichkeit erzählt werden wollte, mit der der Morgen die Nacht ablöst. Das stille Leben des Winters kann nicht von Dauer sein; dafür gibt es hier in der Umgebung von Dogrib Rock zu viele Männer und viel zu viele Fremde aus der näheren und weiteren Ferne. Und dass die Karibu sich zuerst zerstreuten, fortzogen, dann jedoch seltsamerweise wieder zurückkehrten und das in so großer Zahl? Gäbe es weniger zu essen, hätten die Männer nicht so viel Platz in den Hirnen, um darüber zu brüten, wie sie Frauen rauben könnten, und Keskarrah hätte die Geschichte vom Schnee Mann erzählen können, der über die baumlose Tundra zu seinem Wohnsitz im Norden zurückkehrte und das Eis in einer Schleppe hinter sich her zog. Jetzt aber weiß sie, dass Hood durch den Traum ihrer Mutter verwandelt wurde, dass sie nicht in den Armen des Schnee Mannes geschlafen hat, sondern Entzücken fand.

Jetzt wird etwas anderes geschehen. Auch dieses Mal vor dem nächsten Winter – wenn die Karibu vom Kalben aus dem Norden zurückkehren und sich für den kommenden Schnee dicke, weiße Pelze um die Hälse legen.

Ihre Mutter hat sich in ihre Pelze zurückgezogen, als könne sie darunter, trotz der lauschenden Menschen, sowohl ihre Träume als auch ihr verheertes Gesicht verbergen, weil sie nichts davon wissen. Doch die Menschen im überfüllten Zelt in unmittelbarer Nähe zu den Wohnhöhlen Dieser Weißerde-Männer aus gesprungenem Lehm und Baumstämmen haben ihr nicht durch die Dunkelheit geholfen; sie haben weit entfernt neben den verschlungenen Pfaden der Karibu gelebt, die sich durch tiefen Schnee nach Roundrock und Snare Lake, zum Dissension und Hunter Lake ziehen. Vielleicht hat vor ein paar Tagen einer von ihnen zwischen den grünen Fichten, die im steigenden Licht wieder sichtbar werden, hindurchgeschaut und in dem hellen Streifen über den südlichen Hügeln drei Rauchsäulen gesehen; ein merkwürdiges Signal, das keiner erwartet hatte oder zu deuten wagte.

Vielleicht sind deshalb innerhalb weniger Tage so viele zu ihnen auf den Esker gekommen, tauchten heute Abend plötzlich auf, ohne mit Keskarrah über mehr zu reden, als was man höflich bei schwarzem Tee so miteinander redet; sie wollen beisammen sitzen, rauchen und trinken, bis immer weniger geredet wird und alle nur noch zuhören. Oder es hat einer aus einem weiß überpuderten Baum den Ruf eines Vogels gehört, an den sich nicht einmal die Ältesten erinnern können und dessen beunruhigende Botschaft sich von Zelt zu Zelt fortpflanzte und viele veranlasst hat zu kommen, einige vom Snare Lake nach zweitägigem Marsch oder vom Hunter Lake, wofür man drei Tagen braucht, ja es sind sogar welche da, die östlich der gefrorenen Wasserfälle und Stromschnellen jenseits von Lastfire Lake jagen, wo auf dem langen Weg nach Norden in ihre Kalbgründe die weiblichen Karibu bald wieder in unübersehbaren Herden vorüberziehen werden.

Greenstockings weiß es nicht, und die stillen Gesichter um ihr Feuer herum bleiben verschlossen. Sogar die Frauen drehen sich von ihr weg, als sei sie, wie das Gesicht ihrer Mutter, irgendwo in der Dunkelheit verloren gegangen. Vielleicht hat Keskarrah die Geschichte von Der Frau Die Entzückt so erzählt, um anzudeuten, dass es nichts anderes auf der Welt gebe außer Rache und Leid und Nadeln und den Schneeschuh einer Frau und Lanzenspänen, keine Stimme, keinen Traum aus einer Gegenwelt.

Wo aber ... bleibt dann das Entzücken? Es muss es geben, und wenn nur im Verborgenen. In Körpern, die sich umarmen, in Zärtlichkeit, in Freude und Lust, in Nachsicht, Fürsorge, irgendwo, wenn sie es wirklich ist, die entzückt – denn wie soll sie Quelle des Entzückens sein können, wenn der Mann nicht auch sie entzückte? Entzücken ist etwas Verbindendes. So wie Keskarrah die Geschichte erzählt hat, scheint es nur darauf anzukommen, roten Spuren auf Felsen, mit dem Fingernagel in Weiden eingeritzten Zeichen zu folgen, um ihr auf der Spur zu bleiben, damit ein paar brutale Männer bis in alle Ewigkeit mit einer Frau tun und lassen können, wozu sie Lust haben.

Ist das die Botschaft, die sie vernommen hat? Tatsachen, die sich ansammeln wie Schnee, die einfach herunterfallen und liegen bleiben, bis sie so dick sind, dass man darauf gehen kann? Soll das alles sein, was es für sie zu entdecken gibt? Die grotesken Umstände von Verlangen und Rache, aus denen sie am Ende, lebendig oder tot, mit leeren Händen hervorgehen wird? Frau ... Frau! werden sie dich wieder auf dieselbe Art stehlen?

Ihr Name bleibt Die Frau Die Entzückt. Es muss einen Geist geben, der uns führt, eine Welt, die sich aus den Bruchstücken unseres Wissens und Glaubens und Bewusstseins erklären lässt. Enthält diese auf die scharfe Spitze einer Lanze zugeschnittene Geschichte eine Anleitung? Unter welchen losen Stein auf diesem ansonsten unsichtbaren Pfad hat ihr Vater die verräterischen Späne gelegt, damit sie sie finden kann und richtig geführt werde, wenn sie daran stößt und sich bückt und ihn hochhebt? Welcher Stein war es? Wo ist er? Ihr Fuß hat ihn bereits berührt, er ist lose, er bewegt sich, doch scheint es, als könne sie ihn nicht aufheben. Will sie es vielleicht gar nicht? Doch, sie will, ja, sie will, und wenn es ihn gibt, muss sie es tun, muss ihn schnell aus dieser fortwährenden Dunkelheit heben.

Denn sie hat sich entschieden: Die Frau Die Entzückt ist ihr Name. Sie ist umgeben von Menschen ihres Stammes, die ruhen und schweigen; sogar die kleinen, ewig wachen Kinder rühren sich nicht. Nur die allerkleinsten schauen sie an, recken die Köpfe mit den großen, runden Augen. Aber sie weiß, dass alle lauschen und warten: Sie warten darauf, dass plötzlich Schneeschuhe heranstürmen, dass neben ihren Köpfen Messerspitzen durch die Zelthäute fahren, diese bis zum Boden aufschlitzen und ihr Obdach zerfetzen, ihr Angriffsgeschrei sie zur Seite fegt. Schreit doch, warnt sie! Es ist schon zu spät, ja, aber schreit!

Doch keine Schreie sind zu hören. Aus der Tiefe ihrer Selbstvergessenheit zerspringt Greenstockings in die dunkle Luft und ihren zugepressten Mund, der nach Luft schnappen will, während sich Knie wie Zentnersteine auf ihre Brust stemmen, heisere, schwere Atemstöße auf sie niedergehen, die sie aber mit ihren weit aufgerissenen Augen nicht sehen kann, die Schwärze selbst sie aus ihren Pelzen und aus dem Nest von Hoods zusammengerolltem Körper und Armen reißt. Kein Broadface ist zurückgekehrt, und kein Bigfoot hat sich endlich getraut, sie zu nehmen, nein: Dies ist ein Feind von der unvorstellbaren Kraft eines fallenden Felsblocks; von überall kommen Arme und Beine und ziehen sie hoch, als wäre sie schon in ihrem arglosen Schlaf ganz mit Seilen umwickelt worden und als habe sich die Geschichte in stumme, hechelnde Gewalt entladen: Wo bleiben die Schreie stecken, die sie jetzt bräuchte, wo bleiben die Messer und Muskeln, die Knüppel und die Wut entfesselter Krieger?

Einen Wimpernschlag lang kommt sie ins Gleichgewicht und treibt sofort ihr Knie in den Schritt dieses Viehs – es gibt einfach nicht genügend Arme, um alle ihre Gliedmaßen außer Gefecht zu setzen –, als der niedere Schatten, den das Feuer wirft, von seiner Gestalt gleitet und sie ihren Vater sieht. Der sie bis jetzt immer beschützt hat. Der sich jedoch nicht rührt, der nicht einmal den Mund öffnet. Dort drüben liegt er, hellwach, und schaut zu.

Wenn sie könnte, würde sie schreien: HILF MIR! Stattdessen fliegt alles im selben Augenblick in alle Richtungen auseinander: das taumelnde Tier, dem sie in die Eier tritt, seine Faust, die so auf sie einhämmert, dass die Dunkelheit in ihrem Kopf zu tausend Splittern zerspringt und Keskarrahs so oft wiederholte Worte über Hood wie Sternschnuppen durch ihren Schmerz zischen: »Warum nimmt er dich nicht mit in sein Haus? Ist er denn kein Mann? Weiß er nicht, wie er mit einer Frau umzugehen hat?«

Wie ein Schnitt fährt Greywings Schrei durch Greenstockings' Kopf und Körper, während diese ungeheure, gesichtlose Gewalt mit vierzig Armen und Fäusten und Brustkästen auf sie einschlägt und eindringt, sie aber versucht, sich ganz eng zusammenzurollen, dicht an ihn heranzukommen, um sich irgendwo an ihm festzuhalten, sein Messer zu erwischen – sein Messer, ja, trägt er denn nicht ein …? als Hood, bleich wie in die Luft geschleuderte Gebeine, plötzlich vor ihr aus dem Boden wächst und einen Augenblick später nach einem Schlag auf den Kopf längelang hinfällt …

Kälte kälter als Eis weckt Greenstockings, dringt wie spitze Nadeln in ihren Körper. Und eine Schulter staucht sich regelmäßig in ihren Magen, und sie weiß, dass sie schlaff darüber hängt, weil einer mit ihr über den Schnee rennt und ihr Kopf über einem gewaltigen Oberkörper pendelt, der nicht mit Leder bedeckt ist oder Tuch, und dass es zu den Blockhäusern der Weißerde-Männer geht; die Kälte zieht ihr fast die Haut von ihrem nackten Körper ab, nicht aber die Strümpfe und nicht von den Stellen, wo die Hitze riesiger Hände, die an Armen wie Zeltstangen wachsen, sich wie Haken in sie krallt – aber nicht zum Offiziershaus läuft er, und keiner von denen ist zu sehen. Wenn er kein Messer hat, kann sie sich, wenn er sie vergewaltigt, so schlaff machen, als sei sie bewusstlos, und dann könnte sie ihm mit den Zähnen den Hals aufreißen; aber vielleicht findet sie ja ein Messer, sie muss ein Messer finden, Messer gibt es doch überall! Sie stecken verborgen in einer Lederhülle oder hängen an einer Schnur in einem Hosenbein, Messer aus Kupfer, Stahl, bearbeitetem Stein – es ist das Haus der Halberde-Menschen, er reißt die Tür auf, und Schulter und Hände gehören zu dem schwarzen Mohawk aus dem Land hinter den vielen Flüssen. Michel hat sie geraubt.

Werden ihm die Halberde-Männer helfen, sie festzuhalten, wenn Broadface zurückkommt? Sicherlich wird Michel noch vor Sonnenaufgang Hood die Kehle aufschlitzen. Wenn es ihr nicht gelingt, Michel zu töten, muss sie hinnehmen, was immer er mit ihr anstellt, und warten, bis Broadface kommt oder ein anderer, der es wagt, ihm die Stirn zu bieten. Oder sie muss ihre Hoffnung in die Lebenserfahrung Keskarrahs setzen: Würde sie ausreichen für einen, der aus einem Land hinter den vielen Flüssen kommt, und würde er überhaupt Gebrauch von ihr machen wollen? Zum ersten Mal in ihrem kurzen Leben ist sie sich ihres Vaters nicht sicher, der immer Kraft genug findet für das, was er will, aber – im Blockhaus schlägt warmer Stallgeruch über ihr zusammen, aus dessen stinkender Dunkelheit das Schnarchen jener riesigen Paddelsklaven aus Halberde dröhnt, die alle schlafen.

Sie platzt vor Wut und macht einen Fehler. Michel wirft sie in eine Ecke an die Holzbalken, und sie spürt, wie sie kippt, wie sie fällt, fühlt sich hingeworfen wie ein Gepäcksack am Ende einer Portage, wie ein zusammengeklapptes Stück Fleisch, das jeder, der will, zerhacken und stückchenweise zerkauen kann, es ist ja da, nimm dir doch 'ne Hand voll und stopf dir den Mund voll, hier, nimm, bedien dich! und vergisst völlig, dass sie ja Zähne hat, die eine tödliche Waffe sein könnten. Stattdessen schreit sie, damit jeder, der in diesem Hause noch Leben im Leib hat, sie höre, schreit so laut, dass sich ihre Stimme überschlägt, brüllt die Balken an, als sie versucht, sein Bein zu packen, ja, genau! das ist, was sie sucht! und schlägt ihm noch mal die Faust in den Schritt und schreit, schreit, schreit.

Doch in der Dunkelheit trifft sie ihn nicht genau, nicht dort, wo es besonders wehtut, sodass er nur wie ein Brunftbulle grunzt und ihr einen Arm zwischen die nackten Schenkel stößt, während er sie mit dem anderen immer noch an Nacken und Haaren festhält und gegen die Wand schleudert, ihr Haar fest in der Faust, und als ihre Gesäßbacken die Wand hinabschürfen bis auf den Boden, schmettert er ihren Kopf auf die Wand, so oft, bis sie wie eine reißende Saite mitten in einem Schrei abbricht, der zwischen den gefrorenen Rissen im Holz versickert und sie den Aufprall ihres Kopfes wie immer lautere Hammerschläge vernimmt … gefrorener Lehm … tote Bäume … Lehm ist nicht dasselbe wie Beeren …

Ihres Vaters Stimme wiegt sie. Sie hat rasende Schmerzen, als würde ihr Kopf zwischen zwei Felsblöcken zermahlen, doch die Gleichförmigkeit seines Geruchs, seiner

Stimme und seiner Arme hält sie, sie wird warm gerieben, sie ist nicht mehr nackt. Er hält sie in zärtlicher Verzweiflung und wärmt sie. Er ist in einem Zustand höchster Erregung. Mit jenem leicht mürrischen, spöttischen Tonfall, hinter dem er vor denen, die ihn nicht kennen, Zorn und Wut zu verbergen pflegt, sagt er:

»... Ich habe lange genug gelebt, um die Menschen zu kennen ...« Sie spürt, wie sich seine Muskeln in der Bemühung spannen, die Fassung nicht zu verlieren; ihr in eruptiven Stößen pochender Kopf, den sie, wie gut das tut, in seine Magengrube, in das geschmeidige, weiche, nach Rauch duftende Leder drückt, das ihren Schweiß aufnimmt, wo sie Tage und Nächte lang einfach schläft vor dem Feuer in der Mitte des Zelts mit den Fichtenzweigen darum herum, wo ihr aus allem Geborgenheit und Sanftheit entgegenatmet. »... Meine Tochter hat mich immer gepflegt, und ich habe es nicht nötig, mich wie ein dummer junger Mann zu benehmen.«

Twospeaker zwitschert etwas auf Englisch; sie kann die Augen nicht aufmachen, weil etwas Kaltes darauf liegt; ihr scheint, als verschwinde ihr Körper in einer Welle; in ihrem Haar sind dicke Finger; sie gehören einem Mann, aber sie sind sanft; dann wieder heftig zuckende Flammen, ach! O Nein! Und ihr Vater fährt fort, ohne höflich abzuwarten, bis sonst jemand etwas sagt:

»Jeden Tag kommt euer junger Mann mit seinen Papieren hierher, und manchmal entdeckt er einen Strich darauf, den er behalten will, und er vergnügt sich mit meiner Tochter und schläft mit ihr und geht wieder. Glaubt ihr wirklich, dass niemand hier Augen im Kopf hat, nur weil ihr kein einziges Wort sagen könnt? Merkt ihr nicht, wenn einer von euch sich eine Frau nimmt?

Wenn ihr nur erfahren wollt, was ihr sowieso schon wisst, warum kommt ihr dann hierher?«

Es ist Richard Sonn. Seine Finger betasten ihren gebrochenen Schädel; überall, wo er sie berührt, empfindet sie einen scharfen Schmerz. Er murmelt, als sänge er leise, fast unhörbar vor sich hin, als seine Salbe sie berührt: Die ist kalt und riecht anders; wie viele Salben der wohl in seiner gelben Tasche hat? Jetzt sagt Twospeaker etwas, aber nicht genug, um das wiederzugeben, was ihr Vater gesagt hat.

»Wenn ihr in unser Land kommt«, redet Keskarrah einfach weiter, »könnt ihr nicht so bleiben, wie ihr immer gewesen seid. Dafür leben wir zu lange hier, viel zu lange.«

Greenstockings schafft es, ein Auge zu öffnen. An der Adlernase ihres Vaters vorbei sieht sie durch einen roten Nebel einen Kreis von Gesichtern. Hood? Hood? … Wo ist sie nur? Dickes Englisch, in dessen schwerem Gesicht sich ein Mund bewegt. Daneben Hep Burn. Und dahinter Schatten, die hin und her schwanken. Sind es die Voyageure?

Mit einer Handbewegung gibt Leutnant Franklin St. Germain zu verstehen, dass er ihn nicht übersetzen soll, und fragt sodann, als bitte er lediglich um eine Auskunft und wisse von gar nichts: »Was höre ich da über Hood?«

Worauf Hepburn blitzschnell reagiert und erklärt: »Es handelt sich um unseren Voyageur Michel, Sir; der Mohawk hat das Mädchen gestohlen, direkt von der Seite ihres Vaters weg, und ich nehme an, dass sie nicht stillschweigend mit ihm gehen wollte und er ihr deshalb eine geklebt hat. Ich bin davon aufgewacht, weil sie schrie, als er sie …«

Leutnant Franklin hat genug gehört und unterbricht ihn mit seiner kerzengeraden Kommandeursstimme: »Hepburn, ich habe nicht nach dem Verhalten der Eingeborenen gefragt, seien es Yellowknife oder Mohawk. Doktor Richardson, ich wünsche Auskunft über Unteroffizier Hood.«

Der Doktor schaut auf. Dies ist offiziell, denn es sind Diener anwesend. Er hält über Greenstockings Kopf inne, macht im schwachen Kerzenschein eine Handbewegung. Seine Finger glänzen von Salbe und Blut.

»Sir«, gibt er genauso förmlich zur Antwort, »Unteroffizier Hood hat mir seine feste Absicht versichert, dieses Mädchen heiraten zu wollen.«

»Heiraten!«

»Ja, Sir.«

Greenstockings erlebt, wie Dickes Englisch plötzlich ganz stumm wird; was immer Richard Sonn über sie erzählt haben mag, hat sich jetzt zwischen diese beiden gestellt. Es könnte sein, dass er ihm etwas mitgeteilt hat, was er nie hatte wissen wollen. Es dauert lange, bis Dickes Englisch wieder etwas sagt, und vor Schmerzen schließt sie die Augen.

»Und wie stellt er sich das vor … sie zu heiraten?«

Richardson zögert. »Ich glaube, Sir … er war gerade im Begriff, sich ihnen hierzu zu erklären.«

»In der Zwischenzeit lebte er wohl, wie es die Händler hier ausdrücken, ›nach Landesart‹.«

»In einem gewissen Sinne … Ja.«

»In einem offenkundigen ›Sinn‹. Und Sie haben davon gewusst.«

»Ich nahm an, Sir, Sie wüssten ebenfalls Bescheid …«

»Sie werden gewiss einsehen, Doktor Richardson, dass das Vergnügen weiblicher Gesellschaft in keinem zwingenden Zusammenhang mit der Ehe steht.«

»Sir … dies hat sich … schon eine ganze Zeit lang hingezogen …«

»Einige Wochen?«

»Ja.«

Leutnant Franklin stößt einen Seufzer aus. »Wir können dankbar sein, dass die Reise von Mister Back uns noch ganz andere Komplikationen erspart hat.«

Hepburn platzt heraus und meint: »Aber Sir, an Versuchen seinerseits hat's nicht gefehlt, denn er …«

»Danke, Hepburn! Ich bin sicher, dass mir Doktor Richardson bereits alles Notwendige hierzu mitgeteilt hat. Sollten Sie darüber hinausgehende Kenntnisse haben, dürfen Sie mich später informieren, und ich werde mir vorbehalten, ob es sich dabei um Dinge handelt, über die Sie mir Bericht erstatten müssen.«

»Sir, ich dachte«, hebt Richardson an, unterbricht sich jedoch, als er bemerkt, dass sein Kommandeur die Stirn runzelt.

»Doktor Richardson«, sagt der Leutnant mit immer noch förmlich imperialer Geste, »ich erwarte auch von Ihnen eine diesbezügliche Klarstellung, doch zu einem späteren Zeitpunkt. Sie wissen genau wie ich, dass ein englischer Unteroffizier zur See nicht ›heiratet‹, jedenfalls niemals, so lange er seinen dienstlichen Funktionen zu obliegen hat; es würde mir überdies schwer fallen, eine in dieser nördlichen Wildnis vollzogene … Verbindung … von so ungewöhnlicher Art Hochwürden Doktor Hood, seinem Vater, verständlich zu machen, zumal sie einen jungen Mann betrifft, den in seinem nationalen und moralischen Pflichtgefühl wie meinen eigenen Sohn zu fördern und anzuleiten ich mein Wort gegeben habe.«

»Dies versteht sich von selbst, Sir. Aber natürlich.«

»Gut. Vorläufig bin ich damit beschäftigt«, während er dies sagt, zeigt er mit einer Handbewegung auf Greenstockings und Keskarrah (der gerne wüsste, zu wessen Nutzen die beiden in diesem hölzernen Tonfall miteinander sprechen; ob es nur für St. Germain gedacht ist, der sie ja als Einziger verstehen kann?), »mich mit diesem ›versuchten Diebstahl‹, wie man es bezeichnen könnte, auseinander zu setzen, dem Diebstahl einer eingeborenen Frau durch einen unserer angeheuerten Voyageure und dessen außerordentlich ernste Auswirkungen für unsere Expedition. Sie wissen, dass sowohl die Dienstleistungen der Voyageure wie auch der Eingeborenen unabdingbar für den ordnungsgemäßen weiteren Verlauf der Expedition sind; beide müssen mit fester Freundlichkeit behandelt und stets unter Kontrolle gehalten werden. Auf keinen Fall darf ihnen gestattet werden, unseren Absichten zuwiderzuhandeln.«

»Jawohl, Sir. Das Mädchen ist schwer verletzt, kann aber bei guter Pflege überleben.«

»Gut. Dann muss sie entsprechend behandelt werden. Ich glaube, dass diese Frauen daran gewöhnt sind, geschlagen zu werden. Vielleicht sollte man ihrer Familie Geschenke geben und sie mit den anderen zusammen von hier wegschicken, an einen der weiter entfernten Seen.«

»Man wird sie schwerlich wegschicken können – Keskarrah kommt täglich zu mir, um die Salbe für seine an Krebs erkrankte Frau zu holen, und jetzt passiert so etwas …«

»Vielleicht könnte Bigfoot sie irgendwohin mitnehmen?«

Ganz vorsichtig jedoch gibt Richardson zu bedenken: »Ich glaube, Sir, dass Bigfoot derjenige ist, der Keskarrah um Rat bittet, wenn er wissen will, wohin er gehen soll. Nicht wahr?«, fragt er St. Germain.

»Ja«, bestätigt der Übersetzer. »Die Menschen hier sagen, dies ist mein Land, ich gehe, wohin ich will.«

»Ich halte es für nicht angezeigt, das Mädchen in nächster Zukunft auf eine weite Reise zu schicken.«

»Nun gut, dann bringen Sie sie zurück in ihr Zelt, ich meine beide«, bedeutet Leutnant Franklin schon im Gehen. »Unsere Unterkünfte sind nicht der geeignete Ort, sie zu versorgen.«

Greenstockings spürt, wie ihr Vater sich anspannt: »Twospeaker. Ich muss etwas zu Dickes Englisch sagen.«

Twospeaker will nicht so recht darauf eingehen. »Er sagt, ihr sollt beide in euer Zelt zurückgehen.«

Aber Keskarrah beharrt feierlich darauf: »Ich habe noch nie mit ihm gesprochen. Doch jetzt werde ich sprechen.«

»Was sagt er?«, will Leutnant Franklin wissen.

»Er sagt es euch selbst.«

»Mitten in der Nacht und in einer militärischen Unterkunft ist weder Zeit noch Ort für eine Beratung. Sag ihm: Morgen!«

»Keine Beratung. Sagt nur: Jetzt.«

»Also gut«, kommt es mürrisch zurück. »Worum geht's?«

Keskarrah erklärt: »Seit ihr Weißerde-Männer hier angekommen seid, ist noch keiner gestorben. Wir wissen, dass dies anders ist als im Süden, und deshalb wissen wir auch, dass Richard Sonn gute Arzneien hat. Du musst ihnen Folgendes sagen: Sollten sie zum Ewigen Eis reisen, wenn das lange Licht kommt, werden wir sie nie mehr sehen.«

Auf St. Germains Übersetzung reagiert Leutnant Franklin mit einem gedankenschweren Nicken. »Was will er damit sagen?«, fragt er auf seine feierliche Art. »Wer soll denn sterben, wenn wir zum Polarmeer gehen, sie oder wir?«

Ganz vorsichtig schiebt Keskarrah Greenstockings von seinem Schoß; Richard Sonn hilft ihm, sie zu halten, sodass er langsam aufstehen kann. Als er steht, sagt er:

»Dieses Land lehrt uns zu leben, nicht, wie wir uns umbringen sollen. Wir kennen den Namen jedes Ortes, durch den ihr kommt. Dies haben wir in einem Gesicht gesehen: Eure Reise wird an den doppelten Stromschnellen am Fluss der Kupferfrau enden.«

Die ersten beiden Sätze übersetzt St. Germain so schnell wie sonst auch; dann aber macht er nicht weiter, und sein von Kälte und Wind verbranntes Gesicht wird immer finsterer. Keskarrah will es gar nicht sehen, sondern schaut unverwandt in die Dunkelheit hinaus und die unmissverständliche Zukunft, die sie bereithält. Deshalb übersetzt schließlich St. Germain seinen letzten Satz so glatt und direkt, wie er kann:

»Er sieht doppelte Stromschnellen, Fluss von Kupferfrau, Ende; dort wird Land euch töten.«

Nicht einmal seine ausgezeichneten englischen Umgangsformen können Leutnant Franklins schwaches Lächeln verhindern. Es entgeht Keskarrah ebenso wenig wie die sich darin ausdrückende Arroganz.

»Sag ihm«, bedeutet ihm Franklin schon halb im Gehen, derweil seine groß gewachsenen, wohl genährten Männer im Kreis um sie herumstehen und sie anstarren, sich in ihren Unterkleidern an die Balken lehnen, die ihnen auch fürderhin hinreichend Schutz bieten werden, um den Rest des Winters überstehen und lange schlafen und ruhig abwarten zu können, bis das Licht wiederkehrt, um dann endlich fortzuziehen in etwas, was sie noch nie gesehen haben und wovon sie sich aus Gründen, die keiner von ihnen je ganz richtig verstehen wird, keine Vorstellung machen können, »sag ihm, im Namen meiner Expedition, dass ich ihm für diese Mitteilung danke. Sag ihm außerdem, dass ich sicher bin, dank seines Hinweises und unserer selbst gewonnenen Vorstellung von der Größe des Landes, jene tödlichen doppelten Stromschnellen meiden zu können, wo immer sie auch sein mögen.«

Ungeduldig hört sich Keskarrah die Übersetzung an. Für einen Augenblick begegnen sich seine und Twospeakers Augen: Beiden ist klar, dass es kein Entrinnen gibt, beide können sich angesichts der Ausweglosigkeit des Landes nicht vorstellen, wie dieses Entrinnen aussehen könnte, damit es überhaupt noch erstrebenswert wäre.

Keskarrah deutet auf Greenstockings. »Wir werden sie in unseren Wigwam tragen.«

Und dort ist Hood! Wie aus dem Nichts taucht er aus der Dunkelheit hinter den Halberde-Männern auf und kniet neben ihr nieder, als sei Richard Sonn überhaupt nicht da. Greenstockings kann seine Bewegungen hören und riechen: Als sie die Augen aufschlägt, kommt es ihr vor, als sei er schon die ganze Zeit bei ihr gewesen, mit seiner Hand auf ihrem Arm und mit seinen himmelblauen Augen, die von zärtlichster Sehnsucht und Sorge erfüllt sind, mit seinem Wärme ausstrahlenden, tränenüberströmten Gesicht, das sich über sie neigt, um ihres zu berühren.

Welch ein sanfter, feinsinniger, tief fühlender Mann – und dennoch letzten Endes zu nichts zu gebrauchen. Im stabilen Kraftfeld zwischen ihrer Mutter und ihrem Vater haben sie beide aneinander diesen seltsamen, kurzen Augenblick tiefster Andersartigkeit durchlebt, fast als hätten sie die lange Dunkelheit in der süßen Verborgenheit ihres Pelznestes verbracht. Die Blockwände jedoch, die von Diesen Englischen errichtet worden sind, und Michels zupackende Fäuste haben ihr deutlich gemacht, was sie immer schon gewusst hat und nie hätte vergessen dürfen: dass es sich bei allen um Männer handelt und dass es zu viele von ihnen gibt. Wo immer viele Männer zusammen sind, kommen sie nicht ohne Gewalt aus, und immer wieder werden sie versuchen, dich zu brechen. Wolltest du mit einem allein lange Zeit glücklich sein und dennoch dein eigenes Wesen bewahren, du müsstest alle anderen Männer auf der Welt töten.

Immer noch zerspringt ihr fast der Schädel. Wenn sie Hood betrachtet, empfindet sie weder Sehnsucht noch Zärtlichkeit. Seine Tränen sind kraftlos, er ist ein Schwächling und unnütz. Und außerdem noch dumm.

»Mister Hood«, befiehlt Leutnant Franklin, »erheben Sie sich, und treten Sie zur Seite.«

Vor dem stinkenden Haus atmet der ganze sternenhelle Himmel in tiefen Zügen die kalte Luft ein. Es ist so hell, dass Greenstockings die schmalen Umrisse der Schwarzfichten sehen kann, die sich über den Esker hinab bis zu den vertrauten silbrigen Hügeln in der Ferne verteilen. Und viele Angehörige ihres Stammes stehen bewegungslos im Schnee, werden eins mit den Schatten zwischen den Häusern, wo sich die Dunkelheit verdichtet: Sie beobachten, wie Twospeaker und Hep Burn sie wegtragen, zurück ins Zelt. Keinen von beide fühlt sie körperlich, doch scheinen beide über dieselbe felsenfeste, mit angestrengter Engstirnigkeit einhergehende Härte, Muskelkraft und eine gewisse Geschicklichkeit zu gebieten.

Dann erkennt sie Michel: Er ist die dunkle Gestalt, die dort vornübergebeugt auf dem Stoß Brennholz hockt, als seien ihm die Hände hinterm Rücken zusammengebunden. Neben ihm kauern zwei riesige Halberde-Männer. Was wird Dickes Englisch jetzt wohl mit ihm vorhaben? Natürlich nichts; er ist stark, und sie brauchen ihn, damit er sie zum Ewigen Eis bringt. Sollte Broadface zurückkehren, braucht sie sich seinetwegen keine Gedanken zu machen. Kommt er jedoch nicht mehr zurück …

Nun gut. In der strengen Kälte knirschenden Schnees öffnet ihr Vater die Felltür zu ihrem Wigwam, und ihre drinnen sich verbergende Mutter, die immer noch am Leben ist, wird sie in die Arme nehmen. Zum ersten Mal also ist sie gestohlen worden. Ihr Leben wird jetzt kreisförmig verlaufen, sie wird aus einem Schmerz in den nächsten eintreten, welcher Natur dieser auch sein wird und wo immer er geduldig auf sie wartet. So ist es.

Sonntag, der 17. März 1821 Fort Enterprise

Endlich ist Mr. Back aus Fort Chipewyan zurückgekehrt. Seit seinem Weggang legte er 1100 Meilen zu Fuß zurück. An Vorräten brachte er mit, was er von den Händlern erwerben konnte, die sich seiner Darstellung nach selbst in einer fast verzweifelten Lage befinden. Mr. Franklin sagte, er habe allen Grund, hochzufrieden mit seiner Leistung zu sein.

Bezüglich der Gefahren einer Seereise äußert St. Germain weiterhin schwere Bedenken. Einer Botschaft von The Hook und Longleg ist zu entnehmen, dass sie uns im Sommer am Coppermine mit Proviant erwarten, wenn wir ihnen jetzt einen Vorrat an Munition schicken. Mr. Franklin ist bereit, für den Proviant zu zahlen, doch könne er keine Munition erübrigen.

Freitag, der 27. April 1821 Fort Enterprise

Die Bewegungen der Rentiere und nachfolgendes kaltes Wetter haben dazu geführt, dass das gestampfte Fleisch, das unseren Sommervorrat bilden sollte, gänzlich aufgebraucht ist. Heute hatten wir nichts zu essen. In der Nacht jedoch wurde ein Hirsch ins Lager gebracht, den der alte Keskarrah erlegt hatte. Unsere Männer leiden sehr unter Schneeblindheit. Das Eis auf den Seen ist etwa sieben Fuß dick.

Dienstag, der 8. Mai 1821 Fort Enterprise

Heute Mücke gesehen. Eine Gruppe von Männern wurde erneut ausgeschickt, um Fleisch zu beschaffen, und auch die Frauen wurden weggeschickt, um in Bigfoots Lager zu leben und dadurch den Verbrauch im Fort zu reduzieren.

GÄNSE 9

Broadface ist ganz versunken in den Anblick der von Wolle umhüllten Beine Greenstockings. »Ziehst du die auch mal wieder aus?«, fragt er.

»Vielleicht im Sommer, wenn's warm ist«, sagt sie.

»Ist jetzt schon warm. Ich habe heute eine Graugans gesehen.«

»Ein Karibu wär besser gewesen.«

Er antwortet nur mit einem Grunzen und erwähnt nicht, dass die Karibu auf ihrer Wanderschaft bereits an ihnen vorbeigezogen sind, und will auch nichts über die Zelte seiner Stammesgenossen sagen, die jetzt wieder in großer Zahl still um die undichten Blockhäuser auf dem Esker stehen, obwohl es schon lange hell bleibt und Eis und Schnee vorzügliche Reisebedingungen böten. »Meine Großmutter hat mir einmal eine Geschichte über die Gänse erzählt.«

»Und was?«, fragt Greenstockings leise, deren Kopf fast versinkt in seinem warmen, festen Schoß, als sie sich bequem zurücklehnt und ausstreckt.

»Es war im Frühling, hat mir meine Großmutter erzählt, als sie noch ein kleines Mädchen war und die Menschen am Verhungern waren, genau wie wir. Die Männer gingen jeden Tag auf Jagd und litten so unter dem Hunger, dass sie sich Zweige um den Bauch binden mussten.

Aber das half nicht so recht. Sie mussten mit den Tieren nach Norden ziehen, um sich den langen Rückweg zu sparen. Sie aber war so geschwächt, dass sie nicht mehr gehen konnte. Deshalb sagte ihre Mutter zu ihr: ›Ich kann nicht mehr. Bin zu schwach, um dich zu tragen und wir haben nichts zu essen.‹

Die Menschen waren am Ende und hoffnungslos. Sie ließen also meine Großmutter zurück und zogen weiter, liefen den Karibu hinterher genau wie wir.

Sie war also klein damals und mutterseelenallein. Bis sie nach einer Weile jemanden singen hörte, über Liebe, hat meine Großmutter gesagt, weil es gerade Frühling war. Überall zogen sich Spuren durch den Himmel und den schmelzenden Schnee, und von überall hörte man es singen, singen. Zärtliche, leise Gesänge waren es, denn sie waren alle verliebt und auf dem Flug in den Norden. So fanden sich auch einige bei ihr ein, erzählte sie, und gingen auf dem Boden einher wie Menschen. Sie gaben ihr Speise und umwickelten ihre Beine mit Schnüren, weil sie nur noch aus Haut und Knochen bestand und nicht mehr aufstehen konnte, weil keine Kraft mehr in ihren Muskeln war. Sie fragten sie nach ihren Eltern, und sie gab ihnen Antwort.

›Ist schon lange her, dass sie fortgegangen sind, ich weiß nicht mehr genau wann und auch nicht, wie weit weg sie sind.‹

Sie aber waren erstaunt und fragten sie: ›Was heißt: ‚wie weit?' Sie sind doch hier, schau nur, wir können sie ja sehen.‹

Und verließen sie wieder. Sie fühlte sich nicht mehr schwach, und es ging ihr wieder gut. Sie hatten ihr zwar zu essen gegeben, doch konnte sie nicht sagen, was es war, halt einfach Gänsegras. Es waren Gänse, die in jenem Frühling wieder nach Norden zogen und die meiner Großmutter sagten, ihre Eltern seien ganz in der Nähe; deshalb folgte sie ihnen. Und da waren sie wirklich, der ganze Stamm, und es gab Unmengen zu essen, alle Arten von Fleisch. Man hatte sie als tot aufgegeben, hat mir meine Großmutter einmal erzählt, aber sie sangen Liebeslieder zusammen mit den Gänsen, die alle auf dem Weg nach Norden zu ihren Treffpunkten waren – und dort war schließlich auch sie.«

Broadfaces schwarze Mähne fällt über sie, und durch sein Haar hindurch schaut Greenstockings tief in den strahlenden Himmel und verfolgt die kleinen Wölkchen, die auf einem Wind, den sie nicht spüren kann, nach Norden segeln. So angestrengt sie auch lauscht, die großen Vögel kann sie nicht hören, wohl aber vernimmt sie die stillen Geräusche kleiner Bäche, die ebenfalls auf Wanderschaft gehen, die Stille des Sonnenlichts, das heiß von den zerklüfteten Findlingen zurückprallt, den langen, blendenden Streifen schmelzenden Schnees.

»Es war gut, dass Michel dich gestohlen hat«, sagt Broadface. »Ich hätte sonst Hood für dich erlegen müssen.«

»Und was ist mit Knabe Englisch? Hättest du mit ihm dasselbe getan?«

»Back«, grinst Broadface, und sein Mund verzieht sich gleichzeitig in Verachtung und Bewunderung, »Back ist ein kleiner Dreckskerl; der hat mehr bei diesen Händlern lockergemacht und hierher geschafft, als die gebraucht hätten, um glatt durch den Winter zu kommen, hat ihnen einfach das Hirn aus dem Schädel geredet – aber sobald er dann hat, was er will, dann, sag ich dir! gibt's kein Halten mehr, dann flitzen seine kleinen Schneeschuhe los!«

»Und hast du mithalten können?«

Aus seinen schwarzen Augen wirft er ihr einen schrägen Blick zu. »Ein paarmal habe ich in der Spur auf ihn warten müssen.«

Erst jetzt beantwortet er die Frage, die sie zuvor gestellt hatte, denn er fühlt sich in seiner Männlichkeit angesprochen: »Du gehörst mir – er ist zwar stark, blutet aber ziemlich leicht.« Plötzlich packt er sie an den Schultern und beugt sich über sie, dass sich ihre Gesichter fast berühren. »Back fickt jede Frau, die er kriegen kann, morgens und abends; was ihm vor die Augen kommt, will er haben. Warum glaubst du wohl, dass er den ganzen Winter lang Dickes Englisch nicht in der Nähe haben wollte und die ganze lange Zeit in Fort Chipewyan geblieben ist? Der grapscht vor den Augen der Händler nach den Frauen, das schert ihn überhaupt nicht; er schiebt ihnen die Hand zwischen die Beine, wenn sie ihm sein Essen bringen oder wenn sie selber gerade beim Essen sind.«

Greenstockings lächelt auf zu ihm, der sich so warm und hell anfühlt, und denkt an etwas Interessantes und ärgert ihn deshalb auch nicht mit der Erwähnung von Little Marten, der kleinen Marderfrau, die auch in Fort Chipewyan bleiben wollte, weil sie es auf einen Mann dort abgesehen hatte. Sie neckt ihn nur ein bisschen und sagt:

»Du hast ihm also dabei zugeschaut, wie er sie gefickt hat.«

»Hoppla! Warum hätte ich ihm zuschauen sollen, wenn ich selbst beschäftigt war?«

»Dass du wie ein schwerer Klotz umgekippt bist, weil du so besoffen warst – meinst du das mit ›beschäftigt‹?«

»Ich bring dich zum Schreien, pass bloß auf«, verspricht er ihr und stößt ihr seinen harten Atem in den Mund.

»Tu's doch.«

Doch wie hypnotisiert von ihrem Mund verändert sich sein Blick. »Er … macht gerne … sowas mit den Frauen …«, und legt seine Lippen auf ihre, schiebt, quetscht sie ihr gegen die Zähne. Sie stößt ihn weg.

»Das tut weh!«

Broadface ist etwas ratlos. »Back sagt ›küssen‹ dazu und behauptet, Frauen mögen sowas immer …«

»Küss mich«, sagt sie weich und zieht ihn zu sich herunter. »Mach den Mund auf«, spricht sie ihm in die Lippen hinein. »Aber ganz zart … zart …«

Seine Augen weiten sich und werden noch schwärzer,

als sie erst seine Zähne mit der Zunge berührt und sie dann an seiner eingerollten Zunge entlang bis auf die zarte Haut wandern lässt, die seine Wange auskleidet – dies hat Back ihm sicherlich nicht zeigen können. Sie fängt wieder von vorne an und lässt ihre Zunge in seinem Munde weiden.

»Das ist ›küssen‹«, erklärt sie ihm. »So lässt man ›Gänse fliegen‹.«

Dann fliegt auch er, fliegt zärtlich in sie hinein.

Doktor John Richardson

Montag, der 4. Juni 1821 Fort Enterprise

Da der Schnee geschmolzen und vom Eis des Sees abgeflossen war, übernahm ich die Führung der Vorausgruppe, mit der ich das Fort um 4 Uhr morgens verließ, um zum Coppermine-Fluss vorzustoßen, den wir hinabfahren wollen bis zum Polarmeer. Neben zahlreichen Frauen hatte ich 15 Kanadier und Yellowknife dabei, von denen drei Hundeschlitten führten, sieben ihre eigenen Schlitten zogen und fünf ihre Last auf dem Rücken trugen. Eine durchschnittliche Tragelast wog etwa 80 Pfund, nicht eingeschlossen das persönliche Gepäck, das sich zusätzlich noch einmal auf 40 Pfund belaufen mochte.

Leutnant Franklin und die anderen Offiziere und Voyageure sowie die restlichen Indianer werden in Kürze mit den Kanus und unseren übrigen Vorräten folgen.

Unsere Jäger haben heute nichts erlegt, doch kurz bevor wir Rast machen wollten, entdeckten wir den Kadaver eines Rentieres, das von einem Wolf gerissen und teilweise verzehrt worden war. Dies reichte der Gruppe für eine Mahlzeit.

Samstag, der 7. Juli 1821 Coppermine Fluss

Um 7 Uhr in der Frühe stieß unsere vereinte Gruppe auf das Lager von The Hook, das sich auf dem Gipfel einer Sandsteinklippe befand, deren Fuß umspült wird vom Fluss, der an dieser Stelle eine Biegung genau nach Norden in Richtung auf die Coppermine-Berge macht. The Hook war nur von drei Jägern begleitet; der übrige Stamm ist bei den Rentierfallen am Großen

Bärensee geblieben. Seine Gruppe wurde jedoch verstärkt durch Longleg und Keskarrah mit seiner Familie, die vor uns eingetroffen waren. Mit The Hook wurde eine förmliche Konferenz abgehalten, bei deren Gelegenheit er von Leutnant Franklin mit einem Orden ausgezeichnet wurde, wonach er uns bereitwillig alle Vorräte überließ, über die er verfügte, genug, um sie zu zweieinhalb Sack Pemmikan zu verarbeiten. Nachdem wir diese Vorkehrung getroffen hatten, machten wir uns am nächsten Vormittag um 11 Uhr auf den Weg.

Außer den Jägern, die uns bis zum Meere begleiten werden, verließen uns sämtliche Yellowknife, um in ihre sommerlichen Jagdgründe zu ziehen. Broadface, einer von Bigfoots Jägern, der in Keskarrahs Tochter verliebt war, entschied sich dafür, mit ihnen und The Hook zum Großen Bärensee zu ziehen, einem riesigen Gewässer, das, wie man uns sagt, westlich von hier liegt.

Donnerstag, der 26. Juli 1821 Am Polarmeer

Über Nacht trieb ein großes Eisfeld in die Meerenge. Wir bestiegen um 4 Uhr morgens die Boote und versuchten, eine Durchfahrt zu erzwingen, als das führende Kanu eingeschlossen wurde und in eine höchst gefährliche Lage geriet, weil die Eisschollen sich übereinander schoben und mit Macht gegen seine höchst empfindlichen Wände drückten. Als sich jedoch plötzlich eine kleine Lücke im Eise auftat, konnten wir ohne ernsthafte Schäden an Land gehen. So weit das Auge reichte, bedeckte Eis das Meer.

Seit wir die Mündung des Coppermine-Flusses verließen, sind wir weder auf Indianer noch auf Eskimos gestoßen. Unsere kleinen Nahrungsvorräte schwinden schnell dahin, und zu allem Unglück haben sie durch die Feuchtigkeit teilweise Schimmel angesetzt.

Samstag, der 18. August 1821   Point Turnagain

Dies also ist der Endpunkt unserer Reise entlang der Küste, für die wir einen ganzen Monat benötigten, jedoch die Küste zum offenen Meer nur fünfeinhalb Grad ostwärts vom Coppermine-Fluss verfolgt haben. Bedenkt man aber die gesamte Länge unserer Reise entlang der tief eingeschnittenen Küste, so legten wir in unseren Rindenkanus eine Strecke von insgesamt 550 Meilen durch das eisige Meer zurück, was nur unwesentlich weniger ist als die geschätzte Länge einer geraden Linie zwischen dem Coppermine und der Hudson Bay.

Donnerstag, der 23. August 1821   Bathurst Inlet

Da unser Pemmikan gänzlich aufgebraucht war, bestiegen wir, ohne etwas gefrühstückt zu haben, um 2 Uhr morgens unsere Kanus mit Kurs auf Point Everette und überquerten, ohne die geringsten Einwände der Kanadier, ein offenes Stück Wasser von 25 Meilen Durchmesser vor durchweg heftigem Wind und bei sehr rauer See. Der Nahrungsentzug, unter dem unsere Voyageure gegenwärtig leiden, stellte alle anderen Schrecknisse in den Schatten, denn sonst hätten auch die besten Überredungskünste unsere Männer nicht dazu bringen können, diese Überquerung zu wagen. Seegang und Höhe der Wellen waren dergestalt, dass die Mastspitze des anderen Kanus von unserem aus oft nicht zu sehen war, obgleich wir in Rufweite segelten. Endlich landeten wir an einem offenen Stück Strand, ohne weitergehende Schäden hinnehmen zu müssen als eingedrückte Seitenwände am ersten und einen zersplitterten Bug am zweiten Kanu.

Die ganze Gruppe ging auf Jagd, ohne jedoch Tiere zu sichten.

Sonntag, der 23. September 1821 Barren Grounds

Die Männer fanden Hautstücke und Knochen eines Hirsches, der im Frühjahr von Wölfen gefressen worden war. Sie zündeten ein Feuer an und verschlangen sowohl diese Überreste als sie auch einige ihrer alten Schuhe verzehrten.

Bei Stürzen ging den Männern heute unser letztes Kanu in Stücke und wurde ungeachtet aller unserer Einwendungen zurückgelassen. Die Leute sind verzweifelt und setzen sich unbekümmert über die Befehle ihrer Offiziere hinweg. Seit Bathurst Inlet haben wir eine direkte Entfernung von 184 und einer halben Meile über die öden Gefilde zurückgelegt, obwohl es auf Grund der Seen, Flüsse und des felsigen Geländes in Wirklichkeit viel weiter ist.

Donnerstag, der 27. September 1821 Obstruction Rapids

Der Tag war mild, doch selbst der Stärkste unter uns ist jetzt nur noch ein Schatten dessen, was er noch vor einem Monat war. Der Coppermine-Fluss wird hier zu zwei riesigen Stromschnellen, zwischen denen sich ein flacher See ausbreitet, den wir überqueren müssen, um nach Fort Enterprise zu gelangen. Auf dem Ostufer dieser doppelten Stromschnellen war jedoch kein Holz zu finden, um Flöße daraus zu bauen; hingegen entdeckten wir in einer Felsspalte den Kadaver eines Hirsches, der im Frühjahr dort hineingestürzt war. Obwohl schon in Verwesung übergegangen, war er uns gleichwohl nicht weniger willkommen, und nachdem wir aus Weidenzweigen ein Feuer entfacht hatten, wurde ein Großteil davon auf der Stelle verschlungen. Die Männer kratzten den Inhalt der Eingeweide zusammen und fügten diesen ihrem Mahle hinzu.

Ein Floß aus der größten Weide, die wir entdecken konnten und zu Bündeln zusammenschnürten, hatte zu wenig Auftrieb, um einen Mann zu tragen. Wir benannten die doppelten Stromschnellen Obstruction Rapids.

Donnerstag, der 4. Oktober 1821 Obstruction Rapids

Starker Wind mit Schnee den ganzen Vormittag. Keiner von uns empfindet mehr ein Hungergefühl. St. Germain bestieg das Gebilde, das er in vier Tagen und während heftigen Schneetreibens aus Weiden und der bedruckten Leinwand, in die wir unser Bettzeug wickelten, gebaut hat. Zu unserer großen Freude und Bewunderung für seine Fertigkeit gelang es ihm schließlich, mit einer doppelten Leine das andere Ufer zu erreichen. Dann wurde die Nussschale wieder zurückgezogen, und auf diese Weise wurden wir alle ohne ernsthafte Verletzungen hinüberbefördert, wenn wir auch völlig durchnässt waren und kein Holz für ein Feuer finden konnten, um unser Bettzeug zu trocknen.

Wir schätzen, nicht mehr als 55 Meilen gerader Strecke von Fort Enterprise entfernt zu sein, wo wir hoffen, die Indianer anzutreffen.

Ein Opfer fremden Feuers 10

Gebete durchtaumeln Robert Hood in einem Zickzack ähnlich dem der Fußspuren, die über den welligen Schnee der Tundra von ihm wegführen *was mir heute begegnen wird, o Gott, weiß ich nicht, doch das weiß ich, nichts kann* er kann nicht mehr gehen. Nicht einmal mehr zum rhythmischen Stapfen der Schritte, zu denen die anderen, trotz aller Erschöpfung, sich noch zwingen können, Fuß vor Fuß, links, rechts, links.

Doch Richardson und Hepburn weigerten sich, ihn allein und bewegungslos im Labyrinth ihres gemeinsamen Verderbens zurückzulassen, im Inneren ihres Großen Einsamen Imperiums Arktischen Schnees. Die zwanzig Mann starke »Im Auftrag der Regierung Seiner Majestät entsandte Expedition zur Erforschung der Nordküste Amerikas von der Mündung des Coppermine-Flusses bis zum östlichsten Punkt des Kontinents« wurde, weit entfernt davon, auch nur in die Nähe dieses geographischen Zieles vorgedrungen zu sein, zum Rückzug in den vermeintlichen Schutz von Fort Enterprise gezwungen. Doch die Expedition ist im Begriff, auseinander zu fallen: Als Erster blieb ein Übersetzer zurück, dann ein kanadischer Voyageur, bald danach ein dritter, alle verloren im unheimlichen Gewirr ihrer Spuren. Jetzt, während Leutnant Franklin und Mr. Back die übrig gebliebenen Voyageure weiter durch die Tundra führen, haben drei Engländer angehalten und warten, eng aneinander gekauert, hier in dieser Mulde neben schütterem Gestrüpp, das gerade noch aus dem Schnee ragt. Warten. Worauf? Was Gottes Wille auch sein mag, sie sind auf alles gefasst.

Am Mittag blinzelt die Sonne auf das weite Rund der Hügel, wo sich irgendwo in Gestalt schlafenden Fleisches ihre endgültige Rettung verbergen mag. Der erschreckend kurze arktische Sommer hat sie gelehrt, von allen körperlichen Zuständen jenen der Bewegungslosigkeit für den gefährlichsten zu halten, doch sie haben keine andere Wahl; Hood kann nicht mehr gehen, und keiner hat die Kraft, ihn zu tragen. Drei Männer, so schwach, dass sie kaum noch ihr Zelt aufschlagen können …

Doch urplötzlich ist da noch ein vierter! Von allen Mitgliedern der Expedition ist es ausgerechnet Michel, der Voyageur vom Stamme der Mohawk, der aus der Gruppe, die vorausgegangen ist, zurückkehrt. Michel Terohaute! der Hochländer, wie George Back ihn spöttisch mit seinem französischen Wortspielchen nannte, wenn die Offiziere unter sich waren – er hat es ihm nie offen in sein schwarzes Gesicht gesagt, wohlgemerkt – O du großes, erhabenes Land, wer ist wirklich wie Gott!

Michel also, mit einer schriftlichen Botschaft von Leutnant Franklin, worin er ihnen mitteilt, dass er Mr. Back mit St. Germain und den beiden stärksten Kanadiern vorausgeschickt habe und selbst versuche, mit acht weiteren (I. Perrault habe sich kurz zuvor neben einem Gebüsch niederlassen müssen, um sich auszuruhen) so gut wie möglich voranzukommen. J-B. Bélanger und Michel T. seien nicht mehr in der Verfassung, mit ihnen Schritt zu halten, die sie, wie es das Gelände erlaubte und dem Kompass folgend, auf dem kürzesten Weg Fort Enterprise – er sei übrigens zuversichtlich, in Kürze in Sichtweite von Dogrib Rock zu gelangen – und damit den Fleischvorräten zustrebten, welche die Indianer dort sicherlich für ihr leibliches Wohl hinterlassen hätten, weshalb diese beiden also zu Doktor Richardsons Gruppe zurückgekehrt seien, um ihnen so gut es gehe beizustehen und gemeinsam mit ihnen auf Rettung zu warten.

Schließlich versichert Leutnant Franklin, dass Mr. Back Fleisch schicken werde, sobald es ihm und seinen Männern, die inzwischen sehr wohl Fort Enterprise erreicht haben mochten, gelungen sei, »die Yellowknife, die unsere einzige Rettung sind«, ausfindig zu machen.

Richardson stockt immer wieder, als er voller Erwartung die etwas verworrene Mitteilung liest, kann jedoch nicht umhin, den letzten Satz mit dem für Franklin ganz und gar uncharakteristischen Ausdruck der Anerkennung geradezu feierlich in die starre Luft zu sprechen. Ja, er wiederholt sogar, was genauso überrascht wie es überzeugt: »… die Yellowknife, die unsere einzige Rettung sind.« Wobei sein Blick auf den Indianer aus der Ferne fällt, auf Michel, der jetzt allein vor ihm steht: J-B. Bélanger ist nicht bei ihm. Im Widerspruch zu dieser Botschaft, in fast unleserlicher Schrift auf der aus Leutnant Franklins Bibel herausgerissenen Endseite und in Buchstaben wie von einem Kind und unter großer Anstrengung einzeln gemalt. Nur Michel also, der starr Richardson und Hepburn anschaut und ganz kurz auch einmal Hood, der unter seiner Decke ausgestreckt im Zelt liegt. Bélanger hätte auch kommen sollen? Das soll auf dem Papier stehen? Der Kanadier sei nicht mit ihm gegangen, er habe ihn nie gesehen, in zwei Tagen nie, er sei in der Spur weitergelaufen, zu ihnen zurück, kein einziges Mal habe er ihn gesehen.

Als er ihnen dann den Rücken zudreht, wirkt Michel plötzlich ungemein kraftvoll: ihn scheint ein Wille bis in die letzten Muskelfasern anzuspannen, und es ist klar, dass er gehen könnte, wohin er wollte. Vielleicht wirkt er deshalb so, weil er nur sein Bettzeug und ein langes Gewehr sowie Pulver und Munition trägt – die Leutnant Franklin ihm zugewiesen habe, wie er sagt. Doch außer zu Jagdzwecken hat kein Voyageur je zuvor ein geladenes Gewehr tragen dürfen, schon gar nicht dieser.

Noch viel unglaublicher jedoch ist es, dass er Fleisch

mitgebracht hat, nicht nur ein Schneehuhn, sondern auch einen Hasen! Fleisch für sie, die seit Tagen nur gekochte Lederfetzen oder mit wunden Fingern zusammengekratzte Flechten gegessen haben, die sie zwar rösteten oder brühten, die dadurch aber nicht weniger widerlich oder gar genießbarer wurden. Hepburn kaut auf seinem Stück Fleisch herum und ruft aus:

»Ich hoffe bei Gott, dass der uns keine Lügen erzählt wie all die anderen.«

Während sie ruhten, haben sie, wie Verhungernde es immer tun, nur vom Essen geredet und dabei Töne von sich gegeben, die dem Stöhnen des Windes im niedrigen Buschwerk ähnelten. Der Wind blies gleichgültig durch die Risse ihres Zelts.

»Wenn wir den Himmel sehen könnten«, brachte der auf dem Rücken liegende Hood noch einigermaßen verständlich hervor, »würden wir … vielleicht … Raben sehen. Raben essen immer.«

»Sie werden das Fort erreichen«, versichert Richardson ruhig, »und die Indianer vorfinden. Die haben immer etwas zu essen.«

»Nicht immer, glaube ich.«

»Aber sie sind hier zu Hause.«

»Ja«, sagt Hood nachdenklich, »es *ist* ihr Zuhause … ›Und setzt sich am Bach Krith, und die Raben brachten Elia Brot und Fleisch des Abends, und er trank des Bachs.‹«

Schmunzelnd sagte Hepburn hierauf. »Wenn Sie doch nur ein Prophet in Israel wären, Sir!«

»›Und das Mehl im Kad ward nicht verzehret, und dem Ölkrug mangelte nichts, nach dem Wort des Herrn, das er geredet hatte.‹«

»So viel müsste es für mich gar nicht sein.« Hepburn konnte Dinge sagen, die sich den Offizieren verboten. »Nur ein kleines Säulein, eins von den jungen Schweinchen im Morast von Stromness, die Sie fast umgerannt haben, Sir. So einem würd ich die Gurgel aufschlitzen, und wir würden Blut trinken und seine rohe Leber essen, wie's die Indianer machen, weil es ganz schnell Kraft gibt, wie sie behaupten. O ja!, seinen Speck würde ich rösten, ganz knusprig und zart, und nach einer Woche würden wir tanzen wie die Schotten!«

»Ich glaube«, murmelte Hood, »meine Zähne sind zu locker für eine fette, knusprige Kruste.«

»Schon, Sir«, antwortete Hepburn schnell, »aber irgendwie rösten unsere Orkneyfrauen sie so, dass sie immer knusprig und zart zugleich sind, wie sie's schaffen, weiß ich auch nicht, vielleicht, weil immer drei von ihnen auf einen Mann kommen, der von der See zurückkehrt. Da läuft einfach der Saft!«

»Ach ja, ach ja«, seufzte Hood, »die fetten Schweine ...«

»Sir, ich glaube, Orkneyfrauen ziehen einen Mann, der sein Segel hisst, immer den Schweinen vor, und seien's noch so viele.«

»Für ein prasselndes, warmes Feuer würd ich gern auf Schweine verzichten. Wenn dieses Zelt Feuer finge, würd ich sogar mit euren Schotten tanzen.«

»Aber sicher! Würden wir auch, würden wir alle drei!«

Hood summte wieder etwas, woran er sich gerade erinnerte: »Drei Männer waren gebunden mitten im glühenden Ofen und gehen los mitten im Feuer – zünd das Zelt wieder an, Hep Burn, wie es deinem glorreichen Namen entspricht, wie du's am Ufer des Sees gemacht hast, an dem, den sie Wie Die Brüste Einer Frau nennen, und wir drei, Sadrach, Mesach und Zu Bette Gehn Wir, werden los durch seine Mitte gehen, und kein einzig Haar auf unserem Haupte ward versengt noch der Geruch des Brandes auf uns übertragen!«

Trotz der Doktor Richardson eigenen presbyterianischen Zurückhaltung stimmte er ein in derart biblische

Heiterkeit: »Wir brauchen dann aber noch einen vierten, mein Freund – es waren nämlich *vier* Männer im glühenden Ofen.«

»Ja! Auch ein Engel! Ich fleh dich an, süßer Engel, komm! Trag uns in den großen, glühenden Ofen, die Yellowknife nennen ihn ›Wie die Brüste Einer Frau‹, Oh, süße Brüste, gesegnet sei Gott!«

Noch gestern war Hood in der Lage gewesen, dies mit lauter Stimme zu sagen; heute, mit vollem Mund, kann er nicht mehr bis vier zählen, und sein geschwächter Verstand beginnt zu flimmern, als er versucht, sich auf Michel zu besinnen; dieser ragt irgendwo in seiner Vergangenheit auf wie ein Berg, den er aber nicht mehr finden kann, der Winter in Fort Enterprise ist endlos lang, und der Berg kommt ihm eher vor wie etwas Schwarzes, das vor langer Zeit einmal in die Luft geflogen ist, und jetzt, genau in diesem Augenblick, stellt sich für ein paar Sekunden seine Erinnerung scharf – ja, Michel ist von den Voyageuren der einzige Indianer.

Was veranlasste einen Mohawk, sich zu einer so elenden Schinderei zu verdingen, Jahr um Jahr mit Pelzen die unerbittlichen Flüsse durch Kanadas Gebirge und Ebenen zu paddeln? Mit dieser Axt von Gesicht sollte er besser einen anderen Krieger zur Unterwerfung zwingen *Ich bete an Deinen ewigen und unerforschlichen Ratschluss, dem ich gehorche* in dieser gefrorenen Wüste, in der seine vollen, zuckenden Lippen ebenso unverhüllt von seinem Mut wie von seinem Hass sprechen. Und irgendwo hat er diesen Hass gezeigt, irgendwann einmal, als es Winter war, Hood ist sich ganz sicher, aber worum es genau ging, verliert sich ihm in diesem Augenblick des Erfrierens – doch hier ist er, ein Indianer, der die gefrorene Kruste der Erde durchstoßen hat und ihnen kleine, fast saftlose Fleischstücke anbietet, die Hood aus der Schläfrigkeit des Verhungernden reißen.

Ein Yellowknife ist er nicht.

Und erneut stößt Hoods Erinnerung auf irgendeinen Zorn, etwas Taumelndes, Räuberisches, was Wut gewesen sein muss. Michel hat sein Fasten unterbrochen, um seinen Frieden zu zerstören – schon einmal hat Michel dies getan, im Winter, ja, in einem früheren Winter war es, und bestimmt hat er auch damals etwas zerstört, woran Hood sich aber fast nicht mehr erinnern kann, denn er hat jeden Gedanken daran seit langer Zeit vermieden, aber vor ihm steht ein Teufel, der wiedergekehrt ist, um ihn zu diesem neuerlichen Sakrileg des ESSENS zu zwingen. Jetzt hat er Fleisch im Mund, Fasern, an denen er kraftlos saugt, die ihm aber zwischen den Zähnen hängen bleiben, die seinen Magen zu der Sünde verführen, sich mit grotesker Eindringlichkeit nach dem Gefühl der Sättigung zu sehnen. Seine Zähne scheinen sich zu bewegen, wenn er sie mit zuckender Zunge, die süß nach Blut schmeckt, nur leicht berührt. Kann einer überleben, wenn er aus seinem Zahnfleisch das Blut saugt?

Vor dem Coppermine-Fluss, vor zehn Tagen, oder vierzehn Tagen, oder vor dem ganzen September, vor Gott weiß wie lange – bevor sie schließlich hier an den doppelten Stromschnellen ankamen, die sie Obstruction nannten, das Hindernis, wo sie ihr letztes bisschen Kraft gelassen haben – damals war Michel ein guter Jäger – oder war es J-B. Bélanger, der jetzt eigentlich auch hier sein und mit seinen vielen kleinen Gebeten und Zaubersprüchen die Tiere aus ihrer Widerwilligkeit locken sollte, sich als Opfer darzubringen und ihren erbärmlichen Hunger zu stillen? Jetzt aber soll Michels offensichtliche Kraft nicht ausreichen, so sagt er, um ein schwankendes Gewehr zu halten, soll nicht einmal für ein Schneehuhn reichen, das sitzen bleibt, bis du darauf trittst, schon gar nicht, um ein Karibu zu töten – nun ja, seit Obstruction Rapids hat sich kein einziges gezeigt, nicht einmal auf dem Kamm des fernsten Eskers, obwohl einmal ganze Herden wie ferne Luftspiegelungen von Wäldern vor ihnen aufzogen, die sich jedoch stets in Nichts auflösten, wenn sie ihnen nachsetzten. So nahe müsste er herankommen, erklärt er ganz laut, dass er sich nur noch nach vorne beugen müsste, um einem Karibu mit der Axt das Genick zu brechen; *gehn wir die Zaunkönigin schießen, sagt Robin zu Bobbin,* aber auf dem Zettel steht, Bélanger kommt auch.

Jean-Baptiste Bélanger, wegen seiner Haut *le rouge* genannt, bekreuzigte sich blitzschnell und betete mit vor Entsetzen aufgerissenem Mund beim Paddeln, wenn das Kanu auf oder zwischen die Wellenkämme klatschte und messerscharfe Eisstücke an ihnen vorbeitrieben, Bélanger, dessen Kleider mit Amuletten behängt waren, der die sich durchbiegenden Birkenpaddel in seinen riesigen Händen hielt und auf den Tod gefasst war. Ist Bélanger *le rouge,* auf dem Weg hierher zu ihnen, Michel ein Stück weit gefolgt und dann in diese letzte Bewegungslosigkeit getorkelt wie schon die drei anderen – oder vier –, die inzwischen aufgehört haben zu gehen, irgendwann nach den Obstruction Rapids? Jene, die immer noch dort ruhen, wo sie nicht mehr weiter konnten – wie sie wohl ruhen? Mit den Raben oder mit den Wölfen? Ja, ja, Leutnant Franklin hieß sie stets, zu »ruhen«, nie zu »warten«, sondern »Ruh dich aus, wickle dich fest in dein Schlaffell und ruhe; wir kommen zurück mit Hilfe … Hilfe« – daran kann Hood sich genau erinnern. Ruhe, bis Hilfe kommt.

Er liegt in seine Schlafdecke gehüllt auf der Erde. Eine Büffelhaut ist es, so in der Kälte erstarrt, wie sie sich über dem Körper in Falten gelegt hat, in der aber noch der schwere Duft der Prärie hängt, die er nie gesehen hat. Jemand hat einmal gesagt, er hätte sich diese Wärme nicht über einsame Meere und Einöden tragen lassen dürfen; und trag nie gleichzeitig das Fell vom Karibu und vom Seehund – die Eingeborenen mit ihrem Aberglauben! – Hat vielleicht ein Fluch ihn in den Norden begleitet, ihn, der jetzt unter einer Haut aus der sonnigen Prärie in diesem wüsten Lande liegt?

Ruhe, o ruhe. Zu jedem haben sie es gesagt, zärtlich, traurig, zu Mathew Pélonquin, Régiste Vaillant, dem kleinen Junius, ihrem anderen Eskimo-Übersetzer, der sie im Fort einmal mit solchem Stolz bei Tisch bedient hat. Und jetzt auch Ignace Perrault. Ruh dich aus, wir kommen zurück. Mit Hilfe. Vermutlich ruhen sie sich alle – wie vielleicht auch Bélanger? – noch irgendwo aus, atmen noch in der Hoffnung auf Kräftigung und Speisung, die der offizielle Expeditionsbeschluss ihnen versprach. Was geschieht mit ihnen, wenn auch ihre Arme, ihre Lider aufhören, sich zu bewegen, so, wie es ihnen mit den Beinen erging? Werden dann die Tiere kommen? Ja. Immer zu spät, aber die warmen Tiere kommen bestimmt. Auch das hat ihm einmal jemand erzählt.

Und haben etwa die besorgten Tiere Michel diese Mulde zwischen knorrigen Bäumchen, diesen günstigen Ort für ein Feuer gezeigt? Warum hat Michel ihn, Hood, aus ihrem Schutz spendenden Gebüsch hierher getragen? Michel hasst alle Offiziere, hat zumindest Hood seit dem langen Winter wegen irgendetwas gehasst, wegen etwas so Ungeheurem, dass er sich wahrscheinlich nie wieder daran wird erinnern können *wir gehn in den Wald sagt Michel zu Robin* aber warum ist er nicht mit Leutnant Franklins Gruppe weitergegangen – oder sind etwa alle schon tot, noch bevor sie etwas von dem großen Monolithen zu sehen bekamen, vom Felsen der Dogrib, der ewigen Feinde der Yellowknife?

Aber nein, er hat ja das Stück Papier aus der Bibel gebracht, diese Nachricht in einer Schrift, die ganz bestimmt die ihres verhungernden Kommandeurs war. Als Michel sich von der Gruppe trennte, muss diese doch immer noch versucht haben, sich nach Fort Enterprise durchzuschlagen – Oh!, dort wird Greenstockings sein! Dort brennt ein Feuer in jenem allzeit warmen, runden Wigwam, wo Karibuherz und Hirn im Kessel sottern, gefüllter Magen sich im Rauch dreht, und die Hitze ihres langen braunen Körpers *teurer Gott mein Gott nichts kann mir geschehen, was Du nicht schon vorhergesehen gewollt bestimmt hast von aller Ewigkeit an segne sie segne sie diese Frau sanfter und zärtlicher* Warum ist er, der vor Kraft strotzt, zu ihnen gekommen?

Vielleicht sind sie schon alle tot.

Und Michel weiß natürlich nicht, wie er es durch die Tundra bis zum Fort und den lebensnotwendigen Vorräten der Yellowknife schaffen soll, die allein sie retten können. Er ist die falsche Sorte Indianer, kommt von viel zu weit her, es gibt große Unterschiede unter den Indianern – dieser hat keine Ahnung, in welche Richtung er gehen muss, solange er Dogrib Rock nicht sehen kann.

Michel hockt in der Zeltöffnung, neben dem elenden Feuer aus grünem Holz, mit dem Gewehr überm Schoß. Er wirkte immer irgendwie verloren, wenn er Flüsse überquerte, deren Ufer baumlos waren – Meeresküsten und Flüsse ohne Bäume seien ein Weißer Fluch, hat er gesagt. Als die Expedition auf das erste borstige Gestrüpp aus hüfthohen Fichten stieß, nachdem sie den Ozean endlich hinter sich gelassen hatten, war es Michel, der darauf zulief, auf die Knie sank, sich ihre Nadeln ins ausgemergelte und noch schwärzer verbrannte Gesicht drückte, ihren Duft einatmete wie ein Kind.

Von wegen Bäume: büschelige Stecken! Eine einzige englische Eiche hat mehr Holz als alle gebündelten Zweige zwischen hier und dem Polarmeer. Im Gestöber schwarzer Flecken, die durch das Milchglas seiner verhungernden Augen treiben, sieht Hood vor dem Zelteingang ein Gewimmel dünner, aufragender Gebilde, die alle grün sein wollen im auszehrenden, bleichenden Schneewind, der an ihnen zerrt; sieht ein Knäuel aus grünen Schlangen, die aufrecht erfroren sind.

Robin und Bobbin sind wie Fässer geraten
Und essen klafterweise Braten
Sie essen die Kuh und essen ein Kalb
Und einen Ochsen und noch ein …

Das Feuer aus Fichtenzweigen brennt sich langsam, langsam durch den Schnee des frühen Oktobers und des ganzen langen Septembers, sinkt hinab auf den Permafrost, wo alles seit Anbeginn der Zeit gefroren ist. Hierher hat Michel ihn wie einen schlaffen Ochsen geschleift, obwohl er ihn hasst – warum? Robert Hoods in Stücke gerissene Erinnerung wirft Lichtflecken in seine Vergangenheit, die von Hass überstreut ist wie von Asche. Sie werden nicht locker lassen, bis er versucht, wieder aufzustehen, vielleicht sogar zu gehen. Und schlagartig wird ihm klar: Wir müssen diesen Mohawk zwingen, mich den ganzen Weg zu tragen, ich kann ja immer noch den Kompass sehen, und ich würde ihn rückwärts lesen auf seinem Rücken, wenn er nach hinten auf die Spur zeigt, die wir gezogen haben, die Nadel würde auf diese Weise nicht stärker schwanken als der tägliche Kompasspunkt in seiner Vorstellung, sie würde ihn zurückführen in freundlichen Sommer, alle Zahlen und Berechnungen würden sich auflösen, und er erinnert sich und vergisst sofort wieder, dass Richardson den geographischen Nordpol genauso gut berechnen kann wie er – diesen einzigen verlässlichen Punkt, um den orientierungslos ihr Leben pendelt, als taumele auch dieser unregelmäßig über die magnetische Landschaft, eine Offenbarung von

Richtung aus der unergründlichen Höhe der Sterne. Michel kann ihn ja auf seiner Büffelhaut ziehen – sie könnten sie steif frieren mit Wasser, wie es die Eskimo tun und sagen, es ist ein Schlitten, und dann Michel wie einen schwarzen Hund davor schirren, und er wird die Berechnungen aufschreiben, alle Seiten füllen, die er noch hat, sie sind alle irgendwo sicher verwahrt, Seiten mit Zahlen und Formeln und den präzisen mathematischen Reihen der magnetischen Abweichung, die er besser kennt als seinen Pulsschlag, Zahlen über Zahlen, bis Dogrib Rock mit seiner flachen grauen Kuppe gar nichts anderes übrig bleibt, als aus diesen genauen Zahlen in genau berechneter Entfernung aufzutauchen. Dahinter zieht sich dann endlich die schwarze Linie der Bäume entlang des Eskers, der für alle Zeiten den Kegel von Keskarrahs Zelt schützt – Keskarrah!

Wie eine Flamme steigt aus Hoods Gedächtnis der alte Mann auf, über dessen Zelt und unter dessen Fellen Zweige in warmen, grünen Lagen übereinander gelegt sind, wo Rauch in die Höhe steigt und Arme ihn umschließen und zwischen warme Brüste drücken, Apfelgeschmack ihrer Brustwarzen, O süßeste, süßeste

O Jesu! Meiner Seele Licht,
Mein Trost und mein Verlangen

und die riesigen grünen Bäume entzünden sich in der Hitze, die vielen, vielen Bäume! Wenn er hier nur Leutnant Franklin zeichnen könnte und Back mit den Yellowknife – Greenstockings! ihre Arme, ihre für die Ewigkeit geschaffenen Arme.

Einen Ochs und einen halben
Aßen Kirchturm und Mauern
Aßen den Pfaff und alle …

Ja, dort sind sie, die hohen Bäume, die wie Schiffsmasten vor dem Himmel über Dogrib Rock stehen. Hepburn bückt sich über die rauchig brennenden Zweige und versucht, die schreckliche *tripe de roche* zu erhitzen, die Hoods Mund und Kehle blutig ätzt. In seinem nie nachlassenden Bemühen, ihm zu essen zu geben, versucht Hepburn jetzt, ihn mit Rauch zu behandeln – einzig die Flechten verbergen sich nicht vor ihren täppischen Bemühungen, etwas Essbares aufzuspüren. Wenn er sie, so geräuchert, schluckt, werden sich seine Gedärme am Ende völlig aus dem Anus stülpen und sich in einem letzten Krampf aus seinem gekrümmten Gerippe lösen. Wo er sich auch berührt, fühlt er nur noch Knochen; und Schmerzen sind überall, wie der Schnee.

Hat er überhaupt noch Haut? Ein bisschen davon kann er manchmal noch auf dem entdecken, was eigentlich seine Hand sein muss. Er kann sie riechen, noch nie hat er so gestunken, scharf wie der Urin, der durch die Rinne im Pferdestall des Pfarrhauses läuft. Die Läuse spürt er nicht mehr; vielleicht sind sie geflohen wie Ratten von einem sterbenden Schiff. Und da ist Hepburn, der ab und zu im Rauch sichtbar wird und noch stärker stinkt als der Rauch, und Michel ist fort, ist einfach immer fort. Auf Jagd. Während sie bewegungslos warten oder nach etwas Essbarem suchen in einem Land, wo alles, was sie kennen oder auch nicht kennen, sie umbringt, sickert die Kälte immer tiefer in die drei Männer.

Das Einzige, was er jenseits von Schnee und Wind noch sehen und fühlen kann, sind die Felsen – dann iss halt Felsenbrühe, gesottenen oder gebackenen Fels, kann dir nicht anbrennen, schöpf das dicke, gelbe Steinfett von einem köstlichen, weich gegarten Felsen. Wenn Michel von seinen aussichtslosen Jagdausflügen zurückkehrt und sich niederlegt, drückt er sich immer eng an ihn, nackt, mit seinem riesenbreiten Mohawk-Rücken, auf dem immer noch Muskeln sind und der so viel wärmer ist als der von Richardson, und wenn er sich nur getrauen würde, diesen Rücken in die Arme zu nehmen *wer hat dies zu mir gesagt? Ich werde dich töten, der dieses sagt?* Hoods Lippen sind übergrindete Krusten von Geschwüren, in seinem wunden Mund bewegt sich etwas Gezacktes wie zerknülltes Papier, und alles, was er noch schlucken kann, ist dieses dünne Rinnsal Bluts in seinem Rachen; sein eigenes Blut; von der gefährlichen Stelle aus im Mund, von der er gehört hat, verschlingt er sich selbst. Von seinen Füßen spürt er überhaupt nichts mehr.

Aber da gibt es den kleinen Hügel geradeaus vor ihm unter dem flauschigen Pelz, den er immer noch ausmachen kann – wo er aber nichts mehr fühlt. Seine langen, grünen, wolligen Füße, seine Füße im Seehundsfell, das er eigentlich nicht tragen dürfte – die Füße sind nicht mehr da. Seine waldgrünen Füße sind irgendwo zurückgeblieben. Ach, ach, ach, sind ja sowieso zu nichts nütze, alles ist vergeblich: Bücher, Instrumente, zerschmetterte Kanus, Füße, ganze Körper, die zu knochig zum Essen sind, auf einer Spur der Vergeblichkeit in die Tundra gespreizt. Wo sie nur ruhen ohne ihn?

Klein Robin Rotkehl spazieren ging.
Setzt sich auf einen kleinen Stängel
Und aß seinen …

Bis Greenstockings seine Füße weich knetet wie das Karibuleder, das ihre Brust bedeckt, und sie leckt, bis jede Zehe milchwarm wird, sie alle in den Hafen ihres Nests holt, ihres Körpers

… stürmisch war des Lebens Lauf,
Führ mich sicher in den Hafen,
Oh, nimm meine Seele auf …

»Mister Hood.«

Die Stimme von Doktor Richardson. Unter der anderen Büffelhaut hervor, die zwei Jahre aus den Ebenen des nördlichen Saskatchewan-Flusses von Kanadiern bis fast hierher getragen wurde. Richardson kann immer noch gehen oder ein wenig kriechen, meistens jedoch liegt er neben Hood; vielleicht erholt er sich nie mehr von dem Versuch, mit einer Leine durch den Coppermine zu schwimmen, an denen sich die anderen hätten hinüberziehen sollen. Das war damals, als George Back zum ersten Mal eine Ahnung beschlich – Back verstand niemals etwas, wenn er es nicht laut sagen konnte, und, da Leutnant Franklins Auffassung von einem Marinekommando ihnen nur wenige gesprochene Worte zubilligte, mochten sie auch in Augenblicken der Verzweiflung mehr davon in ihren Aufzeichnungen niederschreiben, wo sie entweder einfach verschwanden oder nach gegenseitiger Abstimmung oder auf Befehl gelöscht wurden, bevor sie dann in zusammenhängender Form in die Expeditionsjournale übertragen wurden, ein unbekümmerter, wortkarger Back war aus Franklins Sicht der perfekte Offizier – »Nicht ausgeschlossen, dass wir alle hier sterben«, sagte *sotto voce* ein Back, der vor Schreck die Augen aufriss, als die Voyageure versuchten, Richardson zu wärmen und ins Leben zurückzuholen, aber »auf der falschen Seite dieser verfluchten Stromschnellen«.

Weil nach fünf Zügen Richardsons Arme aufhörten, sich im Wasser zu bewegen, nach unten gekippt in einen Wirbel wie aus glattem Glas, scheinbar leblos; und als er sich auf den Rücken drehte, hörten nach zehn Zügen auch seine Beine auf, und sie zogen ihn verzweifelt zurück, als tot, obwohl sie dann feststellten, dass dies nicht ganz zutraf, noch nicht. Aber als sie sich auszogen, um ihn zu wärmen, starrten sie ihn an wie vom Schlag getroffen. *»Ah Dieu«*, ächzten die Voyageure, *»que nous sommes* *maigres!«* und nahmen Richardson zwischen ihre nackten Körper, deren skeletthafte Brustkörbe sich im brodelnden Wasser nicht spiegelten.

Als hätten sie sich Tausende von Meilen zu See und zu Land und zu See und dann wieder zurück übers Land gequält, nur um am Ende einander als wandelnde Gerippe zu sehen?

Sie haben ihn – wie nur? – Burnside River? – benannt, an den er sich erinnerte, als er seine Zahlen zusammentrug, den er wie ein Wort, das von seiner Bleistiftspitze in die Wirklichkeit seines karierten Papiers überspringt, als den Fluss erkannte, den ihr Vater *O Gott, ihr Vater unser Vater der Du bist in dem Himmel* auf den Boden zeichnete, damals, am Ufer des großen zermalmenden Sees. Keskarrah hatte ihn Ana-tessy genannt, bezeichnete ihn als den kürzesten und leichtesten Fluss für ihren Rückweg, falls sie vom Osten würden zurückgehen müssen – genau dies hat Keskarrah gemeint! Ihr Rückweg, erleichtert durch das Wasser, durch schwimmende Kanus, vor einem Jahr in den Staub zu ihren Füßen gezeichnet. Damals jedoch erkannten sie darin nicht die Route zu ihrer möglichen Rettung, und Hoods Zahlen sagten ihm zu spät, dass es ihnen sieben Tage Hungermarsch erspart und möglicherweise die Kanus erhalten hätte und auch alle …, hätten sie nur die Mündung dieses Flusses in Bathurst Inlet entdeckt. Oder war jene Stromschnelle am Ende wirklich am Coppermine? Nein, nur ein einziger Strudel weißen Wassers – *Gott unser Vater der Du bist im Himmel* ein Land so riesig und nur im Durcheinander von Post-factum-Zahlen begreifbar, die nichts voraussagten, nein, jene einfache, riesige Stromschnelle, wo sämtliche Instrumente und Tagebücher von Leutnant Franklin in der Gischt verschwanden, das Eis hatte dort gerade mal an den Rändern eine Kruste gebildet, das *war* der Burnside gewesen, als er noch keine Eisschollen führte, und die Stromschnellen nannten sie die Bélanger Rapids nach Jean-Baptiste *le rouge*, und das war alles, was sie von jenem Fluss sahen, dem Burnside, den er zu spät als den Ana-tessy erkannte und wo ihr zweites Kanu von den Schultern der Voyageure herunterglitt und in kleine Feuersplitter zerschmetterte; um die Kanus zu retten und sich selbst mindestens sieben Tage zu ersparen, hätten sie diesen Fluss der Wiederkehr hinauffahren müssen – was sie aber nicht getan haben. Nein, als sie ihn endlich überquerten, hatten die Kanadier zwei Kanus schon 107 Meilen Luftlinie über die Barrens getragen, nachdem sie die 200-Fuß-Fälle und den Fluss, den sie nach Hood benannten, verlassen hatten. Ach, a-a-a-h, Hood, seines Vaters Name, der sich so lang durch dieses Land zieht, irgendwo.

»Mr. Hood«, murmelt Richardson wieder. »Wünschen Sie zu lesen?«

»Danke, Doktor Richardson. Nein. Doch wenn Sie wollen, bitte!«

Das Winterlicht hat sie bei ihren gottesdienstlichen Morgen- und Abend-Lesungen, die sie gemäß des Lektionars des Allgemeinen Gebetbuchs auszuwählen versuchen, unvermeidlich immer näher zusammenrücken lassen. Bald kann ihnen nur noch der Schein des Feuers zeigen *Ich verspreche ich will ich will* welchen Text sie lesen müssen, und ihr einziger Chronometer wird ihnen sagen, wann. Und selbst dieses Instrument wird bedeutungslos werden, wenn sie in ihrer zunehmenden Verwirrung in der unaufhaltsam näher rückenden Dauerdunkelheit die Reihenfolge von Morgen und Abend durcheinander bringen. Irgendwo ein tief hängender Streifen Licht: nimmt es zu, oder nimmt es ab? Sie können sich nicht mehr erinnern, wie lange sie auch atmen und dieses Licht zu sehen vermögen.

»›… und ein Feuer ging aus von dem Herrn‹«, verkündet Richardson langsam und überlaut im rhythmischen Gleichmaß der Bibel von König James den rituellen Trost ihrer jüdisch-britischen Heilsgewissheit, »›und verzehrte auf dem Altar das Brandopfer und das Fett. Da das alles Volk sah, frohlockten sie und fielen auf ihr Antlitz‹.«

»Würd ich auch«, sagte draußen Hepburn, »wenn ich gutes Fett brennen sähe.«

Richardson richtet den Blick auf ihn, ohne den Kopf zu bewegen, und fährt dann mit einer vom Hunger erhaben sonoren und tiefen Stimme fort:

»Leviticus, Kapitel zehn: ›Und die Söhne Aarons, Nadab und Abihu, nahmen ein jeglicher seinen Napf und taten Feuer darein und legten Räuchwerk darauf und brachten das fremde Feuer vor den Herrn, das er ihnen nicht geboten hatte. Da fuhr ein Feuer aus von dem Herrn und verzehrte sie, dass sie …‹«

Hood betrachtet seinen stinkenden Arm, den er besser riechen als sehen kann und der aus irgendeinem Grund nicht unter der Decke steckt. Obwohl er sich für ihn nicht kalt anfühlt. Er empfindet auch keinen Hunger, doch denkt er pausenlos nur: iss, seine englische Pflicht ist es zu ESSEN … sein stinkender Arm erinnert ihn daran, dass sie vier Männer sind und jeder zwei Arme hat. Gewiss kommt ein Mann auch mit einem aus – während man zum Gehen aber zwei Beine braucht – und was ein Arm alles tun kann, ein einziger pro Mann, mit all seinen Knochen, und dann ja noch die Hand! Dem Arm angefügt, schon was Besonderes, so eine Hand, der allerpersönlichste und intimste Körperteil, den man von sich kennt.

»›… dass sie starben vor dem Herrn‹«, rumpelt Richardsons Stimme weiter. »›Da sprach Mose zu Aaron: Das ist's, was der Herr gesagt hat: ich werde geheiliget werden an denen, die zu mir nahen, und vor allem Volk werde ich herrlich werden. Und Aaron schwieg still.‹«

Wer könnte seine eigene Hand kauen?

Michel ist draußen, am Feuer. Keiner hat gehört oder gesehen, wie er zurückkam, sie sind so weit weg in den seligen Gärten des Sinai, und als er die Axt zusammen mit etwas anderem erhebt, sieht Hood nur einen schwarzen Nebel, aber Hepburn rappelt sich auf.

»Fleisch!«, keucht er. »Er hat rotes Fleisch gebracht!«

Sie können nicht glauben, dass sie die helle Blutsuppe trinken, die Michel über dürren Zweigen kocht; die losen Zähne tun ihnen weh, als sie faseriges Fleisch von zersplitterten Knochen nagen. Endlich isst Hood wieder etwas, aber Essen ist eine solche Mühsal, eine solch qualvolle Verrichtung, dass beim Schlucken der Hunger wieder in ihm wach wird und ihn sofort wie ein reißendes Tier überfällt. Er weiß, dass nicht genügend da ist, um seinen Hunger zu vertreiben. Sein wunder Mund.

»Bitter und mager«, sagt Hepburn, »doch Gott sei gepriesen!«

»Vielleicht wär's besser zu fasten«, murmelt Hood. »Vor … dem Herrn.«

Richardson sagt: »Ja, Lob sei Ihm«, zu Hepburn, während er mit ruhig prüfendem Auge den Knochen betrachtet, aus dem er gerade das Mark saugt: »Dieser Wolf … muss auch … schon dem Tod … nahe gewesen sein.«

Wolf kann man nicht essen, das weiß Hood, und das sagen ihm auch die vielen Knorpel; Wolf ist Bruder und Schwester, Wolf wird dich nähren, darf aber nicht gegessen werden!

»Rabe«, grummelt Michel und lässt seine Hand im Fäustling flatternd in die Ferne zeigen. »Rabe gesehen, große Felsen, Wolf erfrieren. Rabe … essen.«

»Wie würde ein Wolf sterben?«, fragt Richardson ganz wissenschaftlich.

Plötzlich schreit Michel: »Karibu! Alter Wolf, Horn«, streckt die Hände aus und sagt, den gesenkten Kopf stoßartig bewegend, »alter Wolf, müde, nix gut, großes Karibu!«

Richardson fragt weiter: »Und du hast heute Morgen deine Axt mitgenommen?«

»Rabe! Fleisch frieren, spalten!« Es scheint, als wolle Michel wieder nach ihrer einzigen Axt greifen und sie alle in kleine essbare Stücke hauen, so rasend vor Wut ist er.

Aber Richardson bleibt unerschütterlich höflich: »Natürlich, ich weiß, dass gefrorenes Fleisch zu hart für ein Messer ist, natürlich.«

Wie kann Michel es sich leisten, Kraft für einen Wutanfall zu vergeuden? Hood streckt seinen gekochten Knochen mit dem sich seltsam sträubenden dunklen, ausgefransten Fleisch Hepburn hin, der vor der Zeltöffnung neben seinem zusammengerollten Bettzeug sitzt. Nagen ist unmöglich; die Schmerzen im Kopf haben sich bis in seinen Magen ausgedehnt in ein Gefühl unauslotbarer, ungesagter Einsamkeit. Aus Michels Wolf träufelt eine eigentümliche Erinnerung an Schweinefleisch in seinen Mund.

»Faste vor dem Herrn …«

»Sir«, sagt Hepburn sanft. »Dies ist Euer kleiner Teil, Sie müssen es essen, Sir. Sie müssen.«

Die Raben und die Wölfe werden dich nähren Er hat es schon immer gewusst, Wölfe und Raben. Aber wer nur hat es ihm zuerst gesagt, wer hat ihm auf so unvergessliche Weise erzählt, was ihm sofort in den Sinn kommt, wann immer er einen Vogel – es kann irgendein Vogel sein, ein blauer oder schwarzer oder weißer – in der Luft sieht? Wo dieser aufsteigt und wo er sich niederlässt, dort, wahrlich, ist Gottes Überfluss *wie solln wir sie kochen sagt Michel zu Robin*

die Kirch
sie aßen den Kirchturm

und aßen die Mauern
und obendrein den Pfaff und die Bauern

aber bis zu diesem Norden hat er immer genug zu essen gehabt. Die einzigen Raben, die er kannte, waren die kleinen Krähen, die wie ein Spitzensaum auf den Bäumen der Weide hockten *Pfarrer Rabe im schwarzen Tuch liest in seinem frommen Buch* und natürlich Elia in den strengen Predigten seines Vaters, der sich weit aus der Kanzel lehnte mit Tröstungen, in denen weder Kälte noch grüne Wolle oder zu Seehundfell verurteilte Füße die geringste Rolle spielten, oder Hunger, der so in dir reißt, dass du meinst, Blut sickere in deinen Körper

Schön Hühnchen, schön Hähnchen
Und du, schöne bunte Kuh,
Was sagst du dazu?

Einsam und verlassen. Als das Licht im Gesträuch immer schwächer und ihr Zelt inmitten der Schneeverwehungen immer steifer und kleiner wird, bleibt nur noch ein einziger Peilpunkt in der Ferne übrig: jener Ort, von dem aus die Moränenwälle einst nach Westen zu Gott weiß welchen anderen Seen hin auseinander liefen. Der Hunger hat seine Augen blind gemacht, doch diese Gabelung ist in Robert Hoods Gedächtnis eingegraben; seine Erinnerung bleibt an der moskitoverschmierten Zeltbahn hängen, die pausenlos im Winde klatscht – ob er an diesen verblassten, festgetrockneten, zerquetschten, weit herumgekommenen Denkmälern ihres eigenen gesunden Bluts lutschen soll, um etwas zu Kräften zu kommen? – und mit dem Schnee zusammen pfeift. *Mein Vöglein mit dem Ringlein rot* Und er fühlt, wie vor dem Hintergrund seiner schmerzenden Augen dieser Flecken Landes an ihm vorbeizieht, ohne dass je eine menschliche Gestalt darin erscheint, auch nicht, als er hört, dass Hepburn sich davonschleppt, um *tripe de roche* zu suchen, die er unter der harten Schneedecke bis jetzt nicht hat finden können *singt Leide Leide Leide* oder dass Richardson sich wieder zu den zwei Schritten bis zu dem winzigen Feuerchen aufrafft, um nachzulegen.

Jeden Tag geht Michel auf die Jagd.

Sagt er. Er verschwindet in Räumen, die Hood nicht mehr wahrnehmen kann *er singt dem Robin seinen Tod* Dann sind sie immer auf wohltuende Weise zu dritt, still, sanft, stinkend wie Arbeitspferde, obwohl sie sich fast nicht gerührt haben, zartfühlend teilnahmsvoll, und im Umgang miteinander wahren sie eine unerschütterliche Höflichkeit, die ihnen Stütze ist, während der Hunger, über den sie kein Wort verlieren, sie verzehrt.

Doch dann ist Michel wieder da, bewegt sich völlig rücksichtslos, macht neben dem Zelt gefrorenes Holz klein, ist entsetzensvoll lebendig und laut. Bringt nie mehr Fleisch. Wie kann ein Mann jagen, der allein und am Verhungern ist?, brüllt er los, als sei er in seinen vor Hunger verkrampften Gedärmen auf zusammenhängendes Englisch gestoßen. Er hackt das Holz so schnell, dass Richardson nicht mehr nachkommt, es auch ins Feuer zu werfen, er wirkt stärker denn je, und oft brüllt er mit hoher Stimme in einer grotesken Sprache. Richardson ist jetzt überzeugt: Leutnant Franklin und seine Gruppe sind nie in Fort Enterprise angekommen.

Was! Michel tobt vor Wut. Er scheint plötzlich lautlos zurückgekehrt und draußen vor dem Zelt zu sein und jene Bemerkung mitbekommen zu haben und wie sie wieder in ihrer Weißensprache reden! Mit gellender Stimme kündigt er an, er wolle auf der Stelle nach Fort Enterprise aufbrechen, er hätte aus Sorge um sie nie zurückkehren dürfen, sie könnten nicht gehen, und er werde sie nicht tragen, den Kompass wolle er nehmen und alleine losziehen .– Bringt mir bei, wie man ihn liest, dann wird es schon gehen, sagt er und verändert plötzlich die Tonlage, beruhigt sich, er wolle sich aufmachen, die Yellowknife suchen und dann zurückkehren mit etwas zu essen, er habe sie jetzt schon seit Tagen versorgt, er wolle sie retten, wenn sie ihm nur sagten, wie man es anstellt, nach dem Kompass zu gehen, er werde sie ganz bestimmt retten, sie müssten ihm nur das Instrument erklären.

Zur Jagd braucht es mindestens zwei, sagt er, wie man an jedem Wolf sehen kann. Jedes Tier hält weiten Abstand zu mir, wenn ich allein bin; es stinkt hier zu sehr nach Tod.

Und wo er nun einmal jeden Tag auf die Jagd gehe, werde er als Erster sterben, und er wisse wohl, was sie tun werden, wenn er tot sei. Essen werden sie ihn, genauso wie sie seinen Bruder am Ottawa-Fluss gefressen haben, das machen die Weißen so mit den Mohawk, wenn man sich nicht mehr gegen sie wehren kann, reißen sie einen einfach in Stücke und fressen einen auf – mit Haut und Haar!

Die drei Engländer starren ihn an. Sind sprachlos über seine – er kann ja gar nicht wissen, was er da sagt –, seine absurden, unfasslichen Worte. Schließlich gibt Hood Richardson ein Zeichen.

»Er hat Recht«, flüstert Hood, und Richardson zuckt konsterniert zurück. »Nicht … essen. Aber Ihr müsst, Ihr müsst Hilfe suchen. Könnt Ihr gehen?«

Richardson lächelt unbestimmt. »Morgen vielleicht, bis zu diesem Stein.«

»Dann muss Hepburn gehen, er ist der Einzige, der übrig geblieben ist, er kann es mit Michel zusammen – vielleicht … bis … Fort Enterprise schaffen.«

»Leutnant Franklin und Mr. Back werden uns niemals im Stich lassen …«

Zwischen schweren Atemzügen sagt Hood: »Natürlich

nicht, aber vielleicht ... vielleicht ist ... etwas passiert, und Ihr könnt nicht ... Hepburn, vielleicht hat er ... hat er noch etwas Kraft ..., ihn dürfen wir nicht ... auch noch ... opfern.«

Die Augen des Marinearztes John Richardson ziehen sich in ihre Höhlen zurück. Es ist denkbar, dass der Mohawk-Voyageur Michel Terohaute durch seinen unfasslichen Wutausbruch dem Unteroffizier Robert Hood zum ersten Mal die Möglichkeit gegeben hat – dem Matrosen John Hepburn steht es nicht zu, Derartiges seinen Vorgesetzten gegenüber zu äußern –, endlich jenes gemiedene Wort zu sagen: Opfer. Möglicherweise hätten die vier Marineoffiziere der Expedition sich schon früher dessen Unvermeidlichkeit eingestehen können, wenn sie einmal zwei Monate lang in einem Langboot auf See herumgeschaukelt wären, aber ihr Dienst an Land inmitten zahlloser Flüsse und Felsen und Ufer und Seen hat sie, seit sie den Strand von Hudson Bay verlassen haben, wunderlich genug, nur sehr wenig neues englisches Vokabular gelehrt. Land. Froststarr türmt es sich im Sturme nicht zu hohen Wellen wie die See, deren Bewegungen zu verstehen sie von Generationen gelernt haben; natürlich kann es durchwandert werden, aber es ist dennoch genauso endlos wie das Meer. Wo sie auch gehen, sie sind umzingelt von ununterscheidbarer Namenlosigkeit.

So abgeschnitten von der Welt, so gefangen von diesem Land, wissen die beiden zurückgelassenen Marineoffiziere, der vorgesetzte und der untergebene, dass ihnen jetzt nichts mehr bleibt außer vielleicht etwas Mut. Darüber zu sprechen ist nicht erforderlich, aber ein letzter Versuch muss unternommen werden.

Ein Versuch, der überhaupt nur möglich ist dank ihres englischen Dieners, des Matrosen von Northumberland und den Orkney-Inseln, der sich noch bewegen kann. Zunächst weigert sich John Hepburn, Hood zurückzulassen; doch unter Tränen ist er schließlich bereit, den Versuch zu wagen. Dies kann er natürlich nicht ohne Michel, der schon wieder einen Haufen Zweige klein gehackt hat, damit das Feuer nicht ausgeht. Michel wird gehen, ob sie ihm den Kompass geben oder nicht; und während jene seltsame Schwärze sein vom Frost zerstörtes Gesicht wieder schwärzt, fügt er hinzu, Hepburn müsse Schritt halten mit ihm. Er will einfach nicht hier sitzen bleiben und erfrieren und gefressen werden.

»Warum«, fragt Hood mit der Langsamkeit des Verhungernden, »redet er … so?«

An seinem erfrierenden Körper spürt er eine einzige warme Stelle: dort, wo der Rücken des Eingeborenen, wie Leutnant Franklin ihn immer genannt hat, beim Atmen seinen Rücken berührt. Sobald er sich, das Gesicht zur Zeltwand, unter seinem Fell ausstreckt, gleitet Michel in den Himmel eines schmerzlosen Schlafs, das Einzige, wonach Hood sich noch sehnt.

Richardson schüttelt den Kopf. Und Hepburn antwortet plötzlich, ohne gefragt gewesen zu sein.

»Er hat wohl Recht, Sir. Ich hab viele Seemannsgeschichten gehört.«

»Wovon?«

»Na ja«, zögert Hepburn, »auf jenem amerikanischen Freibeuter hatten wir oft Schwierigkeiten mit dem Proviant. Und dann ist der Stärkste immer der Schlimmste und wirklich gefährlich.«

»Und aus welchem Grund sollte dies so sein?« Richardson versucht, mit Handschuhen in seiner kleinen Bibel zu blättern, doch die steifen Seiten kleben zusammen.

»Die Stärksten, die können … zuerst töten.«

»Zuerst?«

»Wenn man zu schwach ist …, um sich noch zu verteidigen.«

Aber Richardson beharrt: »Man möchte von den Starken als guten Christen erwarten, dass sie den Schwachen beistehen.«

»Wohl, Sir, Christen, die erwarten sehr viel ...«

»Bei Amerikanern und im Krieg, nun gut ..., aber bei Engländern kann ich mir das nicht vorstellen, nicht einmal bei solchen von einfachem Stande.«

»Hunger macht schreckliche Dinge, Sir. Ich hab's erlebt.«

»Was habt ihr ...« Richardson hält inne, fährt dann jedoch, so gut es ihm gelingt, in seinem üblichen Gleichmut fort. »Nun, Mr. Franklin war gut beraten, die kräftigsten Voyageure mit Mr. Back vorauszuschicken, um Hilfe zu holen. Ein Führer muss immer ... seine Männer ... unter Kontrolle halten ... ehe sie unkontrollierbar werden. Ja, falls erforderlich, auch mit Gewalt.«

Richardson schaut beide an: im zuckenden Feuerschein näht Hepburn mühsam einen Riss in seinem Hosenbein über dem Knie zusammen, Hood ist unter seiner Felldecke vor dem hohen Hügel des schlafenden Indianers fast unsichtbar. Back – der kleinste, aber kräftigste Offizier, der gut Französisch spricht und ganz bestimmt am schnellsten schießt. Und rücksichtslos ist.

»Die Starken wissen es und haben deshalb Grund, die Verzweiflung der Schwachen zu fürchten ... aber ...«, Richardson fällt für einen Augenblick wieder in den Tonfall des Doktors zurück, als er sorgfältig analysiert, »solches ... Fleisch ... würde nicht mehr kräftigen. Wirklich nicht; weil es selbst Mangel gelitten hat. Es enthielte keinerlei Nährstoffe. Und wenn es dazu noch vom Skorbut geschädigt wäre ...« Er zuckt die Schultern. »Weniger als nutzlos.«

»Wenn ein Mann am Verhungern ist, denkt er fast nur ans Essen, Sir.«

»Dies ist mir klar. Wir aber«, hält dem Richardson ruhig

und behutsam entgegen, »wir sind Christen … Ihr, Hepburn, seid nicht so.«

»Nein, nein«, echot Hood.

Hepburn sagt nichts dazu; er ist bestimmt in besserer Verfassung als die anderen. »Ich kam auf einem kleinen Pachthof zur Welt«, erzählte er einmal diesen zwei Offizieren in Fort Enterprise. »Ich habe erlebt, wie der Hunger hinter jeder Ecke lauerte, und auf den Orkneys verhungern Leute.« Obwohl er nie darüber geredet hat, seit sie ihren Rückmarsch vom Meere angetreten haben.

Doch jetzt sind alle drei so weit, dass sie weinen könnten. Wäre Michel wach und hätte er, nach zwei Jahren, die er ihnen gedient hat, eine Vorstellung davon, was diese Fremden antrieb, so verzweifelt und ohne Rücksicht gegen sich selbst Meer und Land zu durchqueren auf Fahrten und Märschen, auf denen sie von jedem Einwohner erwarteten, ähnlich opferbereit zu sein wie sie selbst und ihnen zu Diensten, für nicht mehr, als was sie bereits als »angemessene Vergütung« deklariert hatten, ja, dass jeder bis zum Tod wie ein Sklave für sie zu schuften habe: wäre er also wach, würde vielleicht auch Michel weinen. Doch es ist Hepburn, der laut schluchzt.

»›Ihr sollt nicht tun nach den Werken des Landes Ägypten‹«, liest Richardson weiter, »›darin ihr gewohnt habt, auch nicht nach den Werken des Landes Kanaan, darein ich euch führen will … Darum sollt ihr meine Satzungen halten und meine Rechte. Denn welcher Mensch dieselben tut, der wird dadurch leben; denn ich bin der Herr euer Gott.‹«

Und weiter verkündet seine vom Hunger heisere Stimme: »›Niemand soll sich zu seiner nächsten Blutsfreundin tun, ihre Blöße aufzudecken … Du sollst deines Vaters und deiner Mutter Blöße nicht aufdecken; es ist deine Mutter, darum sollst du ihre Blöße nicht aufdecken … Du sollst deiner Schwester Blöße, die deines Vaters oder deiner Mutter Tochter ist, daheim oder draußen geboren, nicht aufdecken. Du sollst die Blöße der Tochter deines Sohnes oder deiner Tochter nicht aufdecken; denn es ist deine Blöße …‹«

Richardsons feierliche Kathedralenstimme will ihm fast versagen: »›… deiner Mutter Schwester oder … du sollst nicht deines Bruders Weibes Blöße aufdecken; denn sie ist deines Bruders … Bruders … … Bruders …‹«

Er verhaspelt sich und bricht ab. Hood lacht.

Die beiden anderen merken es, verstehen jedoch nicht gleich, warum in seinem Totenschädel ein Mund klafft und warum es seine skelettmagere Gestalt so krampfartig schüttelt, dass Michel mit einem Grunzen reagiert und wirkt, als wolle er sich auf ihn werfen, als er seine nackten Arme – einst mit Muskeln bepackt, jetzt dünne Stränge – in die Luft wirft, sich dann jedoch wieder zusammenrollt und das Büffelfell noch fester über sich zieht, sodass Hoods nackte Beine (mit den Füßen in Schuhen aus Seehundsfell) hervorschauen: gekreuzte, fleckige, blau angelaufene Stöcke.

Richardson beugt sich hinüber, zieht das Fell zurück und deckt ihn wieder zu.

»Mein V-v-vater«, stottert Hood zwischen schwachen Glucksern eines Schluckaufs, der aus seinem Gerippe steigt, »hat … nie … diese … Vespern gelesen!«

»Ich bin … mit den Lesungen … durcheinander gekommen … Ich halte mich einfach an Leviticus, aber das scheint nicht richtig zu pa…« Richardson bringt den Satz nicht zu Ende. Hepburn kriecht an ihnen vorbei.

»Vielleicht sollten es Morgenlesungen sein, Sir.« Hepburn ist schon fast im Freien. »Das Licht; ich glaube, es wird hell.«

Mag sein, aber es ist kaum wahrnehmbar, als Hepburn hinauskriecht und verschwindet; nur eine Spur von Helligkeit, die sich als dünner Strich in süd-süd-östlicher

Richtung entlang der Kante der Tundra zieht. Richardson legt seine kleine Bibel beiseite und macht sich an seinem Kalender zu schaffen.

»Dann muss es Sonntag sein. Der 20. Oktober«, sagt er nach einer Weile. »Vierzehn Tage, seit Mr. Franklin uns verlassen hat. Oder ist es Sonnabend?«

»Man soll … nie … hat Vater uns unterwiesen«, Hood zuckt immer noch leicht, »am Sonntag … reisen!«

Obwohl sie das, der Notwendigkeit gehorchend, so oft getan haben. Ist es der 20. Sonntag nach Trinitatis? Wenn es überhaupt Sonntag ist. Hood sieht diese Zahl mit der dürftigen Morgendämmerung zusammen erschreckend deutlich vor sich aufsteigen, und das verrückte Gelächter, das ihn niederstreckte und nach Luft schnappen ließ, bricht wieder los, als er hört, wie sein Vater, so lange nach Trinitatis, diesen schwerfälligen Text liest, irgendwo bei den Propheten sollten sie sein, immer an Sonntagen; wenn die ganze sittsame Familie sich ins Gewand ritueller Wohlgefälligkeit wirft, ehe sie, seinem schwarzen Talar folgend, hinüber zur Kirche von St. Mary zieht, zuerst die trostreiche Gattin und Mutter, sie, von allen, wahrhaftig die Güte selbst, hinter ihr, kerzengerade, die drei Söhne, Richard Junior, Robert-Robin und George-Porgy, bis in alle Ewigkeit der gesegnete König, und dann die tugendhaften Mädchen, Catherine und … das anglikanische Pfarrhaus wie aus dem Bilderbuch. Robert Hoods Kopf fließt über von Texten: Erinnere ihn an etwas, und es fängt an zu sprudeln, die Schleusen sind geöffnet, und die in seinem Gedächtnis aufgestauten Ströme heiliger englischer Worte überschwemmen alles, strömen schmetternd hinaus in diese arktische Morgendämmerung, dass man sie sehen und hören kann *Es hat das Silber seine Gänge und das Gold man macht der Finsternis ein Ende und findet zuletzt das Gestein tief verborgen und den Schatten des Todes wo will man aber die Weisheit finden denn die Tiefe spricht sie ist in mir nicht der Topas aus Kanaan und er sieht die Enden der Erde und bin voll Leides um meine Liebe hier ist ein schönes Täubchen er legt seine Hand an den Felsen und gräbt sie um dann tust du gütlich und dazu viele Tiere ja zürne immer und ewiglich wie die Jugend … die nicht wissen Unterschied was rechts oder links ist und ward sehr zornig und dazu viele Tiere, ja, ich*

»Doktor Richardson?«, flüstert Hood; wer weiß, wie weit Hepburn sich inzwischen geschleppt hat.

»Was denn?«, erwidert der Doktor in ebenso inniger Vertraulichkeit.

»Steht darin irgendetwas über die … Blöße einer Tochter oder eines Sohns?«

Richardson erschaudert. Er hatte angenommen, sie hätten in ihrem gemeinsamen Leid bereits über alles Notwendige gesprochen; zumindest für ihn (und deshalb glaubte er für sie beide) war der Hunger ein vollkommener Beichtiger gewesen. Aber doch nichts Derartiges; in welche Abscheulichkeiten der Kindheit lenkte Leviticus die Erinnerung dieses armen, sterbenden Jungen zurück? Wahrlich, es gibt mehr Dinge im Himmel und auf Erden – aber er kann seinem Freunde keinen Wunsch verweigern, nicht jetzt.

»Nicht darin«, sagt er schließlich und versucht sich auf Kapitel 18 zu konzentrieren. »Worum geht es …«

»Meine Tochter«, flüstert Hood, »oder vielleicht auch mein Sohn. Müssen gewaschen werden, ihre Blöße, ihre zarte Nackt…«

»Mein liebster Robert!«, unterbricht Richardson, bevor Hood weiterreden kann – weiß aber nicht, wie er fortfahren soll. Hood scheint geradezu auf einem Ellenbogen zu schweben und starrt ihn an, als suche er Gewissheit allein in seinen Augen. »Natürlich, natürlich wäscht … die Mutter …«

»O ja«, ruft Hood aus, »ja, sie wird waschen, o Greenstockings ist so reinlich, sie duftet frisch wie der Schein des Feuers, wie Moos, wie Holzrauch, wissen Sie, was das heißt, Doktor Richardson? nach dem Allerreinsten und Lautersten, und wenn das Kind geboren ist, ist sie ganz und gar rein ...« und setzt sich auf und ist nur noch ein klappriges Gestell aus geschundenen Knochen, das aber so laut brüllt, als hätte es immer noch genug Kraft zu gehen, wohin seine Augen es führten: Die steifen Finger zittern in Vorfreude auf jene sorgfältig geschriebenen Zahlensäulen, die ihm wie über die Seiten verteilte Baumstämme erschienen, eine Gestalt, die zwischen den Zähnen, wie immer beim Malen, die leuchtenden Farben und Pinsel zu halten schien, die sie als Nächste brauchen würde – »mit Sand und Rauch und Asche wäscht man sich am wohlriechendsten, ich habe gesehn, wie sie sich gewaschen hat, und dieses Mädchen – reinlich wie meine Mutter sie sich in ihrem Pfarrhaus erträumt hat –, wenn ich sie und meine Tochter mit zurück nach England nehme, oder meinen Sohn, sie wird meiner Mutter ihre Wäsche zeigen, denn es gibt immer Unreinlichkeit, mein Vater hat es einmal vorgelesen, hier steht's, ihr solltet es lesen, ›Wenn ein Weib Samen empfangen hat und ein Knäblein gebiert, so soll sie sieben Tage unrein sein‹, so hat er gepredigt, von der hohen Kanzel herab, sieben Tage! ›Gebiert sie aber ein Mägdlein, so soll sie zwei Wochen unrein sein, wie wenn sie ihre Krankheit leidet, und soll sechsundsechzig Tage daheim bleiben in dem Blut ihrer Reinigung‹! Greenstockings! Lies es!«

Hoods vom Hunger zerstörte Stimme schallt durch das fleckige Zelt und verstummt, als er neben Michel zusammenbricht, der sich zwar bewegt, aber nicht bereit ist, aufzuwachen; niemals wird er wegen des Geschreis eines Weißen aufwachen. Richardson ergreift ein Handgelenk, das nur noch aus Knochen besteht. Hepburn erscheint im Eingang des Zeltes.

»Was ist los, Sir? Sir!«

»Nein«, sagt Richardson ruhig. »Noch nicht. Er ist in Ohnmacht gefallen. Lass ihn; nur eine Ohnmacht. Unglücklicherweise.«

»Er nannte … einen Namen?«

Mit ruhigen Bewegungen deckt Richardson seinen aufs Skelett abgemagerten Freund wieder zu. »Neun Monate hat er ihren Namen nicht ausgesprochen«, ist alles, was er zu Hepburn sagt. Und weint wieder. Dann hebt er seine Bibel auf, beugt sich darüber und weiß doch, dass er jene Worte – wie konnte Hood sie nur so fehlerlos memorieren – vielleicht erst gestern gelesen hat, oder letzte Woche: Und da entdeckt er sie unter seiner Fingerspitze – Leviticus, Kapitel zwölf:

»Und der Herr redete mit Mose und sprach … der soll es opfern vor dem Herrn und sie versöhnen … vermag aber ihre Hand nicht ein Schaf … zwei junge Tauben … dass sie rein werde.« Würde also ein Paar Schneehühner ausreichen? Und Blut, natürlich, immer reichlich Blut.

Ihren Namen nicht ausgesprochen seit jener schrecklichen Januarnacht – vor neun Monaten? Bestimmt neun. Nicht einmal später, im Juli, als die Indianer sie am Coppermine zurückließen, kurz bevor sie diese nutzlosen Berge erreichten, in denen keine Spur von Kupfer zu entdecken war – es steht alles irgendwo in seinen Aufzeichnungen –, nicht einmal im Juli, als jene gefährliche Frau, deren Schönheit alle die Kämpfe auslöste, mit dem Jäger mit dem hübschen Gesicht verschwand. Oder war es mit dem anderen, dem von dem riesigen See, der im Nordwesten liegen soll, der Große Bärensee, war es mit dem anderen Yellowknife, The Hook? Sie hatten ihn mit Orden behängt – in seinen Aufzeichnungen ist alles genau festgehalten, Tatsachen um Tatsachen, die alle gefährlich waren. Und in seinem

Gedächtnis aufgehoben sind. In seinem Bericht wird er sie in angemessener Weise zusammenstellen und redigieren, wie üblich, um sie in eine zur Veröffentlichung geeignete und dem sittlichen Empfinden gemäße Fassung zu bringen.

Ein sehr kurzes Bibelkapitel. Acht priesterliche Verse für Greenstockings.

Soll er seine Aufzeichnungen verbrennen? Ein Opfer muss gebracht werden. Es müsste nicht unbedingt Blut sein, aber mit größter Gewissheit ein Brandopfer. Wenn er seinen Bericht jedoch nicht in der angemessenen Weise niederschreiben kann, wie Leutnant Franklin ihm anempfiehlt, müssen die Aufzeichnungen verbrannt werden. Wenn es auch für ihn ans Sterben geht, muss dies getan werden. Dinge haben sich ereignet, die nicht richtig verstanden würden; sie mögen in Erinnerungen ihren Platz haben wie Zähne, die man nicht verlieren kann, und wer immer überlebt, wer immer, muss berichten, was (nach sittlichem Ermessen) mitgeteilt werden darf. Danach: Erinnerung auslöschen, verbrennen.

Hepburn betrachtet Richardson, als wolle er im grauen Licht des Sonntag(Samstag?)morgens seine Gedanken lesen.

»Er ist ein guter Mann«, sagt der Seemann plötzlich, »bei meiner Ehre, Sir. Mehr weiß ich nicht über Mr. Hood.«

Richardson schaut auf das flach ausgestreckte Gerippe, das Hood ist; falls er nicht mehr ohnmächtig ist, schläft er jetzt. Wer wollte ihn an diesem Ort des Schreckens aufwecken? Er hat für alle seine Sünden mehr als doppelt bezahlt.

»Ja. Wir als Engländer«, Richardson schließt Hepburn leise mit ein, »halten das Andenken unserer seligen, ruhmreichen Toten für immer heilig.«

Doch als Michel sich aufrichtet, ist Hood sofort wieder

bei Bewusstsein, und jeder spürt plötzlich die Gegenwart des andern. In Hoods Kopf wimmelt es immer noch von unvollständigen Sätzen, und er tastet nach Richardsons Bibel, wo er die genauen Stellen finden will, die genauen Worte und alle Einzelheiten der Interpunktion, derweil sie weiterblättern und weiter und weit hinaus über das, was er gelesen hat oder je lesen wird *bis zum kleinsten Buchstaben oder Tüpfelchen* jedes Jota, das mit lautem Geräusch in ihm zu Eis gefroren ist, und er ist verdammt, sich hier in diesem höhnischen, unentrinnbaren Land an sie zu erinnern, nur damit sie in seinem Kopf wie glühendes Eis zerplatzen *aber Gott verschaffte einen Wurm und ich will da die Morgenröte anbrach und sie herumirren weil sie nicht zu essen haben du weißt es ja du weißt es ja und führe Kanaan die Zaunkönige die kleinen die Robin Rotkehls Bahrtuch trugen in seiner Zeit kannst du töten ich will Arcturus samt seinen Jungen heraufführen kannst dem Raben die Speise bereiten kannst du töten wenn seine Jungen zu Gott rufen um Speise kannst du weißt du zu töten du töten töte* aber sehen kann er nichts.

Ein Rabe könnte jetzt den Schnee von ihm wischen, und er wäre unfähig, auch nur ein Fleckchen seiner Schwärze wahrzunehmen. Hood spürt, wie sich eiskaltes Papier gegen seine Nase drückt, und kann nichts sehen; vielleicht ist es der Tanz eines Schneesturms. Wirklich? So lautlos, so ohne eine Bewegung der Luft? Er befühlt mit der Hand sein Gesicht: Ja, seine Augen sind offen. Es ist das Buch.

Er versteht jetzt, dass er sich nicht mehr wie ein Körper im Raum ausdehnt. Er ist ein Blatt Papier, das man zwischen gefrorene Felle gelegt hat, er selbst ist jetzt zu einem Teil der Berechnungen geworden, die er mit Bleistift aufgeschrieben hat, ist ein Fell, dem man besser die Haare abschabte und es äße, und deshalb muss er Michel etwas erklären, ja, er muss, er hält Richardsons Bibel in den Händen und entdeckt manchmal Stellen und sieht Wörter, die für einen Augenblick mit seiner Erinnerung zusammenstoßen. Richardson und Hepburn sind irgendwo in der Nähe und kratzen sich durch den Schnee bis auf die Felsen, und als Hood sich aufrichtet, fließt ganz langsam der graue Nebel vor seinen Augen zu scharfen Umrissen zusammen. Oben auf den Seiten sieht er jetzt fett gedruckt die Wörter »Hiob«, »Römer«, »Daniel« – es ist wirklich die Bibel, aber das schwache Licht, das gegen Mittag aufkommt, enthüllt ihm Worte, die er nicht wirklich zu sehen braucht, weil sie durch sein Bewusstsein schweben *so denn Gott das Gras auf dem Felde also kleidet das doch heute töten wird irregehen auf dem Felde macht euch töten Beutel die nicht veralten und er wird wahrlich töten in der zweiten Wache kommen oder in der dritten* und was er Michel erklären will, Michel, der hinter ihm im Zelteingang hockt, der so sorgfältig sein langes Gewehr reinigt für morgen, bestimmt brechen morgen jene beiden nach Fort Enterprise auf, ach ja, was er dem Mohawk ganz vorsichtig erklären muss ist, dass er *ihm nicht* zeigen wird, wie der Kompass funktioniert.

Nur der Engländer Hepburn kann dieses schöne Stück aus englischem Kupfer tragen, keinem Wilden darf dieses Mysterium der Zivilisation anvertraut werden, dieser schwebende Geist, dessen Nadel, wenn man ihr richtig durch das heikle Labyrinth von Zahlen zu folgen versteht, immer zu dem lächerlichen Spielzeugfort führt, wo ihre Rettung schläft. Wenn nicht die Raben und Wölfe hierher kommen, weil es ihnen an Nahrung mangelt, und sie haben jetzt seit sieben Tagen keine Spuren mehr gesehen, dann müssten die Tiere durch die westliche Mulde zwischen den Moränenwällen ihnen gleich eine ganze Herde Karibu geradewegs vor die Füße treiben und anbieten, sie zu erlegen, damit sie einmal genug zu essen bekommen.

Mein Vöglein mit dem Ringlein rot
Singt Leide, Leide, Leide,
Es singt dem Robin seinen Tod
Singt Leide, Lei –
zicküt, zicküt, zicküt

»Was?«, brüllt Michel hinter ihm. »Was sagt du?«

Robert Hood gelingt es fast, sich umzudrehen; einen Augenblick lang *ein Vogel wollte Hochzeit machen* hat er die Kraft, einen Blick hinter sich zu werfen.

Der Mohawk hockt dicht hinter ihm im Zelteingang und nähert sich, als wolle er ihn in seine langen Arme nehmen, denn mit beiden Händen hält er das Gewehr hoch und quer vor der Brust. Vielleicht erwartet er einen Angriff, es bedürfte ja nur einer leichten Drehung, um die Waffe gegen Hood zu richten. Dies jedoch tut Michel nicht, noch nicht. Er lehnt sich immer enger an ihn und zischt eine kleine Auswahl englischer Wörter, die wie eine schwarze Januarerinnerung zu explodieren scheinen:

»Ich sag dir, ich bring dich um, die ganze Zeit, ich sag dir, ich bring dich um, bevor du stirbst, sag ich dir, ich bring dich um, du …«

Hood aber kann nichts mehr behalten. Weder jene Januarnacht noch die Wörter, die sich Woche um Woche durch Winter und Frühling und die Erschöpfung des Sommers in diese Landschaft geflüstert haben, bis er sie genauso erkennt wie das Gefühl, dass er verhungert, da die Buße seines Fastens sich von einer Körperzelle zur nächsten bis hinab zu diesem letzten, fast unzusammenhängenden Geflüster frisst, das er sich in diesem Land des Guten, der Schönheit, der Zärtlichkeit, der Liebe nicht einmal im Traum hätte vorstellen können *Ich werde dich töten* Neun Monate lang haben diese Worte an ihm gefressen *bevor du stirbst* Wenn du das letzte Jota und Tüpfelchen Leides aufgebraucht hast, wenn du bei den Worten

Gott oder Vaterland oder Pflicht nichts mehr fühlst, unmittelbar bevor du stirbst, im Augenblick deiner letzten Verzweiflung *Ich werde dich töten.* Nein, der *Robin war kein Bräutigam* und *die Taube, die Taube bringt der Braut keine Haube*

ein Schluchzen stieg aus aller Munde
als sie hörten es schlug die Stunde
dem armen Robin Rotkehl rot

Warum? Warum? Oh-h-h-h-h-h, nicht einmal mehr ächzen kann er selbst; sind die Laute, die er hört, von Birdseye, die da irgendwo stöhnt? Nein, sie steigen aus seinem abgemagerten Körper, der auf diese Erde sinkt unter dem Druck der schweren, schweren Erinnerungen, die ihn immer schon, wie er jetzt erkennt, in die Tiefe gezogen haben; Erinnerungen an sein Bedürfnis, immer zu gehorchen und das sich früh in seinem Leben verwurzelte und wuchs – ein einfältiges, leichtgläubiges Kind war er, ein Kind, das glaubte, es wisse alles, nur weil es die vertrauensselige, einfache Welt englischer Kinderspiele kannte, Pflichterfüllung und unendlich kunstvoll ausgedachte Wörter

Meine Mutter die mich schlacht,
Mein Vater, der mich aß,
Meine Schwester, das Marlenchen,
Sucht alle meine Beenchen,
Bindt sie in ein seiden Tuch

Auf seinen Hinterkopf drückt sich ein Punkt runden, harten Eisens, so rund und so klein, dass es nur die blanke, Mut einflößende Zuverlässigkeit englischen Stahls sein kann, die sich in sein Haar drückt *im Augenblick deines Todes will ich* so tröstlich wie eines Kindes Gebet um

Vergebung, und er lehnt sich zurück und presst sich so fest er kann dagegen, schiebt sich mit seinem letzten bisschen inbrünstiger Kraft noch etwas höher, vielleicht kann wenigstens dies richtig und dauerhaft erledigt werden

Legt mich unter den Machandel …

Die letzte Silbe schwebt vielleicht schon in der Luft oder will gerade versuchen, zu schweben *baum … baum … baum …* doch sagen können wird sie der junge Robert Hood nie mehr.

Doktor John Richardson

Der 24. Oktober und der 25. Oktober 1821
Im Schutz eines Gebüschs

An den beiden Tagen, die auf Michels Tod folgten, hatten wir mildes Wetter, wenngleich mit dichtem Schneetreiben, und da die Sicht zu schlecht war, um einen geraden Kurs zu halten, blieben wir in unserem Lager zwischen einigen Krüppelkiefern etwa fünf Meilen von unserem Zelt entfernt. Hepburn entdeckte eine Spezies von Cornicularia, eine Art Flechte, die man essen konnte, wenn man sie anfeuchtete und über dem Feuer briet; obendrein war uns eine schöne Menge gesengter Stücke jener Büffelhaut geblieben, die einmal Hood gehört hatte.

Bis zu dem Zeitpunkt, wo er sich gegen uns stellte, hatte sich Michel gut und respektvoll gegenüber den Offizieren betragen, und bei Obstruction Rapids wurde in einem Gespräch zwischen Leutnant Franklin, Mr. Hood und mir der Vorschlag gemacht, ihm nach unserer Ankunft in einem Handelsposten eine Belohnung zu geben. Sein Charakter jedoch, der nicht durch einen Glauben in die göttlichen Wahrheiten des Christentums gestützt wurde, erwies sich als unfähig, dem Druck einer schweren Notsituation standzuhalten. Seine Landsleute, die Mohawk-Irokesen, sind im Allgemeinen Christen, er jedoch war in den uns vom Christentum eingeschärften Pflichten in keiner Weise unterwiesen und gänzlich unwissend und schien während seines langen Aufenthalts in diesem Teil des Landes die Verhaltensregeln angenommen und beibehalten zu haben, welche sich die Indianer hier selbst geben.

11 Aus der Tiefe des Sees

Mit einem Moosbausch zwischen den Beinen kniet Greenstockings in ihrem kleinen Unterschlupf. Jedes Mal, wenn die Schmerzen wieder anschwellen, lässt sie sich leicht nach vorne über ihren riesig gerundeten, schweren Bauch kippen, der sie auf den eingewinkelten Schenkeln aufrecht hält und über dem sie die Arme verschränkt hat. Wird dieses eigensinnige, kräftige Kind einmal geruhen, sie loszulassen?

Seit sie hier ist, geht die schwächer werdende Sonne zum zweiten Mal auf. Stunde um Stunde hat sie in dieses feuchte Spitzenmuster filzigen Grüns und brauner Ästchen gestarrt, wenn sie erschöpft die Stirn auf den steinigen Boden stützt. Immer, wenn sie wieder zu sich kommt, hört sie den See des Großen Bären, Sahtú, der unten zwischen den Felsen atmet, und fühlt in der Erinnerung an die ganze Länge und Tiefe jenes schwarzen Gewässers, aus dessen Abgrund sie sich endlich aufgestiegen weiß, ein steigendes Glück.

Das Wasser leistet ihr Gesellschaft; es schnaubt zwischen den gespaltenen, verwitterten Klippen des Sahtú, den hohen Borsten grauen Gesteins, die sich über ihr auftürmen. Seit der Prophezeiung heißt dieser Ort »Verbotener Fels« – und nicht einmal ihr Vater ist alt genug, um mit eigenen Ohren gehört zu haben, wie es der Prophet den Menschen mitgeteilt hat, obwohl er behauptet, ihn als kleiner Junge einmal gesehen zu haben, als er aufschaute und einen uralten Mann erblickte, der sich zu ihm niederbeugte und der auf beiden Augen erblindet war, die von einem langen Leben innerer Schau so riesig und eingefallen waren, dass ihre Höhlen mit der Klinge der Nase ein knöchernes Kreuz bildeten. Seit jener prophetischen Vision wagt keiner, im Kanu an dem Felsen vorbeizupaddeln, der wie ein Block urzeitlichen Eises, das in einen Turmhelm aus Granit übergeht, aus dem See ragt. Als die Tetsot'ine vor zwei Tagen auf der Ostseite des Sees entlangfuhren, schlugen sie deshalb ihr Nachtlager am gewohnten Platz auf, um die lange Portage hinter dem Verbotenen Felsen zu gehen und so das tiefe Wasser davor zu meiden; in jener Nacht hat dieses Kind in ihr mit einem tiefen Seufzer zum ersten Mal seine Absicht kundgetan.

Doch warum musste es dieser gefährliche Ort sein? »Warum«, fragt sie und fährt mit den Fingern über die Wölbung ihres Bauchs, spürt einen Hauch von Unwillen in ihrer überdehnten Haut, »wenn du wirklich hier deinen ersten Schrei ausstoßen willst, warum spielst du mir jetzt so mit und weigerst dich, geboren zu werden? Dann könnte ich endlich zärtlich zu dir sein.«

Keskarrah hatte sie lächelnd angesehen, als sie wegging, und sie verstand, was er meinte: scheint, als wäre dein Kind dir ähnlich – ist genauso widerborstig.

Sie muss lächeln, als sie sich daran erinnert, lässt sich wieder nieder, legt sich auf die linke Seite und zieht die Decke aus Marderfell, die ihr Greywing gebracht hat, über ihre Blöße. Die kleinen Tiere sind immer zur Hand und warm, und ihre samtige Weichheit ist eine angenehme Hülle. Das Lager ihres ganzen Stammes liegt hinter einem Hügelkamm; alle lassen es sich so gut wie möglich gehen, denn die Tage des Wartens dürfen auf ihrem Zug im Gefolge der Tiere nur eine kurze Unterbrechung sein; hören kann sie nichts vom Lager, nur das Flüstern der dünnen Bäume, das sich mit dem Seufzen des Sees vermischt. Alles wartet, und sie befindet sich in einem Abgrund von Einsamkeit. Käme jetzt eine Wölfin auf seidig pelzigen Pfoten leise hinter den Felsen hervor oder stiege vom See herauf – wie sie es einmal für die Kupferfrau getan hat, ja! Komm doch, komm! –, o wie froh würde sie sie willkommen heißen.

»Komm zu mir, meine Schwester, du hast so viele in die Welt geholt, komm, heiß dieses Wesen willkommen, das sich vor ihr fürchtet, komm, sing ihm Mut zu.«

Die ganze Kraft der Wölfin umschmiegt sie, die lange Zunge der Wölfin wischt ihr die Tränen von den Lidern, und im Boden spürt sie ein schwaches, rhythmisches Schlagen; sie ist ein Doppelleib aus einem inneren und einem äußeren Teil, die innig miteinander verschlungen sind. Langsam holt der heilige Schlag der Trommel sie in ihr Kraftfeld. Die anderen sind alle dort drüben, aber nah. Birdseye kann nicht mehr gehen. Von allen wird sie verehrt, und jetzt trägt man sie aus der Erschöpfung ihrer einjährigen Qual in den Süden unter die Winterbäume, wo immer sie aufhören will zu atmen, vielleicht im gleichen Augenblick, in dem dieses kleine Wesen damit beginnt; Keskarrah ist ein Mann und kann Greenstockings genauso wenig helfen wie Broadface, der immer nur zur Jagd geht. Doch ihre Fürsorge und Liebe für sie pulsieren wie Blut durch dieses Land, ganz besonders an diesem Ort einer Furcht erregenden Vision, im schnabelförmigen Schatten des Verbotenen Felsens.

Sie denkt dauernd an das Kind, dieses weiche, schwere Steingewicht, das sich dreht, sich immer noch weigert zu kommen und auf seinem Eigensinn beharrt. Doch dies ist sein guter und unabhängiger Wille, der ihr nicht gehört; ihre Seele öffnet sich in ein großes Licht, und sie sieht das Kind hinabspringen zum Wasser, wo sich Wellen kräuseln, und am Strand auf und ab laufen, sieht es mit seinen langen Beinen und dem von Karibufleisch wohlgenährten Bauch zwischen den Blumen der Tundra über rund geschliffene Felsen und dicke Moospolster hüpfen und mit offenem Mund atmen und lachen. Sie sieht Land und Kind und Himmel und lässt sich von diesem Bild forttragen, als der harte, pochende Schmerz sie wieder auf die Knie zwingt und in ein von Wehschreien rhythmisch begleitetes Wiegen versetzt, in dem ihr ein anderes Gesicht ganz scharf erscheint – sieht sie sich selbst? wie sie einmal hüpfte und sprang? ist es Greywing? oder ist es dieses harte Kind aus lebendigem Stein? schon herangewachsen nach ein paar Jahren an ihrer Brust und auf ihrem Rücken? das so gelöst und kraftvoll umherläuft, weil sie ihm nie nachlassende Fürsorge in leidenschaftlicher, freiwilliger Unterordnung geschenkt hat, nach dem schweren, aber doch nur kurzen Augenblick des Gebärens?

So kurz wie jener Augenblick, als ihr Blut ihr sagte, dass sie eine Frau werden würde. »Verbirg es nicht, wenn es kommt«, hatte Birdseye sie gewarnt. »Du wirst dich schämen, aber du darfst es nie verbergen, denn es ist zu mächtig und gefährlich, und Männer können sterben, wenn sie dich berühren.« Aber es kam schnell, und sie musste sich an den Ort ihrer Absonderung zurückziehen, alleine dort warten, wo ihr die Frauen befohlen hatten, sich unter einem Baum zu verbergen, zwei Tage lang, ohne etwas zu essen, bis lachend eine alte Frau mit einem großen Pelzumhang herbeikam, um sie zuzudecken, als sie mit eng an den Bauch gezogenen Knien auf der Erde hockte – wie hart und flach damals ihr Bauch war; heute könnte sie das nicht tun! – und die Knie umklammerte und tagelang in diesem Pelzzelt wie unter einer warmen Haube ausharrte und über die Knie hinweg vor sich hin schaute – Geduld also und wundervolle Ruhe, warten, während ihr Körper auf unwiderrufliche Weise innerlich auf Reisen ging und andere Frauen ihr Wasser brachten, das sie durch ein Röhrenknöchlein trank, das meiste davon aber verschüttete, um ihre Lebenskraft zu stärken, und Greywing und andere kleine Kinder mit Speisen kamen – getrocknetem Fleisch, aber keinen Beeren, weil die dem Blut so verwandt sind – und sie nur einen einzigen Bissen zu sich nahm und ihnen den Rest schenkte, damit sie immer großzügig sei; geduldig und ruhig war sie damals, während der Mond durch seinen ganzen Kreis lief, und glücklich war sie über den dunklen Blutstreifen ihres unaufhaltsamen Frauwerdens. Damals, als Birdseyes Gesicht noch schön war und heil.

Drunten huschen die dunklen Wasser des Sahtú in einem langen Keil vor dem Winde her, schnell wie die Wolkenfetzen, die zum Horizont fliegen, wo es keine Uferlinie gibt; sie fürchtet sich nicht vor diesem ungeheuren See, nicht einmal wenn der Rand des Felsens erbebt, auf dem sie kauert.

Dieses Beben ist nicht von einer Trommel. Es ist ein tiefer Schauder, als habe Der Verbotene Fels zu dem gewaltigen Wasser gesprochen und als sei die Erde, die allein den bodenlosen See zu fassen vermag, wachsam und erwarte eine große Flut oder eine Explosion. Kann ein See ebenso schmelzen wie ein Berg und Wasser vom Himmel regnen lassen wie Felsen? In ihrer Erschöpfung bekommt Greenstockings plötzlich Angst. Wäre Keskarrah bei ihr, würde er ihr auch diese Geschichte erzählen, die schwierige Geschichte von einer letzten Flut oder einem letzten Vulkanausbruch, die sich unter ihren Füßen gerade selbst zu erzählen beginnt. Was könnte sie überfluten, was überwältigen in diesem Land, das fest und sicher in Schalen aus Wasser und Eis gehalten wird?

Ehe das Kind diesen Ort für seine Geburt erwählte, hat sie es nie gewagt, hier zu knien und diesem Ton zu lauschen; nie hat sie das Echo dieser unterirdischen Rhythmen in ihrem Körper gehört. Obwohl sie oft dabei war, wenn ihr Vater die Geschichte von der Prophezeiung erzählte:

»Als ich den Propheten sah, war ich noch ein kleiner

Junge; er aber war schon so alt, dass er alles bereits zweimal erlebt hatte, alles, was es auf der Welt gab, hatte er mit dem einen milchigen Auge auf der Seite seines Herzens gesehen; sein rechtes Auge war geschlossen, und er öffnete es nie, weil er so am klarsten ins Herz der Dinge schauen konnte. Jemand, dem diese Kraft verliehen ist, sieht oft mehr, als er will. Du fürchtest dich davor, ein wenig von etwas zu verstehen. Einst, lange bevor wir von den Weißen gehört hatten, hatte er in einer Nacht am Ort, wo sein Stamm Rast machte, um am nächsten Morgen die Reise fortzusetzen, eine Offenbarung. Die ganze Nacht hindurch sang er zu seiner Trommel. Keiner ging schlafen; alle blieben auf und hörten ihm zu. Am Morgen hat er ihnen alles enthüllt.

›Ich glaubte zu hören‹, hob der Prophet an, ›dass Leid über uns kommen werde wie fallender Regen; deshalb sang ich. Hört! Als ich sang, sah ich, wie fremde Menschen an diesem Ort ankamen, Menschen, die so blass waren wie Fleisch, das im Wasser gelegen hat. Sie waren in unglaubliche Kleider gehüllt. Sie drangen in den harten Bauch dieses Felsens ein, durch ein Loch, das sie dort geradewegs ins gefaltete Gestein schlugen. Sie hatten Werkzeuge, die härter waren als der Fels, aus dem sie unter entsetzlichem Getöse ein Loch rissen, sodass der Fels Tag und Nacht lauter schrie als alles, wofür wir eine Erklärung gehabt hätten und man ihn sogar noch hörte, wenn man schon zwei Tage lang über den See gepaddelt war.

Aus diesem Loch zogen sie lange Felsenstangen, die dünn waren wie Arme und so gefährlich leuchteten, dass sie dir die Hand zu Luft schmolzen, wenn du sie berührtest. Dann segelten riesige Vögel auf grauen Bäuchen auf den Sahtú nieder, verschluckten die Stangen, die man aus dem Berg gerissen hatte, und flogen wieder davon, brüllten vom Wasser in die Luft und donnerten nach Süden, wer weiß wohin. Dies habe ich selbst gesehen, und so wird es geschehen. Der Fels hörte nicht mehr auf zu stöhnen. Und wenn der Fels stöhnt, will er uns warnen: Passt auf! Seid auf der Hut. Es kommen immer mehr fremde Menschen, immer mehr fremde Feuer, seid vorsichtig!‹«

Warum aber, wenn die Welt unermesslich ist und das Land endlos, warum verlangt dieses Kind danach, hier geboren zu werden, und sträubt sich dennoch dagegen? Der Verbotene Fels gibt uns eine Warnung, deren tieferen Sinn nicht einmal der Weiseste verstanden hat. Und hier muss sie warten, hier muss sie mit der Erde das Unbegreifliche, das sie zu erdulden hat, beweinen.

Durch einen Schlitz im Zelt erkennt sie Bewegungen: Es sind zwei umherschwebende Raben. Lange Schwingen scheinen sie zwischen Luft und Himmel zu tragen, und ihre kleinen, gedrungenen Körper glänzen im Licht. Ihnen überträgt sie ihre Schwere. Die Raben steigen höher über das grüne, von Blumen belebte Land des Sommers, die blauen Adern gewundener Ströme, die hohen steinernen Flüsse der Esker, die ihre Grate durchs flache Land nach Norden strömen lassen bis in die weiße Gischt der Stromschnellen und in Seen, die schäumend ins Grün anderer Gewässer überfließen. Schwarz schneiden die Bewegungen der Raben ins Land. Fließen sie in eins, spannen sie ihre vereinten Flügel zu einem einzigen, Licht und Süße spendenden Himmel aus, zu einer Hülle für die Wärme der Menschen, die jeden umgibt und sich von Haut auf Haut überträgt? Sie scheren ab, segeln in weiten Schleifen auseinander und werden wieder eins. Oh, Rabe zu sein, oh, auf dem Wind nach Norden zu fahren und von oben aufs schwebende Rückgrat der Erde zu schauen!

Geduldig hat sie unter ihrem Frauenumhang von dem Wasser getrunken, das man ihr gereicht hatte, doch nur einen Schluck durch einen Schwanenknochen genommen; sie trug das Stäbchen-Halsband, um sich durchs schwere Haar kratzen zu können, und in den Kniekehlen trug sie Schneehuhnfedern, damit sie ihr ganzes Leben lang laufen kann. Gegen Müdigkeit sollten die Gänsefedern wirken, mit denen sie ihre Beine streichelte, wenn sie hockte, und durch die sie dann mit einem kräftigen Atemstoß blies, dass es sich wie ein »o-o-o-o-o« anhörte – die Mitte seines grünen Namens, die sie noch nicht einmal träumen konnte, begann niederzukommen – »o-o-o-o-o-o.«

Sie verharrt auf dem geäderten Felsen. An ihren Knien vorbei sieht Greenstockings dort, wo die schützenden Zelthäute nicht den Boden berühren, den schönen Kopf von Greywing, sieht ihre Gestalt auf dem Sattel des Hügelkammes auftauchen. Sie ist eine Frau, die Männer beobachten sie schon, und wenn im Tal die Hirsche ihr Brunstgrunzen ertönen lassen, werden sich einige Männer ein Herz fassen, Keskarrah um ihre frische Wärme zu bitten, sie nehmen zu dürfen, um ihre Lust oder ihre gastfreundliche Sanftheit zu entdecken. Wenn sie sie lässt. Mit langen Schritten, kraftvoll wie die Stimme des Felsens, bringt sie Essen, und es gibt nichts, wovor sie sich hier oder anderswo fürchtet. Doch hinter ihr erscheint eine andere Gestalt, die einer alten Frau, der Mutter von The Hook. Bei ihrem Anblick fährt Greenstockings ein Schmerz durch den Körper, der sie hinstreckt und aufstöhnen lässt.

Mühsam richtet sie sich wieder auf die Knie, wie man ihr gesagt hat, hechelt, presst, presst wieder, und es will ihr fast den Körper zerreißen, weil sich das Kind nicht rührt, obwohl zwischen ihren Beinen Platz für mehr als einen Mann ist. Das Kind aber weigert sich. Die alte Frau ist neben ihr, legt ihr eine starke, warme Hand auf den Rücken und streichelt ihr mit der anderen den Bauch. Fast lautlos singt sie:

Es ist Zeit, dass du atmest, kleines Kind,
Komm heraus, komm heraus,
Es ist Zeit, dass du isst, kleines Kind,
Komm heraus, komm heraus, beiß in die süße Luft.

Greywing benetzt die Finger mit Wasser und wischt ihr das Gesicht ab, fängt in der nassen Hand die Schreie Greenstockings' auf, die noch von demselben Rhythmus gewiegt wird, der in ihren Ohren pocht, und die mit weit aufgerissenem Mund nach Luft schnappt. Wasser und Blut fließen in dicken Strömen an den Schenkeln entlang aufs geduldige Moos. Sie packt die beiden festverwurzelten, über ihr aufragenden Bäume, presst, presst, bis es sie fast zerreißt und alle Muskeln in einem Krampf erstarren. Nur drücken, drücken. Aber das Kind will nicht.

Als der Schmerz etwas abflaut, hilft die alte Frau ihr in eine bequemere Stellung; sie liegt jetzt mit ihrem ganzen Gewicht auf der rechten Körperseite und schaut durch die Schlitze im Zelt nicht mehr auf den See, sondern hoch ins Fichtengrün und die riesigen Felsen. Das Gesicht der Frau, die sich über Greenstockings beugt, leuchtet, und von ihren Augen und Mund geht ein Strahlen aus, als wohne in den Falten ihrer alten Haut das Gute selbst.

»Wird dir bald sein Gesicht zeigen«, sagt sie leise kichernd. »Aber es fürchtet sich noch, weil es aus einem Land hinter so vielen Flüssen kommen musste.«

»Von viel weiter her«, flüstert Greenstockings mit zusammengebissenen Zähnen.

»Ach ja! Übers stinkende Wasser«, sagt die alte Stimme so ruhig und rücksichtsvoll, als wisse sie von nichts. »Wenn es eine so lange Reise hinter sich hat, ist es sehr stark.«

»Wird es … erschöpft sein?«

Energisch schiebt die alte Frau die Hand unter die Pelze, die Greywing über der Schwester ausgebreitet hat, betastet den glänzenden, in Erwartung der nächsten schweren Wehe zuckenden Bauch.

»Nein, nein«, sagt sie und stützt mit der anderen Hand fest wie ein Fels, genau an der richtigen Stelle und wundervoll wohltuend Greenstockings Kreuz. »Nein, es ist sehr kräftig, man kann es spüren. Das wird länger leben als euch Zeit bleibt, das Lager zu teilen.«

Und einen kurzen Schauder lang ist ihr, als würde sie noch einmal den dünnen Robert Hood erleben, der seine Arme um sie schlingt; ob lebendig oder tot, nein, sie werden sich nie mehr aus dieser Umarmung loslassen, in der sie die Beine übereinander schlägt und in die Falte zwischen seinen schmalen Hinterbacken legt und ihn zu sich zieht, ihn festhält, ihn verwurzeln lässt in ihrem Leib und ihre Schultern mit seinen Händen verschmelzen und sie sich Angesicht auf Angesicht begegnen: ihr Kind muss werden und wird sein; mit ihm hat es begonnen, und der flatternde, schwellende Schmerz ihres Mutterleibs sagt ja!

»… der Schrei eines Neugeborenen am Ufer des großen Sahtú«, hebt die alte Frau ihr uraltes Gebärlied an und lässt beide Hände liebkosend und kreisend über dieses große Geschenk wandern. »Oh, es ist stark, es wird kommen, komm! Mädchen können ein so schönes Kind nicht aufspüren, nein, nicht einmal viele schöne Mädchen. Aber eine Frau kann es, du kannst es, du musst nur klein aussehen, musst dich winzig machen, und dann erscheint es mitten im Abdruck des gespaltenen Hufs eines Karibus im Moos als das im Vorübergehen zurückgelassene Gute selbst, klein und vollkommen, nicht größer als ein Daumen, und schreit nach dir!«

Derweil bettet Greywing Greenstockings' Kopf zwischen ihren Schenkeln, wischt ihr den Schweiß vom Gesicht und füttert sie mit Blutsuppe, versucht, ihr Geschichten zu erzählen, die sie auf andere Gedanken bringen, und spricht über die Leute, die heute einmal warten und sich ausruhen dürfen.

»The Hook redet mit unsrem Vater wie Bigfoot geredet hat, als er ankam; den ganzen Tag sitzen sie zusammen und essen und reden. The Hook sagt: ›Wir müssen nach Süden zu den Händlern‹, und unser Vater antwortet: ›Es gibt hier gute Karibus, und mit denen ziehen wir nach Süden‹, dann meint The Hook: ›Unsere Gewehre können nicht ohne Pulver schießen‹, und unser Vater hält dagegen: ›Natürlich nicht, aber gibt es denn keine Bäume mehr für Hürdenfallen, keine geflochtenen Darmseile für Fangschlingen, keine Flüsse, wo wir Karibus erlegen können?‹ The Hook aber lacht darauf nur: ›Bigfoot hat es schon fast bis zu den Händlern geschafft, und wenn wir nicht bald gehen, kriegt er alle Gewehre!‹, und unser Vater gibt ihm lachend zurück: ›Und bekommt einen noch größeren Kopf! Verstehst du denn nicht, dass ich ihn zurücklassen wollte, damit er mit dir geht? Wir haben schon genug Beile und Nadeln und Töpfe zu tragen, und wenn wir alle Gewehre, die wir haben, zu Speerspitzen hämmern, brauchen wir diese Händler zwei Jahre lang nicht, und mit etwas Glück drei.‹«

Greenstockings hat wieder etwas zum Lachen, denn aus Greywings Stimme hört sie den feinen Spott ihres Vaters, mit dem er so treffend das Land den Jägern erklärt, deren Gedanken nicht weiter reichen als »Töten! Töten!«, auch wenn es um sie herum von Karibu wimmelt oder eine Herde gerade über den nächsten Hügelkamm zieht.

»Du hast es doch erlebt, wie sich die Händler widersprechen«, rechtet Keskarrah. »Sie wollen, dass wir Karibu jagen, wie wir es immer getan haben, weil auch sie Fleisch zum Leben brauchen und weil es ihnen zu weit ist, ihre Nahrung vom stinkenden Wasser bis in ihre Häuser zu tragen – zugleich aber wollen sie, dass wir *anders* leben. Sie erwarten von uns wirklich und wahrhaftig, unser Leben darauf zu verwenden, kleine Tiere zu töten, so viele wie möglich.«

Worauf The Hook erwidert: »Kleine Tiere gibt es in großer Zahl, und die Händler wollen nur ihre Pelze.«

»Aber wer isst denn schon Fuchs oder Marder, wenn er nicht gerade am Verhungern ist?«

Darauf bleibt The Hook die Antwort schuldig; er glaubt ja selbst nicht, dass es eines Jägers, der mit ganzen Geweihwäldern riesiger Karibuherden zusammen an den Hügelkämmen entlang und hinab zu den Seen der Eiszeit zog, würdig ist, durch Schnee zu stapfen und kleine, steinharte, gekrümmte Tierleichen einzusammeln oder nach angefressenen Stümpfen von Karibuläufen zu suchen. Nachdem er eine Weile höflich gewartet hat, fährt Keskarrah fort:

»Die Karibu haben uns immer gegeben, was wir zum Leben brauchen. Warum also sollen wir die kleinen Tiere töten? Um den Weißen gefällig zu sein? Warum? Um uns kaputt zu machen und – sommers wie winters – wie beladene Hunde mit ihren Pelzen durch die Tundra zu den Händlern laufen? Um Pulver für die Gewehre zu bekommen? Wenn wir ihre Gewehre nicht benutzen, brauchen wir auch kein Pulver und kein Blei. Messer und Nadeln aus Eisen sind natürlich sehr gut, und Kessel auch, aber von der Kupferfrau haben wir immer kupferne bekommen, und die waren ausgezeichnet.«

»Aber wenn die anderen Dinge von den Weißen haben«, beharrt The Hook listig, »müssen auch wir sie haben.«

»Warum?«

»Gewehre sind zum Töten gemacht und können genauso gut uns töten. Wenn unsere Feinde Gewehre haben ...«

Keskarrah macht wegwerfende Handbewegungen, als wolle er die letzten torkeligen Moskitos des Sommers verscheuchen. »Wir kennen schon genügend Arten zu töten und brauchen nicht noch mehr.«

»Bigfoot will nur noch mit Gewehren jagen, weil es so leicht ist …«

»Das wissen wir alle. Und wir wissen auch, dass er im letzten Winter wiederholt seine jungen Männer zu Dickes Englisch geschickt hat: ›Gebt uns mehr Pulver, damit wir jagen können!‹ Haben wir es wirklich nötig, von den Weißerde-Männern Dinge zu erbetteln, um in unserem eigenen Land zu leben? Pah!«

Keskarrah schleudert seinen Abscheu heraus, als wolle er ins Zelt spucken; nicht einmal The Hook fällt dazu noch etwas ein, und der Mund bleibt ihm offen stehen.

Keskarrah aber starrt nach oben in den vom Feuer aufsteigenden Rauch, der wie ein leises Gebet ist.

»Ich glaube, Menschen können sich dadurch umbringen, dass sie zu viel tragen«, sagt er. »Und außerdem gibt es da noch die Weißenkrankheit. Natürlich tauschen sie die nicht gegen Pelze oder Nahrung, nein, nein, aber es passiert trotzdem oft, dass jemand ihre Krankheit bekommt. Als eine Art Geschenk, nehm ich mal an … etwas von den Weißen eben, als kleine Zugabe, gewissermaßen. Als ich ein Junge war, starben mehr als die Hälfte aller südlichen Cree und Pointed Skin an einer Krankheit mit blutigen Blasen, gegen die es keine Medizin gab. Von den Wölfen oder den Felsen hatten sie sie nicht bekommen, auch nicht von den Karibu. Und nicht einmal die besten Gewehre der Händler konnten die Krankheit töten.«

Während sie Greywing zuhört, vergisst Greenstockings fast ihren Körper. Zu Beginn des Sommers, an einer Stelle am Fluss der Kupferfrau, wo man manchmal das Meer riechen kann, wenn man in der Morgendämmerung ein bisschen Geduld hat, stellte Greenstockings fest, dass Bigfoots Kopf inzwischen zu dick geworden war für den schwarzen Hut der Weißerde-Männer. Es geschah, als

Dickes Englisch The Hook eine schimmernde Medaille gab, die er sich um den Hals hängen konnte, und dieser ihm dafür alles Fleisch überließ, das seine Leute hatten; Bigfoot schaute zu, und sein Gesicht war schwärzer, als die Sonne es hätte brennen können. Dann erlebte sie zum ersten Mal, dass Bigfoot etwas sagte, während ihr Vater noch sprach:

»Diese Englischen«, erklärte Bigfoot damals und starrte über den Fluss in den fernen Dunst über den Bergen der Kupferfrau, »haben uns keine Krankheit gebracht. Aber viele gute Geschenke.«

Ihr Vater wartete absichtlich eine Weile, um sicher zu sein, dass Bigfoot ausgeredet hatte.

»Geschenke«, sagte Keskarrah endlich und fuhr mit überwältigender Schonungslosigkeit fort, »Geschenke. Verteilt an die, die genau tun, was ihnen befohlen wird, verteilt an alle, die wie die Halberde-Männer für sie schuften. Geschenke, die wir dann noch selbst tragen müssen.«

»Aber wir rauchen ihren Tabak«, hielt Bigfoot ihm entgegen, wich jedoch seinem Blick aus. Keskarrah ließ nicht locker:

»Was haben wir außer etwas gutem Rauch von diesen ›Geschenken‹ gehabt?«

»Keiner ist gestorben.«

»Zwei Jäger sind tot.«

»Der See hat sie geholt. Und wir sind ohne Krankheit durch den Winter gekommen.«

Keskarrah lächelte etwas. »Haben wir und unsere Vorfahren frühere Winter nicht auch gut überstanden?«

»Sie sind zu uns gekommen und sind unsere Gäste!«

»Das ist wahr. Wir sind Menschen, denen es aus dem Herzen kommt, wenn sie Gäste willkommen heißen. Man kann aber von niemandem verlangen, dass er für Gäste sein ganzes Leben ändert.«

Daraufhin sagt Bigfoot mit großem Nachdruck: »Es ist so, wie ich bei ihrer Ankunft sagte: Sie sind da, und wir können es nicht ändern.«

»Ich weiß«, antwortet Keskarrah und ist plötzlich traurig. »Vielleicht verschwinden oder sterben ja Diese Englischen, und wenn, dann hoffentlich bevor sie finden, was sie hier suchen. Das Land wird schon mit ihnen zurechtkommen, aber ich glaube, dass die Kupferfrau ihnen weniger Kupfer für ihre Riesenboote gibt als uns. Die weißen Händler jedoch bleiben uns erhalten, denn die haben gefunden, was sie wollen, nämlich Pelze. Und sie werden noch herausfinden, wie sie uns dazu bringen können, zu begehren, was sie haben, das ganze aufeinander gestapelte Zeug von diesen Weißerde-Leuten, das die Menschen habgierig machen kann, weil sie immer mehr davon wollen, immer nur ein klein bisschen mehr, bis sie schließlich so viel besitzen wie die Weißerde-Leute und andere Menschen zwingen müssen, das ganze Zeug für sie zu tragen, weil es sonst gestohlen würde.«

»Stehlen … wir haben doch immer Frauen gestohlen.«

»Von den Weißerdigen kann keine gute Frau kommen.«

»Aber der Mann braucht doch eine, um leben zu können.«

»Ja … genauso wie eine Frau einen guten Mann braucht zum Leben.«

»Manchmal muss man halt eine stehlen.«

»Ja, Männer tun das manchmal, aber üblich ist es nicht, weil Männer und Frauen sich auf andere Weise finden können und dann beide wollen, was sie gefunden haben. Und«, fügte er nachdenklich hinzu, »es gibt alte Männer, die immer wieder Geschichten von so einem Diebstahl erzählen, als ob sie's nicht besser wüssten.«

Damals, auf dem Geröll eines Hügels am Fluss der Kupferfrau schauten Keskarrah und Bigfoot sich fest in die Augen, und jeder schloss aus dem Tonfall des anderen genau, was er meinte. Neben den Kanus der Voyageure, in denen sich das Zeug der Weißerde-Männer stapelte, sprach The Hook mit Dickes Englisch, und aus einer gewissen Entfernung sah die große Medaille, die er um den Hals hängen hatte und die in der Sonne glänzte, aus wie die, die Bigfoot ein Jahr zuvor auf dem schwarzen Sand am Ufer des Tucho bekommen hatte – damals, als die Flagge wie ein Leuchtfeuer brannte, aber keiner begriff, was es bedeutete. Daran mussten sie jetzt wieder denken.

Keskarrah drehte sich um; eine Weile lang schaute er nachdenklich zu den Bergen der Kupferfrau am nördlichen Horizont. Schließlich sagte er, noch trauriger als zuvor:

»Die Kupferfrau wurde gestohlen, aber von Feinden, und du weißt, dass dies zu dem großen Geschenk führte, das sie uns gemacht hat und das über die Geschichte hinaus von Bedeutung ist. Ein Mann mag sich ja im Glauben wiegen, Macht über eine Frau zu haben; doch wenn er eine nimmt, die ihn nicht will, dann kann sie dafür sorgen, dass er immer den Geschmack von Hundescheiße im Mund hat, auch wenn er versucht, sie zweimal am Tag zu prügeln.«

Auch Bigfoot ging die Geschichte von der Kupferfrau durch den Kopf: wie sie Jahr um Jahr tiefer in jenen Berg versank, immer mehr in die Erinnerung an ihre Schändung flüchtete und ihren ganzen Kupferschatz mitnahm.

»Wenn Diese Englischen sie finden«, folgerte Keskarrah, »werden bald nicht einmal mehr ihre Haarspitzen für uns übrig bleiben.«

Am Ende, jetzt wieder ganz klein, fragte Bigfoot: »Aber was meinst du? Wie sollen wir denn nur mit diesen Fremden umgehen?«

Keskarrah erwiderte überraschend darauf: »Ich bin etwas ratlos.«

Und Bigfoot wartete, und der Wind wehte.

Keskarrah murmelte: »Ich glaube …, das Land selbst muss sich wehren. Birdseye ist zwar noch am Leben, aber trotzdem haben die Weißerde-Männer sie gestohlen. Zu deutlich hat sie die Fremden in ihrem Traum gesehen und beobachtet, was sie tun werden, und jetzt ist sie leer. Wir müssen beten, dass das Land alle Fremden holt, bevor sie uns stehlen.«

In ihrem Wochenlager unter den gebogenen Bäumen erinnert sich Greenstockings wieder an die Macht, die von ihrem Vater ausging, als er damals neben ihr stand, während sie den Schneeschuh flocht und sie vor der großen Gefahr schützte, die nur er in der Spitze von Hoods schwarzem Bleistift erkannte. Hood, der für immer verschwunden ist. Vielleicht hätte ihr Vater auch Birdseye beschützen sollen; aber wäre das überhaupt möglich gewesen? Heute ist klar, dass Bigfoot damals am Fluss nichts begriff, ebenso wenig wie Greenstockings, die auf ihrem dicken Bauch in die Vergangenheit zurückschwebt und plötzlich versteht, an was sie sich erinnert, als sie die Augen öffnet und in das umgekehrte Gesicht ihrer Schwester schaut, die sich über sie beugt und weint.

»Unsre Mutter«, stößt Greywing hervor, »unsre Mutter.«

Und da kommt Greenstockings der merkwürdigste Gedanke: Die Männer von Weißer Horizont hätten Die Frau Die Entzückt niemals festhalten können ohne die Hilfe anderer Frauen.

Greywing murmelt: »Sie wartet auf dieses da … sie wartet auf …«

Greenstockings flüstert: »Ich wollte, sie wäre hier.«

Sie weinen gemeinsam, wiegen sich in der Trauer um ihre Mutter. Und der alten Frau bleibt nichts, als beide mit ihren großen, abgearbeiteten Händen zu halten und ihnen dasselbe zu summen wie dem ungeborenen Kind:

Komm raus, kleines Kind, komm raus,
Ein Hufabdruck heißt dich willkommen, komm,
Jetzt ist es Zeit, die süße Luft zu atmen.

Die Schwestern wissen, dass sie immer Mütter haben werden, die sie lieben und trösten, doch wie lange trauern sie jetzt schon um Birdseye, die vom Tode ausgehöhlt wird, denn die tödliche Salbe von Richard Sonn, die sie während des Winters irgendwie betäubte und am Leben erhielt, hat sie so schrecklich geschwächt, dass sie jetzt, nach dem kurzen Sommer ohne Salbe, durch dieses lange, schwere, traumlose Sterben getragen werden muss, ohne die letzte Barmherzigkeit des Todes empfangen zu dürfen.

Jetzt weiß Greenstockings, dass Keskarrah einen schweren Entschluss gefasst hat, als sie auf dem Kies am Fluss der Kupferfrau die Engländer zum letzten Mal sah. Es ist gerade einen Tag her, dass sie auf dem großen Sahtú nach Süden auf den Verbotenen Felsen zu paddelten und er ihr diesen Entschluss erklärte, weil ihre Erinnerung an Ankunft und Verschwinden dieser Fremden die seine weit überdauern wird.

»Ich habe gewagt, sie etwas zu fragen«, sagte Keskarrah, als sich ihr kleines Kanu in der auseinander gezogenen Flotte von The Hook den Weg durch die Wellen suchte. »Du hast gehört, als ich fragte: ›Wer unter euch kann ein menschliches Wesen davor bewahren zu sterben?‹ Das habe ich sie gefragt, aber ich war töricht. Ich habe doch so viele Jahre mit Birdseye zusammengelebt und hätte eigentlich nicht einen ganzen Winter lang ihren Träumen vom Schicksal der Engländer zuhören müssen, um zu begreifen. Ich hätte wissen müssen, dass es viel zu gefährlich ist, so zu fragen, wie Weißerde-Männer immer fragen – nämlich nach allem auf einmal.«

»Aber was hättest du denn begreifen sollen?«, fragte

Greenstockings, als sie gleichmäßig und eins mit den Wellen paddelten, die sie trugen, wo sie hinwollten.

»Ich war töricht, weil ich glaubte, Krankheit sei nichts weiter als ein paar Blasen, die vielleicht mal bluten und einigen Menschen sogar das Leben ihres Körpers kosten. Krankheit kann auch bedeuten, dass ein Fresser Teile von uns verzehrt. Aber das ist es überhaupt nicht: Die Krankheit, die sie mitbringen, ist ein Geist, der Geist der *Dinge.* Irgendwie hat der etwas mit dem endlosen Töten von immer mehr kleinen Tieren zu tun und diesem blitzenden Dreck, den sie Leuten, die vorher nie etwas derartig Glitzerndes hatten, um die Hälse hängen. Du siehst ja, dass The Hook es nie ablegen kann, weil er es sonst verlieren würde, und sogar die Sonne kann jeden Tag damit spielen. Hinter ihrer beflissenen Freundlichkeit sind Diese Englischen in Wirklichkeit tödlich. Ihr Kommen wird uns vernichten.«

»Aber Hood hat mich nicht vernichtet.«

Keskarrah drehte ihr sein langes, zerfurchtes Gesicht zu; wie Vögel schwebten sie über das Wasser in ihrem winzigen Schiffchen, das sie eigens für diese Reise gebaut hatten und das sie nach der letzten Portage für den nächsten Reisenden zurücklassen würden; genauso gut aber mochte es dort zerfallen und wieder eins mit dem Land werden.

»Das stimmt«, sagte er. »Du warst stark genug, um ihn eine kleine Weile zu behalten. Bis der richtige Feind kam und dich gestohlen hat.«

Mitten hinein in Greenstockings Erinnerungen an ihre Befreiung von den Weißerde-Männern sagt Greywing leise und sie mit süßem Atem anhauchend: »Die Leute müssen mit den Tieren nach Süden ziehen, morgen schon. Aber ich bleib hier und warte mit dir.«

Die alte Frau ist gegangen. Beiden ist klar, dass Keskarrah mit den Leuten gehen muss, die Birdseye über die

Portagen tragen können, denn sonst müsste seine Familie den ganzen Winter in unerträglicher Einsamkeit zubringen. Mit einem Ruck befördert sich Greenstockings zurück in ihren schweren, heißen Körper und stößt einen Seufzer des Glückes aus. Ihre Schmerzen sind nur körperlicher Art, Schmerzen, die man leicht ertragen kann und aus denen ein Kind hervorgehen will.

Sie sagt: »Wir können später nachkommen, du und ich und dieses da.«

»Broadface sagt nichts; er überlegt noch. Aber er hat ein Auge auf mich geworfen.«

Greenstockings schnappt nach Luft und bricht fast in Gelächter aus. »Er will dich? Ich hab's doch gewusst!«

Greywing lächelt. »Wenn er mich will, kann er uns beide haben.«

»Nein, der nimmt dich mit und lässt mich zurück …«

»Niemals!«, zischt Greywing wütend. »Entweder uns beide, oder er bekommt mich nicht! Er prahlt doch immer, was für ein großer Jäger er ist; dann soll er auch für zwei jagen – oder drei! Und dieses da wird er nicht töten, ganz gleichgültig, wem es ähnlich sieht. Ich hab's ihm gesagt.«

Greywing hat die jungen Hände im Schoß und wiegt den Kopf ihrer Schwester, hält ihn mit einer Zuversicht, die stark genug ist, sich jedem Mann und jedem Geheimnis um dieses Kind zu stellen, das sich so hartnäckig in Greenstockings Leib niedergelassen und eingewurzelt hat.

Die nächste Wehe kündigt sich an und unterbricht ihr Gelächter. »Ich kann dir sagen, was Broadface mag und was nicht, seiner Meinung nach … er wird so beschäftigt sein …«

»… wir können tun, was uns Spaß macht!«

Das Echo ihres Gelächters, in das sie in jenem winzigen Unterstand ausbrechen, klingt noch nach, lange nachdem Greywing gegangen ist, um Broadface das Gefühl zu geben, er habe sich aus eigenen Stücken und im Vollgefühl seines Mannestums und Jagdgeschicks entschlossen, Birdseyes beide kraftvolle, schöne Töchter zur Frau zu nehmen. Sie wird ihn daran erinnern, dass nicht einmal The Hook oder Bigfoot mit ihren schimmernden Orden sich getrauten, so viel auf einmal zu wagen. Eine Weile lang gelingt es Greenstockings, still auf der äußersten Oberfläche des nahenden Schmerzes zu liegen, fast dabei einzuschlafen, einer Möwe gleich, die sich von den Wellen tragen lässt. Wenn die weiße Wölfin kommt, wird sie ihr die saftige, zarte Nachgeburt schenken.

Wenig später ist sie sicher, ein Schnüffeln hinter sich zu hören, das schnelle Tappen von Pfoten. Doch sie dreht sich nicht um, bewegt nicht ihren Bauch, um das Tier zu sehen oder die Wasser des bodenlosen Sees oder den Verbotenen Felsen, der wie seit Ewigkeiten ein Selbstgespräch führt. Sie liegt auf der Erde, ihr Körper beginnt sich zu öffnen und bietet diesem fremdartigen, eigenwilligen Kind die Geburt an. Sie fühlt, wie sie selbst zur Kupferfrau wird: Vor ihr liegt der ausgetretene Pfad, den die Karibu auf ihren Zügen nach Norden in die Ebene am Meer, wo sie kalben werden, hinterlassen haben, und jetzt ist die Wölfin gekommen, um sie, die Kupferfrau, durch Wasser und Sümpfe und Felsen zu führen, fünf Nächte wird sie ihr folgen, obwohl ihr das Wasser bis zu den Achselhöhlen steigt und über die Schultern, bis sie endlich ins Land ihres Volkes gelangt und Ruhe findet. Dort wird sie am Morgen den Kupferberg erblicken, der über ihr erglänzt wie die Schulter der aufgehenden Sonne, ein grünes Geschenk für alle Generationen ihres Volkes; danach wird sie suchen und den Pfad, auf dem sie wandert, mit dem glänzenden Metall kennzeichnen, das sie fallen lässt, um ihr Volk zurückführen zu können zu dem unglaublichen Schatz kupferner Messer und Ahlen und Speerspitzen und Nadeln und Eismeißel und Armreifen und Schilde und Haarspangen und Beile und Ringe und Pfeilspitzen und Kessel, dem grünen und gelben Kupfer, das vor ihren Augen liegt in Gestalt all jener schimmernden Tiere, die sie jagen müssen, wenn sie aus dem Lebensquell leben wollen, dem sie ihre Körper zurückerstatten, wenn sie selbst einmal sterben.

Langsam und vorsichtig dreht Greenstockings ihren beladenen Körper, hebt sich auf die Knie. Sie streckt die Hände empor, um die gebogenen grünen Bäume ihres Unterstandes zu packen, und fällt in eine weiche, gleichmäßig wiegende Bewegung, bis sie endlich die lebenspralle Kraft des Kindes spürt, das in ihr gewachsen ist und sich bis in ihre letzten Fasern ausgebreitet hat. Sie stöhnt im Gebet, und das Kind stimmt ein in ihr Stöhnen, das in die lang gezogenen Trommelrhythmen der Erde übergeht, ins Gemurmel des Verbotenen Felsens, aus dem einst, das wissen sie alle, Weißerde-Menschen das Entsetzen auf die Welt regnen lassen werden. Sie wissen es, weil ihr Prophet es ihnen gesagt hat, als er der Stimme der Erde lauschte. Doch dieses Kind wird kräftig zur Welt kommen, und keiner, der aus Weißerde gemacht ist, wird es aufhalten können, trotz alledem.

Doktor John Richardson

Sonntag, der 28. Oktober 1821 Dogrib Rock

Wir versuchten, einen geraden Kurs zu halten, doch wegen des tiefen Schnees in den Tälern erreichten wir den Felsen erst am späten Nachmittag. Wir wollten keine zweite Nacht ohne Feuer überstehen müssen, und obwohl wir kaum mehr fähig waren, unsere Gliedmaßen zu bewegen, schleppten wir uns weiter auf ein Kieferndickicht zu, das wir in der Abenddämmerung erreichten. Auf den letzten paar hundert Yard führte unser Weg über einige große Felsen, zwischen denen ich wohl an die zwanzigmal stürzte und schließlich so erschöpft war, dass ich mich nicht mehr aufrecht zu halten vermochte. Hätte Hepburn nicht mit übermenschlicher Anstrengung schnell unser Lager hergerichtet und ein Feuer angezündet, hätte ich wohl auf der Stelle zugrunde gehen müssen. In jener Nacht gab es trockenes Holz im Überfluss.

Den Hunger essen 12

Hochwürden Dr. Richard Hood
St. Mary's Church,
Bury, Lancashire, England

Fort Enterprise, in den arktischen Regionen,
Dienstag, der 30. Oktober 1821

Hochwürdiger Herr,

Ich schreibe Ihnen, Sir, denen ich ein Fremder bin, als dem Vater meines dahingegangenen Freundes Unteroffizier Robert Hood, nunmehr selig in Ewigkeit.

Ich habe volles Vertrauen, dass Sie mir die ungelenken Buchstaben, die mir unter der Dringlichkeit, Ihnen unverzüglich zu schreiben, noch gelingen wollen, nachsehen werden, wenn Sie verstehen, dass ich außerstande sein könnte, diesen Brief persönlich an Sie abzusenden und der Sie trotz meiner Bemühungen möglicherweise nie erreicht, nachdem wir gestern nach unbeschreiblichen Strapazen in Fort Enterprise ankamen und eine kummervolle Enttäuschung erleben mussten.

Unsere verzweifelten Anstrengungen, Fort Enterprise zu erreichen, waren umsonst, denn es warteten dort keine Vorräte an Nahrungsmitteln, weder für Mr. Back und seine Männer, die zuerst dort eintrafen, noch für die Gruppe von Leutnant Franklin, noch für Hepburn und mich, die wir einige Wochen später ankamen, Vorräte, die uns feierlich in Aussicht gestellt worden waren von den Indianern, als sie uns im vergangenen Sommer verließen, deren natürliche Unbeständigkeit sie jedoch besonders erfinderisch macht, wenn es darum geht, beliebig viele Gründe zu finden, getroffene Vereinbarungen zu ändern, ungeachtet ihrer Bedeutung für unser Überleben.

Doch lassen Sie mich davon absehen, Vorwürfe zu erheben, wo nichts mehr zu ändern ist. An dieser Stelle würde Ihr teurer Sohn mich bitten hinzuzufügen, dass die Yellowknife, wie er auf Grund unseres ein Jahr andauernden Umgangs mit ihnen hätte annehmen dürfen, während dieses Sommers vermutlich selbst einige traurige Todesfälle erlitten haben. Etwa durch das Kentern eines Kanus, wonach die Überlebenden sich die Kleider vom Leibe rissen, ihre Gewehre unbrauchbar machten und sich vor Trauer in eine besinnungslose Schwäche hineinsteigerten, ihre übliche Art, ihrem Schmerz Ausdruck zu verleihen, doch gänzlich unangemessen, weil sie sich dadurch aller Möglichkeiten berauben, in diesem schrecklichen Lande weiterhin Nahrung zu beschaffen.

Durch den Schutz des Allmächtigen Gottes bin ich bis jetzt verschont geblieben und empfinde es umso deutlicher als meine erste Pflicht, Ihnen und Ihrer trauernden Familie, solange es mir möglich ist, Worte zu hinterlassen, die vielleicht geeignet sind, bezüglich der letzten Stunden Ihres geliebten Sohnes, deren Zeuge ich war, Linderung und Trost zu spenden. Leutnant Franklin wird es sich angelegen sein lassen, einen Abriss seines Berichts von der Überland-Expedition zu verfassen, und meine unüberarbeiteten Tagebucheinträge werden zusammen mit diesen Worten jenen offiziellen hinzugefügt werden; im gegenwärtigen Augenblick fühle ich mich zuallererst Ihnen verpflichtet.

Während der gesamten Expedition hat uns Leutnant Franklin durch die strenge und regelmäßige Beobachtung unserer religiösen Pflichten ein ausgezeichnetes Beispiel gegeben, wofür wir tief in seiner Schuld stehen. Ich bin fest davon überzeugt, dass Ihr Sohn nie anders als im Bewusstsein der Grundüberzeugungen unserer Religion gelebt hat, und ich weiß, dass er sich bis an sein Ende in die Schrift versenkte.

Doch erst auf unserem gefährlichen Marsch und unmittelbar nach der Durchquerung der Tundra auf unserem Rückweg vom Meer offenbarten wir uns gegenseitig unsere Herzen, und unsere Gespräche trugen dazu bei, in uns beiden ein festes Vertrauen in die Weisheit und Güte der Ratschlüsse des Allmächtigen zu schaffen.

Unsere Leiden während des Marsches waren nie qualvoll; die Empfindung von Hunger verflüchtigt sich nach dem dritten Tag der Entbehrung, und mit dem Verfall der Körperkräfte geht der Verlust der Liebe zum Leben einher; wir waren imstande, dem nahenden Tod gefasst ins Auge zu blicken, und unsere Gefühle wurden nur erregt, wenn wir uns den Kummer unserer Angehörigen vergegenwärtigten.

In den letzten Tagen seines Lebens galten die meisten Gedanken und Worte Ihres begabten Sohnes Ihnen, Sir, und als die Schwäche ihn zwang, alles andere aufzugeben, blieb ihm immer noch sein Gebetbuch, aus dem an jedem Tag der Gottesdienst mit gewissenhafter Andacht gelesen wurde.

Zu seiner besonderen Freude gereichte es ihm, morgens und abends und den ganzen Tag hindurch das Gebet der Prinzessin Elizabeth von Frankreich zu sagen, das ihm vor der Abreise der Expedition aus London von einer Dame überreicht worden war und das er so oft laut wiederholte, dass ich im Geiste die Worte höre, wann immer ich seiner gedenke, was täglich geschieht, seit er mir vorausgegangen ist.

»Was mir heute widerfahren mag, O Gott, weiß ich nicht. Doch ich weiß, dass mir nichts geschehen kann, was Du nicht von Ewigkeit an vorhergesehen, beschlossen, gewollt und bestimmt hast, und dies ist mir genug.

Ich füge mich freudig Deinem ewigen und unerforschlichem Ratschluss; alles nehme ich auf mich, alles bringe ich Dir zum Opfer dar, geduldig im Leiden und in vollkommener Ergebung.«

Das Gebet ist länger, Sie werden den Text wohl selbst besitzen – mehr kann ich heute nicht mehr schreiben, und ich bin zuversichtlich, Hochwürdiger Herr, dass Ihr Sohn sich der Seligkeit des Himmels erfreut.

Ihr aufrichtiger Freund,
John Richardson

Mittwoch, der 31. Oktober

Ich werde versuchen, fortzufahren, in der Hoffnung, den Ablauf unserer Reise wiederzugeben.

Heute hatten wir strenge Kälte; dennoch beschloss ich, mich dem Leiden in unserem elenden Gebäude zu entziehen und zu versuchen, ein paar der Rebhühner zu schießen, die überall herumlaufen. Sie sind diesem extremen Klima so vollkommen angepasst, dass man leicht der Versuchung erliegen könnte, ihnen die Vorzüge zu neiden, mit denen sie ihr Schöpfer ausgestattet hat.

Ich war jedoch unfähig, meinen Arm ruhig genug zu halten, um eines zu erlegen, und obendrein war meine Sehkraft vom Hunger zu getrübt, doch während ich diesen Versuch unternahm, zog eine große Herde von Rentieren, vielleicht dreißig und mehr, in geringer Entfernung an mir vorbei, ja unmittelbar vor dem Lauf meines Gewehres, den ich am Stamm eines Baumes abstützte. Ich konnte jedoch das Gewehr nicht gerade halten, feuerte aber trotzdem und mochte vielleicht eines getroffen haben, war jedoch außerstande, die Tiere zu verfolgen, als sie flohen; ich hatte nicht einmal genügend Kraft zu prüfen, ob vielleicht eines einen Tropfen Bluts verloren hatte, den ich vom Schnee aufgeleckt hätte.

Wäre Hepburn zur Stelle gewesen, er hätte vielleicht von so vielen eines verwundet, doch jagte er an einer ferneren Stelle des Hügelkamms. Seine Kraftquellen sind erstaunlich. Als nach dem Tod Ihres Sohnes unser Weg über einige große Felsblöcke führte, zwischen denen ich oft stürzte, beförderte er mich über sie hinweg und entzündete sofort ein Feuer. Ich wäre sonst dort zugrunde gegangen. Heute sah Hepburn kein einziges Tier, nicht einmal ein Schneehuhn.

Dies ist eine schwere Enttäuschung.

Leutnant Franklins kleine Gruppe, die wir mit ihm zusammen antrafen, als wir das Haupthaus von Fort Enterprise betraten, das größtenteils bereits von ihnen niedergerissen worden war, um Brennholz zu gewinnen, war in einem noch elenderen Zustand der Schwächung als wir. Leutnant Franklin hatte sich bemüht, sie mit Rentierhäuten zu ernähren, die er dort unter dem Schnee hervorzog, wo die Indianer ihr altes Bettzeug hingeworfen hatten, als sie sich im vergangenen Frühling von uns trennten; die meisten sind verrottet und dünn, und er vermag nicht mehr als zwei am Tag ins Haus zu schaffen, obwohl die Entfernung, die er überwinden muss, nicht mehr als zwanzig Yard beträgt; jene Häute, welche die überwinternden Larven der Dasselfliege enthalten, werden als Nahrungsquelle von uns hoch geschätzt. Die Voyageure Peltier und Samandré können sich nicht mehr von ihren Decken erheben, und der Verlust an Muskelfleisch lässt an den Stellen, wo sie aufliegen, riesige offene Wundflächen entstehen, und Adam, unser zweiter indianischer Dolmetscher, leidet sehr unter ödemischen Schwellungen. Ich habe inzwischen mehrere Skarifikationen an Scrotum, Unterleib und Beinen durchgeführt, welche ihn um eine große Menge Flüssigkeit erleichtert haben.

Unsere Mahlzeiten bestehen aus angesengten Häuten und einer Suppe aus gestampften Knochen, die so ätzend ist, dass sich die Haut im Munde ablöst, und als Amen gibt es für jeden eine zarte Larve. Es vergeht kein Augenblick, in dem wir nicht beten, dass Mr. Back und St. Germain schnellstens die Indianer ausfindig machen, die unsere letzte irdische Hoffnung sind.

Ich muss Ihnen, Hochwürden, erklären, dass Ihr Sohn, ob auch durch völlige Ermangelung von Nahrung entkräftet, nicht deswegen seinen Geist ausgehaucht hat. Er war unser bester Navigator, und auf unserem Marsch vom Nördlichen Ozean vom 25. August an, der bald zu einem verzweifelten Unterfangen wurde, weil der vorzeitige Wintereinbruch die Rentiere, die unsere Nahrungsquelle sein sollten, nach Süden getrieben hatte, war Ihr Sohn mit dem Kompass stets in zweiter Position unmittelbar hinter dem Führenden, einem der Voyageure, die sich jede Stunde abwechselten und die Spur in den Schnee legten. Diese Position war unerlässlich für ihn, um uns bei der Durchquerung der eintönigen Tundra auf dem direktesten Kurs nach Fort Enterprise zu halten, doch werden Sie verstehen, dass er sich dadurch, immer hinter dem Ersten zu gehen, überanstrengte, und als er schließlich eingestand, auf dieser Position nicht mehr länger durchhalten zu können und ich seinen Platz übernahm, war er bereits sehr geschwächt.

Hinzu kam, dass die *tripe de roche,* die wir von den Felsen kratzten, unsere hauptsächliche Nahrung darstellte, so unangenehm und gehaltlos diese auch war. Bei allen rief sie Übelkeit hervor, ihm jedoch verursachte sie starke Schmerzen in den Eingeweiden. Nach einiger Zeit wurde es deshalb unumgänglich, unsere zusätzliche lederne Fußbekleidung zu verzehren, wonach wir allerdings für die Nacht keine mehr hatten, und jene, die wir trugen, war nass von des Tages Gebrauch und fror uns deshalb an den Füßen fest, während wir schliefen.

Keine Sprache, die mir zu Gebote steht, kann eine richtige Vorstellung von dieser qualvollen Reise vermitteln. Ich möchte nur erwähnen, dass wir bei unserer Durchquerung der Tundra vier Seen zu umgehen und drei riesige, nie zuvor gesehene Flüsse zu überqueren hatten, und als es uns nach neun Tagen gelang, den Coppermine-Fluss bei den doppelten Stromschnellen zu überqueren, war auch der letzte Vorrat an Kraft, über welchen Ihr Sohn verfügte, aufgebraucht. Er konnte nicht mehr gehen, und es gab keinen unter uns, der ihn hätte tragen können. Während die anderen weiterzogen, wollten wir ihn jedoch nicht, wie wir es den Voyageuren gestatteten, wenn ihnen die Kräfte schwanden, allein zurücklassen. Am 4. Oktober schließlich überquerten wir den Fluss, und am 7. Oktober blieben Hepburn und ich bei Ihrem Sohn, während Leutnant Franklin und der Rest unserer Gruppe ihren Weg nach Fort Enterprise fortsetzten, so gut sie konnten. Einen Tag später eilte Mr. Back mit dem Dolmetscher St. Germain und einigen kräftigen Kanadiern voraus, um die Indianer um Hilfe zu bitten. Bis jetzt wissen wir nicht, wie weit Mr. Backs Gruppe gelangt ist, wir wissen jedoch, dass acht Mann zurückgelassen worden sind.

Zu diesen gehört ein Indianer vom Stamme der Mohawk, Michel Terohaute. Er tötete Ihren Sohn Robert, der nicht durch Hunger starb. Michel erschoss ihn. Er war auf der Stelle tot und musste nicht leiden.

Ich kann Ihnen für diesen unaussprechlichen Verlust keinen Trost entbieten. Doch richte ich mein Gebet an Ihn, Der allein Balsam in Ihr gebrochenes Herz zu gießen vermag, denn ich bin ganz und gar zuversichtlich, dass sich Ihr Sohn in der Gegenwart Dessen befindet, in Dem wir alle dereinst und in Ewigkeit frohlocken werden. Nach

Maßgabe meiner Verfassung werde ich versuchen, diesen Bericht fortzusetzen.

Sonntag, der 4. November

Gegen Abend des 1. November wurde Joseph Peltier sehr still und verschied, ohne einen Laut von sich zu geben, im Laufe der Nacht.

Francois Samandré, der während des ganzen Tages einen kräftigeren Eindruck gemacht hatte, sank, ganz als schiene ihn das Schicksal seines Kameraden zu entsetzen, in sich zusammen und lebte nur noch bis zum Morgen.

Die Verstorbenen haben wir so weit es uns möglich war von der Feuerstelle entfernt, sind jedoch unfähig, sie vor das Haus zu tragen, und nutzen die Kräfte, die wir noch haben, um Holz herbeizuschaffen, das wir von den nächstgelegenen Wänden des Vorratshauses nehmen, was kaum hinreicht, um das Feuer zu unterhalten.

Jetzt beginnen Hepburns Gliedmaßen anzuschwellen, und die Einschnitte in Adams Beinen habe ich erneuert. Leutnant Franklin hat heute eine weitere Rentierhaut entdeckt, die jedoch unglücklicherweise keine Larven enthielt.

Das Wetter ist vergleichsweise mild. Der Blick vom Hause hinunter auf den Winterfluss, der zu allen Zeiten schön ist, war dies heute in besonderem Maß.

Ich muss in Eile schließen, denn es ist keine Hilfe gekommen. Von Mr. Back haben wir nichts gehört; wir wissen jedoch, dass zehn der zwanzig Mitglieder unserer Expedition nicht mehr am Leben sind.

Leutnant Franklin versichert mir, dass am 9. Oktober, als die Kanadier Bélanger und Perrault mit seiner Gruppe nicht mehr mithalten konnten und auf Grund ihrer Schwäche mit Michel umkehrten, um sich wieder mit uns zu vereinigen, Bélanger das Gewehr und die Munition trug. Michel traf jedoch allein bei uns ein. Er kam mit dem Gewehr und der Mitteilung von Leutnant Franklin und schien überrascht, dass sowohl Perrault als auch Bélanger darin als seine Begleiter genannt wurden. Weder seien sie mit ihm gekommen, noch habe er sie gesehen, beteuerte er ärgerlich.

Im Unterschied zu Leutnant Franklins Bemerkung hinsichtlich der Schwäche Michels schien er uns sehr kräftig, und jeden Tag ging er davon und legte große Strecken zurück, um zu jagen, doch immer schien es, als habe er nichts geschossen. Einmal gab er uns Fleisch von einem Wolf zu essen, den, wie er sagte, ein Hirsch mit dem Geweih getötet habe. Damals glaubten wir ihm, doch später erschlossen wir aus Umständen, deren Einzelheiten Ihnen erspart bleiben sollen, dass es sich bei dem, was er uns brachte und heimlich selbst aufbrauchte, als er mehrere Tage hintereinander weg blieb, um Teile der beiden vermissten Männer handeln musste. Er mochte sie umgebracht oder ihre Körper im Schnee gefunden haben, doch Leutnant Franklin nimmt an, dass Michel zuerst Bélanger beseitigte, um an das Gewehr zu kommen, und dann, um sich vor Entdeckung zu schützen, sein Verbrechen durch die Tötung Perraults vollendete.

Sein späteres Verhalten offenbarte, dass er zu einer solchen Tat zweifellos fähig war.

Ich kann mich bei diesen allzu schmerzlichen Erinnerungen und in einem Zustand weitgehender Kraftlosigkeit nur kurz fassen, hoffe jedoch im Vertrauen auf die Güte Gottes, dass diese Worte insofern etwas Tröstliches enthalten mögen, als sie Gewissheit über die Umstände zu geben geeignet sind. Das Feuer in jenem Kamin, der im vorangegangenen Jahr von Ihrem begabten Sohn aus Lehm und Steinen so trefflich errichtet worden war, verbreitet die angenehmste Wärme, doch sind wir zu schwach, es zu unterhalten, und leiden sehr unter der Kälte, obwohl wir jeden Fetzen Kleidung, der uns geblieben ist, auf dem Leib tragen, ja, seit zwei Monaten nicht ausgezogen haben.

Ihr Sohn starb augenblicklich. Nach unserer Morgenandacht am Sonntag, dem 20. Oktober, befanden sich Hepburn und ich in einiger Entfernung und versuchten, Holz zu sammeln, während Ihr Sohn in seinen Decken am Feuer saß. Ich hörte ihn einige Male laut und wie mit einem Ton der Ermahnung zu Michel sprechen, der sich fertig machte, um mit Hepburn zum Fort zu marschieren. Dann hörte ich mit Schrecken den Knall eines Gewehrs.

Ich fand Ihren Sohn, dem allem Anschein nach eine Kugel in die Stirn gedrungen war, leblos auf der Erde liegend an. Zunächst war ich starr vor Entsetzen, er könne sich in einem Anfall von Verzweiflung durch seine eigene Hand vor das Angesicht seines Allmächtigen Richters befördert haben. Doch das Verhalten Michels erregte bald unseren Verdacht, der sich bestätigte, als ich bei meiner Untersuchung entdeckte, dass der Schuss in den hinteren Schädel ein- und an der Stirn ausgetreten war und die Mündung des Gewehrs so dicht am Kopfe gewesen sein muss, dass die Nachtmütze Feuer fing. Das abgefeuerte Gewehr, das zu den längsten seiner Art zählt, konnte ohne eine zweite Person nicht in eine Stellung gebracht werden, in der eine derartige Verletzung möglich ist. Michel hielt jetzt ein kürzeres Gewehr in der Hand und gab mir auf meine entsprechende Frage zur Antwort, Mr. Hood habe ihn ins Zelt gerufen, um das kurze Gewehr zu reinigen, und das lange Gewehr sei losgegangen, während er ihm den Rücken zugewandt hatte.

Inzwischen war Hepburn hinzugekommen, und Michel trat mit der kurzen Büchse zwischen uns und erklärte sich außerstande zu jedweder Handlung, die Mr. Hood hätte in Gefahr bringen können; der Schuss müsse sich zufällig gelöst haben. Als Hepburn etwas sagen wollte, baute sich Michel wütend vor ihm auf und fragte, ob er ihn des Mordes beschuldigen wolle. Er war sehr stark und hatte das geladene Gewehr, sodass es gefährlich für uns war, uns in seiner Gegenwart über diesen Vorfall auszutauschen, da er sehr gut Englisch verstand.

Nichtsdestoweniger bin ich davon überzeugt, dass er die schreckliche Tat begangen hat. Er hatte gedrängt, dass wir versuchen müssten, Fort Enterprise zu erreichen, und wusste, dass wir Ihren Sohn niemals zurückgelassen hätten, so lange er noch lebte.

Den Verlust eines solchermaßen hervorragenden Offiziers mit so vielseitigen Talenten und Einsatzmöglichkeiten kann ich Ihnen in Worten nicht darstellen, ganz zu schweigen von dem Verlust des Busenfreundes, der er mir geworden ist. Seit Tagen hatten wir uns auf das Schlimmste gefasst gemacht, und dennoch verzagten wir nie. Wäre meinem armen Freunde ein Wiedersehen mit dem Lande seiner Geburt vergönnt gewesen, hätten die Vielzahl seiner wissenschaftlichen Begabungen, seine Karten und Zeichnungen, die in jedem, der sie gesehen hat, Bewunderung auslöste, ihn zweifellos zu einer besonderen Zier seines Berufsstandes werden lassen, und ich dürfte jetzt auf diese Zeit, in der wir nie anders als in einem Gefühl der Heiterkeit miteinander sprachen, mit ungetrübter Freude zurückblicken.

Neben seinem Körper lag die aufgeschlagene Bibel, so, als sei sie ihm aus der Hand gefallen, und es ist gewiss, dass er im Augenblick seines Todes darin gelesen hat. *Selig sind, die im Herrn sterben, denn ihre Werke folgen ihnen nach.* Amen.

Wir hüllten den Leichnam ein und legten ihn in ein Weidendickicht hinter dem Zelt, und auf dem Weg zurück zum Feuer lasen wir zusätzlich zu den Abendgebeten den Begräbnisgottesdienst sowie einige Gebete, die auf See gesprochen werden und dem Anlass angemessen waren, denn unser ewiger Herr hat dieses Land vor uns ausgebreitet und vollendet wie »umgrenzte Wasser bis Tag und Nacht nicht mehr sind«. Ohne Ruhe zu finden verbrachten wir die Nacht im Zelt, denn beide waren wir auf der Hut.

Hochwürdiger Herr! Der Seemann Hepburn und ich sahen uns in einer großen Schwierigkeit. Wir waren krank und fast vernichtet vom Hunger, unser Freund, den wir, so gut wir vermochten, über Wochen gepflegt hatten, lag jetzt ermordet, wie wir überzeugt waren, im Schnee; und obwohl wir uns auch nicht anders als mit Blicken verständigen konnten, hatten wir keine Zweifel, dass der Mann ihn getötet hatte, der vorgab, zurückgekehrt zu sein, um uns zu retten, und der jetzt zum ersten Mal mit einer Überheblichkeit und in einem Ton mit uns sprach, die offenbarten, dass er glaubte, uns völlig in seiner Gewalt zu haben. Er hielt sich stets bewaffnet und zwischen uns und vereitelte jede Gelegenheit zu einem Gespräch, machte indessen verschiedentlich seinem Hass auf die Weißen Luft, von denen einige, wie er behauptete, am Ottawa Fluss seinen Onkel und zwei Brüder getötet und verzehrt hätten, wie sie dort überhaupt schon seit zweihundert Jahren Mohawks äßen. Solche schrecklichen Geschichten hört man in jenem Teil Kanadas, aus dem er stammte, sehr häufig, obwohl uns hier im Norden nur wenige zu Ohren gekommen sind, die Eingeborenen hier vielmehr solcherlei Grauen erregende Sitten zu verabscheuen scheinen. In unserer Hinfälligkeit gab es für uns keine Möglichkeit, ihm zu entkommen, und wir wussten, dass er bei der ersten sich bietenden Gelegenheit versuchen würde, uns umzubringen, und einzig seine Unkenntnis des Weges zum Fort ihn daran hinderte, dies sofort zu tun.

Aus diesem Grund konnten wir nicht in der Form um Ihren Sohn trauern, wie es einem geliebten Bruder in Christo zusteht. Wir wollten versuchen, das Fort zu erreichen, und verließen deshalb am darauf folgenden Tag jenen Ort des Schreckens. Vier Tage später erblickten wir endlich den Dogrib-Felsen, obwohl es bis dorthin nicht weiter als fünfzehn Meilen war, und genau dort ließ Michel uns zum ersten Male allein, um, wie er sagte, etwas *tripe de roche* zu sammeln. Hepburn bestätigte unverzüglich meine Vermutungen bezüglich des armen Hoods Ermordung und dass es keine Sicherheit mehr geben könne außer durch Michels Tod. Ich war jetzt vollkommen überzeugt von der Unerlässlichkeit einer solch schrecklichen Tat. Als Michel zurückkam, setzte ich unverzüglich seinem Leben ein Ende, indem ich ihm mit einer kleinen Pistole, die ich während der gesamten Expedition verborgen gehalten hatte, in den Kopf schoss.

Danach entdeckten wir, dass Michel keine *tripe de roche* gesammelt, sondern Halt gemacht hatte, um sein Gewehr bereitzumachen und uns, wie wir vermutet hatten, anzugreifen.

Hepburn und ich waren noch sechs Tage unterwegs, bis wir endlich taumelnd in Fort Enterprise eintrafen, obwohl wir nur noch zwölf Meilen hatten zurücklegen müssen. Dort erlebten wir die traurige Genugtuung, Leutnant Franklin und seine Genossen in die Arme zu schließen, in einer Behausung von solcher Erbärmlichkeit, dass es mir unmöglich ist, Worte dafür zu finden.

Wir weinen mit Ihnen, Sir, und mit Ihrer Familie um den vornehmen, zart fühlenden Sohn und Bruder, den Sie jetzt verloren haben. Seine Talente verliehen der Expedition Glanz, und nur die Erinnerung an seinen begnadeten Geist hat mir die Kraft verliehen, diese ungelenken Worte ohne viele Durchstreichungen niederzuschreiben, und ich bitte Gott in seiner Barmherzigkeit, sie Ihnen auf dem

Wege, den Er als den Besten kennt, zukommen zu lassen, um Ihnen in Ihrem unaussprechlichen Verlust einige Augenblicke des Trostes zu gewähren.

Es ist Abend, und wir drei sind hier in Fort Enterprise immer noch am Leben, zusammen mit Adam, dem indianischen Übersetzer, der sehr matt ist. Wir haben einen vorläufigen Bericht aufgesetzt und Briefe für unsere Lieben zusammengeschnürt. Todesfurcht hat schon lange keine Bedeutung mehr für uns. Wir beten jetzt um Frieden, um im Herrn zu sterben. Ich bin, mit dem Ausdruck meiner höchsten Wertschätzung, Hochwürdiger Herr,

aufrichtigst Ihr Freund,
John Richardson

*

Das Wort dafür ist »langes Schwein«, schon mal davon gehört?

Frag irgendeinen englischen Seemann, und er wird's dir sagen. Gib ihm einen aus, und er erzählt dir mehr, als du verträgst, hahaha!

Von wegen vertragen oder so! Die verdammten riesigen kanadischen Paddler sind alle tot, der Reihe nach umgekippt sind sie auf dem Marsch vom Nördlichen Ozean über diese ganzen Flüsse und Einöden und Schneeverwehungen und Felsen, und dann die große doppelte Stromschnelle am Coppermine, Obstruction Rapids, hat uns neun Tage gekostet, rüberzukommen, bis St. Germain, der Tausendsassa, so 'ne Nussschale aus Wachszeug gebastelt hat und wir uns einzeln rübergezogen haben – die Stromschnellen, die haben uns fertiggemacht. Aber diese Kanadier waren da schon tot und unsre englischen Offiziere noch am Leben, außer dem armen Hood, der erschossen wurde, als er sowieso schon im Sterben lag; also unsre Offiziere bleiben am Leben und kommen wieder nach Hause und sind in Nullkommanix Hosenbandritter und berühmt.

Und ich lebe auch noch, stellt euch mal vor!, ausgerechnet der redselige Matrose, der dämlich genug war, sie zu begleiten, sogar als die Orkneymänner – Gott sei gelobt, ihr fixen Orkneymänner! – merkten, was los war, und schnell die Fliege machten, bevor's richtig ernst wurde. Ich, einfacher Seemann, einer von ganz unten, dem sie in den Jahren danach auf den Londoner Docks das reinste Zuckerschlecken bereitet haben; und in der süßen Luft von Van Diemens Land schleckt sich's noch besser, obwohl die Luft hier nur süß ist, wenn du nicht grade einer von den Galgenvögeln bist! Alles nur, weil ich von diesem Marsch lebend zurückgekommen bin. Ihr glaubt doch nicht, dass zehn kanadische Voyageure tot umgefallen sind, weil sie *schwächer* gewesen wären als wir? Dass ich nicht lache!

Also jetzt hört mal zu! Ich hab mit diesen Kanadiern drei Jahre lang gelebt, gegessen und geschlafen. Mehr als mir lieb war, aber das ist halt die englische Art, dass die Diener zusammen schlafen, ob sie sich verständigen können oder nicht, und ich hab diese Kerle bei der Arbeit erlebt, und die haben, weiß der liebe Gott! geschuftet haben die wie die Ochsen und waren schnell auf den Beinen und so flink mit den Händen, dass du gar nicht gemerkt hast, dass sie sich bewegen, blitzschnell waren die, und wenn's an die Stromschnellen ging und das Wasser nur noch weiß durch 'ne Kurve in so'ner Schlucht runterdonnerte, die sie noch nie vorher gesehen haben und mit diesen großen Kanus dünn wie Papier und voll gepackt bis über den Rand, da hättet ihr sie mal lachen hören sollen, wie sie da durchfuhren. Ein Fehler, und zack ist alles vorbei! Da sind die so locker runter wie Enten ins Wasser gehen. Oder wenn sie über einen See gepaddelt sind und dazu in einem Takt sangen, der dir das Kreuz gebrochen hätte, noch bevor dir die Lungen geplatzt wären, sechzig Schläge pro Minute zwischen Pfeifen, das heißt eine Stunde lang gleiche Schlagzahl und ohne Stop! Ich weiß nicht, wie oft ich sie nackt gesehen habe, aber ich sag euch, Schultern und Brustkörbe hatten die wie Schlachtrösser.

Und nur zwei von ihnen haben überlebt, mehr nicht. Zwei von Elf, oder Zwölf, von wegen Jüngern und so, ha! Der eine, der's überlebt hat, war Solomon Bélanger, *le gros,* ›Der Große‹ haben sie ihn genannt, und *le rouge,* sein Bruder, wurde ... na ja, zurückgelassen haben sie ihn, um »sich auszuruhen«, wie wir damals dafür sagten. Doch Bélanger *le gros* war so stark, dass er mit der Post in fünf Tagen von Fort Providence nach Enterprise durch den Schnee lief, das war November 1820, mehr als einhundertundfünfzig Meilen durch höllischen Winter und die letzten sechsunddreißig Stunden ohne Pause und mitten durch einen Schneesturm, und als er ankam, mussten wir ihm das Eis vom Gesicht brechen, um überhaupt zu sehen, wer er war. Und 'n Jahr später war es er, der für Mr. Back die Indianer aufspürte und uns allen das Leben gerettet hat, weil wir im Fort schon dabei waren aufzugeben und die meisten tot waren.

Er war der eine, der überlebt hat, und Joseph Benoit war der andere, ein viereckiges Trumm von Mann so breit wie lang und so dick, dass keiner die Arme um ihn herumbekam, um ihn zu legen. Ich hab nie rausgekriegt, welcher von beiden der Stärkere war, und Joseph war der Einzige, der es je gewagt hat, Solomon ein Widerwort zu geben, obwohl er einmal, ohne auch nur zu schnaufen, *le gros* einfach an Lederhosen und Hemd packt, ihn hoch über den Kopf wuchtet und in den Yellowknife-Fluss schmeißt. Ich glaube, Joseph hätte *le gros* geschafft, wenn er gewollt hätte. Ich hab gesehen, wie sie ums Feuer herumgetanzt sind und wie sie sich genau beobachtet haben, wie zwei alte Hunde, die sich seit Urzeiten kennen und an denselben Stellen herumstreunen und pinkeln, ja?, einer neben dem andern.

Die beiden waren die Einzigen; die anderen zehn alle tot. Und wofür?

Oooh mein Gott ...! John Franklin hat wohl manchmal geglaubt, sie wären gestorben, weil sie so viel geflucht haben, diese Kanadier. Ich finde, das ist für schwer arbeitende Männer 'ne richtig gute Angewohnheit, eine die ihnen bekommt, nichts von der Arbeitszeit wegnimmt, keine Kraft verbraucht und nichts kostet, aber der Leutnant dachte, sie würden sich mit ihrer Flucherei *versündigen.* Dabei konnte er ihr Cree-Französisch gar nicht verstehen! Den Namen Gottes und Seine hübschen Beiwörter und die ganze Geschichte von unserem lieben Herrn und jedem geschundenen Körperteil haben sie, ob sie's geahnt haben oder nicht, schließlich ganz umsonst gesagt, obwohl die Art, wie sie's taten, zeigte, dass sie keineswegs alles für *eitel* hielten. Ob sie ihn – Sir John –, der damals grade mal ein einfacher Leutnant war, verflucht haben, weiß ich nicht, und gegen Ende war ihnen sowieso die Lust aufs Fluchen vergangen nach fünfhundert Meilen in diesen Papierbootchen auf 'nem Meer, das mehr Eis als Wasser war. Mr. Back, inzwischen Sir George, hat meistens gar nicht alles übersetzt, was sie sagten, obwohl ich manchmal dachte, er erklärte mehr als notwendig, dieser geile, kleine Marineoffizier, der hart wie Urgestein war und immer auf Weiber aus, und wenn ihm mal einen Monat lang keine über den Weg liefen, die ihn reizten, was sie immer taten, war's ihm egal, was er kriegte, glaub ich. Aber als wir die Kanadier im Schnee zurückließen, immer mit 'ner Decke, versteht sich, ein Skelett nach dem anderen, denen vom Skorbut der Mund blutete, da haben die armen Kerle gebetet wie echte Christen, zu denen sie erzogen worden sind, und es gab keinen, der das nicht getan hätte.

Warum von zwölfen zehn zusammengebrochen sind? Ich sag's euch: Die hatten zu viel von unserem nutzlosen Zeug geschleppt – nutzlos zum Überleben, wenn es das ist, was man in jenem Land will, und was gibt's sonst noch Wichtiges, wenn man mal ehrlich ist? –, so viel Zeug haben die geschleppt, als alle Kanus kaputt waren, auch noch zu Fuß in verdammt riesigen Bündeln, dass es sie irgendwann eben erwischte, obwohl sie so stark waren: Ob sie verhungerten oder der Skorbut sie erledigt hat oder ob sie erfroren, die haben sich einfach zu Tod *geschuftet*.

Auf dieser Expedition hab ich mich abgerackert wie der elendeste indianische Hund und hab auch nichts anderes erwartet, weil ich nun mal für vier Offiziere der einzige so genannte Diener war, und die aßen dasselbe wie wir – wenn's was zu essen gab –, und für Offiziere haben sie auch wirklich hart gearbeitet, gingen zu Fuß genauso wie wir, als die Kanus weg waren, und trugen ihre Notizbücher und ihre Instrumente, aber ich sag euch, so wie diese Voyageure, die voll gepackt waren wie Lastesel, hab ich nie geschuftet. Und als nur noch der Doktor und ich übrig waren, auf dem Weg nach Fort Enterprise, weil Hood und Michel ja beide tot, erschossen waren – ja, da hatte der Doktor damals 'ne gute Hand, immer noch ruhig genug, den Lauf ins Ohr zu stecken und den einzigen Schuss abzufeuern, für den er Zeit hatte, ein Schuss, sag ich euch, so sauber und schnell, als wenn man 'ne Nadel aufs erste Mal einfädelt, und schon war Michel im Himmel oder der Hölle der Mohawks, er ruhe in Frieden oder Hitze, was immer er vorgefunden hat. Aber das haben wir zusammen geschafft, ich und er. Ihr denkt doch nicht im Ernst, dass einer allein das gekonnt hätte?

Der Doktor hat in seinem Bericht geschrieben: »Als Michel zurückkehrte, setzte ich unverzüglich seinem Leben ein Ende, indem ich ihm mit einer Pistole in den Kopf schoss.«

Das stimmt. Der Doktor kann nicht lügen, ich sag's euch, so was tut der nicht. Aber stellt ihr euch vielleicht vor, dass der Doktor einfach mit seiner geladenen Pistole auf diesen riesigen Bastard zuging, auch wenn er ihn nie hat sehen lassen, dass er eine dabei hatte, und dass dieser Mohawk, der uns gerade umbringen will, einfach stehen bleibt und vielleicht noch lächelt, bis der Doktor endlich so weit ist – »Stehen Sie einfach nur stramm, mein guter Mann« –, und dann setzt er sie ihm zwischen die Augen und pustet ihm sauber das Hirn aus? Eine saubere, legale, angebrachte – Hinrichtung? Haha! Das Leben in der arktischen Einöde ist nun mal nicht so, wie's im Bericht für die Admiralität steht oder dem dicken Buch von Sir John, ist nicht so »pittoresk«, wie sie die ganzen Bilder und netten Wörter nennen, die sie so hübsch gebunden haben, dass sie jetzt zehn Guineen kosten.

Ich will euch mal was sagen: Als wir diesen Dogrib-Felsen sehen, müssen wir's nur noch so weit schaffen, bis wir auch den Großen Stein sehen, süd-westlich davon, und dann ist Fort Enterprise genau auf der Geraden dazwischen. Als wir das sehen, ist uns klar: Michel braucht uns jetzt nicht mehr, auch nicht unsern Kompass, den er sowieso immer für windige Zauberei gehalten hat und den er nie hat lesen können, und wir hätten's ihm auch nie erklärt. Schnell schalten müssen wir jetzt, weil er mit teuflischer Sicherheit dasselbe denkt.

Als er dann mit seinem schussbereiten Gewehr kommt, um uns einen nach dem anderen abzuschießen und den Wölfen zu überlassen, falls die uns noch wollen, geh ich schnurstracks auf ihn zu und tu so, als suchte ich Zweige fürs Feuer, und er hebt auch schon das Gewehr, erwartet aber nichts weiter, meine Hände sind ja leer, und wir waren ja ganz still geworden und so freundlich gewesen, immer schwächer zu werden, während er irgendwie bei Kräften bleibt, und wir sagen natürlich auch nie was dazu, dass er Tag für Tag verschwindet und nie was zum Essen mitbringt, wenn er zurückkommt, obwohl er immer ganz zufrieden wirkt, wenn er uns sagt, dass es nichts zu jagen gibt, und sich dann hinlegt und mit seinem geladenen Gewehr sorglos einschlummert, und wir sagen auch nichts, als er »die Franzosen«, wie er die Weißen nannte, verfluchte, weil die seinen Leuten das Land gestohlen haben und sie für alles Mögliche benutzen – sogar als Nahrung! Die dreckigen Weißen hätten eines Winters sogar seine drei Brüder am Ottawa-Fluss gefressen! Und obwohl ich gehört hatte, dass seine Leute grausam genug sind, und einige Priester sagten, Menschenfleisch zu essen wäre bei ihnen 'ne richtige Sucht geworden – nee, ich sag damals überhaupt nichts zu ihm, keine Silbe.

Ich geh einfach dicht an ihm vorbei, und er hat immer noch keinen Verdacht, aber passt auf, und ich stolpere in ihn rein, so fest ich kann, und stoß ihn um und geh richtig an ihn ran, und seine erste Kugel hätte ich in den Bauch gekriegt – hätte, wenn ich noch 'nen normal großen Bauch gehabt hätte, weil der wie ein Teufel geschossen hat – aber die Kugel streift nur meine Hüfte, und ich drück ihn tiefer in den Schnee, begrab ihn unter mir und mit der ganzen Kraft, die ich noch habe, und ich schrei noch du oder ich, und dann ist der Doktor da und drückt ihm die Pistole ins Ohr und feuert.

Hinrichtung – aber ihr seht ja, dass wir zum Beten gar keine Zeit hatten, damals nicht. Obwohl ich hörte, wie er sich einen Christen nannte. Er hat noch mal heftig um sich geschlagen und sich dann nicht mehr gerührt.

Gott sei gepriesen, dass er uns durchs Werk unsrer eigenen Hände gerettet hat. Der Doktor hat auch berichtet, dass wir drei Tage eingeschneit waren. Es stimmt, es gab Massen von Schnee, von oben als Flocken und von unten als Schneewehen, und danach waren wir zu erschöpft, um weiterzugehen, das kann ich euch sagen. Er säuberte meine Wunde mit Schnee und nähte sie mit einem dünnen, gekochten Lederstreifen aus Michels Hosen zusammen, sonst wär ich verblutet, und meine Hüfte heilte erst im Frühling, als ich wieder ein bisschen Fett auf den Rippen hatte. An der Stelle, wo ich mich auf ihn geworfen hab im Schnee, ist Michel steif gefroren, und in jenen drei Tagen, als wir »eingeschneit« waren, hab ich 'ne Menge von ihm gegessen.

Ganz vorsichtig; der war so kräftig von den Voyageuren, die er gegessen hatte, Kanadier, so haben wir sie genannt, die einen Kanadier ernährten – und er war ja Indianer, der wiederum mich ernährte, ein richtiger Kreislauf, so hatten wir's zwei Jahre lang sowieso gehalten, auch wenn es jetzt irgendwie persönlicher war, wie wir füreinander sorgten, und ich hab zuerst Scheiben von seinen dicken Muskeln abgeschnitten, vom Arm oder Schenkel, wie's der Doktor mir sagte, ganz langsam, zuerst ein bisschen Brühe, dann gekocht, dann gebraten, sonst musst du kotzen und machst dich erst recht fertig.

Der Doktor wollte selbst nichts von ihm essen, trank nur »Landtee« und aß dazu kleine, erst gesengte und dann gekochte Stückchen von Mr. Hoods Büffelhaut. Der Mann ist wirklich stark im Kopfe, und dazu ist er noch zäh, oh ja, ein rechter Bilderbuchschotte, und das heißt Haferflocken oder gar nichts – und die sind schwer zu kriegen in der Tundra –, und der hat Grundsätze, die stark genug sind, um einem 'n feines christliches Grau in die Locken zu drehen, obwohl er damals noch keine fünfunddreißig war. Was er von dem aß, was Michel mitgebracht hatte, hatte er nicht zu verantworten, sagte er, obwohl er einen Verdacht hatte, weil ihm die Knochen nicht so recht gefallen wollten. Als wir endlich Enterprise erreichten und feststellten, dass die vier, die übrig geblieben waren, noch schlimmer unter dem Hunger litten als wir, berichtete er dem Leutnant, ich hätte »mich übermenschlich angestrengt«. Woher ich wohl die Kraft genommen habe, um jagen zu gehen und das Gewehr und ein bisschen Pulver und Kugeln und Beil und die Felle zu tragen, die wir noch nicht gegessen hatten, und obendrein noch den Doktor zu schleppen, was nicht in seinem Bericht steht, wenigstens nicht so genau, nämlich auf meinem verdammten Buckel?

Seine Fersen zogen hinter mir zwei Furchen in den Schnee, obwohl's in diesem gottverlassenen Schnee nichts zu säen gab. Für jeden, der es sehen will, lesen kann und zehn Guineen hat, schrieb Sir John in seinem Buch, »John Hepburn, ein englischer Seemann und unser einziger Diener, dem wir im späteren Teil unserer Reise, unter Göttlicher Vorsehung, die Erhaltung des Lebens einiger Mitglieder unserer Gruppe verdanken«. Was für ein Glück, dass ausgerechnet ich aus der untersten Schicht irgendwie noch Kraft hatte und an sie weitergeben konnte.

Ihr könnt mir glauben, dass ich keine Witze mache, aber ich muss doch sagen, dass man ihnen ganz gerne dient, wenn man sie mag. Und ich hab sie gemocht, jeden, sogar Back, der jeden außer Solomon in Grund und Boden laufen konnte und sich durch nichts aufhalten ließ, bis er diese Yellowknife wieder aufgespürt hatte und sie so lange schwindlig redete, bis sie uns Fleisch brachten und uns retteten – obwohl ich nicht dabei war und überhaupt nichts dazu sagen kann, wie er und St. Germain und Bélanger *le gros* so lange überleben und marschieren konnten, bis sie die Indianer fanden. Ich war nicht dabei, und ich werd sie nie danach fragen. Back berichtete, sie hätten Gabriel Beauparlant – er nannte ihn immer seinen Diener – im Schnee zurückgelassen, damit er sich »ausruhen« konnte, irgendwo in der Nähe von Roundrock

Lake muss das gewesen sein, und sein Körper wurde nie gefunden. Die der anderen übrigens auch nicht. Wer wird schon loslaufen und sie suchen? – Mein Gott, Back hätte alles gegessen und wär durch die Hölle marschiert, um uns zu retten, das weiß ich, und ich hab ihm gedient, davor und danach, genauso wie dem jungen »Robin« Hood, dem armen, kirchenfrommen Kerl; der hat's in diesem harten Land immerhin zu 'ner ordentlichen Liebschaft gebracht, wenigstens für 'ne kurze Zeit, bis alles aufflog. Steht mir nicht zu, darüber zu reden. Wenn sie dir etwas bedeuten, machst du, was getan werden muss, damit sie wieder nach Hause können mitsamt ihren Grundsätzen, heil und sicher wie die Kronjuwelen von England. Wie viele englische Diener, glaubt ihr wohl, haben durch ihre Kraft der Oberklasse ihre hübschen christlichen Prinzipien erhalten? Oder nie ein Wort darüber verloren, wenn sie sie schon nicht retten konnten?

»Langes Schwein«. Ein guter Name dafür. Die Fidschiinsulaner, das sind die, denen die Krauslocken vom Kopfe abstehn, die nennen das so, und englische Seeleute auch, seit man in ihren Kreisen darüber redet, also etwa seit Kapitän Cook. Genauso schmeckt's, sag ich euch; wir sind den leidenden Tieren näher als man denkt, und es gibt viele Engländer, die Bescheid wissen, mehr, als darüber reden wollen. Die haben sich doch gegenseitig die Pisse weggetrunken in den verrotteten Fässern, mit denen sie über die Meere fahren und die in den ganzen Stürmen und an den vielen Felsen dieser verdammten Welt so leicht zuschanden gehen. Prinzipien wollt ihr? Die weite Welt ist verdammt noch mal härter als irgendwelche »Prinzipien«.

Hört mir zu! Ich kenne alle Meere dieser Welt und bin in guten Schiffen und schlechten Schiffen und noch schlechteren auf ihnen rumgefahren, und auf dem schlimmsten von allen, dem Polarmeer, bin ich im Kanu geschippert. Fleisch … ist Fleisch. Wenn ich muss, ess ich alles. Sogar Speck, obwohl ich den Geruch nicht ausstehen kann, stinkt mir nämlich immer zu stark nach Mohawk, ha ha! »Langes Schwein« – gib 'nem englischen Seemann ein paar Bier aus, und er erzählt dir, dass man langes Schwein dazu sagt. Und jeder Offizier sagt dir genau dasselbe, wenn er ehrlich ist.

Doktor John Richardson

Mittwoch, der 7. November 1821 Fort Enterprise

Am Morgen hörten wir den Knall einer Muskete und wenig später ein großes Geschreie und als wir hinausschauten erblickten wir drunten auf dem Fluss drei Indianer. Ich teilte diese Neuigkeit Leutnant Franklin mit, der unverzüglich dem Allmächtigen dankte, doch der arme Adam konnte kaum begreifen, was geschehen war.

Die Indianer, The Rat, Crookedfoot und Boudelkell, kamen von Bigfoot und waren von Mr. Back mit getrocknetem Fleisch und Fett losgeschickt worden. Wir verschlangen die Nahrung, und unvorsichtigerweise erlaubten sie uns, so viel zu essen, wie wir konnten; infolgedessen wir, mit Ausnahme von Adam, schrecklich unter Leibesblähungen leiden mussten und in der Nacht keine Ruhe fanden.

Die Indianer waren nicht bereit im Hause zu bleiben, wo immer noch die unbedeckten Leichen unserer dahingeschiedenen Kameraden lagen, doch waren Hepburn und ich inzwischen fähig, sie hinauszuschleppen und mit Schnee zu bedecken.

Freitag, der 16. November 1821 Unterwegs

Unsere Gefühle, als wir endlich das Fort verlassen konnten, wo wir erst so viel Bequemlichkeit, wenn nicht gar Glück, genossen hatten, und später ein fast beispielloses Elend erfuhren, sind leichter vorzustellen als zu beschreiben. Die Indianer behandelten uns mit äußerstem Zartgefühl, gaben uns ihre Schneeschuhe und gingen selbst ohne dieselben weiter, indem sie sich dicht neben uns hielten, um uns aufzuhelfen, wenn wir stürzten.

Etwa drei Meilen vom Haus entfernt schlugen wir unser Lager auf, weil ich außerstande war, weiterzugehen. Die Indianer kochten für uns und fütterten uns wie Kinder, und offenbarten ein Maß an Menschlichkeit, das den zivilisiertesten Völkern zur Ehre gereicht hätte.

Die Spalte im Huf der Karibu 13

Dann, überraschend wie immer, als hätte der Wind sie herbeigetrieben, erschienen die Karibu, weideten an den Ufern des Sees jenseits des Lagers der Tetsot'ine, standen am Himmel zwischen den großen Felsen hoch auf den Kämmen der Hügel. Alle Jäger liefen hin, schnell und äußerst vorsichtig, und wurden von so vielen, dem dunklen Winter ungeschützt ausgesetzten dampfenden Leibern empfangen, dass jeder sicher sein konnte, er werde wenigstens für vier Tage zu essen haben und weitere vier mit vollgeschlagenem Bauch schlafen können. Und dann sangen sie:

Wie herrlich ist es,
Wie unaussprechlich, die großen Tiere zu sehn,
Die von Stimmen leben, die wir niemals hören.
Ein andres Volk, doch so wie wir, prachtvoll
Und vereint, stets auf Wanderschaft, immer gehalten
Wie wir, von Größe und Weh
Des weiten Landes.

Doch schon am nächsten Morgen befahlen die Männer den Frauen, die Hälfte des Fleisches, das noch nicht verzehrt worden war, beiseite zu schaffen und in Bigfoots Zelt zu stapeln. Warum? Weil Knabe Englisch aus dem Norden aufgetaucht war. Sogar noch unerwarteter als die Tiere und halb tot vor Hunger, dass er fast getragen werden musste von Twospeaker und einem ausgemergelten Voyageur, die beide ebenfalls am Verhungern waren – und offenbar ist es nun einmal so, dass Weiße überall, wo sie auftreten, zuerst etwas zu essen brauchen, und zwar auf der Stelle: Essen! Als die Frauen hörten, was ihnen die Männer auftrugen, begehrten sie mit lautem Geheul dagegen auf, und alle Kinder und die meisten Hunde stimmten bald darin ein.

Noch am Tag zuvor waren die Frauen lachend und glückselig und Dankgebete singend auf den See hinausgelaufen, um die fürsorglichen Tiere, die ihre Männer erlegt hatten, hereinzuholen. Paarweise hängten sie sich Rippenstücke über die Schultern, Beine und Häute, die noch kaum gefroren waren, stapelten sie sorgfältig auf ihre Schlitten; die Kinder schoben an gewaltigen Geweihen Karibuköpfe vor sich her über das vom Winde glatt gefegte Eis, steuerten sie unter schreiendem Gelächter auf die Grate der Schneewehen und rutschten auf der anderen Seite hinunter. Und die ganze Nacht hindurch wurde gefeiert, denn endlich war jeder einmal voll mit Herz, Leber, Eingeweiden, köstlich schwammigem Hirn und gekochten Mägen – und von den Männern und größeren Knaben hatte jeder seinen fetten Anteil an Penis und Hoden und Euter und Gebärmutter abbekommen, die sie mit fröhlich blitzenden Zähnen zerteilten und deshalb in so großen Stücken schluckten, um ja sicherzugehen, dass keine Frau in die Nähe dieser besonderen Geschenke der Tiere kam und die nächste Jagd verderben würde – denn wer konnte wissen, ob heute, morgen oder übermorgen der See wieder leer sein würde und ob nicht alle Karibu den magnetischen Kreis der Traumkraft wieder verlassen hatten? Doch ausgerechnet jetzt, inmitten einer Fülle gestapelter Rippenstücke, Schenkel, die wie riesige, fettgestreifte, gefrorene Keulen aussahen, und köstlicher Zungen – warum sollte ausgerechnet jetzt ein Engländer mit seinen zum Skelett abgemagerten Sklaven wieder von den Toten auferstehen und diese Zungen bekommen?

Von Tränen der Wut überströmt, zählte eine Frau neunundfünfzig Zungen, von denen man viele aus Vorratshöhlen geholt hatte, um die zart fühlende Sorge der Tiere ob der Rückkehr des Winters zu feiern. Mochte der Hunger Diesen Englischen noch so böse in den Eingeweiden grimmen und ihre Gesichter bis auf die Knochen schälen, es war nicht einzusehen, warum immer nur die schmackhaftesten und festlichsten Teile gut genug für sie sein sollten. Immer kamen sie zurück, diese Weißerde-Männer; wie oft sollte sich das noch wiederholen? Alle Jahre wieder? Gäbe man ihnen jetzt zu essen und gingen sie dann nach Süden zu den Händlern: Würden sie im nächsten Sommer wieder in den Norden ziehen und genauso schlecht vorbereitet sein, um einen Winter später wieder halb verhungert plötzlich vor ihren Zelten zu stehen? Letzten Sommer glaubten die Frauen noch, sie endgültig los zu sein, als sie sich davontrollten und ihre überlasteten Sklaven Kanus über morsches Eis nach Norden und nach Osten schleppten, und jeder wusste, dass die Rohfleischesser auf dem Ewigen Eis des stinkenden Wassers leben und kein Mensch sich vorstellen konnte, was sie tun würden, wenn sie dort angekommen waren: Wollten sie einfach in die Unendlichkeit des Eises starren? Jeder Narr erkennt doch auf einen Blick, dass es dort nicht weitergeht; hatten die keine Augen im Kopf? Wie lange sollte es noch dauern, bis sie etwas einsahen?

Damals sagten sie ja, sie wollten weiter nach Osten und nicht hierher zurückkommen – warum hatten sie sich nicht daran gehalten? Weil es dort keine Tiere zu essen gab und keine Jäger, die sie auf ihrer Reise begleiteten – man hatte sie doch gewarnt! Hörten sie nicht, was man ihnen sagte?

Doch dies spielt jetzt keine Rolle mehr, denn sie sind wieder da. Kurz bevor sich die lange Dunkelheit niedersenkt, kommt einer von ihnen zurückgetaumelt, irgendwie, obwohl, wie er zugibt, die meisten ihrer Sklaven tot sind – aber alle Engländer sind noch am Leben, ja! – Nun gut: Jedermann weiß, warum Diese Englischen am längsten leben – aber beeilen sollen wir uns, los, los, schnell was zu essen!

Welches Kind wüsste nicht, schreien die Frauen in die grelle Luft in der kurzen Mittagssonne, dass im Winter alle Nahrung brauchen? Wie kann man nur so dumm sein?

Jeder muss sterben. Und bei uns wird dauernd gestorben. Zu wem wohl sollen wir wohl hinlaufen und Mitleid erregend schreien, »Hier bin ich, gib mir was zu essen, oder ich sterbe!«, wenn Kaninchen und Karibu verschwunden sind? Wer zieht uns aus tückischen Stromschnellen oder näht uns Kleider? Wer bringt sich dafür um, uns über die Portagen und durch den Schnee zu tragen?

Und da kommen Diese Englischen aus dem Winter getorkelt und verkünden: »Seht her! Wir sind da! Schaut, wie wir leiden, wir sind schon fast tot! Wir haben die Hosen aufgegessen, die ihr uns genäht habt, unsere haarigen Beine sind am Erfrieren, macht schnell, Dickes Englisch ist nackt, und er heißt jetzt Der Nicht Laufen Kann Weil Er Seine Stiefel Gegessen Hat! Gebt uns zu essen!«

Broadface jedoch sagt zu Greywing: »Bring mal dieses gute Fleisch rüber zu Bigfoot.«

»Ich habe einmal etwas gehört«, wendet sich Keskarrah an alle, »was mir damals schwer fiel zu glauben, aber jetzt weiß ich, dass es nicht stimmt. Diese Englischen können weder sich selbst noch uns vor dem Tod bewahren.«

Greywing schaut Broadface an und lacht. »Die Münder von den Weißerde-Männern sind einfach zu blöd«, sagt sie, »die können nicht mal feines Hirn kauen«, lässt sich nach vorne fallen und tut, als finge sie in der Hand ihr eigenes Erbrochenes auf; Broadface lacht mit. Das, denkt Greenstockings, können sie am besten: sich über jemand lustig machen!

»Wir könnten natürlich nicht«, fährt Keskarrah mit geschlossenen Augen fort, als habe er überhaupt nichts mitbekommen, auch nicht das Geheule von draußen, »irgendjemandem Nahrung vorenthalten, wenn wir welche haben, besonders denen nicht, denen wir bereits Gastfreundschaft entgegengebracht haben. Ebenso verpflichtet man sich, wenn man ein Geschenk annimmt, selbst wenn man feststellt, dass es gefährlich geworden ist. Wie das Geschenk von Richard Sonn – ob gefährlich oder nicht, ich hab's angenommen – wir alle haben etwas genommen und Gastfreundschaft geschenkt ...« Als er die Augen aufschlägt, sind sie auf Greywing gerichtet, die gar nicht mehr lacht; als sei sie an etwas erinnert worden, das mit Tränen verbunden ist. Dann schaut er Greenstockings an.

»Vielleicht«, sagt er abschließend, »hast auch du einmal etwas angenommen, nämlich von diesem Knaben Englisch, der gerade zurückgekommen und so überzeugend fast am Verhungern ist.«

Broadface erstarrt, und Greenstockings sagt sehr betont: »Nein. Ich habe nur ein wenig von seinem Lachen angenommen – ich dachte mal an mehr, aber nur einmal.«

»Ah ja«, seufzt Keskarrah schwer. »Etwas zu machen ist so einfach, das können wir alle. Aber Denken – und sei's nur einmal – bietet viel mehr Möglichkeiten.«

Mag sein, dass Birdseye immer noch bei ihnen im Wigwam ist und ihr Körper immer noch atmet, wenn auch in Abständen, die so groß geworden sind, dass Greenstockings, die sich ganz dicht über sie beugt und gespannt beobachtet, überzeugt ist: Ja, es ist so weit; in dieser immer länger werdenden Pause wird ihrer Mutter die Gnade zuteil werden, dass sie zu atmen vergisst. Aber Birdseye ist nicht mehr da; niemand kann Keskarrah antworten, wenn nicht Greenstockings.

Broadface bewegt ungeduldig seinen großen Körper, wie immer, aber es wird lange dauern, bis er es wagt, den

Vater seiner beiden Frauen zu unterbrechen. Nur der Jüngeren kann er Befehle erteilen, und jetzt noch lauter als früher,

»Bring das Fleisch rüber!«

und wird dabei mit aller Würde, die ihm zu Gebote steht, auf den Anteil an Tieren hinweisen, den er beigesteuert hat. Was Greywing davon nimmt, liegt bei ihr.

Während sich draußen das laute Weinen der Frauen auf Bigfoots Zelt zubewegt, zieht das schrille Gekläffe der Hunde, die vom Vorbeizug so großer Mengen Fleisches erregt sind, am zugefrorenen See entlang, den die Englischen später »Greenstockings Lake« nennen werden, wo der Yellowknife-Fluss (dem sie bereits im Sommer zuvor seinen Namen gegeben hatten) seinen langen, steinigen Weg fortsetzt und sich jetzt durchs Eis zum fernen Tucho nagt. Und Crookedfoot und The Rat und Boudelkell sind schon wieder fort; noch in der Nacht, als Knabe Englisch ankam, schickte er sie sofort los mit einem Schlitten voller Fleisch für den Fall, dass Dickes Englisch in dem Block- und Lehmhaus, in dem sie letzten Winter wohnten, noch am Leben sein sollte, obwohl im vergangenen Monat in den Camps von Bigfoot und The Hook mehrere Leute gestorben und alle so geschwächt und in einer so erbärmlichen Verfassung sind, dass Keskarrah es fast schon aufgeben wollte, die Jagd nach den Tieren zu träumen.

»Wohin gehen die Tiere nur? Wo werden ihre Spuren sein, dass wir Fallen stellen können?«, haben The Hook und Bigfoot ihn bedrängt.

Keskarrah hat, nackt und scheinbar bewusstlos unter seinen Fellen liegend, sehr zurückhaltend darauf geantwortet, wie immer, wenn sie nicht mit ihrem großen Winterlager unterwegs sind.

»Geträumt haben wir immer, und gebetet haben wir zum Schlag der Trommeln«, sagt er schließlich. »So ist es unsere Art. Doch jetzt ist die Zeit zum Denken gekommen. Vielleicht gibt es andere, die jetzt träumen sollten; doch nach diesem harten Winteranfang glaube ich, dass ich nur noch denken sollte.«

Sie verstehen, dass er es wegen Birdseye sagt; denn während sie schweigend auf seine Antwort warten, spricht er plötzlich von etwas ganz anderem, als bedeute ihr Hunger nichts als eine kleine Verzögerung auf ihrer lebenslangen Wanderschaft.

Doch trotz aller Klagen und Keskarrahs Weigerung haben die vielen Leute, die sich Bigfoots Marsch vom großen Sahtú angeschlossen haben und jetzt hier zusammengekommen sind, nicht schlechter gegessen als sonst nach einem mageren, schmalen Sommer, wenn die Karibu schon brünftig sind und immer noch leicht den ersten Schnee wegscharren können. Doch seit Bigfoot und The Hook in getrennten Gruppen hier ankamen, bewegt sich Bigfoot unentwegt nach Süden zum Handelsposten am Tucho, wo, wie er seine Leute erinnert, alles, was Dickes Englisch ihnen versprochen und vor seiner Abreise in den Norden schriftlich niedergelegt hatte, damit sie es immer schwarz auf weiß hätten, auf sie warte: Jetzt würde man ihnen alle Weiß-Dinge ausliefern, die ihnen für die Lebensmittel und Kleider zustanden, die sie der Expedition bereits zur Verfügung gestellt hatten. Diese versprochenen Dinge, schärft er ihnen ein, warteten dort auf sie, um ihnen aus der gegenwärtigen Notlage zu helfen, doch müsse alles in ihren Besitz übergegangen sein, bevor die Händler erfahren, dass Dickes Englisch tot ist.

Und sie wandern genau zur richtigen Zeit, denn sie befinden sich immer noch in der Gegend, wo die Karibu im Winter weiden. Doch je weiter sie nach Süden kommen, desto weniger hilft ihnen Keskarrah bei der Jagd, taucht jedoch wieder so weit aus seiner Trauer auf, dass er beunruhigende Gedanken äußern kann.

»Ich weiß, dass es nicht so gefährlich ist, wenn ein alter Mann sich Gedanken macht«, sagt er jetzt, als seine beiden schönen Töchter ihn anschauen, und versucht, ein wenig zu lächeln.

Greenstockings antwortet ihm: »Vielleicht ist es Zeit, dass sich auch junge Frauen darin versuchen.«

Keskarrah schaut sie gespannt an: »Glaubst du wirklich?«

»Einige Menschen sterben, andere werden geboren ...«

»Und einige«, sagt er langsam und vorsichtig zustimmend, »einige haben vielleicht das Gefühl, sie könnten ein wenig von etwas verstehen.«

Dazu kann Greenstockings nichts sagen; Keskarrah ist's zufrieden und fährt fort:

»Ich habe alles getan und vielleicht auch genug geträumt, und deshalb muss ich es wagen, zu denken. Diese Englischen wollen das Beste, das uns die Tiere schenken, gar nicht essen; sie mögen weder Herz noch Mark oder Augen und auch keine Lunge, alles Teile, die Weisheit und Ausdauer enthalten und sich zwischen den Zähnen ganz anders anfühlen. Sie wollen nur Fett – die Kälte bei uns hat sie endlich überzeugt, dass sie Fett essen müssen – und natürlich rotes Fleisch. Etwas anderes haben sie nie gewollt. Und diese fetten Rippenstücke, die dort hängen«, er deutet mit einer zärtlichen Bewegung darauf, »warten ja vielleicht nur darauf, dass Hep Burn sie ins Feuer hält. Wenn er noch lebt. Es ist nicht ausgeschlossen, dass die guten Tiere uns noch mehr geben werden.«

»Burn, burn, Hep Burn.« Greywing kann endlich herzlich darüber lachen, denn es ist das einzige Wort, um Hep Burns Kochkunst und die Hingabe zu bezeichnen, mit der er Holzkohle macht. Sie nimmt das große, über dem Feuer hängende doppelte Rippenstück vom Haken und folgt Broadface nach draußen.

Greenstockings lächelt ihrem ausgemergelten Vater zu, der sie so freundlich entlässt und so großzügig gestattet, Nahrungsmittel wegzugeben. Sie bückt sich und tritt hinaus in die schneidende Kälte. Hinter ihr fällt mit einem Knall die Felltür über dem Eingang zu. Auch Greenstockings will raus und die Ankömmlinge sehen, aber sie geht mit leeren Händen.

Schnee, trocken wie immer vor der langen Dunkelheit. Knirscht unter den Füßen. Niemand hat mit ihr offen über Richard Sonn gesprochen, seit er letzten Sommer die Salbe mitnahm. Und seit Michel sie gestohlen hat, den sie danach wie einen Hund an sein Bett aus Baumstämmen gebunden haben bis Broadface zurückkehrte, auch nicht über Hood. Den Toten zollt man durch Schweigen Respekt, ob sie noch auf der Erde gehen oder nicht. Was von seinem zerstörten Körper übrig blieb, hat die Wölfe ernährt, nachdem die Raben gelüftet hatten, was ihn als dünne Decke aus Schnee verhüllte, und seine Augen, Lippen und Zunge nahmen, jene zarten Teile, die sie allen anderen vorziehen und in denen etwas von der Köstlichkeit des Geistes enthalten ist, die er ihr einst für eine kurze Zeit offenbarte. Wie eine offene, goldene Kristalldruse ruht die mittägliche Wintersonne jenseits des zugefrorenen Sees auf der anderen Seite des unendlich weiten Landes, das sich immer breiter und weiter nach Norden und zwischen ihn und sie schiebt, je tiefer ihre stetige Wanderung mit Kind und Stamm Greenstockings nach Süden führt.

Und obwohl auch die Raben ihr Revier haben, fliegen sie doch stetig und unermüdlich im waagrechten Licht zu ihm, der auch sie ein Weilchen ernährte; es muss nur nach Norden gehen. Sie holen Greenstockings empor auf die Höhe der unsichtbaren Pfade, auf denen sie fliegen, bis sie tief unter sich in ihrem See den langen, schmalen Steinrücken des Eskers erkennt, und Singing Lake, Aurora und Winter und Little Marten Lake (wie ihre Leute ihn nennen, um an die zahllosen Frauen zu erinnern, die immer Marder sind, flink und weich und warm in endloser Arbeit und Sorge, genau wie die Tiere, die ihr Leben mit ihren Pelzen verlieren) sehen kann, und schließlich Lastfire Lake erblickt, wo die Karibukühe mit ihren Jährlingen und den ungeborenen Kälbern im Bauch im länger werdenden Licht auf dem Weg nach Norden zu ihren Kalbgründen vorbeikommen werden, wo die Seen wie Hände die zärtlich gebogenen dünnen Finger der Bäche ausstrecken, die an den Stromschnellen zu etwas Festem, Weißem zerstoßen und gesäumt werden von grünem Gestrüpp und Felsen und dunklen Löchern, für die nicht einmal die Engländer der ganzen Welt genügend Namen finden könnten, wo unter kleinen Weiden an den doppelten Stromschnellen des Flusses der Kupferfrau Wasser in das zögernde Licht des Frühlings sickern wird, wo die Grizzly-Bärin Keskarrah mit ihrem Gebrüll warnte und wo Birdseye ihn liegen sah, als er, eingehüllt in seine letzte, nutzlose Decke, in den sich aufhellenden Himmel starrte: Sehnsucht steigt Greenstockings in die Kehle, und große, schwarze Flügel erheben sich.

Birdseye sagte ihr früh und noch vor der Mutter von The Hook am Verbotenen Fels: »Es ist schwer, ein Kind zu finden, das sich zu einem Menschen entwickeln kann, Der Von Etwas Ein Wenig Weiß. Sie sind fast unsichtbar. In jedem Hufabdruck, an dem du vorbeikommst, kannst du suchen so lange du willst und wirst doch kein Kind finden.«

Greenstockings wollte das einfach nicht hinnehmen. »Ich bin alt genug«, erklärte sie, sträubte sich gegen die »Alter-und-Leiden-Weisheit«, die ihre Eltern immer wieder mit dem Satz »Wenn du erst mal so viel durchgemacht hast wie wir« für sich beanspruchten. »Wenn es ein Kind ist, werde ich es finden.«

Aber Birdseye redete weiter, als habe sie den Widerspruch überhört: »Eine alte Frau wie ich könnte eines finden. Es würde niemandem Schmerzen bereiten, weil es ja in einer Karibuspur geboren wurde und nicht größer ist als ein Daumen.«

Das Kind saugt kräftig, als Greenstockings es unter ihren Kleidern an die Brust legt. Es hat sie gesucht, und sie hat es im Tod ihrer Mutter gefunden, und während sie sich der Geschichte erinnert, die ihr Birdseye erzählte, wird sie in die Höhe gehoben und von dem großen, schwarzen Vogel weit fortgetragen, obwohl es in Wirklichkeit gar nicht so weit ist, denn der Pfad durch die Luft ist eben und so gerade, als würde sie an einer Schnur bis zu jenem letzten Lager im Schnee gezogen, wo er jetzt ist, nicht als Schnee Mann, wie ihre Mutter befürchtete, als sie ihn zum ersten Mal sah, sondern als eine Zeichnung auf Schnee, als abstraktes Muster aus Gebeinen. Verstreut.

»Denk immer an jenes winzige Kind«, hat ihre Mutter sie ermahnt. »Wenn es ins Leben getreten ist, musst du es sorgfältig suchen. Dann wirst du gut leben und so lange wie nötig.«

Sie hat genug geweint in diesem vergangenen Jahr, selbst in den Monaten, als sie sich noch von ferne sahen, doch ohne sich Zeichen geben zu können. Sie waren füreinander im endgültigen Exil. Aber manchmal hat sie die Augen geschlossen und ihn so fest, wie sie in ihrer Vorstellung konnte, an sich gedrückt. Heiß und rhythmisch umschließt der Mund des Kindes ihre Brustwarze – durch dieses Kind wird sie lernen, die Welt zu verstehen, sie weiß es genau. Deshalb folgt sie leichten Schrittes und voller Zuversicht ihrer Schwester und ihrem gemeinsamen Gatten über den hart getrampelten Schnee zwischen den kleinen Fichten, den Zelten und niedrigen Feuern ihrer Leute hindurch zu Bigfoots Zelt.

Von dessen Eingang aus sieht sie durch ein Gedränge

von Köpfen und Körpern gerade noch den Haarschopf von Knabe Englisch, aber den ganzen Kopf von Twospeaker. Bigfoot scheint am Feuer zu sitzen, denn sie hört nur seine Stimme, die etwas in dem holprigen Englisch sagt, das er neuerdings spricht; er ist allein, und weder die Ältesten noch The Hook haben sich mit ihm abgestimmt, was gesagt werden sollte. Keskarrah hat im Bett darüber nachgedacht, ob Bigfoot die Yellowknife aggressiver und mächtiger machen würde, als sie es seit Menschengedenken waren, oder ob er sie, womöglich gemeinsam mit Diesen Englischen, die kommen und gehen, und den Dogrib und den Rohfleischessern, die zwischen den Seen und der Küste des stinkenden Wassers immer ihre Feinde waren, vernichtet und vielleicht sogar vollständig. Keskarrah ist sich nicht sicher, ob es Macht oder Vernichtung sein wird, glaubt aber, dass es nur das eine oder das andere sein könnte:

»Einen großen Häuptling zu haben, der Befehle erteilt, denen jeder gehorcht, passt nicht zu den Leuten. Das ist sinnvoll in Zeiten vorübergehender Not, in denen man sich verteidigen muss oder Krieg führt – wenn ein Mann allen anderen sagt, was sie zu tun haben, und jeder gehorcht. Vielleicht befinden wir uns gerade in einem Krieg; aber ein Häuptling auf Dauer? Wer soll das aushalten können? Es passt einfach nicht in dieses Land.«

Was Bigfoot jetzt in seinem Zelt in das Schweigen lauschender Menschen hinein sagt, klingt nicht übermäßig gefährlich. Tatsächlich ist sich Greenstockings sicher, dass ihr Vater genau dasselbe sagen würde, wenn er aufzustehen sich die Mühe gemacht und statt Bigfoot die Zustimmung gegeben hätte, alle Diese Englischen und ihre noch lebenden Sklaven ein weiteres Mal mit dem Lebensnotwendigen zu versorgen. Vielleicht weil Keskarrah dies wirklich als Krieg versteht.

»Drei unserer besten Jäger sind bereits weg, um Fleisch

nach Winter Lake zu bringen«, sagt Bigfoot bedächtig zu Twospeaker, der darauf hin unverständliche Geräusche von sich gibt, »und wenn mehr als fünf oder sechs noch am Leben sind, sehen wir ein, dass sie mehr brauchen. Wir wissen, wie das ist, denn wir sind oft von solchen Hungerfahrten zurückgekehrt. Aber wenn du die Ohren aufmachst, hörst du die Leute weinen. Wir weinen nicht, weil wir sonst nichts zu tun hätten. Wir weinen, weil die Tiere nicht so recht zufrieden gewesen sind mit uns. Es kann sein, dass wir ihnen im letzten Winter zu viel abverlangt haben, doch gestern war der erste Tag, an dem wir einmal genug zu essen hatten für uns selbst, und wer weiß, was morgen aus dem Norden auf uns zukommt. Unsere Kinder weinen, und am großen Tucho gibt es Händler, die auch etwas zu essen brauchen. Auch sie flehen uns an: ›Bringt uns Nahrung!‹ Sie können weder ohne uns noch ohne die Tiere leben.

Jetzt aber seid ihr zu uns gekommen und habt großen Hunger, und wir sind die einzigen Menschen, die sowohl euer Wesen wie das der Tiere kennen. Im letzten Winter haben wir erfahren, wie schwer es ist, es sowohl den Tieren als auch den Weißen recht zu machen – und dass es uns umbringen kann.«

Geschwind sagt Knabe Englisch etwas, worauf St. Germain in schneller Rede erklärt: »Er sagt, er kenne die störrischen Händler, und der Kommandeur kenne sie auch, aber er behauptet, dass die Händler das Fleisch, das du ihm gibst, von euren Schulden bei ihnen abziehen werden. Dafür werde er sorgen, wenn du ihm hilfst, und die Händler werden dir dafür noch mehr Vorschuss geben.«

»Ich schulde keinem Händler etwas. Die anderen schulden uns.«

»Er sagt, dass ihr alles, was versprochen und niedergeschrieben ist, mit absoluter Sicherheit bekommt und er für alles, was du ihm jetzt gibst, das Doppelte zahlen wird. Für alles. Du sollst es sehen, sagt er, hier schreib ich es genau auf: Alles, was du ihm jetzt gibst, jedes Stück Fleisch, geben dir die Händler doppelt zurück. So schreib ich's hier auf.«

»Aber die Dinge, die die Händler in ihren Häusern jetzt noch übrig haben, kann man nicht essen.«

»Aber vielleicht haben sie doch noch …«

»Wir wissen, was wir wissen. Außer dem, was wir ihnen bringen, haben die Händler nichts zu essen.«

»Ich weiß es, und er weiß es auch«, sagt Twospeaker und deutet dabei auf Back, der sein ausgemergeltes Gesicht vorschiebt, weil er so angestrengt zuhört, »aber da oben im Norden sterben Diese Englischen, die meisten sind vielleicht schon tot; deshalb verspricht er dir das Doppelte, damit du gehst.«

»Ach ja«, sagt daraufhin Bigfoot, »so erklärt ihr uns das immer, und immer glauben wir euch. Aber«, schaut er zu Back und macht eine Pause, bis ihm die richtigen Wörter einfallen, »als ihr letzten Sommer mit den Kanus versucht habt, durchs Eis zu paddeln, haben uns die Händler für eure Papiere mit den Versprechungen nichts gegeben. Sie sagten, sie hätten nichts, was sie uns geben könnten.«

»Manchmal kommen im Sommer die langen Kanus nicht in der Bay an, aber …«

»Papier«, unterbricht ihn Bigfoot, »essen sie auf der anderen Seite des stinkenden Wassers vielleicht ganz gerne, hier aber schmeckt es wie Scheiße.«

»Pass auf«, sagt Twospeaker, der die Augenbrauen hochzieht und hört, was Back gerade zusagt, »die langen Kanus mit Waren werden kommen, *ganz bestimmt!*«

»Natürlich kommen sie …, wenn nicht diesen Sommer, dann im nächsten. Aber du musst wissen, dass wir Menschen sind und jeden Tag leben wollen. Bestimmt wäre es gut, wenn wir Bären wären, die Winterschlaf halten, aber dies tun wir leider nicht.«

Danach tritt ein langes Schweigen ein; dann kommt Bigfoot noch einmal auf den Kern seiner Ausführungen zurück und sagt übertrieben bescheiden:

»Wir sind arme Leute, die wenig verstehen, und wir glauben ja euren Papieren – aber es könnte doch sein, dass die Händler ihnen nicht glauben.«

Knabe Englisch klingt jetzt ganz ruhig und geduldig, und Twospeaker, dessen hageres Gesicht wie ein Stück von einem hohlen Baumstamm aussieht, spricht ihm ganz leise nach: »Der Kommandeur sagt, die Händler werden den Papieren gehorchen. Sonst wird sie unser Großer Vater über dem Wasser, der überall gegenwärtig ist, streng bestrafen. Zuallererst aber und auf der Stelle müssen wir deinen Freund, den Kommandeur, retten!«

»Ach, Dickes Englisch …« nickt Bigfoot zögernd.

Greenstockings kann ihn jetzt sehen; er trägt nicht den hohen schwarzen Hut der Weißerdigen zum Anlass dieser einzigartigen Ratsversammlung, der mehr Frauen und Kinder zuhören als Männer, und auf der nur drei etwas sagen, einer davon mit zirpender Stimme. Er hat auch nicht den glänzenden Orden um den Hals hängen: Bigfoot hat mindestens zwei davon, wenn nicht gar drei, von denen jedoch keiner irgendjemanden satt macht. Sie muss darüber lächeln, dass Bigfoots Ton und Sprache immer umständlicher werden; fast wie bei ihrem Vater, wenn er in die Ferne starrt oder gedankenvoll die heraufsteigenden Sterne beobachtet.

»Natürlich wissen wir, dass euer Großer Vater tut, was ihr ihm sagt, aber er ist weit weg, vielleicht zwei Jahre weit, hin und zurück sind es bestimmt zwei Jahre, oder gar vier? Und einigen von uns, zu denen ich nicht gehöre – ihr kennt mich als euren Freund –, einigen von uns kam der Gedanke, dass die meisten dann gar nicht mehr am Leben sind und dafür dankbar sein können, wenn er in zwei Jahren, oder vielleicht auch vier, die Händler bestraft für das, was sie uns jetzt antun. Du weißt ja, wie hart das Leben für Menschen ist, die so weit entfernt von eurem Großen Vater und so unwissend und obendrein in demselben unwirtlichen Land sind, wo sie immer gelebt haben.«

Plötzlich steht The Hook auf. Greenstockings kann nicht sehen, ob er seinen Orden trägt. Er spricht laut und schnörkellos: »Wir haben erfahren, dass jener Vater so alt ist, dass er bereits tot sein könnte. Ist er sterblich?«

»Wenn er stirbt«, übersetzt St. Germain schnell Backs Antwort, »dann gibt es immer seinen Sohn, der sofort nach ihm der Vater wird.«

Jetzt ist es Bigfoot, der die Debatte fortsetzt und mit einem langen Atemzug eröffnet: »Oh-o-o-o, ein Sohn.« Er hält inne, schaut sich um, denkt über die Probleme von Söhnen und Vätern nach und fragt: »Folgen den Weißen Vätern immer Söhne?«

»Ja.«

»Und bringen diese Söhne immer zu Ende, was ihre Väter angefangen haben?«

Jetzt zögert Knabe Englisch zum ersten Mal. Möglich, dass er endlich die tiefe Ironie dieser Ratssitzung bemerkt hat. Dennoch klingt er zuversichtlich, und St. Germain übersetzt:

»Ja. Das tun sie.«

»Ach, ach«, holt Bigfoot tief Luft, und Greenstockings hätte laut loslachen können. Er hat ihrem Vater genauer zugehört, als sie dachte. »Wir haben gute Kinder, die immer für ihre Eltern sorgen, doch selbst wir können uns nicht immer darauf verlassen, dass die Kinder tun, was die Väter sagen.«

Jetzt kommt von den Frauen ärgerliches, zustimmendes Gemurmel; die Männer, die Bigfoot umringen, scharren mit den Füßen; in ihren frostfleckigen, starren Gesichtern verzieht sich keine Miene. Sie wissen, wann es notwendig ist, eine Debatte zu führen, und genießen es, aber sie wissen jetzt schon, wie sie ausgeht.

Bigfoot fährt fort: »Habt ihr uns nicht gesagt, dass eure Riesenkanus, ich meine die, die vom Wind geschoben werden, aus dem Norden in unser Land kommen würden, über den Coppermine? Wenn das geschieht, verhalten sich die Händler vom Fort vielleicht anders.«

Knabe Englisch reagiert geschwind: »Es ist nicht meine Sache, dazu irgendetwas zu sagen. Wir hatten es im Norden mit viel Eis zu tun und mit großen Felsen im Fluss.«

»Gewiss«, bestätigt Bigfoot feierlich. »Wir haben euch dies angedeutet, ehe ihr aufgebrochen seid. Und möglicherweise habt ihr auch nicht genug von der Kupferfrau gefunden?«

Darauf gibt Knabe Englisch, vielleicht weil er etwas nicht verstanden hat, keine Antwort, sodass Bigfoot ohne abzuwarten fortfährt, als sei dies wenigstens für den Augenblick unwichtig.

»Wenn die Händler, sage ich, die seit ein paar Jahren versuchen, in unserem Land zu leben und uns zu überreden, Tiere wegen ihrer Pelze zu töten, wenn sie also eure Papiere nicht respektieren, während ihr noch hier seid, wie werden sie sich erst verhalten, wenn ihr das Land verlassen habt? Oder wenn ihr ...«

Er bringt den Satz nicht zu Ende mit »hier sterbt«, obwohl alle ihn so verstehen, doch vielleicht hat Twospeaker es ihm erklärt, denn Knabe Englisch widerspricht sofort:

»Ich lebe. Schau, ich bin der Offizier des Königs und stehe vor dir, um dir zu berichten. Du wirst alles bekommen, was wir früher versprochen haben und was ich jetzt erneut verspreche. Aber ich muss den Kommandeur retten. Er hat euch Orden verliehen, hat euch für eure Gastfreundschaft viele Geschenke gegeben, und ihr habt ihm versprochen, ihr würdet ...«

Twospeaker hält inne, als sich Knabe Englisch unterbricht, wartet, ob er noch etwas sagt, fährt dann aber fort: »Er meint damit, dass der Kommandeur euch nicht nur den kleinen Finger, sondern seine ganze Hand gegeben hat und jedem Einzelnen von euch vertraut. Immer sagt er, ›Bigfoot und seine Leute sind gut. Sie werden mich nie in ihrem Land sterben lassen.‹«

Worauf Bigfoot ganz ruhig erwidert: »Wir kennen uns selbst und kennen unsre Herzen.«

Knabe Englisch wiederholt: »Er vertraut euch.«

Bigfoot redet weiter: »Ich spreche nicht für mich. Ich schulde keinem Weißen in irgendeinem Fort irgendetwas, doch meinen Leuten schuldet man viele Dinge; das geht aus den von euch geschriebenen Papieren hervor. Und wenn wir wollten, könnten wir die Händler ganz schnell bestrafen und bräuchten nicht jahrelang zu warten. Aber ich habe Folgendes beschlossen: ich werde dir mehr Nahrung für euren Kommandeur geben. Er ist mein Freund. Er bekommt die Hälfte von dem, was ich habe.«

Einen Augenblick lang sieht Greenstockings seine gestikulierende Hand in der Nähe des Kopfes von Knabe Englisch. Und in der Menge bewegt sich Bigfoots jüngste Frau mit einem Packen gefrorener Zungen über der Schulter und Fett in einem Beutel aus fertig gewalkter Haut für Mokassins oder Gamaschen. Zumindest dieses Geschenk hat er nicht von seinem Dogrib-Sklaven herbeischaffen lassen, obwohl es Knabe Englisch wahrscheinlich entgangen wäre, dass dies auf noch subtilere Weise seiner Unzufriedenheit und Gekränktheit Ausdruck verliehen hätte.

Andere Männer gestikulieren jetzt, und mehr Frauen mit ähnlichen Bündeln kommen nach vorne, jammern aber dabei und geben leise, immer höher steigende Klagelaute von sich, als trauerten sie um ein Kind, das ihnen der Himmel oder das Land oder das Wasser genommen hat; was ja irgendwie zutrifft, denn es ist Nahrung, die ihre Kinder nicht essen können, weil sie es hier vor Knabe Englisch ablegen und stapeln müssen. Die Männer mit den versteinerten Gesichtern sagen nichts, um das steigende Klagegeheul zu unterbinden; Schmerz hat ein Recht, sich zu äußern.

Greenstockings wendet sich ab. Sie will nicht zusehen, wie Greywing auf Broadfaces Wink das doppelte Rippenstück hinwirft; sie will nicht beobachten müssen, wie George Backs erschöpfte Augen das Gesicht ihrer Schwester mustern und wie er den Blick an ihren Beinen hochfliegen lässt, die sie in ihren engen Lederstrümpfen einen Augenblick lang beugt.

Die Sonne hat sich fast hinter den südlichen Horizont zurückgezogen, als sie ihm schließlich begegnet. Er steht gebeugt und beobachtet schweigend seine Sklaven, mit deren Unterstützung er sich hierher geschleppt hat, und einige Jäger, die auf vier Schlitten die Fleischberge festzurren, die sie mit ihren Hunden nach Winter Lake ziehen werden. Er richtet sich weder auf noch dreht er sich um, und sie kann ihn genau betrachten. Gekrümmt ist er wie ein alter Mann und noch kleiner, als sie ihn in Erinnerung hat, und der Hunger hat, wie eine alte Kupferaxt, die mit groben, schwachen Hieben einen gefrorenen Baumstamm zuschlägt, sein Gesicht bis auf die Knochen abgemeißelt. Wie anders er vor einem Jahr aussah!

Nachdem sie und Greywing mit dem Kind im Lager angekommen waren, nahm Birdseye noch einmal alle Kraft zusammen, um nach ihrem langen Sterben und vier Tagen des Schweigens allein in den ersten Schnee des Winters hinauszugehen. Greenstockings will sich nicht an die Stelle erinnern, und nie wird sie jemandem erlauben, sie zu nennen. Dieser armselige Weiße hat einmal gelacht, als Richard Sonn ihrem Vater die tödliche Salbe gab; und

Dickes Englisch hat genauso gelacht. Auch Hood? Ihr Vater würde es ihr sagen, wenn sie ihn fragen würde.

Knabe Englisch dreht sich um und erblickt sie. Seine Augen sind schwarz und leer. Er wirkt auf sie wie einer, dem die Entscheidung erspart geblieben ist, seine Paddelsklaven zu essen – vielleicht, weil sie zu weit entfernt waren, als sie starben, oder weil er noch kräftig genug war, sie zurückzulassen und schnell genug davonzulaufen, ehe sie zu steifen Stöcken froren, die schnell in Vergessenheit untergingen.

Doch sie bemerkt, wie sich unter ihrem Blick sein Gesicht verändert; mag sein, dass seine Beine ihm stark genug geblieben sind, um ihn zu ihnen zurückzutragen; vielleicht ist er ein Mann, der sogar über den Tod wie über eine Dienstleistung gebieten kann und deshalb in der Lage war, es zusammen mit dem letzten und stärksten seiner Sklaven bis zu ihrem Stamm zu schaffen. Sie hört, wie in jenem seltsamen, körperlosen Ton Birdseyes Stimme zu ihr spricht, von dem, was geschehen ist und was geschehen wird, und über alles, was ihr früher oder später begegnen soll. Ihr Leben hat sich bereits in allen Worten niedergelassen, mit denen ihre Mutter sie umgeben hat; deshalb beobachtet sie furchtlos, wie sich Backs aufgerissene Lippen in einem Gesicht bewegen, das geschält ist vom Hunger und vom Sonnenschein, der wie zum Spott über den Schnee huscht. Sein Gesicht entspannt sich etwas und zuckt, als er ihrem Blick begegnet und sie gleichsam durch Twospeakers gehorsame Wörter hindurch anstarrt:

»Er sagt, dass die Raben uns geführt und die Wölfe uns ernährt haben auf Roundrock Lake. Ich soll dir mitteilen: Zehn Tage mussten wir dort ausruhen und das Fleisch essen, das sie uns zurückgelassen hatten; wir waren am Sterben und hätten ohne die Wölfe dein Lager nicht erreicht.«

»Und sonst habt ihr nichts gegessen?«

Twospeaker starrt sie einen Augenblick lang an, übersetzt jedoch nicht. Er fasst sich und sagt: »Er … er sagt, es ist … es ist genauso, wie du es einmal Hood erklärt hast.«

»Was weiß er denn schon? Hood ist tot«, sagt sie zu Back. Und schaut aufmerksam Twospeaker an, der sie anstarrt, sich aber immer noch weigert, zu übersetzen.

»Du willst wohl für Diese Englischen«, fragt sie, »nicht übersetzen, was eine Frau sagt?«

Schließlich antwortet er finster: »Ich werde das nicht sagen. Du weißt nichts.«

»Du hast Recht. Es macht nichts, wenn du es ihm nicht sagst.«

»Der Traum deines Vaters hat uns bei den doppelten Stromschnellen fast getötet.«

»Er hat euch davor gewarnt, dorthin zu gehen.«

»Wir hatten keine andere Wahl!«

Bisher hatte sie Twospeaker immer für klüger gehalten als Diese Englischen, aber seine Reaktion auf diesen Traum ist nicht einmal ein spöttisches Lachen wert. Auch in seinen Augen schimmert etwas von der unerbittlichen Starrheit der Weißen, ihrem dümmlichen Gehorsam, und sie kann jetzt verstehen, warum ihn seine Frau verlassen hat. Mit stierem Blick steht er vor ihr und stellt plötzlich eine Frage, obwohl Knabe Englisch nichts gesagt hat:

»Ist es sein Kind, das du trägst?«

Greenstockings hört zwar, was er sagt, und sieht, wie Knabe Englisch gespannt von ihr zu ihm schaut; sie jedoch lauscht ihrer Mutter sogar dann noch, als sie ihres kleinen, unter ihren Kleidern schlafenden Kindes gewahr wird, dessen warmer, nackter Körper auf ihrem ruht. So unmissverständlich wie aus dem schnurgeraden, schwarzen Flug eines Raben durch den pfadlosen Himmel erfährt sie von ihrer Mutter, dass Richard Sonn wiederkehrt, und ebenso Hep Burn, zusammen mit ihrem

Häuptling Dickes Englisch, denn dieses Fleisch, diese Gabe der Tiere, die sie ihnen schenken, wird sie auf qualvolle Weise dem Griff des Todes entwinden. Sie erfährt auch, dass es Hep Burn sein wird, der ihr ohne Worte mitzuteilen wagt, wie Hood getötet wurde, bevor er von alleine hätte sterben können, und wie Michel, der sie einst gestohlen hatte, getötet und aus Not gegessen wurde, wie die Lebenden immer irgendwie jene essen, die sie töten, egal, ob es Tiere oder Menschen sind. Hep Burn wird es sein, der ihr das Wesen Dieser Englischen enthüllt, die sie jetzt endlich versteht; und er tut es nicht wie Hood, der ewig vorsichtig seine Papiere mit feinen Zeichen übersäte; Hep Burn zeichnete mit einem langen, kräftigen Stock so in den Schnee, als sei selbst ihre ganze winterliche Welt noch ein zu kleines Blatt, um die verschlungene Geschichte der Rückkehr dieser Weißen zu erklären. Hintereinander zeichnete er Menschen in den Schnee, die wie Stöcke aussahen und alle ihnen abverlangten freundlichen und tödlichen Dinge vollbrachten, die Birdseye vorhergesagt hatte.

Es ist Hep Burn, dem sie ihre schlafende Tochter zeigen wird, ihr schwarzes Haar und ihre unablässig geöffneten Augen, die ein Geheimnis enthalten: Das eine ist dunkelbraun, das andere blau. Hep Burn wird es wagen, etwas in den Schnee zu zeichnen, um sich selbst etwas zu erklären, und wird weder über das eine noch das andere ein Wort verlieren, dreißig, vierzig Jahre. Auch dies weiß sie schon.

Birdseye. Ihr aufgefressenes Gesicht ist schreckensvoll geöffnet, die harten Ränder sind verkrustet. Ein schwarzer Abgrund des Duldens. Dagegen dieses schöne Kind, das immer ein vollkommenes, unberührtes Gesicht haben wird.

Knabe Englisch hat eben etwas zu Twospeaker gesagt, noch während er versucht, ihr mit seinen glitzernden Augen wieder die Kleider aufzureißen. Nicht einmal der Hunger kann ihm das austreiben; dafür müsste er richtig tot sein.

Doch sie hat Back schon völlig vergessen, weil sie, ohne es noch ganz zu verstehen, weiß, dass sie ihn wiedersehen wird, dass er irgendwie in ihr Land zurückkommen wird, und zwar noch oft. Er wird ein paar Sommer später mit Dickes Englisch und Richard Sonn am großen Sahtú sein, wo sie überwintern, wird auf ein Blatt Papier ein Bild von Broadface zeichnen – ohne zu wagen, was einst Hood mit ihrem Abbild getan hat – und Jahre später, wenn ihre Tochter so alt ist wie jetzt Greywing und noch vier weitere Kinder in ihrem in die Jahre kommenden Wigwam ihr Schlaflager haben werden, obwohl drei andere dann bereits gestorben sind, wird er zum dritten Mal kommen als Boss seiner eigenen, schuftenden Paddelsklaven, und sie werden sich begegnen an den Stromschnellen des Moschusochsen im Großen Fisch, einem Fluss, von dessen gewundenem und völlig baumlosem Weg zum Eismeer er noch gar nicht weiß, dass es ihn gibt, weil Keskarrah es nicht für nötig gehalten hatte, ihm etwas mitzuteilen, wonach zu fragen Back zu anmaßend ist. Den Fluss wird er nach sich selbst benennen, und sie werden sich wiedersehen, werden sich ein wenig traurig anlächeln und nichts mehr zueinander sagen.

Außer ihr werden noch ein paar andere von ihren Leuten dort leben, und Bigfoot wird einer von ihnen sein. Krankheiten jedoch, seltsame und unterschiedliche Krankheiten, dergleichen sie aus den Geschichten der vergangenen Generationen nicht kennen, werden viele von ihnen töten; Diebstähle und Überfälle auf ihre nächsten Feinde, zu denen sich die wenigen Männer immer öfter und bereitwilliger verleiten lassen, werden dazu führen, dass die Dogrib sie als Volk vernichten werden – es ist ja wirklich so, dass die Tetsot'ine so viele Gewehre, so viel

Pulver und Munition für die vielen kleinen Felle bekommen, die sie aus ihren Fallen holen und von denen die Händler nie genug bekommen können, dass sie immer weniger Zeit für die Jagd brauchen und mehr als genug davon haben, um Kriegszüge zu planen, weil ja auch immer weniger Leute ernährt werden müssen und es natürlich viel männlicher und aufregender ist, Gewehre dazu zu verwenden, um Feinden Nahrung und Weiber und Kleidung und Hunde und Land zu stehlen, als dafür in der langsamen, behutsamen Art des lebendigen Landes zu arbeiten; außerdem haben sie, solange sie nur genügend Tiere töten, ja immer diese nicht versiegende Quelle mächtiger Waffen –, und sicherlich werden sie versuchen, jene Feinde, die sie nicht umbringen, sich zu Sklaven zu machen und sie genauso für sich arbeiten zu lassen, wie die Weißen es mit den Paddelsklaven tun: Krankheiten und die nicht nachlassende Angriffslust der Männer werden für Greenstockings Volk der Untergang sein.

Doch jetzt kann sie weder über diese Erkenntnisse nachdenken noch darüber, dass Doktor John Richardson, der freiwillige Exekutor Michels, der dank der Nahrungsmittel, die sie ihm jetzt nach Fort Enterprise schicken, am Leben bleiben und berühmt werden wird, in siebenundzwanzig Jahren, zu wissenschaftlichen Zwecken, in einem schnellen Kanu erneut ihr Land bereisen wird und auf kariertes Papier sorgfältig die Geschichten aufzeichnen wird, welche die Dogrib über die Vernichtung der Tetsot'ine erzählen.

Greenstockings schaut Back nicht mehr an und macht sich über diese Zusammenhänge, die sie bereits kennt und versteht, jetzt noch keine weiteren Gedanken, obwohl sie nicht überrascht wäre, wenn sie ihr in den Sinn kämen, nachdem sie zwangsläufig aus unmittelbarer Nähe Männer und Frauen beobachtete, als ihre Mutter die Traumgesichte hatte, und zuhörte, wenn ihr Vater seinen Gedanken nachging und schneidende Bemerkungen darüber machte, wie man nur statt den ekstatischen Träumen guter Tiere zu folgen, lieber den männlichen Bedürfnissen nach Kriegszügen und der eisernen Dummheit der Gewehre gehorchen konnte. Wer wird noch übrig sein, um sich in den langen Winternächten an diese Träume zu erinnern? Wird sie es sein, die Geschichten aus jener Zeit erzählt, als die Tiere noch mit Menschenzungen sprachen oder die Menschen es noch verstanden, mit Weidenstöcken die Besonderheiten von Fußspuren zu erfühlen, die sie aus der Tiefe des Schnees unfehlbar zum Ziel führten, oder Menschen noch die Fähigkeit besaßen, im Schlaf auf einer Kreisbahn in die Schau der Zukunft einzutreten? Wird sie übrig bleiben, um in einer sternenhellen Nacht ihren jüngsten Enkelkindern jene Geschichten zu erzählen? Alles bewahrt sie bereits in ihrem Gedächtnis auf und noch viel mehr, als sie jetzt durch Worte in ein Bewusstsein von Vergangenheit und Zukunft zu übertragen vermag; dies hat sie fürs ganze Leben von ihrer Mutter und ihrem Vater gelernt. Jetzt aber, in diesem Augenblick …

Greenstockings betrachtet Twospeaker. Dieser Mann, der mit vier Stimmen sprechen kann und ein Jäger von ganz außerordentlicher Kraft ist, der vor langer Zeit die Raben und Wölfe bat, ihn zu unterweisen, und der, merkwürdigerweise, zwei Jahre und fast sein Leben für Diese Englischen hingegeben hat. Wozu? Seine Frau, Angélique, ist ihm davongelaufen in den Süden, wo es andere Männer gibt. Er ist sehr nahe daran, sein Leben für ein paar vergängliche Geschenke hinzugeben – wie kommt jemand dazu, gebückten, kleinen Weißen hinterherzulaufen in einem großen Land, in dem nichts dich hindern könnte, zu gehen, wohin dich das Licht führt? Sie kann und will es nie verstehen.

Jetzt gibt es nichts mehr zu sagen, was er Knabe Englisch übersetzen müsste. Diese Englischen werden am Ende stets finden, was sie wollen, und sollte es Jahrhunderte dauern und müssten viele von ihnen sterben.

Sie sagt: »Ich fand dieses Kind im Hufabdruck eines Karibus.«

»Diese alte Geschichte«, zischt Twospeaker sie an. »Zeig's ihm! Wenn er das Kind sieht, sagt er dir, von wem es ist.«

Kleiner Knabe Englisch. Alle Schichten von Weißerde, die der Hunger ihm heruntergezogen hat, wird er jetzt wieder anziehen, dicker denn je, weil er so berühmt sein wird, wenn er an den Ort über dem stinkenden Wasser zurückkehrt, wo er hingehört. Hood aber bleibt für immer lebendig in jedem Wolf und jedem Raben, den sie sieht.

Zu Twospeaker sagt sie: »Es kann sein, dass es vom Himmel gefallen ist, und es kann sein, dass es nicht größer ist als ein Daumen.«

»Wessen Kind ist es?«

Also antwortet sie ihm: »Mein Kind.«

Back und Twospeaker starren sie an.

»Habt ihr gehört, was ich sagte?«, wirft sie ihnen trotzig entgegen. »Es ist mein Kind.«

Dann wendet sie sich ab und lässt sie stehen. Rings um sie herum zieht sich das arktische Licht zurück ins Dunkel seiner undurchdringlichen, lebensspendenden Kälte.

»Eine Lust zu lesen« **Die Welt**

Steffen Kopetzky
Grand Tour
oder die Nacht der Großen Complication
Roman
740 Seiten · geb. mit SU
€ 29,90 (D) · sFr 52,–
ISBN 3-8218-0897-7

Ein vor Geschichten strotzender Roman über Schlafwagenfahrten, Schmuggler, Beischlafdiebinnen, Buchhändlerinnen, Detektive, Uhren und das ausgehende zweite Jahrtausend. Und über einen jungen Schlafwagenschaffner und einen alten Uhrensammler, in deren Begegnungen sich eine Bildungs- und eine Verfallsgeschichte schicksalsträchtig kreuzen.

»Das ist das eigentlich Sensationelle an diesem 740-Seiten-Roman: Er ist so raffiniert konstruiert, daß der Leser durch die genaue Chronologie der Ereignisse nie die Übersicht verliert ... mit seinem erstaunlichen Erfindungsreichtum, der sprachlichen Eleganz und seiner subtilen Liebe zum Detail ist Kopetzky ein großer Wurf gelungen.«
Focus